U0576707

中國古典文學基本叢書

李夢陽集校箋

第四册

〔明〕李夢陽 撰
郝潤華 校箋

中華書局

李夢陽集校箋卷三十六　七言絶句二

感述二

諸將八首〔一〕

穆張亦是梟雄將〔二〕，膠柱談兵實可憐。力屈殺身同一地，喪師辱國在今年。

其二

諸將才猷豈盡奇，大都力戰各乘時。黄毛近怕莊游擊〔三〕，黑面休誇李太師〔四〕。

其三

聞説當時掃地王，威名朔漠陣堂堂。自稱大將張旗鼓，首控驊騮出戰場。

其四

但富黄金與白珠，登壇擁衆鎮邊隅。即使勉攀貂玉貴，終然不類將門趨。

其五

國公承襲惟紈袴，侯伯雖多大抵同。舊典此中掄大將，平江英保是元戎〔五〕。

其六

紫塞長城萬古悲，塹山還復見今時。臊奴秖益輕專制，老耄何堪鋭出師。

其七

天下軍儲盡海頭，材官郡國遍防秋。若道成功無造僞，豈應屠賈坐封侯〔六〕。

其八

黄河青海入狼煙，漢將胡兵殺氣連。安得即時尋魏絳〔七〕，務農休甲報皇天。

【箋】

〔一〕本組詩題材仿杜甫諸將五首，似作於正德年間閒居開封時。其一寫明武宗時的邊將穆榮與張雄，譏諷紙上談兵、喪師辱國的邊將。其二寫莊鑑與李瑾，表彰二人之守邊功績。其三或寫林俊，俊爲四川巡撫時，平定「掃地王」廖惠起義。其四，或寫劉宇。宇攀附劉瑾任左都御史、兵部尚書，加太子太傅。正德五年劉瑾誅，宇亦削官，傳見明史卷三百零六。其五寫陳瑄與李英保之事跡，指責朝廷不能人盡其才。其六或寫楊一清，歎其不得朝廷重用。其七、其八二首爲當時邊塞形勢而擔憂。

〔二〕穆張，明武宗時的邊將穆榮與張雄，爲宣府都督僉事張俊部將。明史張俊傳：「武宗初立，寇乘喪大入，連營二十餘里。俊遣諸將李稽、白玉、張雄、王鎮、穆榮各帥三千人，分扼要害。俄，寇由新開口毁垣入，稽遽前迎敵，玉、雄、鎮、榮各帥所部拒於虞臺嶺。俊急帥三千人赴援，道傷足，以兵屬都指揮曹泰。泰至鹿角山，被圍。俊力疾，益調兵五千人，持三日糧，馳解泰圍，復援出鎮。又分兵救稽、玉，稽、玉亦潰圍出。獨雄、榮阻山澗，援絶死。諸軍已大困，收兵還。寇追之，行且戰，僅得入萬全右衛城，士馬死亡無算。俊及中官劉清、巡撫李進皆徵還。」事見明史卷一百七十五。

〔三〕黄毛，即黄毛韃，明蒙古部一支。莊游擊，即莊鑑，明遼東人。天順中襲定遼右衛指揮使，驍勇有膽量，屢立戰功。弘治十一年（一四九八），佩將軍印，鎮宣府，改大同。官至都督同知，時稱名將。傳見萬斯同明史卷二百三十二劉寧傳附、明史卷一百七十四。

〔四〕李太師，疑即李瑾，明南直隸和州人，李隆子。景泰中嗣爵襄成伯，宣德中鎮守山西，防邊有方。成化中爲總兵官，平定四川都掌邊民之叛，盡破諸寨，分其地設官建治。還朝，加太保。

〔五〕平江，即明初陳瑄，合肥人，累立戰功，後降燕，成祖封其爲平江伯，卒謚恭襄，傳見明史卷一百五十三。英保，即李英保。仁宗洪熙朝，任職交趾，英宗天順朝任都督僉事、都督同知、總兵，因有邊功，封安平伯。

〔六〕屠賈，即屠岸賈。春秋時晉國大夫，得靈公寵。景公時任司寇，以靈公被殺事罪趙穿，擅與諸將攻趙氏，滅其族。其後，景公從韓厥之言，立趙武爲趙氏之後。武與程嬰等攻殺屠岸賈，滅其族。事見史記卷四十三趙世家。此句當有諷喻。

〔七〕魏絳，即魏莊子，春秋時晉國卿，生卒年不詳，約生活於晉悼公時期（前五七二至前五五九年）。據春秋左氏傳：晉悼公元年（前五七二），魏絳任司馬，掌晉國軍事。魏絳主要功績在於提出並實施和戎政策，能顧全大局，事見史記卷四十四魏世家。此二句道出詩人希望國家安定和平之心聲。

憶昔六首〔一〕

己巳蒙塵數郭登〔二〕，馳驅國難有楊弘〔三〕。如今豈乏熊羆輩，比較元非擊搏能。

其二

北望黄雲想翠華，千官徒跣哭清笳。安危社稷惟司馬，天下車書又一家〔四〕。

其三

石亨善戰真無比〔五〕，跋扈飛揚却累身。佩劍豈宜恩死士，拖金終要作誠臣。

其四

王宏犯闕雖愚戇〔六〕，舍命臨危亦丈夫。猶勝鬚眉爲婦女，更憐冠劍學兒徒。

其五

吉祥寵幸反稱兵，一夜達官塵滿城。悖逆天誅終不赦，此曹王法更須明。

其六

半夜飛章入鳳樓，寇公流血李公憂〔七〕。爾曹作逆同蒿草，臣節江河萬古流〔八〕。

【箋】

〔一〕該組詩乃效杜詩憶昔二首之題，爲詠史感懷之作，似作於正德年間閒居開封時。

〔二〕郭登，明鳳陽府人，字元登，明初大將郭英孫。幼英敏，及長，博聞强記，好談兵，景泰初以都督僉事守大同。自土木堡兵敗後，邊將畏縮，不敢接敵。登偵知敵蹤後，以少勝多，軍氣爲之一振。捷聞，封定襄伯。登治軍紀律嚴明，料敵制勝，動合機宜，一時稱善。卒謚忠武。明史卷一百七十三有傳。

〔三〕楊弘，即楊洪，字宗道，應天府六合人。嗣父百户職，守開平。善騎射，身先士卒。從成祖北征，進千户。累官宣府總兵。馭軍嚴肅，兵馬精强，爲瓦剌等部所畏。洪不嗜殺戮，又好文學，嘗請建學宣府，教諸將子弟。景泰二年（一四五一）以病召還，旋卒。謚武襄。傳見明史卷一百七十三。

〔四〕司馬，似指于謙。正統十四年（一四四九）英宗被俘，謙力主抗敵，北京得以保全。英宗復辟，謙被害。弘治初追謚肅愍，萬曆時改謚忠肅。明史卷一百七十有傳。「天下車書又一家」，杜甫題桃樹：「天下車書已一家。」

〔五〕石亭，見石將軍戰場歌（卷二十二）箋。

〔六〕王宏，即王竑，字公度，號休庵，致仕後改憨庵。陝西河州（今甘肅臨夏）人，正統四年（一四三九）進士，授户科給事中。豪邁負節氣，正色敢言。土木之變，英宗被俘，郕王攝朝，群臣劾王振誤國，伏地哭。振黨錦衣衛指揮馬順厲聲叱衆官去，竑奮臂捽順髮，且罵且擊之，衆共擊之斃，竑名震天下。也先入犯，竑受命守御京城，擢右僉都御史。也先兵退，出守居庸關，整飭邊備。尋督漕運，治通州至徐州運河。遇災，先發徐州倉米賑飢民，後自劾專擅。英宗復辟，以擊馬順事除名。不久，起故官，再撫淮、揚。憲宗初，官兵部尚書。旋致仕，卒謚莊毅。本朝分省人物考卷一百零六、國朝獻徵録卷三十八有傳。

〔七〕寇公，即寇深，字文淵，保定府唐縣人。正統九年（一四四四）任山西按察副使，訪民隱，清吏弊，平疑獄。上邊務條陳數十事，稱帝意，拜僉部御史，出鎮松、茂。號令嚴明，邊地寧静。景泰初遷左都御史掌院事，天順五年（一四六一）太監曹吉祥叛時被害，謚莊肅。本朝分省人物考卷四、國朝列卿紀卷一百一十九有傳。李公，即李賢，字原德，河南鄧州人，宣德八年（一四三三）進士，授驗封主事。少師楊士奇欲一見，賢竟不往。正統時爲文選郎中，從英宗北征，師覆脱還。景泰初拜兵部侍郎，轉户部，又轉吏部。英宗復位，入直文淵閣，預機務。旋進尚書。曹欽叔姪反時，幾被殺害。憲宗立，進少保、華蓋殿大學士。以惜人才、開賢路爲急務，名臣多所識拔，卒謚文達。曾奉敕編大明一統志，有古穰集、天順日録。事見國朝獻徵録卷十三、萬斯同明史卷二百零三、明史卷一百七十六。

〔八〕「爾曹作逆同蒿草，臣節江河萬古流」，杜甫戲爲六絶句：「爾曹身與名俱滅，不廢江河萬古流。」

京師春日漫興五首〔一〕

十日不出花盡開，城南城北錦成堆①。即教閉户從花盡，莫遣看花不醉迴。

其二

杏花盈盈太逞姿，桃花灼灼亦不遲。縱饒種露栽雲地，可奈風狂雨驟時。

其三

東門百花紅照天，獨樹梨花更可憐〔二〕。但看弦管朝朝急，不道春風不費錢。

其四

今番花開委難當，眼見稀疏葉欲長。春光幾朝不一醉，爲問汝曹因底忙。

其五

西湖湖上楊柳枝，臨流裊娜風更吹。切防白雪漫天舞，莫放黄金拂地垂。

【校】

①錦成堆，詩綜作「看花來」。

【箋】

〔一〕據詩意，似作於弘治年間詩人在户部任官時。漫興，清杭世駿訂訛類編卷三字訛云：「竹垞云：杜詩：『老去詩篇渾漫與。』考舊刻皆作『與』字。……『渾漫與』者，言即景口占，率意而作也。愚案，『漫與』作『漫興』，自楊廉夫始。今人詩集中每多『春日漫興』、『秋日漫興』等題，皆非也。」

〔二〕「獨樹梨花更可憐」，杜甫愁：「獨樹花發自分明。」

牡丹〔一〕

亂絮繁華春更煙，一枝裊裊獨風前。玉園忽漫無顔色，徐步看君却自憐。

其二

若使姚黄無魏紫，孰容傾國復傾城。接枝一任今人笑，不墜花王萬古名。

其三

莫道清平調獨狂，牡丹元不與昭陽。後來亦是先花葉，誰醉君王玉笛傍？

其四

秦地洛陽俱寂寞，圃開周國復天香。童時及見流傳譜，萬意千心足斷腸。

其五

漫山故國花無數，客舍河頭今數株。絶代色孤終不掩，丹葩緑葉錦心須。

【箋】

〔一〕據本集中其他詠牡丹之作，該詩疑作於正德年間詩人閒居開封時。下一首郊園步花作時同。

郊園步花

常苦出城花不開，花開今日共風來。亦知誰便渠能主，獨步徐看數十迴。

其二

即使憐花何恁苦，不如開落任風吹。花開花落從渠得，奈記栽桃種柳時。

步庭中海棠下①〔一〕

買宅兼花事亦希，樹成春足主人歸。花開已詑胭脂透，葉展還驚翡翠圍。

其二

若較梨花憎太白，縱多桃李葉全無。何如翠袖紅妝倚，的的黄鬚錦瓣扶。

其三

獨恨無香恐未真，紛紛蜂蝶底相親。俗傳定欲燒銀燭，絶代誰爲照睡人？

其四

沉香亭上已多歡，夢入昭陽月色寒。若使天香亦傾國，君王應更倚闌干〔二〕。

【校】

①詩題，弘德集作「步庭中海棠下偶成絶句」。

【箋】

〔一〕據詩意，當作於正德後期詩人閒居開封時。

〔二〕「君王應更倚闌干」，李白清平調詞三首其三：「沉香亭北倚闌干。」

詠庭中千瓣榴花〔一〕

藥欄爾後花希賞，日日東齋只困眠。每易庭榴樹底小，一朝開亦照高天。

其二

的的朱榴夏始成，水簾冰簟益分明。偏枝不動宜雛燕，接葉時披稱小鶯。

其三

萬瓣千鬚始一花，纍纍應只爲年華。春風無限傾城萼，結實誰真取世誇。

【箋】

〔一〕據詩意，該詩疑作於正德後期詩人閒居大梁時。次首雪中見枯樹似梅作時同。

雪中見枯樹似梅

憶在江南梅照眼，幾年繁蘂失溪雲。如何枯樹尋常見，一雪垂花朵朵分。

其二

可向繁枝問假真，紛紛過眼即飄塵。東風一夜高樓笛，亂落紅梅①誰奈春。

【校】

①紅梅，黄本作「江梅」。

喜雨〔一〕

破到榴花今日雨，向來紅紫可憐吟。蝶沾蜂濕徒增忌，杏緑梅黄亦苦心。

其二

二麥臨河半欲黄，一夜生長誰禁當？揮鋤荷笠能辭苦，浪潑雲翻慮爾忙。

其三

水缺沙乾燕只忙，交交鶯羽閃無光。今辰底恁穿楊急，拍拍銜泥向我堂。

【箋】

〔一〕據詩意，當作於正德九年（一五一四）後詩人閒居大梁時。

夷門曲〔一〕

黄河岸頭多客船，大堤小堤楊柳煙。獨樹花開特造次，鄰家香醪不索錢。

其二

南堤二月杏花紅，北堤高樓紅映空。珊瑚寶玦誰家子〔二〕，繫馬門前青樹中。

【箋】

〔一〕夷門，大梁城東門，此代指大梁，見贈張含二首（卷十二）箋。該詩當作於正德九年後詩人閒居大梁時。

〔二〕「珊瑚寶玦誰家子」，杜甫哀王孫：「腰下寶玦青珊瑚。」

新水至〔一〕

桃花照水楊柳長，河水新添一尺强。昨夜舳艫銜尾至，不是魚航是酒航。

其二

時和驛邊河水流〔二〕，康王城近舍西頭〔三〕。青蘋滿眼汀洲裏，芳草連天無那愁。

【箋】

〔一〕據詩意，當作於正德九年後詩人閒居大梁時。

〔二〕時和驛，即時和驛渡，在今河南開封北。讀史方輿紀要卷四十七開封府祥符縣：時和驛渡在「府北十里，爲防河要地」。

〔三〕康王城，在開封城北，黄河南岸，故址在今河南尉氏東北，見弔康王城賦（卷二）箋。夢陽河上草堂記（卷四十九）曰：「正德二年閏月，予自京師返河上，築草堂而居。其地古大梁之墟，今曰康王城是也。瀕河，河故常來。」

狂風〔一〕

狂風吹柳裊裊長，杏花落地如白霜。後來好花開細細，昨朝風惡更難當。

其二

來禽青李不須猜，一日一夜桃花開。朝來春風休更惡，枝頭緑葉暗相催。

其三

新築茅齋近北堂，喜有楊柳千尺長。不争一朝風折盡，赤日炎天何處涼。

【箋】

〔一〕據詩意，似作於正德四年前後詩人閒居開封時。

河上〔一〕

河上昨宵風勢惡，狂花不敢更高飛。農夫日望甘霖至，估客深愁逆浪歸。

【箋】

〔一〕據詩意，似作於正德四年前後詩人閒居開封時。次首雜詠作時同。

雜詠

春盡梁園花不稀，隨風片片坐人衣。丁寧百舌渾休語，遮莫林鶯且自飛。

睹小兒吟詩戲作絶句〔一〕

關中韋杜世稱豪，王謝江東底更高。蘭茁翡翠空啾唧，肅肅雲鴻萬里毛。

【箋】

〔一〕「小兒」，似夢陽繼室宋氏所生子。按，據李空同先生年表：正德十一年（一五一六）夢陽左氏夫人卒，次年繼娶宋氏，正德十三年次子楚生，正德十五年，三子梁、四子杜雙生，則此詩創作之最晚時間當爲正德十六年，時夢陽閒居開封。

東園花樹下〔一〕

夜來睡美春風顛，朝望大梁花滿煙。錢家東園好李樹，堪可鋪排無酒錢。

其二

今年春色太無賴，千樹萬樹花分明。便學少年出走①馬，更抛香彈打流鶯。

【校】

①走，原作「去」，據黄本改。

【箋】

〔一〕東園，即錢園，見錢園二絶句（卷三十六）。據詩意，似作於正德後期詩人閒居開封時。

登臺

梁孝臺前白杏花〔一〕，眼看風落散晴沙。黄鸝恰恰誰爲侣，紫燕飛飛自作家。

【箋】

〔一〕梁孝臺，即吹臺，雍正河南通志卷五十一古蹟上開封府載：「在府城東南三里許。按九域志，即繁臺也。本師曠吹臺，漢梁孝王增築之，又名平臺。上有三賢祠，祀李白、杜甫、高適。天寶中，三人聚於梁宋，共飲吹臺之上。後人慕其高風，因祀之，今又建禹王廟。」是該詩似寫於正德年間詩人閒居開封時。次首聞桃花盛開亦同期作。

【評】

明詩歸卷三：鍾惺云：不勝聚散之感，深婉俊秀，空同别調。

聞桃花盛開

不及東園紅杏時，梨花懊惱太開遲。即防桃李紅欺眼，更打黄蜂莫近枝。

張池春日即事〔一〕

東門野塘花樹紅，昨日不風今日風。倒着接䍦習池上，狂調生馬竹林中。

【箋】

〔一〕張池，似即張池口，在今湖北漢川縣西南。據詩意，似作於正德六年春夏之際詩人赴江西任官途中。

漫興〔一〕

白水蒼山萬里身，詠花吟鳥百年人。城門此路憐芳草，盃①酒他鄉不是春。

其二

楊柳春江對自流，清沙白石伴誰遊？弋人莫羨能鳴雁，海叟虚疑不動鷗。

【校】

①盃，黄本作「盞」。

【箋】

〔一〕據詩意，當作於正德七年前後詩人在江西任官時。

錢園二絶句〔一〕

去年錢園萬李樹，落莫今春只數枝。多應斬伐貧人賣，豈復能思爛熳時。

其二

墻東李樹太含胡，院背夭桃斬不枯。及早榮枯休浪擬，趁時車馬自應趨。

【箋】

〔一〕夢陽有東園花樹下詩（卷三十六），其二曰：「錢家東園好李樹，堪可鋪排無酒錢。」錢園，即錢家東園，在大梁。該詩似作於正德年間詩人閒居開封時。

城南别業〔一〕

傍塹沿堤二里餘，柳墻茅屋此成居。浣花便擬吾何忝，獨愧窮愁懶著書。

【箋】

〔一〕夢陽自江西歸居開封後置城南别業居住，常與友人歡聚其中。其有城南新業期王子不至（卷三十一），作於正德十五年（一五二〇），該詩似作於此時或稍後。

春日豫章雜詩十首〔一〕

東角樓東寒食日，吾家海棠雙樹花。忽憶花開吾在此，豫章寒食獨思家。

其二

亂蘂濃花今有無？舊趨北闕憶西湖。垂楊畫鷁金鞍戲，三月煙花滿上都。

其三

每愛高樓畏獨來，非關觔力怕徘徊。江頭無限桃花樹，恰到來時滿眼開。

其四

江花照水兩三枝，弄日呑煙是爾時。不應春風與作意，挂斷低空百尺絲。

其五

東湖鸕鷀有幾歲，踏浪争花何恁遊。可憐汝輩異情性，拄杖獨看春岸頭。

其六

爛熳誰家臨路枝，留連蜂蝶過相疑。行人莫羡渠能主，落水沾塵會有時。

其七

江南春事殊懊惱，五雨十風常不晴。今日天開聊一望，却憎花柳太分明。

其八

江北每嗔花不早，清明出郭始芳菲。可道江西渾不冷，清明桃杏亦初飛。

其九

樹頭春鳥苦喧聒，欲打還留催好春。院裏八哥何事者，群翔緩步不知人。

其十

苦吟實是被花惱，今日攜壺何處傾。鳳凰洲前好楊柳，弄日鳴舷遮莫行。

【箋】

〔一〕豫章，即今江西南昌。夢陽於正德六年（一五一一）夏抵南昌，該詩似作於正德七年或八年春任江西提學副使時。

漫興〔一〕

城外清江城内湖，水門通貫古名都。魚跳浪闊終難網，鳥立沙長豈得呼。

其二

久雨今晴燕得飛，城中江畔步徐歸。煙花晚閣偏銜檻，柳絮晴橋故點衣。

【箋】

〔一〕據詩意，當作於正德七年前後任官江西時。詩中「古名都」顯指南昌。次首漁父，亦當作於江西。

漁父〔一〕

應手扁舟去若飛，回流撒網倏成圍。金鱗翠鬣心俱切，得意誰先蕩槳歸？

【箋】

〔一〕按，以上「感述」詩七十一首，均載弘德集卷三十一中，故皆作於弘治、正德時期。

新買東莊賓友攜酒往看十絶句〔一〕

芳園垂老慚爲主，門巷開除即是家。不知櫻樹春能早，便把櫻花作杏花。

其二

園芳細認紛無數，太半朱英間碧林。搴蕊弄枝惟恨晚，對花誰記種花心。

其三

年來好事推劉四，酒興花情老獨濃。最喜能移山茉莉，所嗟猶欠木芙蓉。

其四

黄鸝故囀千頭柳，白蝶能穿百結花。敢道墻榆渾不用，新巢樹樹可慈鴉。

其五

今春自買城東園，暇即郊行不憚煩。不應對客誇林竹，日日柴門有駐軒。

其六

買地兼園已自饒，來游況是百花朝。細看却怪林間筍，迸檻穿籬只恁驕。

其七

靜處亭亭竹萬竿，弄煙濡露不曾寒。多栽要識前人意，秀色憑渠雪後看。

其八

鮑子知我遠載酒，鄭生騎驢獨踏春。灞上孰如彭澤柳，竹林休認草玄人。

其九

邊村黄子先曾約〔二〕，百畝十年今卜鄰。元是隱淪須共酒，非因花樹始同春。

其十

爲花底恁朝朝出，風日清和今古稀。傳道鄭生重載酒，寄言花蘂莫輕飛。

【箋】

〔一〕詩中「鮑子知我遠載酒，鄭生騎驢獨踏春」句，按，夢陽汪子年六十鮑鄭二生繪圖壽之序（卷五十七）曰：「鮑名弼，字以忠，號梅山子。鄭名作，字宜述，號方山子。」夢陽梅山先生墓志銘（卷四十五）曰：「梅山姓鮑氏，名弼，字以忠，歙縣人也。」又曰：「嘉靖元年九月十五日，梅山先生卒於汴邸。」夢陽嘉靖集收此詩，故當作於嘉靖元年春，此時鮑弼尚在世，詩人閒居開封。

〔二〕黄子，據尚書黄公傳（卷五十八），當爲黄紱之子黄彬，詳見蒸熱三子過我東莊（卷十）箋。此人在正德中至嘉靖八年（一五二九）間與夢陽交遊頗多。

東園遣興再賦十絶句〔一〕

經宿隔城花盡開，園扉深閉蝶應猜。小車即病行能穩，一日來看須一迴。

其二

朝出看花車暮迴，轅西東望復徘徊。黄昏蜂蝶休虚鬧，明日深枝花更開。

其三

萬蕊千葩枉自奇，海棠臨牖獨專姿。今人盡仗繁枝葉，國色紛紛却未知。

其四

百花叢裏一茅堂，獨坐時傳百和香。隔簾誰放游蜂入，撲酒衝琴特恁狂。

其五

分行種樹非無意，薙穢薅煩亦用情。何事草蒿欺便得，芊芊滿地不知名。

其六

舊種丁香間石榴，花時榴葉未曾抽。試看赤艷傾陽日，亂萼繁英何處求？

其七

護徑扃園意自知，百年今日是花期。昨屬客過貪勸酒，僮人背折兩三枝。

其八

呼童刈草栽吾菊，夾徑分行補種葵。怕認野人爲魯相，旋删修竹起東籬。

其九

人生無求心自寬，酒香花明身幸安。忘憂豈啻憑萱草，蠲忿何勞問合歡。

其十

吾園亦在東門外，昨日清明手種瓜。不信邵平能五色，吾園兼有武陵花。

【箋】

〔一〕嘉靖集收此詩，故該組詩當作於嘉靖元年（一五二二）至三年間。又據前首，該詩當作於嘉靖元年，時夢陽閒居開封。

痔不可車旬日乃造於東園春葩向殘夏英欲起慨焉動於老懷再賦絶句十首〔一〕

鮑歸昨誇百結勝，惜我病阻孤春妍。豈謂今開兩荆樹，分枝的的照紅煙。

其二

桃杏葉尖荷葉圓，楊花亂撲如白綿。若言春事渾無曲，榆莢何緣亦貫錢。

其三

昨當春色散年芳，競媚争妍各擅場。一出牡丹諸便歇，固知渠①是百花王。

其四

檻西新筍不太甚，一夜迸階横我簷。汝雖天生剛直物，豈容出地頭頭尖。

其五

吾園種種無樛木，兩葛縈紆底自芳。客到更無愁醉酒，醉時但卧此花傍。

其六

情閑有時被物惱，即無恚怒亦生嗔。頻來語燕如疑主，獨立鳴鳩不怕人。

其七

爲園偏種閑花草，我欲移松無處栽。深山瑟瑟誰知汝？可惜淩雲聳壑材。

其八

亦知盆沼非源水，試放魚苗喜即成。敢説寸鱗無變化，呴花吹絮已横行。

其九

花時酒客園花坐，今日紅稀客不看。即使盛衰遵物理，何須反覆似波瀾。

其十

萬竿美竹修修翠，愛此朝朝坐竹中。困酒實應慚阮老，揮弦聊竊比嵇公。

【校】

①渠，原作「集」，據黄本改。

【箋】

〔一〕夢陽嘉靖集收此詩。該集所收詩限於嘉靖元年至三年間，據前首，此詩當作於嘉靖元年詩人閒居開封時。

東園漫興之作〔一〕

大麥初黄小麥齊，櫻桃半熟壓枝低〔二〕。先生皂帽何爲者？白首看花日每西。

【箋】

〔一〕嘉靖集收此詩。據前首，該詩似作於嘉靖元年或稍後，詩人閒居開封時。

〔二〕「櫻桃半熟壓枝低」，杜甫江畔獨步尋花：「千朵萬朵壓枝低。」

客有欲除我東園草者詩以止之①〔一〕

緑匝紅稀可奈春，友車朋馬故應頻。行邊莫便鋤閑草，但入林園仗主人。

【校】

①詩題，目録原無「欲」字，據此補正。

【箋】

〔一〕嘉靖集收此詩，故當作於嘉靖元年（一五二二）或稍後。以下三首作時同。

牡丹絶句

自知國色無倫比，放遍群花每後開。獨艷不教霜雪妒，先春甘讓凍園梅。

其二

看盡群芳見此花，後時莫漫爲渠嗟。争開若使先桃李，誰與春風殿歲華？

葡萄

萬里西風過雁時，緑雲玄玉影參差。酒醒試取冰丸嚼，不説天南有荔枝。

除前五更聞習儀鼓角感而有作〔一〕

蒼龍闕動朝元日，玉筍班齊舞蹈時。枕上忽傳新鼓角，眼中如閃舊旌旗。

其二

兩朝舊是含香吏，豹隱俄驚二十年。猶記習儀端笏地，朝天宮裏聽鳴鞭。

【箋】

〔一〕習儀，演習禮儀。左傳昭公五年：「爲國君，難將及身，不恤其所。禮之本末將於此乎在，而屑屑焉習儀以亟。言善於禮，不亦遠乎？」除，除夕。夢陽於正德三年冬離開京城，據詩中「兩朝舊是含香吏，豹隱俄驚二十年」，該詩似作於嘉靖七年（一五二八）閒居開封時。

李夢陽集校箋卷三十七

七言絶句三　七言排律　六言　雜言

游覽

經行塞上二首〔一〕

山作垣籬海作池，彎弓百萬羽林兒。桑乾化作銀河水，北極光芒夜夜垂。

其二

天設居庸百二關，祈年①更隔萬重山。不知誰放呼延入，昨日楊河大戰還〔二〕。

【校】

①祈年，百家詩、列朝、詩綜作「祁連」。

【箋】

〔一〕據李空同先生年表：弘治十六年（一五〇三），夢陽奉命餉寧夏軍，該詩疑作於此時。

〔二〕楊河，即陽和，大同之陽和衛。讀史方輿紀要卷四十四山西六大同府：「陽和衛，府東北百二十里。洪武三十一年置，城周九里有奇。南有關，累土爲之，内設陽和驛，軍民商賈湊集焉。」正統十四年，明軍與蒙古也先部戰於陽和，邊帥朱晟敗歿，故詩中有「昨日楊河大戰還」句。

歸途覽詠古蹟並追記百泉遊事〔一〕

太行王屋是天關，吐出風雲天地間。河内休誇盤谷勝〔二〕，共城亦有石門山〔三〕。

其二

華山中斷濁河開，浪打雷門勢莫迴。已鏟潼關爲漢壘，更分仙掌作秦臺。

其三

雷首千峰錦削成，蛇盤千里翠雲生。即從北岳分胡去，便壓遼陽跨海行。

其四

西山西望自堪愁，耐可源泉向北流。不見玉臺歌舞處，可憐昔日帝王州。

其五

昔日武王東閲師，龍争虎鬬至今悲。漂血化爲商地水，白雲翻作孟津旗〔四〕。

其六

淇門不減越江頭〔五〕，衛女寧論越女游。濮上春花如錦繡〔六〕，桑中五月采蓮舟。

其七

河濟誰言不共流，青春惡浪古懷州〔七〕。蕩摇少室三花樹，倒映天壇白石樓。

其八

梟梟丹崖倒碧松，懸泉一道挂飛龍。閑磨石鏡驚山鳥，映出青天對雪峰。

【箋】

〔一〕百泉，即百門泉，見覽遊百泉乃遂登麓眺望二首（卷十三）箋。據詩意，似作於正德三年（一五〇八）秋詩人出錦衣衛獄，自京返回大梁時。

〔二〕河内，專指河南省黄河以北地區。左傳定公十三年：「鋭師伐河内，傳必數日而後及絳。」孟子梁惠王上：「河内凶，則移其民於河東，移其粟於河内。」盤谷，在今河南濟源北。明一統志卷二十八彰德府：「盤谷，在濟源縣北二十里，唐李愿歸隱於此，名賢題詠甚富。」韓愈送愿歸盤谷序有云：『太行之陽有盤谷，盤谷之間，泉甘而土肥，草木叢茂，居民鮮少。』」

〔三〕共城，明一統志卷一京師：「共城，在密雲縣東北五十里。」括地志：故共城在檀州燕樂縣界，乃舜流共工於幽州之地。」石門山，明一統志卷五永平府：「石門山，在昌黎縣西北五里，兩山峙立如門。」

〔四〕孟津，古黄河津渡名，在今河南孟津東北、孟州西南。相傳周武王在此盟會諸侯並渡河，故一名盟津。一説本作盟津，後訛作孟津。爲歷代兵家争戰要地。書禹貢：「導河積石，至於龍門，南至於華陰，東至於厎柱，又東至於孟津。」漢史岑出師頌：「昔在孟津，惟師尚父。」

〔五〕淇門，即淇門驛，在河南輝縣境内。雍正河南通志卷二十七郵傳載：「北直隸磁州四十里入彰德府安陽縣境，安陽縣鄴城驛至湯陰縣治四十五里，湯陰縣至宜溝驛二十五里，宜溝驛至衛輝府淇縣淇門驛六十里，淇門驛至汲縣衛源驛五十里。」

〔六〕濮上，古衛地，指濮水之濱。春秋時濮上以侈靡之樂聞名於世，男女亦多於此處幽會，故後用以指代侈靡淫亂的音樂、風俗的流行地。史記樂書：「桑間濮上之音，亡國之音也，其政散，其民流，誣上行私而不可止。」漢書地理志下：「衛地有桑間濮上之阻，男女亦亟聚會，聲色生焉。」三國魏阮籍詠懷之十五：「北里多奇舞，濮上有微音。」桑間，即桑中。

〔七〕懷州，北魏天安二年（四六七）置，治所在野王縣（今河南沁陽）。隋開皇十六年（五九六）改名河内縣，大業初改懷州爲河内郡，唐武德二年（六一九）復爲懷州，治柏崖城（今河南濟源西南），轄境相當今河南焦作、沁陽、武陟、獲嘉、修武、博愛等地。元爲懷孟路，明稱懷慶府，屬河南布政使司。

【評】

其七：明詩選卷十一謝榛評曰：亦是風波之慨。

其七：皇明詩選卷十三：宋轅文曰：壯。李舒章曰：第二句粗語能秀。

望上清山〔一〕

赤城龍虎紫雲盤，白石樓臺北斗壇。聞道仙床啼玉女，欲從何處問金丹。

其二

碧山新起赤霞宫，玉帶真人曉御風。金檢奏回天一笑，九霄來往鶴如虹。

其三

星妃雲君雲霧鬟，何事塵遊棲碧山。昨夜昇天朝北斗，珮環清響落人間。

【箋】

〔一〕上清山，即三清山，在今江西上饒境内。明一統志卷五十一廣信府：「三清山在玉山縣北一百里，與懷玉山並峙，有羽化壇，晉葛洪與德興李尚書修煉處，山巔有老子宫，又有金沙水玉洞、靈濟廟、羅漢洞、李尚書鐵爐諸奇勝。」懷玉山，見赴懷玉山作（卷十三）。按，夢陽有初度懷玉山有感（卷三十二），曰：「年今四十身千里，生日登臨寓此中。」初度，即生日。詩作於正德六年臘月（即公元一五一二年一月）夢陽三十九歲時。據此，該詩或亦作於此時，詩人任江西提學副使視學廣信府。

望龜峰〔一〕

曾會汪家賢弟兄，三年獨見忽心驚。順風斜日飛帆度，三十六峰無限情。

【箋】

〔一〕龜峰，在江西弋陽南二十里，弋陽江經其下，有三十二峰，皆筍植笏立，峭不可攀，中峰有巨石如龜形，故名，見龜峰（卷二十七）箋。弋陽，明屬廣信府。「汪家賢弟兄」，即弋陽人汪俊、汪偉二人，在正德三年曾與夢陽有交遊，見敕出館李真人別業顧侍講清暨汪編修俊俊弟編修偉許枉訪不至十韻（卷二十五）箋。該詩當作於正德六年（一五一一）詩人視學廣信時。按，夢陽主持重修鵝湖書院後，汪偉爲此撰記。此次遊龜峰，亦是由汪氏兄弟相陪。康熙弋陽縣志卷八亦收録有汪俊、汪偉二人同遊唱和之作。見鳶山訪汪氏因贈（卷十一）箋。

杜峰歌〔一〕

杜山曾有鳳來鳴，鳳舞山青海月明。傳道有人向峰去，九天風散玉簫聲。

【箋】

〔一〕杜峰，即杜山，疑在今江西高安境内。正德瑞州府志卷一山川高安縣：「杜山，（高安）縣西四十里。豫章記：南有樟木，枝葉密茂，上多奇鳥棲止，土人異之，立爲社壇。」據詩意，疑詩人江西任官視學瑞州時作。

舟次石頭口〔一〕

窗開面面水風微，五月江空冷照衣。此艇果如天上坐，茶煙化作彩雲飛。

【箋】

〔一〕石頭口，在今江西南昌北。讀史方輿紀要卷八十三贛水載：「繞城而流廣十里，度江之北曰石頭口。」是該詩似作於正德六年至八年任職江西提學副使時。

登嘯臺〔一〕

陽翟看山二月迴〔二〕，蓬池登嘯九天開〔三〕。晚立長風摇海色，東西日月照孤臺。

其二

萬古春城碧草還，蒼臺只在白雲間。竹林北望風煙動，寂寞蘇門更見山。

其三

白日紅雲拂地流，醉鄉吾亦步兵遊〔四〕。登臺左眄黄河轉，緑水洪波不盡愁。

【箋】

〔一〕嘯臺，在今河南尉氏東北隅，建於唐以前，因魏晉時詩人阮籍在此長嘯而得名。據詩意，當作於正德九年後歸居開封時。

〔二〕陽翟，今河南禹州。雍正河南通志卷四沿革下禹州：「禹貢豫州之域，禹所封國，……秦置陽翟縣，屬潁川郡，項羽封韓成爲韓王，都於陽翟，兩漢悉仍秦舊。……宋屬潁昌府，爲京西北路，金置潁順州，大定二十四年改爲鈞州，以陽翟屬之，元爲府，領密縣。」

〔三〕蓬池，古澤藪名，在河南開封附近今尉氏縣境内。

〔四〕步兵，當指阮籍。籍曾任步兵校尉，世稱阮步兵。

夏日閣宴〔一〕

地曠樓雄夏日宜，碧梯芳樹繞花遲。清歌不用邀明月，一笑山河入酒巵。

【箋】

〔一〕夢陽有夏日繁臺院閣贈孫兵部兼懷大復子（卷三十一），作於正德十年夏。該詩中「閣」，或爲繁臺院閣，故疑亦作於正德十年夏。

春日丘翁同遊三山之陂返酌天王寺①〔一〕

崔嵬艮岳他年笑，寂寞三山後代思。湖色春光浄滿眼，古城風暮幾人悲。

其二

一樹穠花白雪繁，紛紛落地竟何言。眼底風光不須恨，相期且醉給孤園。

【校】

①詩題，弘德集作「春日丘翁同游三山之陂返酌天王寺園二首」。

【箋】

〔一〕夢陽丹穴行悼丘隱君（卷十九）小序：「丘名琥，號松山，夷門隱人也。」詩題，曹本作「丹穴行悼丘翁」。丘隱君，即丘翁。三山之陂，即三山陂，在河南開封府城西北五里，見與駱子遊三山陂三首（卷二十七）箋。天王寺，在河南開封北，見酬和李子夏日遊天王寺見贈（卷三十）箋。據詩意，疑作於正德九年後閒居開封時。

太平寺〔一〕

曾在東林思虎溪〔二〕，太平徒在玉淵西。孰能觔力長攀陟，石壑長林日易低。

【箋】

〔一〕太平寺，在廬山上。夢陽遊廬山記（卷四十八）曰：「自棲賢寺西行至萬壽寺，有路通廬山絕頂，可至天池。逾澗北行，則太平寺路也。然卧龍潭則在五乳峰下，路仍自棲賢橋。」遊廬山記作於正德八年（一五一三）六月，則該詩亦似作於此時。

〔二〕東林，即東林寺，在廬山西北麓。虎溪，廬山西北麓的一條小河。均見九江陸還南康望東林（卷二十二）箋。

山閣〔一〕

憑闌橘樹渾鋪地，閣背青山前對樓。既來誰耐簷泉聒，卸却長槽莫放流。

【箋】

〔一〕據詩意，疑作於正德八年（一五一三）詩人任江西提學副使時。

麻姑泉〔一〕

何泉下山城下流，溪上十家九酒樓。老夫縱醒欲何往，此處①名高十二州。

【校】

①此處，弘德集、曹本作「此物」。

【箋】

〔一〕麻姑泉，在今江西南城西南。太平寰宇記卷一百一十建昌軍南城縣：麻姑山「在縣西南二十二里。山頂有石鼓壇，相傳麻姑得道於此」。清一統志卷二百四十五建昌府載：「舊志：山在

（南城）縣西南十里，有仙羊、五老、萬壽、秦人、葛仙、逍遥等峰。道書以爲第二十八洞天。」麻姑泉即出此山，是麻姑泉在建昌府南城縣境内。嘉靖江西通志卷十五建昌府：「盱江書院，在府治北隅。宋儒李覯教授之所，有明倫、洙泗二堂，列誠意、正心、致知、格物四齋。元毁，地入府治，學田湮没。國朝正德壬申，提學副使李夢陽毁東嶽廟改建。」又，夢陽盱江書院碑（卷四十二）云：「今年冬十有一月，予至建昌府，安知府奎公廉而端厚，趙推官漢志超厲而力向往，南城知縣楊清，亦慎密人也。」是該詩似作於正德七年（一五一二）夢陽任江西提學副使視學建昌時。

靈山〔一〕

實欲看山霧不開，幾層仙掌似蓮臺。未應華嶽君能比，可詫予因望國來。

【箋】

〔一〕靈山，太平寰宇記卷一百零七信州上饒縣：「在縣西北九十里，亦曰靈鷲山。盤亘十餘里。絶頂有葛仙壇，丹灶、石臼、石硯、石几在焉。」雍正江西通志卷十一山川五廣信府載：「靈山在府城西北七十里，信之鎮山也，道書第三十三福地。山有七十二峰，下有石井、石室，溪五派，西流入江。按七十二峰之名，舊志闕如，廣信新志特詳。」該詩疑作於正德六年夢陽任江西提學副使視學廣信時。

徐汊即事〔一〕

窑頭江水叉江頭，捩柁拋綸雨不休。瑣屑漫相誇捷手，蛟龍局淺豈渠遊？

其二

桃花潭前雪弄姿，楊柳灘頭柳不遲。着心蝦蟹章江出〔二〕，章江只解産鸕鷀。

其三

北船阻風晴未放，數舸南來却恁飛。扶柁長年頻着眼，浪翻江叉趙家圍。

其四

忽吟水宿淹晨暮，七日窑頭行路難。拚弄碧波消北雪，豈徐蒼鬢且南冠。

【箋】

〔一〕徐汊，在鄱陽湖上，屬撫州轄地。據詩意，疑作於正德七年（一五一二）詩人在江西任官視學撫州時。

〔二〕章江，即章水，又名古豫章水、南江，在今江西西南部，即今江西贛江西源，見土兵行（卷十九）箋。

湖行〔一〕

湖雨鷗歡交鷺鷥，鳴榔漁子豢鸕鷀。逢潭更見孤罾守，可道鄱魚無盡時。

其二

白雪今晨亂碧波，禿鶖風趕逐天鵝。搶帆額仄誰家舸，逆浪争先爾謂何。

【箋】

〔一〕湖行，即在鄱陽湖上行船。據詩意，疑作於正德七年詩人任江西提學副使視學撫州時。按，以上四十二首「游覽」詩均載於弘德集卷三十、三十一兩卷中，是皆作於弘治、正德年間。

城南塘泛舟〔一〕

短短桃花亦自春，隔墻飛水太驚人。沿洄不怕漁郎入，小小溪塘不是津。

其二

野曠風驚强入舟，鱗鱗浪蹙轉堪遊。持杯只對雙楊樹，怪爾飛花泛泛流。

【箋】

〔一〕城南塘，或指開封城南之湖。據詩意，疑作於嘉靖年間詩人任江西提學副使時。

春暮過洪園〔一〕

峨冠白首戀金魚，甲胄紅顔水竹居。墻上久懸平虜劍，牀頭新置種桃書。

其二

出林春筍故當門，榆莢楊花亂撲樽。客到剪蔬聊作饌，近城栽柳自成村。

【箋】

〔一〕據詩意，疑作於嘉靖年間（九年之前）詩人閒居開封時。

集古句

景帝陵〔一〕

北極朝廷終不改〔二〕，崩年亦在永安宫〔三〕。雲車一去無消息〔四〕，古木回巖樓閣風〔五〕。

【箋】

〔一〕景帝陵，明景泰帝朱祁鈺之墓。清一統志卷七順天府：「景帝陵，在宛平縣西金山口，距西山不十里，凡諸王公主夭傷者，俱葬金山口，與陵相聯屬。」詩似作於弘治年間任職户部時。

〔二〕此句出自杜甫登樓。

〔三〕此句出自杜甫詠懷古跡五首其四。

〔四〕宋張敦頤六朝事跡編類烏衣巷：「誤到華胥國裏來，玉人終日苦憐才。雲軒飄出無消息，灑淚臨風幾百回。」

〔五〕此句出自唐杜牧念昔遊三首其三。

【評】

吴日千先生評選空同詩卷六：景帝有社稷功，難於措詞，故以古句見意。

望湖亭〔一〕

與客攜壺上翠微〔二〕，千家山郭静朝暉〔三〕。平沙渺渺來人遠〔四〕，黄鳥時兼白鳥飛〔五〕。

【箋】

〔一〕望湖亭，雍正畿輔通志卷二十一山川：「裂帛湖，在宛平縣西玉泉山望湖亭之下，裂帛泉從石根溢爲湖，方廣數丈，泉涌湖底，狀如裂帛，其水澄鮮，漾沙金色。」又，清一統志卷六順天府：「望湖亭，畿輔通志：在宛平縣玉泉山裂帛湖上，睨瞰西湖，明如年月，明李夢陽、何景明皆有詩。」據詩意，當作於弘治末年詩人任職户部時。

〔二〕此句出自唐杜牧九日齊山登高。

〔三〕此句出自杜甫秋興八首其三。

〔四〕此句出自唐劉長卿登餘干古城。

〔五〕此句出自杜甫曲江對酒。

功德寺〔一〕

憶昔霓旌下南苑〔二〕，江亭晚色浄年芳〔三〕。重門深鎖無人到〔四〕，僧在翠微開竹房〔五〕。

【箋】

〔一〕功德寺，明一統志卷一京師：「大功德寺，在府西三十里，舊名護聖寺，宣德間重建，改今名，車駕省斂，因駐蹕焉。」雍正畿輔通志卷五十一寺觀：「功德寺，在府西，即元護聖寺也，有古臺三，相傳元主遊樂更衣處。」據詩意，當作於弘治末年詩人任職户部時。

〔二〕此句出自杜甫哀江頭。

〔三〕此句出自杜甫曲江對雨。

〔四〕唐郎士元聽鄰家吹笙：「重門深鎖無處尋。」

〔五〕此句出自唐任翻宿巾子山禪寺。

翠華巖〔一〕

曉行不厭湖上山〔二〕，別有天地非人間〔三〕。安得移家此中老〔四〕，白雲常在水潺潺〔五〕。

【箋】

〔一〕翠華巖，在北京宛平。雍正畿輔通志卷五十一寺觀：「華嚴寺，在宛平縣裂帛泉南，左有洞曰翠華，中有石牀可憩息，明正統中建。」見翠華巖（卷十五）箋。據詩意，當作於弘治末年詩人任職户部時。

〔二〕唐張渭湖上對酒作：「夜坐不厭湖上月，晝行不厭湖上山。」

〔三〕此句出自李白山中答問。

〔四〕宋陸游漁浦絶句：「安得移家常住此。」

〔五〕此句出自唐許渾題四老廟二首其二（一作重經四皓廟）。

香山〔一〕

二月已破三月來〔二〕，山下碧桃春自開〔三〕。半醒半醉遊三日〔四〕，並馬今朝未擬回〔五〕。

【箋】

〔一〕明一統志卷一京師順天府：「香山，在府西北三十里，金李晏有碑。」據詩意，當作於弘治末年詩人任職户部時。

〔二〕此句出自杜甫絶句漫興九首其四。

〔三〕此句出自唐許渾緱山廟。

〔四〕此句出自唐杜牧念昔遊三首其三。

〔五〕此句出自杜甫惠義寺園送辛員外之又送。

雜詩

白紵曲〔一〕

吳中女兒白紵衣，薄暮横塘蕩槳歸。荷花港裏無人見，驚起鸕鷀隊隊飛。

【箋】

〔一〕按，弘德集卷三十一收録此詩，似作於弘治年間在户部任職時。

秋風曲〔一〕

裊裊秋風生渌波，菱角雞頭滿御河。藻間游魚不知數，荷上靈龜渾未多。

【箋】

〔一〕按，弘德集卷三十一收録此詩，似作於弘治年間在户部任職時。

端午曲二首〔一〕

殿門朝涼虚縠垂，菖蒲艾葉青離離。千尺轆轤轉金井，冰盤薦黍鴛鴦冷。

其二

彩繩纍纍作端午，石青蜥蜴泥金虎。老奴催恩拜紈扇，香紗籠頭半遮面。

【箋】

〔一〕據詩意，似作於弘治末至正德初詩人在户部任職時。

新立金川書院祠練公父子文碑幸成〔一〕

力修書院緣棲主，碑石新成頗慰心。薄劣實慚文太減，特書應不待如今。

【箋】

〔一〕嘉靖江西通志卷二十二臨江府載：「金川書院，在新淦縣。正德七年，提學李夢陽建，祀忠臣練子寧，書院之後扁曰浩然堂，自爲記。」明一統志卷五十五臨江府：「金川書院，在新淦縣，正德七年李夢陽建，祀練子寧，扁曰浩然堂，自爲記。」又，隆慶臨江府志卷十四載歐陽鐸褒忠祠記曰：「正德壬申，李君夢陽視學至郡，因諸生請，……」故該詩當寫於正德七年（一五一二）詩人視學臨江時。

七言排律

閏九月繁臺酬寄常鄧州前御史兄①〔一〕

昨屬傳書寬遠憶，側聞爲郡解憂襟。他鄉病起逢秋色，故國花香見客心〔二〕。三徑園莊常闃寂，百年臺榭獨登臨〔三〕。天晴水散荆襄急，雲合山包汝鄧深〔四〕。州縣黄堂非爾輩，朝廷驄馬要人欽。也知皂蓋熊羆軾，不换烏臺獬豸簪。盡道白公如白玉，終然黄霸錫黄金。徵卿拜相他年事，野老扶犁望傅霖。

【校】

①詩題「閏九月繁臺酬寄常鄧州前御史兄」，四庫本無「兄」字。

【箋】

〔一〕常鄧州前御史兄，不詳。御史，此指監察御史，爲專職監察官。據詩意，似作於正德九年（一五一四）後詩人閒居大梁時期。

〔二〕「故國花香見客心」，杜甫登樓：「花近高樓傷客心。」

〔三〕「百年臺榭獨登臨」，杜甫登高：「百年多病獨登臺。」

〔四〕汝鄧，指汝州、鄧州二地。汝州，今河南汝州，見九子詠王職方錦夫（卷十二）箋。鄧，即鄧州，今河南鄧州，見南征（卷二十四）箋。

酬何子冬日懷西峰見寄〔一〕

梁城積滯心煩婪，遥憶西峰懷漢南〔二〕。絶頂營居只自住，緣崖捫葛與誰參。北岡雪風①

虛多阻，南澗湍回今②有潭。更極扶桑長影接，已偏弱水碧波涵〔三〕。猿啼虎嘯雖頗聒，窈曲叢篁非可探。轉盼紅輪忽西没，勸君福地且投簪。

【校】

①風，弘德集、曹本作「盛」。　②今，弘德集作「合」。

【箋】

〔一〕何子，指何景明。西峰，平涼崆峒山上有西峰寺，乾隆甘肅通志卷四十七有載。明趙時春游崆峒記：「捫藤蘿百折而上爲西峰寺，西峰之右爲故虎穴。」此代指夢陽之故鄉所在地。夢陽作此詩以寄思鄉之情，何景明見此詩後亦作詩相懷。按，何景明大復集卷二十八有寄李獻吉二首：其一云：「君作梁園客，予登楚水臺。春風河上柳，不寄一枝來。」其二云：「渭水天邊樹，黃河日暮流。春來千里外，知爾故鄉愁。」何景明於正德二年至六年間在家鄉信陽賦閒，夢陽亦因彈劾劉瑾案閒居開封。據該詩詩意，似作於此時。

〔二〕漢南，有學者以爲是漢南縣，西魏改華山縣置，爲宜城郡址，治所即今湖北宜城，隋屬襄陽郡，唐貞觀八年（六三四）廢，其實非也。此泛指漢水以南廣大地區，包括何景明家鄉信陽。

〔三〕古代由於水道水淺或當地人不習慣造船而不通舟楫，只用皮筏濟渡者，古人往往認爲是水弱不能載舟，因稱弱水，故古時所稱「弱水」者甚多。書禹貢：「黑水、西河惟雍州，弱水既西。」又：「導弱水至於合黎，餘波入於流沙。」上源指今甘肅山丹河，下游即山丹河與甘州河合流後的黑河，入内蒙古境後，稱額濟納河。山海經大荒西經又曰：「（昆侖之丘）其下有弱水之淵環之。」史記大宛列傳：「安息長老傳聞條支有弱水、西王母。」後漢書西域傳大秦：「（大秦國）西有弱水、流沙，近西王母所居處。」所指皆在西方遠處以至國外。此代指最西邊之河，與上句之「扶桑（東方小國）」相對。

道逢罷豹鷹狗進貢十韻〔一〕

赤豹黄羆貢上方，虞羅致爾自何鄉？微軀亦被雕籠縛，遠視猶聞寶絡香。顯晦山林齊感激，喧呼道路有輝光。名鷹側目思翻掣，細犬搔毛欲奮揚。隨侍近收擎鶻校，上林新起戲盧坊。攫兔定蒙天一笑，磔狐應使地難藏。貢官馳馬塵埋面，驛吏遭棰淚滿眶。南海亦曾收翡翠，西戎先已效羚羊。白狼也産從遐域，白雉猶勞獻越裳。聖德從來及禽獸，欲將恩渥示要荒。

【箋】

〔一〕明武宗喜玩罷豹鷹狗，宦官投其所好，令各地進貢，此詩有所諷諭。談遷國榷卷四十六載：武宗正德元年六月庚午，「劉健等言：近日視朝太遲，免朝太多，……彈射釣獵，殺生害物，非所以養仁心。鷹犬狐兔，不可育於朝廷；弓矢甲胄，不可施於宫禁」。據詩中「微軀亦被雕籠縛，遠視猶聞寶絡香」句，疑作於正德三年（一五〇八）夢陽被劉瑾逮繫由開封至京途中。

送胡主事犒廣西軍便道耒陽迎母二十韻①〔一〕

七年重泛楚江舲，五兩飄飄過洞庭。地從湘口分吳徼，邑在衡陽對軫星。此去先過杜陵院，與誰同上合江亭。炎花瘴草供行日，猺唱夷歌引客聽。鼯鼠晝啼諸峒黑，野猩晴語亂峰青。蠻荊本自勤周旅，南越終當繫漢庭。荔浦技窮甘釜盎，梧川兵接詫雷霆。威餘虎豹藜難采，血蹂鯨鯢水尚腥。俄喜御書頒内帑，極知恩澤到重溟。兔臨烏照誰非土，陰慘陽舒各有靈。巢屋羽毛春拍拍，洗天風雨晝冥冥。花明幕府頻張宴，路出磨崖早續銘。馬援還朝銷薏苡，馮驩傲世倚青萍。蒼蒼百粵悲南狩，渺渺三湘弔獨醒。夢渚雁回書不滯，武陵雲起思俱停。悲傷蕙草追金勒，點綴桃花惜玉瓶。若道朱弦無絶響，詎應黃髮有遺刑。司徒邦計遥憐汝，粉署爐香不可扃。彩服便須隨彩鷁，白頭同離白蘋汀。

【校】

①詩題，弘德集作「送胡主事文璧犒廣西軍便道耒陽迎母二十韻」。

【箋】

〔一〕胡主事，弘德集詩題稱「胡主事文璧」，即胡文璧，弘治末亦任户部主事。按，明一統志卷六十四衡州府：「胡文璧，耒陽人，正德辛未進士。歷官郎中，改監察御史，出知鳳陽府，擢天津兵備副使，奏革皇莊，忤中官，謫延安府檢校。嘉靖初，起四川按察使。弟文奎，嘉靖癸未進士，歷官户部主事。」按，明一統志所記胡文璧中進士時間有誤，胡於弘治十二年中進士，後任户部主事。據詩意，本篇似作於弘治末年詩人任户部主事時，乃爲胡文璧送行之作。耒陽，即耒陽縣，秦置，屬長沙郡，治所在今湖南耒陽。水經注耒水：耒陽縣「蓋因水以製名」。明洪武三年（一三七〇）改耒陽縣，屬衡州府。胡氏兄弟爲耒陽人。

七夕邊馬二憲使許過繁臺別業不成輒用七字句述我志懷二十韻〔一〕

懶遊因病困蒙茸，不獨炎天萬事慵。七夕邀行齊踴躍，兩人羈絆阻迎逢。大河平地濤長涌，喬嶽清秋霧不封。次第榮途俱獬豸，迂疏故國且芙蓉。壯夫激烈悲遲暮，執友團圞喜去冬。久避鳶肩優諫諍，亟推經笥貫中庸。繁臺禹廟梁王榭，古寺殘碑宋代松。吾企杜高名不及，汝追枚馬涕何從。虛疑豪俠輕朱亥，實被文章誤蔡邕。憤起鐵椎心枉費，曲終焦尾意還濃。不争期約慚牛女，恐使流傳笑駏蛩。末俗但知張市虎，異時誰切辨衣蜂？云吁世路聊三徑，敢説天門尚九重。寵豈盡軒衛國鶴，畫宜偏駭葉公龍。菟園卜築鄰猿島，茅屋昏晨接梵鐘。修竹雁池雖慘慘，水花雲葉固溶溶。悔將朱紱抛漁艇，誓住丹丘學老農。爲底回驄孤蟋蟀，徒思臨沼共鯛鱅。踟躕莫畏風沙眯，弔唁應愁輦路衝。許過只須圖酩酊，有談毋遽及徽宗。

【箋】

〔一〕邊、馬二憲使，指邊貢、馬應祥。明武宗實録卷一百一十二：正德九年五月，「癸酉，復除服闋，山西按察司副使邊貢於河南提調學校」。明世宗實録卷八：正德十六年十一月，「原任河南按察司副使邊貢爲南京太常寺少卿」。夢陽明故奉訓大夫代州知州邊公合葬志銘：「奉訓大夫代州知州邊公既卒之四年，是爲正德甲戌，而其子貢復按察副使，提學於河南。」邊貢華泉集卷十四有俟軒解，曰：「正德甲戌仲冬之月，華泉子將如梁，道過黄池之津。」邊貢實於正德十年（一五一五）冬始任河南按察司提學副使，十三年因母卒回鄉守制，十六年改任南京太常寺少卿。自正德十年至十三年間邊貢在開封任官，得與夢陽相往來。

馬應祥字公順，號歆湖山人，咸寧（今陝西西安）人。弘治九年（一四九六）進士，曾官河内（今河南沁陽）知縣、湖南提學副使、山西按察副使，傳見雍正陝西通志卷五十七上。明武宗實録卷七十二：正德六年二月，「調河南按察司僉事張璡於陝西，湖廣僉事馬應祥於河南」。又卷一百零八：正德九年正月，「復除，右參政宋愷於福建布政司副使，劉浩於浙江按察司僉事，馬應祥於河南，皆服闋也」。是馬應祥自正德九年起至正德十一年間任河南按察司僉事，此詩當作於此時期。又，夢陽自正德九年秋始閒居大梁，故該詩當作於正德十一年夏。

五日蔡河廢津泛集〔一〕

當年錦纜帝王州，此日荒津競渡遊。賓客未銷梁苑氣，江山聊寫汨羅愁。流金赤日偏輸浪，似蓋輕雲故翼舟。漁聽歌鐘沈復躍，燕窺舞袖去還留。調冰雪藕佳人並，斷艾分莆①上客酬。出溜只疑天上轉，泝洄真在鏡中浮。陰陰暝色鳧鷖岸，裊裊風香杜若洲。醉裏驚聞催住槳，別船追進夕筵羞。

【校】

①莆，黄本作「蒲」。

【箋】

〔一〕五日，即五月五日端午節。蔡河，雍正河南通志卷八山川下載：「即惠民河，自開封府城東南流，至州城西北五十里。」見雜興（卷二十四）箋。按，以上六首排律均載於弘德集卷二十九。

據詩意，該詩疑寫於正德末年詩人閒居大梁時。

六言

漫興六首〔一〕

北叟臨門種棘，南翁過路鈎衣。楚楚纖鱗水躍，英英鷙翮雲飛。

其二

鸜鵒窺籠百遍，獼猴上樹千迴。紫燕銜泥入室，黄麋齧草登臺。

其三

西海崑丘閬苑，仙人王子安期。春至蟠桃艷艷，秋來弱水瀰瀰。

其四

黄帝清遊化國，虞皇穆拱玄宫。殷主爰消雊雉，文王載夢非熊。

其五

種豆南山一頃，朝來豐草離離。豈若藍田種玉，何如商嶺餐芝。

其六

圃口翻翻瓠葉，門前濬濬流湍。鳬鷺輕輕不下，鵁鴻冉冉高摶。

【箋】

〔一〕按，弘德集卷三十二録有此六首六言詩，似作於弘治任官户部時期。

月夜泛湖二首〔一〕

水天上下一色，棹鳴波月同翻。漁舟欸乃何處，旁山杳冥吐吞。

其二

月鷺驚飛不見，遥看片帆影來。雙槳如飛蕩去，一道流光鏡開。

【箋】

〔一〕湖，或指鄱陽湖。據詩意，似作于正德七年（一五一二）前後詩人任江西提學副使在九江時。

明山草亭〔一〕

舊業門前五柳，緑橘黄柑數畝。煙霞不負閒身，社稷空餘白首。看月天柱峰頭〔二〕，采藥洞庭湖口。扁舟薄暮歸來，疑是滄波釣叟。

【箋】

〔一〕明山，在今江西會昌北。讀史方輿紀要卷八十八贛州府會昌縣：明山，「縣北隔河二里。邑主山也。寒泉飛瀑，巨石蹲峙，下有五坡石」。雍正江西通志卷十三山川七贛州府：「明山，在會昌縣河北里許，爲邑主山，巨石雄峙，如屏障，山坳有半山寺，寒泉飛瀑，冬夏不竭。其麓有六祖寺，下爲五湖，北折而西爲西山巖，宋尹天民讀書處。」該詩似作於正德八年（一五一三）春夢陽任江西提學副使視學贛州時。

〔二〕天柱峰，此似指今福建武夷山南武夷之天柱峰。清一統志卷三百三十一建寧府：天柱峰「一名大王峰。高五千丈。東瞰北溪，南瞰西溪。東麓有昇真洞，一名仙蜕巖。洞中有雷紋瓷瓮盛仙蜕」。或指武當山最高之天柱峰。見丙戌中秋召客賞之以雨多不至者（卷二十三）箋。

南康除夕〔一〕

夕陽山色湖波，將春夜寂風和。何事鄰姬獨哭？誰家金鼓時過？客舍蕭蕭酒燭，歸人杳杳關河。覽鏡顔容尚在，方言兒女能歌。

【箋】

〔一〕正德八年（一五一三）冬，夢陽至南康（今江西星子）養病，其井銘（卷六十）曰：「正德八年冬至，予至南康府。」又，廣信獄記（卷四十九）云：「李子寓南康府，卧病待罪。」該詩似作於正德八年臘月除夕，時詩人在南康卧病等待朝廷勘結。

雜言

三五七言二首

天秋暮，月如素。金窗隔煙紗，花檻流螢度。良人遠戍玉門西，誰念空閨玉箸啼。

其二

望雲海，陟高京。秋風令百物，天地何冥冥。黄河岸頭能覆車，何況羊腸詰曲行。

四六八言二首[一]

玉階風發，蕙花時歇。莎雞夜鳴衰草，捲簾獨望秋月。黄雲没萬里之關山，使妾空老而凋紅顏。

其二

明月在隅，蟪蛄夜鳴。仰觀天上列星，三三五五成行。憭慄悽兮不可以寐，嗟哉四時之氣靡常！

【箋】

〔一〕雜言二題具體作時不詳，弘德集收入卷三十二中，據詩意，疑作於正德時期閒居開封時。

李夢陽集校箋卷三十八　族譜

例義①〔一〕

李夢陽曰：往君子謂予曰：「歐氏譜蓋有遠冑之謬。」然歐、蘇譜又率詳其所自出，乃益知不可矣。夫名實者，不可以亡紀也。子孫而不録其先人，是悖亂之行也。夫李氏於吾，乃亦可譜也已，于是作李氏族譜。

夫李氏莫知所從來矣，傷哉！或問何故？曰：「二孤方齔而貞義公及于難。」

夫李氏四世有三宗焉，我曾即我始，我祖繼之。宗者，孟春乎；繼别，釗乎；繼禰，孟和乎。予聞之先輩曰：「國有史，家有譜。」嗟乎，生死出處之際大矣！要之，不離其事實，不然，後世何觀焉？今人多不務實，予欲觀者，彷彿其咳貌，故不暇忌細小。或問譜至兄弟行而止。李夢陽曰：「夫是後予安能知焉？」

【校】

①題目，黃本、曹本、李本作「例義第一」。

【箋】

〔一〕此篇及以下世系等五篇是夢陽於正德二年（一五〇七）十一月所作。譜序末云：「正德二年，歲在丁卯，冬十一月序。」可證。正德元年，夢陽因奏劾劉瑾致仕，「歸而潛跡大梁城北黃河之壖故康王城，依伯兄孟和，築河上草堂，起翛然臺於後圃、需于堂於草堂之南，閉門却掃，課子弟，聚生徒，……是歲冬，修李氏族譜成」（朱安淯李空同先生年表）。李東陽懷麓堂集卷七十六有明周府封丘王教授贈承德郎户部主事李君墓表，亦可略知夢陽之家世。

世系①

諱恩	子諱忠	子剛	子麟無嗣
		慶	子孟春
		諱正	子孟和
			夢陽

孟章無嗣

敬　子璡　子釗

瑄無嗣

【校】

①題目，黄本、曹本、李本作「世系第二」。

家傳①

號貞義公者，諱恩，始徙慶陽〔一〕，是謂②慶陽李氏。卒以衣冠葬道士平，配王氏，生二男子。生卒年並闕。

號處士公者，諱忠，貞義公子。洪武二十八年正月二十一日生，正統十二年八月二十九日卒，年五十三歲。葬東嶽廟前。娶李氏，生三男子，二女子。

敬，貞義公第二子，而號軍漢公。年八十餘卒，葬于底不河南山〔二〕，地曰范家峪，去城二十里所。娶鄢氏、范氏，生二男子，一女子。生卒闕。

剛，字克剛，處士公子，號主文公。洪熙元年十二月十三日生，成化四年六月二十九日卒，年四十二歲。葬東嶽廟南。娶王氏，生一男子。

慶，處士公第二子，號陰陽公。娶劉氏，生一男子。生卒年並闕。

號吏隱公者，諱正〔三〕，字惟中，處士公第三子。爲阜平縣學訓導〔四〕，升周府封丘王教授〔五〕。卒贈承德郎、户部山東司主事，加贈奉直大夫、户部貴州司員外郎。以正統四年十二月二十二日酉時生，弘治八年五月十六日巳時卒，年五十七歲。葬城南十里所③，地曰高家平。娶高氏，生三男子，三女子。

璡，軍漢公子。年二十九歲卒，葬于范家峪墓。娶馮氏，生一男子。生卒闕。

瑄，軍漢公第二子。爲散官。景泰二年十二月二十八日生。娶范氏。

麟，主文公子。娶劉氏，無子。生卒年並闕。

孟春，陰陽公子。成化六年正月二日生。娶王氏。

孟和，吏隱公子，字子育，爲散官。初名茂。天順五年十二月十日亥時生。娶孟氏。

夢陽，吏隱公第二子。初名萃。娶左氏。

孟章，吏隱公第三子，字汝含，成化十七年十月十三日午時生，弘治十二年十一月二十日子時卒，年十九歲。葬扶溝縣東北四十里，地曰大岡〔六〕。大岡者，王氏居也。娶朱氏，生一女子。

釗，璡子。成化四年十月十日生。娶劉氏。

【校】

①題目，黄本、曹本、李本作「家傳第三」。②謂，黄本作「爲」。③葬城南十里所，按，嘉靖慶陽府志卷十七陵墓教授李先生墓條曰：「在城南三里，葬教授李正。其子副使夢陽所營。」「三里」，恐誤。

【箋】

〔一〕慶陽，今甘肅慶陽市慶城縣。漢爲北地郡，唐設慶州，明陝西布政使下設慶陽府，包括安化縣、合水縣、環縣等。自夢陽曾祖李恩起徙慶陽。據嘉靖慶陽府志卷四坊市：慶陽撫民街有解元坊、進士坊等牌坊，均爲夢陽而立。

〔二〕底不河，據嘉靖慶陽府志卷四鋪舍：「底卜河鋪，在府城西南十里。」

〔三〕嘉靖慶陽府志卷十四鄉賢：「李正，本衛人，字惟中。性度寬弘，交與有情，以歲貢任阜平訓導，勤學善教，藝精六書。升封丘府教授，致仕。」

〔四〕阜平，縣名。金明昌四年（一一九三）置，屬真定府，治所即今河北阜平縣，元屬真定路，明屬真定府。

〔五〕周府封丘王，朱安淢李空同先生年表載：成化十七年（一四八一），「公年十歲」，「奉直公補任封丘温和王教授，公從如大梁，受毛詩」。封丘，西漢置，屬陳留郡，治所即今河南封丘縣，唐屬汴州，明屬開封府。據明史卷一百諸王世系表一：此封丘温和王爲朱子埑，「成化五年以鎮國將軍襲封。弘治十五年薨」。據明一統志卷二十六河南布政司開封府上：封丘王府「在府城南薰門内街東」。

〔六〕大岡，即夢陽祖上居住之地，在今河南扶溝縣大岡村。

大傳①

李夢陽曰：予長而有知矣，于是始采先世之載。仰天而哭之曰：遻哉寥乎！是予之罪也夫？是予之罪也夫？杞、宋之事，孔子蓋傷之焉。于是作李氏大傳。

傳曰：號貞義公者，不知何里人也，而贅于扶溝人王聚〔一〕。王聚以洪武三年歸，軍於蒲州〔二〕，已又自蒲州徙慶陽。於是，貞義公從如慶陽。乃王聚不欲盡徙于慶陽，而以其弟王三公守扶溝，而世居扶溝大岡。北兵之起也，貞義公戰于白溝河〔三〕，死於是。公有二男子，纔數歲，會又失母，故不述其父。聞之父老曰：「貞義公，蓋長者也，然卒不免於難云。」貞義公二子其後皆冒王氏，以贅故。是時又垛陽氏、田氏爲一户，而一户四氏。然予聞白溝河之役，于時，糧道絶，人煮馬革食，及啖騾、馬溺，已又盡殺其騾、馬食之，又人相食，積屍蓋若山丘焉。慶陽衛有曰王指揮者〔四〕，統治其軍，時亦死之。往先君謂夢陽曰「貞義公没時，處士公蓋八歲」云。是時母氏改爲它氏室，而公乃因不之它氏食，零零傳傳，往來邠、寧間學賈，爲小賈，能自活。乃後十餘歲而至中賈云。寧州有李媪者，竊瞷公，異之，乃因妻以女，而公即不知爲同姓。聞之長老曰：「處士公任俠有氣人也，即少時而好解推衣食，衣食人。」于是，閭里人皆多處士公，處士公顧愈謹治生，日厚富有貲。郡中人用貲，無問識不識，皆與貲，於是郡中人亦無不多處士公。處士公載鹽過閭里，與閭里門斗鹽，及載菜，即又與閭里菜。卒歲散鹽、菜數十車。於是，閭里卒歲不復購鹽、菜。而俗謂善人爲佛，處士又治佛，因號曰「佛王忠」。於是，佛王忠之名，蓋郡中矣。長老曰：「處士之死，則以田氏。」予退而問先君，先君揮涕曰：「往田氏爲仇家者殺，處士怒，赴愬行。于是仇家大懼，乃使郡中諸豪長來行百金間，不解，而仇家故大有財勢，可使官，及處士赴愬至，官置不理，反久繫處士。於是，處士益發憤怒，病且死，仰天呼曰：『天乎！予何罪？』竟死獄中。是時，無問識不識，咸切齒仇家。故長老至今語曰『訟事無天』，蓋傷處士云爾。」然予聞處士葬時，有地里家張生，指其地曰：「此必有後。」豈不謂天道哉？

軍漢公則嗜酒，不治生，好擊雞②、走馬、試劍，即大仇，醉之酒，輒解，顧反厚。年八十餘，竟無疾卒。

主文公，處士公子，諱剛，稱王剛。爲衛主文，好氣任俠，有父風。處士公不喜厚富蓄，會暴卒，出穀錢家，又多不還，以故日寖貧，至家徒四壁立。於是人竊笑李氏，主文公於是痛哭往來里門，罵竊笑李氏者曰：「若真以李氏無人耶？」罵且行，卒無應者而止，則撫二弟背，哭曰：「若即一不樹立，我不能爲若兄。」主文公嘗以事至京師，有羨貲，乃盡買學士家言，並曆③數家，歸訓其二弟。二弟卒各擅其業。主文公頳面鬚髯，然爲人强力使氣，常勒里中子弟主辦事，子弟毋敢後。里中置酒有主文公，主文公不至，毋敢先飲，敬憚矣。而軍漢公在軍中，乃私券我産，給其直，酒之，人即持券來收我産，主文公怒，不言，第礪利刃，然色常在持券人，持券人覺之，走。主文公乃憮然曰：「哈，此奴走矣！」已復大罵跳，伏地死。券者乃大懼，呼天曰：「天！天！寧主文生，不願得屋直。」頃之，主文蘇，券者乃卒不敢復言直矣。主文公夜出龍泉道，見巨人，長數丈，以疾卒。

曰慶者，處士公次子也。精地理、陰陽，家號王陰陽。陰陽公更嗜酒，王氏軍故戍花馬池營〔五〕，陰陽公代往戍，至，以數干其將，將用之。一日寇至，將問陰陽公計安出，陰陽公曰：「某時戰，勝。」將曰：「有何應？」對曰：「行三里，當見紅婦人，應。」頃之，驗，戰果勝，將大説，于是尊敬陰陽公，以爲上客。而使其盡監軍中馬，馬軍率日持雞酒啖陰陽公。陰陽公則日弄酒，狎侮諸吏士，奴僇之。諸吏士不堪也，乃於是盛惡陰陽公于其將，將後亦頗疏之。陰陽公即又嫚罵將，把其短，將懼，逐之還。陰陽公乃於是遨游郡山砦中，爲相埋，然數奇中，埋家廉其性，但具醇酒，更不索錢也。過他陰陽埋所，即未善，公熟晲之，曰：「凶乎！」問其家，凶矣。他④陰陽又重錢，自是郡山砦中不復請他陰陽，他陰陽皆窮餓不得行，因謀擊殺陰陽公，投川窟中。頃之，陰陽公蘇，稍聞窟上語而不知擊己者。乃呼曰：「救我！救我！」窟上人更復擊，遂死。陰陽公卒，頃之，水暴至，失其葬處。

嗚呼！我李，冒王氏者蓋三世矣，至我先大夫而始復李氏云。

先大夫，處士公子，而號吏隱公。吏隱公年九歲喪父而依於伯氏，伯氏教之則嚴也。十二三歲時，伯氏傭書，造里籍，乃伯氏不自書，顧令吏隱公書。吏隱公即善造書，伯氏乃大喜，奇之，顧反嚴，吏隱公訛一字，伯氏一扑其掌，久之，掌墳赤。公啼泣，里父老見之，爲蘇蘇隕涕曰：「夫紙易得耳，奈何至是？」伯氏乃竊仰歎曰：「嗟乎，吾寧爲紙惜耶？」乃後，故稱善書者，咸出吏隱公下。吏隱公少貧賤，徒肫肫有至，性重厚，寡事辭。十八九歲時，從伯氏往見邵道人。道人者，異人也，不言。見公，第信兩手食指出耳上，初不解，久之，伯氏悟曰：「謂紗帽翅耶！」道人頷然之。伯氏益又喜，於是始議學事矣。吏隱公年二十充郡學生，始受籍於師，日誦百千，過不成誦。於是諸後生咸目笑公，公第誦愈益苦。居歲餘，夢登危樓，遇織錦婦。於是，織錦婦以色絲、金鍼、寶鏡貽公，而公自是輒彬彬有文學矣。然又獨數奇夢，比試，諸後生即不復記所誦。吏隱公顧記所誦，文又高，故常冠諸生。吏隱公嘗夢試目驗，比試，諸生輒叩公曰：「何夢？」即未夢，公戲謂曰：「某目某目。」輒又驗，諸生以爲神。郡學歲一人貢，然二人行，梁生貢，公次。當行，梁生稔公文高，懼與偕，因要公置酒，奉百金壽，因辟席，頓首，請欲自行。公許諾，卻其金，不受。人曰：「甚哉，李君之憨也！垂成而棄厥功。」公聞之，仰天歎曰：「嗟乎！是安知予哉？」卒讓梁生行。明年，吏隱公貢，次者王生。王生者，公師也，即亦置酒要如梁生，公又卒讓王生。又逾年，公乃始貢。是時，年三十五矣。是年，爲阜平縣學訓導。公爲訓導三月，而提學御史閻禹錫至真定，牒屬各以其徒來赴集。先是，御史至真定，率牒屬來赴集，阜平生集則率曳翁鞋，人挾煙熏帙，踉蹌行見御史。及見御史，輒又自請試目，即不從，則相顧脱藍衫走。御史乃顧追，呼曰：「秀才，聽試目。」如若所自請目。而公之赴真定也，戒諸生毋仍曳翁鞋，毋人挾煙熏帙，帙會割以板夾扛之行，又戒毋輒自請試目。稍井井矣，而御史禹錫始至，而弗省也，尚怒而督責諸學吏。於是，吏隱公退而上書陳教化變易之事。其略曰：「夫明者，知往者也。時者，俟至者也。故曰違時者不明，彊勢者不行。故拂是以樹信，則虐而鮮功。昔者武王克殷，殷餘民弗賓也，而武王舍之，然武王不以其故貶王。周公纘武王無競之烈，使二叔監殷，而二叔以殷畔⑤。然周公不以其故損明，故曰：王者必世而後仁，見小利則大事不成。夫阜平，恒山之陋邑也，地有栗、橡、棗、柿之饒，其人山居草處，衣鹿豕皮，蒯履布襪，挾桑弧毒矢，日出射猛獸狐兔，餔糜而給朝夕。夫前代不復聞已，自國家興百有餘年于兹，然而科第之事罕焉。竊未聞有尊官顯人者産于其間也，此天下之所共笑也。今足下足跡未涉其境，乃思以一旦變易其俗，望之以詩、書、禮、樂之事，其亦不爲善變者矣。且足下信賢聖，然不能過武王、周公，某誠善教，必不能以三月之久而遂變百年之俗。今夫隴山有鳥，其名曰鸚，孰不謂其能人語也，然不籠緤之，不宛轉相道，假以年歲，鳥鮮有能語者焉。故籠緤之，以制性也；宛轉相道，以發明也；假以年歲，俟其變也。夫三者備矣，然後可以責效而議功，今徒見其朱喙而緑裳也，乃輒怒，曰：『鳥奚不人語也？』是惡可哉！」御史禹錫覽書，乃遂不復督責諸學吏，顧獨禮貌公。公在阜平五年，以母喪歸，起爲封丘王教授。王故機辯人也，公侍王執重訥，人曰：「若是，必輕於王。」公笑曰：「是不善事王者也。」顧益謹。王一日設醇酒，大醉公，起而伺屏後，令左右乃遞難公，公悛悛如在王前。於是，扶公出，尾之行，公竟無他語，然已齁齁睡矣。王喜，遇反厚。王有問公，吐心對；酒公，公輒醉，醉悛悛如前時。王於是益復喜，尊敬之。嘗自脱其貂帽及綺麗衣錫公，每事必曰「李先生，李先生」云。見禮如此。一日，王醉，握繫帶謂公曰：「予比殊好闊帶。」公方醉，第免冠觸地賀王，王蓋自是省矣。公在王門十三年，沉晦于酒，然時人莫識也。公酒酣，嘗擊缶，歌曰：「人欲爲貪吏，貪吏殃及子孫；人欲爲廉吏，廉吏窮餓不得行。我今既不爲貪吏，又何可稱廉吏？王門之下可以全身避世。」於是乃自稱吏隱公云。吏隱公方面鬚髯，腹便便垂，然爲人德厚，鮮矜伐。人矜伐，公屏負壁立，終不言。又不校長短，故無大小、愚智咸亦尊敬公。公醉，自外來，兒女走扶，牽裳行，公婆娑舞歌。至若火盜事，家人卒遑擾，公方宴坐睡，鼻齁齁如雷，已不更問也。此其度量，可與淺見寡聞者道邪？然予又聞，公至向學，往貧窶時，受詩于合水韓公〔六〕。嘗大雪，公單衣，曳破履行，嘗夜行歸，雪甚，廬蕭然無煙也。禮曰：「傷哉，貧也！」今子孫豐衣足食，日鞭笞不務學，豈復念先世哉？公之卒也，則以吾母高夫人。往，高夫人卒喪，過大梁，公請於王，行無何，道病，輿行抵慶陽，舍興教寺，頃之卒。王聞訃痛踊，泣數行下，使使來賻，且會葬。此其克厥始終者，故載。

曰璡者，軍漢公子。善機詐，把持人。一日，大寒，軍漢公子從環縣來〔七〕，以啖冷羊肉，又飲冷酒，卧地上，致疾，卒。

李夢陽有弟曰孟章，小字曰周張。周張生十三歲而喪母，居無何，又喪父，依於伯氏、仲氏，頃之，病竟卒。李子歎曰：「弟之死，蓋傷予心焉。」弟生而當成化辛丑，其時，吾家有吉慶事，大置酒會。其日，周知府茂、張指揮使瑛以羊酒來賀，此兩人至而吾弟産，故曰周張。秦俗呼絶乳子爲「老生子」，故弟又呼「老生子」云。弟生而巨口，高顴，骨隆隆起髮際，名爲伏犀。七八歲時猶啖乳，有氣力，然矯捷善戲，善打毬、綴幡、騎竹馬，群兒莫先也。弟又好黏竿、擊撲蟬、打蜻蜓，又放風鳶。父母以其有奇氣，時時折辱之，不可下。乃後父母殁，弟因而省悟，始折節誦書史，日記二千餘言。其後弟頗好與黄冠人遊，其伯氏見其日與黄冠人遊，怒駡之，曰：「夫吾家業詩書，世有顯名焉。今傳汝，汝奈何弗省？」弟知伯氏弗己悦也，於是問説之曰：「夫人生日劻劻勷勷，何爲者與？是非爲名與利哉！夫豢我者，戕我者也；軒冕者，桎梏我者也。今釋養生之道不務，乃日劻劻勷勷與利名争，是亦益速自戕爾！長老有言曰：『上牀脱屣，不知生死。』言旦暮難保也。夫神仙黄白之事，天下之至妙也。弗汩爾之形，不摇爾之精，取之自盈，而與事⑥無争，是大道之程也。夫儒生薄此而不爲者，徒以芻豢可以厚生，而軒冕可以耀名也。夫芻豢、軒冕，是不可必得者也。乃今汩汩以死效，此非天下之大愚與？」伯氏曰：「夫予日見芻豢、軒冕者于道路也，而不聞有見仙者也。夫仙，庸其有乎？」弟對曰：「不然，夫雞鴨有翅，飛不越尋丈，何者？其分卑也。故飄飄遺世以獨立者，上仙之分也。今吾非不能力致富若貴，乃亦醜其與雞鴨等伍已矣。」伯氏不能奪其説，乃問曰：「夫黄白之事亦可爲乎？」弟對曰：「可。穹隆三足，納汞貫藥，煮之桑木之火，厥候不爽，而大藥可成也。大藥成，可以爲黄金。黄金成，而可以爲長生。」伯氏於是積桑木之薪，購汞求藥，置鼎於前，乃令弟爲黄白之事。弟爲之逾月，而藥不就。於是伯氏以爲賣己，乃大怒，將笞之。弟恐，於是棄其妻奔京師，而以⑦仲氏會。仲氏如通州，弟從如通州，仲氏覘弟有異材，於是教之以先王禮樂與仁義道德之説，弟乃幡然改悟而著論以自解。其略曰：「夫神仙者，天地之大盜也。夫人有君臣、父子、夫婦、兄弟者，非以立争也，將以禁淫而範邪也。今神仙棄君臣、父子、夫婦、兄弟之倫不務，乃日思高翔遠舉以遺世絶粒，此滅生之道也。夫束手而不務滋殖，而變幻金鐵，欺世以盜利，此導民爲奸者也。是故先王之製禮也，朝饔夕飧，以防逾也；春耕而夏耨，以教勤也。故教義立而民不惰。夫君子之立於人朝也，非以芻豢足以悦口，而軒冕足以華體也。故曰：治人者，食於人。故芻豢、軒冕者，報功者也。今一概以爲戕我，則必盡除天下君臣、父子之倫而後可，是豈人情也哉？」弟於是不復再言神仙黄白之事，顧嘐嘐然曰：「夫六經者，則譬之鳥也；諸子百家者，羽翼也。予盡讀諸子百氏，以探知六經之紀，然後約於道。」然是時弟已病，不能行也。弟爲兒時，業自言火蒸蒸自丹田起，衝腦眩，乃後恒病熱，卒死。彼諺有之曰：「入田觀稼，從小看大。」言有兆必先也。由是言之，弟之談説仙術，其亦弗祥也已矣。弟病革時，其妻抱女適自梁中來，弟屏之，弗與語，顧惟與仲氏語。比卒，氣充充不竭，第索火瓦熨兩足，已而曰：「冷過膝已。」乃出左右手，令仲氏診而絶。此弘治庚申冬事也。噫，傷哉！傷哉！李子曰：「死生之際，可以觀人矣。弟年十九，而能不死于女婦手，此可以觀弟。」

贊曰：桓桓鼻祖，爰義爰武，膏血草野，我祖蹶厥家。若厥土爲山，金出於沙，賙急振窮，視如泥沙。怨仇殞躬，冤乎！冤乎！爲善罔獲。大母秉貞蹈仁，艱關育孤，固窮安節。李氏之孟、陶乎？伯氏憤震，中葉再振，二弟不罹於夭孤，胡絶不祐。仲驕矜能，載殞厥身，亦卒不信。我父砥行茹毒，允基允耀，而弗禄弗考。於惟母氏，艱貞起厥家，佐夫敬姑，長我六雛，躬瘁形竭，不膏不沐。今子孫茹甘策肥，服利食德矣。孰知所從來，即論諸家，世享不逮。冤已！汝含之英發，先世之遺烈乎？苗而不秀，又何故矣？

【校】

①題目，黄本、曹本、李本作「大傳第四」。②雞，四庫本作「鞠」。③曆，四庫本作「歷」。④他，原作「它」，據上下文及李本、四庫本改。⑤畔，四庫本作「叛」。⑥事，四庫本作「世」。⑦以，李本、四庫本作「依」。

【箋】

〔一〕扶溝，今河南扶溝縣。輿地廣記卷五十四：「扶溝縣，縣有扶亭，又有洧水溝，故以爲名。」夢陽曾祖入贅於扶溝人王聚，後遷於慶陽，其弟王三公守扶溝，而世居扶溝大岡。

〔二〕蒲州，北周明帝二年（五五八）改秦州置，治所在蒲坂縣（今山西永濟西南二十四里蒲州鎮）。隋改河東郡，唐復置。開元八年（七二〇）升河中府，金改爲蒲州，天德元年（一一四九）復爲河中府。明洪武二年（一三六九）復置蒲州。

〔三〕白溝河，歷今河北涿州、高碑店等地，復與巨馬河合流。明建文二年（一四〇〇）四月，燕王朱棣軍與建文帝軍在白溝河交戰。建文帝派大將軍李景隆率軍六十萬人，進抵白溝，謀攻燕王所在地北平，經過激戰，燕王軍勝，明軍大敗。夢陽曾祖即戰歿於此次戰役。夢陽於正德二年罷職歸開封時路經白溝，感傷而作哭白溝文（卷六十）。

〔四〕王指揮，即王尚行。嘉靖慶陽府志卷十五忠義：「王尚行，洪武間指揮使。白溝河陣亡，挽之者有『歲月關山古，風霜戰骨寒』之句。」

〔五〕花馬池，在今甘肅慶陽境内。嘉靖慶陽府志卷二山川：「花馬池，在府城北五百里，周圍四十五里。與馬槽、孛羅、濫泥、鍋底等池相近，在長城外，古謂戎鹽池，即其地。」

〔六〕合水韓公，即韓鼎，字廷器，號斗庵，合水（今屬甘肅慶陽）人。成化辛丑進士，選禮科給事中，弘治時任户部右侍郎。善詩文，勤治學，有斗庵集。事見嘉靖慶陽府志卷十四鄉賢。

〔七〕環縣，五代周廣順二年（九五二）置環州，轄境相當今甘肅環縣及慶城縣西北部。元屬鞏昌路，明洪武初降爲環縣，屬陝西布政司轄慶陽府，治所即今甘肅環縣。

【評】

湯賓尹新鍥會元湯先生批評空同文選卷之三：同姓不諱，此李君之高處。蓋以信死難者之爲真也。

又，燕趙即陝之士，無逾處士矣。

又，主文公甚雄於里哉！

又，叙事妙品。

又，不隱惡，蓋以李君之不飾善。

又，亦善游方之外矣。

又，其言甚直，惜溺於外丹而不知内修，則亦玄而非玄。

又，此生棄玄入儒矣。

又，名言確論，涉世良方。

又，末舉以不死婦人以贊其夫，亦是大議論。

外傳①

王氏，貞義公，扶溝王聚女，改適。

李氏，處士公，寧州李媪女，諱曰綿，是曰李夫人。李夫人訥訥寡言，好顧，喜坐竟日，請飲食，則飲食。生洪武三十三年二月二十六日，卒成化十五年十一月十三日，年八十一歲。寡節蓋三十三年云。墓在底不河北山，與十五里堡直而稍西。

鄢氏、范氏，並軍漢公，並葬范家峪墓。生卒缺。

王氏，主文公，葬西河岸，岸崩，今無冢。生卒缺。

劉氏，陰陽公，葬赤城廟旁。生卒缺。

高氏，吏隱公，諱曰慧，贈安人，又贈宜人，是曰高夫人。高夫人，赤城高家女。父曰高成，母曰劉媪。劉媪故居小十字街，生夫人。生六月，初，我大父有養女，即高族女，曰朝華，將贅壻，大置酒，會有劉媪。劉媪抱夫人往，我大父見之，大驚，曰：「安得此福女？闊面大耳者。」因求劉媪聘吾父。及期，吾家貧，乃徒以酒肉往請期，劉媪怒，數破酒擲肉，不得請。久之，或説劉媪曰：「而女終不聘乎？」劉媪悟，於是乃具粧奩送夫人歸。夫人歸，居無何，貧愈甚，夫人無怨言，乃獨曰：「此天也。」先大夫出務學，夫人則豢賣雞豕及酒醋，佐先大夫學。及時時負薪水，行人見之，率憐苦夫人，夫人弗苦也。然夫人性至嚴重，好鞭笞僕奴，雖家人嗃嗃，而蒸蒸無間言，貴有婦矣。然猶日視米鹽、零碎物及酒食與雞馬食，即與雞馬食，不肯妄用粟，至見哀憐人，則咨咨不已，周濟之。此雖其小細，可以觀大德焉。夫人生正統五年五月二十五日子時，卒弘治六年八月二十九日巳時，年五十四歲。祔葬高家平墓，卒後數年而有封錫之命。

馮氏，璡，改適。

范氏，名葱瑄，景泰六年九月九日生。

劉氏，麟，改適。

王氏，孟春，成化十年正月二十一日生。

孟氏，孟和，阜平人，天順七年二月五日生。

左氏，夢陽。

朱氏，孟章，改適。

曰海，處士公女，適任昌。

曰喜，處士公第二女，適黄景。

曰智，軍漢公女，適張某。

曰香，吏隱公女，適曹經。

曰真，吏隱公第二女，適王璽。

曰三姐，吏隱公第三女，生成化六年七月十五日，卒成化二十三年正月十五日，年十八歲。葬于開封府東門。東門者，宋門也。

【校】

①題目，黄本、曹本、李本作「外傳第五」。

譜序①

李夢陽曰：夫君子述事，必有所由從，於是作例義第一。譜以明世，于是作世系第二。夫永短行窮異數，於是列名諱、生死之紀，作家傳第三。然死者要用其本末，于是作大傳第四。予觀記，有外戚焉，家國一道，于是作外傳第五。然必列序本旨，于是作譜序第六。

按氏族，李氏肇自帝顓頊。顓頊有曾孫，曰咎繇，爲理官，因姓理氏。咎繇裔孫，有曰理利貞者，逃難伊侯之墟，食木子，於是更姓李氏，其後枝葉布散遍中國。至周，則有藏室吏曰李伯陽。或曰伯陽母居李樹下，生伯陽，伯陽生而能言，指李樹曰：「此爲我姓。」故姓李，名耳。此其言不足據。至漢，則有隴西、趙城之李，最顯著，諸李莫敢稱並。隴西之後生唐高祖，是後枝葉愈繁，布遍天下，然無專著姓如隴西、趙城者。乃後不知何自有貞義公，貞義公有曾孫，曰夢陽。

李夢陽讀詩，至伐木、行葦諸詩，未嘗不廢書而流涕也。曰：厚哉！先王之于人也。夫建利以定義，品制行矣；九族有章，五服經矣；疏疏而親親，冠履既著，等威異矣。于是乎有燕享之禮，會聚之節，有周恤慶唁之文。是故，易曰：「天與火同人，君子以類族辨物。」由此觀之，同異著矣。

嗟乎！非先王孰能爲此哉！今世俗廢此不講，人私其所幸好，心志乖僻無據，忌忮滋起。其極也，至父子不相容，婦姑反唇而相稽，甚者乃兄弟以兵相屠擊矣。當是之時，人心如豺虎，據食則露齗相狠，惡有思其類者乎？故曰：「專利者無親，亡義、罔上，則民不附。」信哉，是言也！漢、唐而下，縉紳學士有意於合族者不尠，然要之出于躬親爲當。故萬石君，木訥人也，不言而躬行，故其教不嚴而治，不肅而成，此豈聲音笑貌者耶？今人多務名，好侈大家世，無慘痛惻怛之實。及若郭崇韜，拜他人墓爲祖，即使有合族之志，體先王燕享之文，制爲飲食會聚，使其相周恤慶唁，其子孫能盡遵不邪？且崇韜以爲王侯將相果有種乎？予爲是懼。今譜、傳第采其事，實欲子孫知先世起家之難，使知孝敬之本，艱貞振厲之操，與勤儉之原。然李廣至德，厚得士大夫心，此與萬石君何殊？及孫陵降匈奴，自是李氏名敗，而隴西之士遂恥居門下。此豈垂統者之過哉？鄙人之言曰：

「何論根株，幹大則枝斜。」斯言雖小，亦可以喻大。故一命之士，而布衣之徒，能潤色名行，設禮義法約，統治其族人，此亦豪傑特立之行，非苟而已也。傳曰：「苟非其人，道不虛行。」吾子孫竟安如哉！然世俗恒憂其子孫不富貴，余甚悲焉。今高車駟馬，功名著于春秋，積金丘土者豈少也？然至於其族屬則疏矣。故有千金飾裘馬，而族人則衣懸鶉，出本於晜弟，算無遺銖已。及聚朋輩，則宴游日歌舞。故見尊官豪賓，足怗怗如有緣，至見族長輩，或不下車也，其悖禮可勝道哉！孔子曰：「其身不正，雖令不行。」斯其人使處父子、婦姑、兄弟，必皆不能至道。此廢古之大患也。正德二年，歲在丁卯，冬十一月序。

【校】

①題目，黄本、曹本、李本作「譜序第六」。

【評】

湯賓尹新鍥會元湯先生批評空同文選卷之三：譚姓大有根源。

又，始雖繁舉，至「後不知何自有貞義公」一句，始詳其所自出。

又，談古先睦族之意，及今時斁倫之由，令人有弔古傷今意。

又，此亦正大議論。

又，今之時視正德時，愈趨愈下。安得斯文障頹波哉！

李夢陽集校箋卷三十九　上書

上孝宗皇帝書稿 弘治十八年二月①。〔一〕

詔曰：「朕方圖新政理，樂聞讜言。事關軍民利病、切於治體可行的，著各衙門大小官員悉心開具，明白來説。」於是，户部主事臣夢陽上疏，曰：

臣聞人君不患世無直言之臣，而患己之不能用其言；人臣不患其言不得上聞，而常患人君者聞之而不樂也。蓋直言之臣，秉性樸實，不識忌諱，睹事積憤，誠激於中，義形於詞，故其言剴切而無回互，藥石而鮮包藏。是以爲君者不樂聞也，即聞之，不樂行也。夫明君英主則不然也，謂其言剴切，非爲身也，藥石非規名也。於是道之使言，言可行也，於是措之於行。是故下無壅蔽之奸，上無過舉之政，故治化浹洽而百姓受福矣。臣竊伏思陛下則真明君英主也。何以知之？陛下法祖宗者至矣，敬天地者蔑以加矣，飭躬勤厲，延問若不給矣，乃猶曰「政理未新，讜言未聞」。惓惓焉若將失之，欿焉恒不自安也。乃於是下詔，布誠廣路，諭之以悉心，誘之以樂聞。惟恐知之者不肯言，言之者不肯盡。豈不出於尋常者萬萬乎！臣故曰：「陛下真明君英主也。」然而治化不浹洽，百姓不受福，何也？意者病與害爲之，而陛下弗察也，又其漸不可長焉。夫天下之勢，譬之身也，欲身之安，莫如去其病；欲其利，莫如袪其害；欲令終而全安，莫如使漸不可長。今天下之爲病者二而不之去也，爲害者三而不之袪也，爲漸者六而不使不可長也。乃顧汲汲曰是奚不安也？奚不利也？奚不令終而全安也？是何異於不藥而求病愈？於戲！其可畏也哉！

夫易失者勢，難得者時。今睹可畏之勢，而遇得言之時，使仍緘默退縮，以爲自全苟禄之計，是懷不忠而欺陛下耳。臣今謹據所見，昧死開坐，惟陛下矜察哀憐，俯賜觀覽焉。

二病：一曰元氣之病。夫元氣之病者，何也？所謂有其幾，無其形，譬患內耗，伏未及發，自謂之安，此乃病在元氣。臣竊觀當今士氣頗似之，故曰元氣之病。夫孔子曰：「邦有道，危言危行。」今人不喜人言，見人張拱深揖，口吶吶不吐詞，則目爲老成，又不喜人直，遇事圓巧而委曲，則以爲善處。是以轉相則傚，翕然風靡。爲士者口無公是非，後進承訛踵弊，不復知有言行之實矣。如此尚得謂之不病乎？且大臣者，庶官之表而民之望也，今大臣則先不喜人言，又惡人直。夫諫官得以風聞言事者也，今大臣被彈劾，則率廷辯以求勝，語人曰：「我非要作官，但要屈直明白耳！」及直矣，又恬然作官。此何理也？往大臣有親之喪，服除，非詔不起，今大臣服除自起矣。如此尚得謂之有禮義廉恥邪？夫無禮義，則佞人進；乏廉恥，則國無防。佞人進則因循，互相欺詆；國無防則紀綱不張。臣竊謂此等不治，必積漸不可救藥。故曰四夷未侵，百姓未離，刑政未墜，疆土未蹙，而國危主憂。此臣所謂「元氣之病」也。

二曰腹心之病。夫腹心之病者，何也？攻之則難攻，不攻則亡身者也。臣竊計今事勢，内官者，腹心之病也。夫内官者，陰性而狼貪，其地逼近，又朋比難翦，臣故以爲腹心之病。夫倉廠場庫，錢穀之要也，今皆内官主之，陛下以此輩爲忠實可用邪？抑例不可廢也？夫例誠不可廢，每處置一二輩足矣。今少者五六輩，多者二三十輩，何邪？且夫一虎十羊，勢無全羊，況十虎而一羊哉？今某某有司擿發其奸，幸陛下洞見其情實。外議僉曰：「是必不赦，不且竄斥。」今數月矣，猶閣而不行。夫人情莫不遮於潛而玩於彰。彼未擿發奸，尚有嚴心，今其奸業擿發之矣，不置之法，又不竄斥，彼何所憚而不爲乎？昔人有言曰：「宦官有罪不可赦，有缺不可補。」言難除也。今皇城之内，通名籍者幾萬人焉，亦多矣。陛下又敕禮部選年十五以下凈身男子五百名，將安用邪？夫人情孰不欲富貴，今田野小民，無故猶閹割親兒，以希進用，矧今有詔，矧有名。嗚呼！此其禍可勝道哉！夫滅絶人類，則必戕天地之和；戕天地之和，則菑害必至；菑害至，則五穀不熟，人民離散。天道乖於上，人心怨於下，而陰性狼貪之徒，無忌妄行於中，而國不危者鮮矣。臣故曰：「内官者，腹心之病也。」今陛下誠於此時，拔廉直，奬忠鯁，斥無耻大臣，進盧扁之佐，則必轉病而爲安，厭禍以爲福。且陛下何難於此而不爲也？今議者必曰：彼曾不指實某忠，某直，某爲無耻，泛言難行。然不知上者，風也；下者，草也。拔一君子，則君子進。即有小人，相率而化於善矣。且人不幸而有疾，擇醫而治之者，爲愛身也。今某某有司幸擿發其奸，是亦國之醫耳。若一切閣而不行，是醫能治之而上弗肯使也。且陛下何難於此而不爲也？今誠欲腹心安，莫如𨱔内官之權；欲𨱔内官之權，莫如有罪不赦，有缺不補。傳曰：「治未病，不治已病。」今固已病也，而猶不治，是可惑也已。

三害：一曰兵害。夫兵害者，何也？臣以爲冗食而無補，空名而鮮實也。夫强本者，所以弱枝也。今在京之兵，以衛計之，七十有餘，分爲三營：一曰神機，二曰三千，三曰五軍。蓋帶甲控弦者數十萬焉，意固欲以强本也。然至正統己巳，纔數十年耳，拔之乃僅得十二萬焉，亦寡矣。於是有十二團營之名，團營至今，又纔數十年耳。日者遣將北伐，拔之不滿三萬焉，然其腰鞬弓刀不全也，騎士則牽露骨馬，又旋置鞍轡等。夫兵數不減於前，食之者增也，一旦而狼狽若此，何也？官不恤其軍，豪勢多占，使遠者逃，近者潛，職者不以報，糧籍不開除；又壯丁各營其家，老弱出而應點，宜其食之者增，而用之者寡也。臣故曰：「兵害者，冗食而無補，空名而鮮實也。」

夫騰驤四衛者，今非所謂内兵邪？外官既不與稽其數，征役又不選用其丁，故其人率富豪而氣驕。夫内官者，陰狡而狼貪者也。以富豪氣驕之人，而率之以陰狡狼貪之徒，兹其害可忍言哉！且夫錦衣衛，爪牙之司也，今内官之家人子弟官之。團營，兵之精也，内官參之，内兵又其專掌之。陛下乃何獨而不爲之寒心邪！古人有言曰：「官惟賢，賞惟功。」今團營、把總、號頭等，孰非内官之私人乎？彼其家人子弟，抑孰非詭託冒官也？乃遂令布列要地，爲爪牙乎？諺不有之曰：「萌芽不伐，將折斧柯；熘熘不撲，燎原奈何。」言貴豫也。陛下誠於此時查往年李玉事例，仍置總兵官，使參掌内兵。又禁團營、把總、號頭等，自今不得置其私人，乃於是令諸左右曰：其詭託冒官自首者聽，但罷免不問。如此，則威立而恩亦流，所謂銷患於未形，計之上也。

二曰民害。夫民害者，臣以爲斂重而民貧，又貪墨在位，恩不下流也。臣聞惟智者而後起家，夫人未有無所賴而生者也。今百姓賢智者百不一二，愚蠢者十常七八，然又苦無賴，而有司者不之恤也，斂之不問貧富也，役之不問勝否也。曰：「是爾職焉矣。」是故富者剥削，貧者稱貸；稱貸之不足，則必鬻子；鬻子而不足，則必逋竄。一旦棄父母、捐親戚，背鄉離井，愁怨之聲，上干天和，則必有水旱風雹之菑。逋者不還，居者縲絏而牽連，則必有無辜暴露之屍。臣故曰：「民害者，重斂使之也。」

夫内府供用，有常數也，宜有常簿焉。今油蠟皮張諸料等，較之弘治初年，費且十倍於前。此何也？蓋下者效上者也。取贏者未有不羨者也。今既十倍於前，則户、工二部科派必又倍矣。下之州縣，必又倍矣。百姓輸納，又有稱頭等，必又倍矣。又經内官，必有賄賂，是益又倍矣。於乎！民日貧而斂日積，當道不苦言以聞，有司乘機而肥其家，如此而猶望其治，是真却步以求前耳。陛下前固嘗降詔旨存問矣，然簿數不減也，科派不省，稱頭如故，賄賂公行無憚，此所謂空名而實禍也。臣故曰「貪墨在位，恩不下流」者，此也。

三曰莊場畿民之害。臣伏觀洪武某年詔曰：「直隸拋荒田地，聽民開墾，永不起科。」夫民既自開墾之矣，不可謂非其田矣。而今皇親之家，聽無賴光棍投獻主使，謂非其田也。請之朝廷，朝廷亦謂非其田也，率即賜皇親家。皇親家既奉天子命爲己有，乃輒遂白奪其田土，夷其墳墓，毁其房屋，斬伐其樹木。於是百年土著之民，蕩産失業，拋棄父母妻子，千里之内，舉騷然不寧矣。夫皇親與國同休戚者也，而禄非不豐，貴非不極也，乃秖以區區之田，損害赤子，動摇基本如此，是不欲與國同休邪！嗚呼！亦甚矣！

昔魯厩焚，孔子見之，但曰：「傷人乎？」蓋貴人賤馬也。今薊州牧馬草場，與百姓爭阡而競畝，尺分而寸剖之。臣竊悲也。是何賤人而貴馬也？夫草場，數千頃地耳，今三遺官矣。百姓連年坐勾攝，轉相牽聯，妨廢本業，耽閣其生理。男不秉耜，女不上機，賣男鬻女，弱者轉而死泥塗者過半矣。嗚呼，是何賤人而貴馬也？

臣雖未詳其始末，竊計今事勢，萬無百姓侵官之理，設有之，所辦亦官租耳，非若皇親之家占之爲己有也。今據勘牒四至，與民爭者止十之一二耳。臣謂宜置而不問，且百十年土著之民，一旦逐之使去，陛下忍爲此邪？夫王畿，天下之本也，今以數十百頃之地，失黔首之心，傷陰陽之和，臣固知陛下不忍矣。陛下幸哀憐，聽臣愚計，敕户部查景泰六年勘官馮讜奏内事理，以前項田土，仍給民徵租，但以空閑草地牧馬便。

六漸。夫六漸者，一曰匱之漸。夫匱之漸者，何也？臣以爲兵連然耳，然又苦浪費。今各邊用兵，以將則庸，以卒則罷。糜財而無功，曠日而損威，而錢穀吏俯首供給，莫敢如何，稍有不繼，則軍吏諉以自解。是故倉廩不足，不曰兵者糜之也，曰是錢穀者之誤之也；錢穀者不曰已誤之也，曰是無米②而求粥也。於是始有和買之議矣。和買而不足，於是有乞運之例；乞運而又不足，於是乞内帑之銀。

臣始至户部，大倉庫銀，尚百七十餘萬，今銷耗且過半矣，然而乞者未已也。由是積漸而不止，雖欲不匱，烏可得矣！夫今疆土不蹙於前也，又鮮大寇，非有若匈奴、突厥者也。竭天下之力以供邊，而日猶不足，此其故何也？糜財而無功，曠日而損威者爲之也。夫錢者，泉也，言流也。散於上則聚於下，公家削則私室盈。今京城内外，千觀萬寺亦熾矣，顧又不止。彼左右侍臣，孰非造寺者也，動孰匪以鉅萬計，諺曰：「十入一出。」今彼鉅萬出，則其入不止於鉅萬明矣。

夫上惟風，下民惟草。今方春氣和，耒耜在野。陛下乃不發倉廪，助不給，賑不足，顧遍察寺觀等，敕給費修葺之，是道民以奉佛也。彼以鉅萬入者，又何憚而不造寺也。夫智者察微，今貨入而於私室矣，又出而造寺觀等矣。設卒有水旱之警，兵甲事興，内取則已匱，外斂則民窮，臣不知陛下計所出矣。故曰「又苦浪費」者，此也。

二曰盜之漸。夫盜之漸，何也？臣以爲其幾在民窮。夫盜者，非不知法當死也，彼以爲往固無食矣，今盜而得食，即死不猶逾於餒乎？往固無衣矣，今盜而得衣，即死不猶逾於凍乎？往有租調官司之轄矣，今盜而得自由，不猶逾於追繫鞭笞之乎？夫天下無智、愚、强、弱，舉俯首捧心以事我者，以有法維之，且畏死也。今既死而逾於凍、餒、追繫鞭笞之，則彼亦何所不至邪？故以臣之愚，竊計今事勢，非但憂盜，將必有大患。大患者，何所謂？有亂之機，無亂之形也。夫今天下無不臣之邦，四夷無不庭之國，百官奉職，筐篚歲至，太倉有紅腐之粟，武庫之兵朽而不用，又無方二三千里水旱之菑也。然而哨聚殺人、劫縣燒村、剽掠婦女者，日相聞也。假如不幸而有方二三千里水旱之菑，武庫乏兵，太倉粟竭，百官不奉職，夷狄外侵，海内有警，則事勢又何如矣？故曰：「有亂之機，無亂之形。」嗚呼！此亦可以寒心矣！

臣謂宜趁此急選良有司，恤飢賑寒，以安民心。又密令整飭城池、軍馬，以伺緩急之變。夫安不忘危，霸者之略；有備無患，聖王之政。況今承平日久，民不知兵，萬一有慮外之警，有如平原、睢陽之倫乎？臣故曰「計今事勢，非但憂盜，將有大患」者，此也。

三曰壞名器之漸。夫壞名器之漸者，臣以爲黜陟失制也。夫明王懸爵賞以待天下之賢，將以奉天而理民也。故曰：「五服有章，自天命之，示非我也。」又曰：「爵人於朝，與衆共之，明至公也。」是以古之英君，寧捐百萬之費，而靳一郎之拜，其意亦謂此耳。而今乞官者官，乞蔭者蔭，黜其父者陟其子，黜其祖者陟其孫。臣不知陛下計所出矣。夫蔭者所以報功，又示勸也。今黜者既陟其子孫，則有功者何勸焉？是以高其爵不足以勵，縻其賞不足以諷，夤緣鑽刺之風既行，而廉恥名節之士遂寡，且陛下何利於斯而爲之也？夫大學士萬安，前侍先皇帝，醜穢彰露。陛下踐祚之始，嘗令内官逼脱其牙牌，逐之去矣。今而蔭其子爲丞臣，不知報邪？勸邪？且陛下何利於斯而爲之也？夫薰蕕同器，不知有薰；廉污並賞，孰肯爲廉？陛下若謂天下之大，何吝此一官，則所謂敝袴之藏，繁纓之惜者皆非邪！惟名與器，不可以假人。臣故曰：「壞名器之漸者，黜陟失制也。」

四曰弛法令之漸。夫弛法令之漸者，臣以爲舛與玩爲之也。夫舛莫大於縱罪，玩莫大於長奸。昔者，舜爲天子，其父瞽瞍殺人，孟子以爲士師執之。爲舜者，但宜竊負而逃。蓋法者，公之天下，受之祖宗者也。掌於士師，士師不得而專也；出於天子，天子不得而專也。是故士師可以執天子之父，而爲舜者不可私其親。曩者犯人王禮，擅搶夷僧貨物，損辱國體，傳笑外邦，獄案已具，法所不赦也，陛下何從而赦之邪？以爲無罪，則固已追償其貨直矣；以爲有罪，未聞有罪而赦之者也。有罪而赦之，是縱罪也。縱罪則奸長，奸長則政舛，政舛則民玩，民玩則令慢，令慢則法弛。此古之所大忌，而今之所甚忽也。夫忌莫大於刑，忽莫大於私。何則？刑，天討也；公，天道也。王者不私其天，故罰一人而千萬人懼。諺曰：「勿謂尺五，後且不補。」臣故以王禮之赦，爲弛法令之漸。

五曰方術眩惑之漸。夫方術眩惑之漸者，臣以爲去之不力，則誘之必入也。夫自古帝王享國長久者，畏天而憂民也，非以奉佛也；康强少疾者，清心而寡欲也，非以事仙也。且陛下獨不見梁武、唐憲乎？梁武帝奉佛最謹，然罹禍最慘；唐憲宗事仙又最謹，然年又最短。此其明效大驗，彰彰可考者。而今創寺創觀請額者，陛下弗止也。比又詔葺其圮廢，臣不知陛下乃何所取於彼而爲之也？　夫真人者，太虛而爲之名也。今酒肉粗俗道士，陛下敬重之如神，尊爲真人；又法王、佛子等，並肩輿出入，珍食衣錦。陛下踐祚，詔曰：「僧道不得作醮事，扇惑人心。」堂堂天言，四海誦焉。夫陛下神心睿姿，不減於前，乃今復爾者，臣故知有誘之者也。夫去之不力，則誘之必入，譬若鋤草不盡，反滋其勢。陛下奈何去之不力，而反使之滋也？　夫誘者必曰其道妙，又其法靈。今天變屢見於上，百姓嗷嗷於下，邊報未捷，倉庫匱乏。信如真人國師，道足以庇，法足以佑，陛下何不逐一試之？　且彼能設一醮，禳一法，使天變息而嗷嗷者安乎？　此固必無之事，而陛下不察，反聽其誘。此臣之所以日夜悲心者也。

六曰貴戚驕恣之漸。夫貴戚驕恣之漸者，臣以爲其防決也。夫水防惟土，國防惟禮，水決則潰，禮決則陵。昔者高皇帝制皇親令曰：「皇親之家，不得與政。」臣嘗伏讀歎息，以爲聖王不易之論，及退而考夫頒禄列爵，則又使大貴而極富，已又考其器度田奴之等，則又不使逾也。臣於是又歎曰：「是所謂禮之防也。」

夫皇親與國至戚也，不宜有間。今顧制禮以防之者，臣以爲此固保全而使之安也。今陛下至親莫如壽寧侯〔二〕；所宜保全而使之安者，亦莫如壽寧侯。乃顧不嚴禮以爲之防，臣恐其潰且有日矣。夫下替則上陵，今壽寧侯招納無賴，罔利而賊民，白奪人田土，擅拆人房屋，强虜人子女。開張店房，要截商貨。而又占種鹽課，横行江河，張打黄旗，勢如翼虎。此謂之不替可乎？替則陵，陵則逼，大逼則法行。且今側目而視，切齒而譚，孰非飲恨於壽寧者也？夫川潰則傷必衆，萬一法行，陛下雖欲保全而使之安，得乎？臣竊以爲宜及今慎其禮防，則所以厚張氏者至矣，亦杜漸翦萌之道也。

【校】

①弘治十八年二月，原無此小注，據曹本、李本補。　②米，原作「不」，據四庫本改。

【箋】

〔一〕明馬文升端肅奏議卷十一載：「弘治十八年二月十二日早欽奉聖旨：『朕方圖新政理，樂聞讜言，除祖宗成憲定規不可紛更，其餘事關軍民利病、切於治體，但有可行的，著各衙門大小官員悉心開具，明白來説。』」夢陽「應詔上書，陳二病、三害、六漸，凡五千餘言，極論得失」（明史李夢陽傳）。談遷國榷卷四十五載：弘治十八年二月戊辰，「詔曰：『朕方圖新政理，樂聞讜言，除祖宗成憲不可紛更，其餘軍民利病，直言無有諱。』」己巳，「户部主事李夢陽上言時政，……『顧不嚴禮以爲之防，臣恐其潰且有日矣』」。是該文當寫於弘治十八年二月，時夢陽任户部主事。

〔二〕壽寧侯，明孝宗皇后張氏之兄張鶴齡，河間府興濟（今河北河間）人。父張巒爲明孝宗孝康皇后之父。孝宗即位，封鶴齡壽寧侯，與弟建昌侯張延齡並驕肆横行。正德中進太傅，世宗入繼，以定策功，進封昌國公。嘉靖十二年革爵，謫南京錦衣衛指揮同知。後坐事被逮下獄，瘐死。

【評】

湯賓尹新鍥會元湯先生批評空同文選卷之四：識體如賈長沙，鯁直如汲長孺。此皇朝有用文章。

又，其識微，其詞昌，其文直而不激。

又，諸大臣貪位固禄處，如唐子方叩陛，誰不愧竦。

又，攻閹豎之害，攻如李夫人之匕首，靡不深入。

又，「傷天地之和」語，尤是讜言正議。

又，論及三害處，□□鄭公十□□□過此。

又，議論治軍之法，井井有條。

又，處置兵事，大中肯綮。

又，爲國爲民，肝□俱赤。

又，談錢穀征輸，大有關國是處。

又，大臣、閹豎，人已難言之，矧皇親乎？獻吉批鱗之忠言直於此，讀之凜凜與秋霜俱厲。

又，兵政之陳，亦有關於國體。

又，看到「六漸」那一句，不是爲皇家杜漸防微底忠赤。

又，談靡財之弊由於造寺觀，大是救時良方。

又，止盜之策，亦是不可移易之議。

又，議論滚滚，如萬斛之泉，□地而出。

又，語語警切動人。

又，黜父陟子，誠非政體，此獻吉不敢道！

又，「縱罪長奸」之語，亦大激切。

又，究其流弊之所極，亦是根宗之論。

又，以酒肉僧道而奉之，惑之之惑者也。

又，復推及設醮撰法，不能御災，愈直截易曉。

又，議論正大。

又，談及壽寧侯之横，令人毛豎骨寒，誰云文人無行哉！

又，文體平正通達，至談弊處，激切不諱，其伯仲賈生之治安策乎。

秘録①〔二〕

初，詔下懇切。夢陽讀既，退而感泣，已，歎曰：「真詔哉！」於是密撰此奏，蓋體統利害事，草具，袖而過邊博士。會王主事守仁來〔二〕，王遽目予袖而曰：「有物乎？有，必諫草耳。」予爲此，即妻子未之知，不知王何從而疑之也。乃出其草示二子。王曰：「疏入，必重禍。」又曰：「爲若筮，可乎？然晦翁行之矣。」於是出而上馬並行，詣王氏，筮，得「田獲三狐，得黄矢，貞吉」。王曰：「行哉！此忠直之繇也。」及疏入，不報也，以爲竟不報也。一日，忽有旨拿夢陽送詔獄，乃於是知張氏有本辯矣。張氏論我斬罪十，然大意主訕母后，謂疏末「張氏」，斥后也。掌詔獄牟斌。牟斌問曰：「壽寧胡不指其事實羽翼？」予曰：「慮對耳。」斌曰：「指則我能據事實翦厥羽翼，奚對焉？」獄成，牟斌參之，其略曰：「原情應詔，論法亦違。」而渠云十罪者，悉置弗入。奉聖旨：「李夢陽妄言大臣，姑從輕罰俸三個月。」此十八年四月十六日也。

居頃之，龍馭上賓矣。痛哉！何忍言！何忍言！太醫院使吴釴，高郵人也，謂我曰：「上崩之明日，釴往見一近侍閹，會閹挈其白綾褶子出，褶子自肩以下血淋淋未乾也。閹迎釴以褶子泣曰：『此爺爺口鼻中血也。』釴相與泣，問故，言上氣絶時，閹負之自寢出云。已，閹抆淚謂釴曰：『怎更能得此聖明皇帝！』釴叩之，閹曰：『前李夢陽事知否？』釴曰：『不知。』閹曰：『上初無奈壽寧輩逼何，金夫人又日在上前泣訴不平，上欲借官人每力。一日朝退，召三閣老，上問曰：「李夢陽言事若何？」劉健輒對曰〔三〕：「此狂妄小人耳！」上默然良久，謝遷前對曰〔四〕：「其心無非爲國。」上頷之曰：「然。」會科道官交章入，李夢陽由是得釋。然釋之日，金夫人猶在上前泣訴，求重刑。上怒推案出，竟批止罰俸三月。汝以爲此等皇帝，能更得否？』言既，二人相對大聲哭。」而尚書劉公大夏曰〔五〕：「釋李夢陽時，會上召我言閹輩事，因遂及李夢陽事，上曰：『朕初欲輕譴此人，而左右者輒乃曰輕莫如打二十放了。』已，顧大夏曰：『汝知渠意乎？』大夏叩頭對曰：『臣不知。』正德上曰：『打必送錦衣衛，渠拴關節打之，必死也，於渠輩則誠快矣，如朕殺諫臣何？』」間，予至江西，則見都御史艾璞〔六〕，曰：「璞往爲光禄卿。故事，光禄寺日辦有攢盤云。攢盤者，供近侍閹者也。孝宗末，尚儉節，斯格不行矣。而一日未申間，忽有旨趣辦攢盤十餘，衆驚愕，辦矣，久之不取也。例辦不入，卿不出，璞守至昏黑，東安門將下鎖矣。一老閹來，曰：『官第出。』璞於是倉皇出。明日入至寺，寺閹耳語璞曰：『知攢盤否？』璞曰：『璞何由而知也？』閹曰：『昨夜上蓋游南宫云，皇后、皇太子、金夫人從，而二更時，召二張自東安門入。』璞問曰：『何事？』閹曰：『上和解二張耳，爲李主事事。』璞叩詳細，閹不答。」予因記往錦衣百户郭勛曰：「上游南宫時，二張夜入侍，酒中，皇后、皇太子、金夫人皆迤邐出遊，上獨召大張促膝語，左右咸莫知聞，第遥見大張免冠觸地謝云。」予始不甚信，今以艾公言質之，符矣。

【校】

①題目，四庫本作「秘録附」。

【箋】

〔一〕夢陽上奏疏在弘治十八年二月。文中云「正德間，予至江西，則見都御史艾璞」，是此文乃夢陽晚年追憶之作。

〔二〕王主事守仁，即王守仁，字伯安，號陽明，浙江餘姚人。弘治九年（一四九六）進士，除刑部主事，改兵部主事。因劾宦官劉瑾，被謫龍場驛丞。後任左僉都御史兼南贛巡撫，以平定寧王朱宸濠之亂封新建伯，總督兩廣。正德末退官，嘉靖八年卒，謚文成。王世貞撰有新建伯文成王公守仁傳（載國朝獻徵録卷九）。國朝列卿紀卷五十、明史卷一百九十五、本朝分省人物考卷五十有傳。列朝詩集小傳丙集王新建守仁載：「先生在郎署，與李空同諸人游，刻意爲詞章。」

〔三〕劉健字希賢，號悔庵，洛陽人。天順四年（一四六〇）進士，弘治四年（一四九一）以禮部尚書入内閣，累官至吏部尚書兼太子太師、華蓋殿大學士。嘉靖五年卒，謚文靖。國朝列卿紀卷十一、明史卷一百八十一、本朝分省人物考卷九十有傳。

〔四〕謝遷字于喬，號木齋，浙江餘姚人。成化十一年（一四七五）進士，授修撰，累遷左庶子，後入内閣，累官太子太保、兵部尚書兼東閣大學士，與劉健、李東陽同輔政。秉節直亮，爲人稱道。武宗嗣位，請誅劉瑾不納，致仕。嘉靖六年，再起入閣，僅數月，以老辭歸，卒謚文正。著有歸田稿。國朝列卿紀卷十二、明史卷一百八十一、本朝分省人物考卷四十九有傳。

〔五〕劉公大夏，即劉大夏，字時雍，華容（今屬湖南）人。天順八年（一四六四）進士，曾官兩廣總督、兵部尚書。敢於直言國事。正德十一年卒，年八十一，贈太保，謚忠宣。丘濬有太子太保兵部尚書劉大夏傳、王世貞有兵部尚書劉公大夏傳（載國朝獻徵録卷三十八）。另，國朝列卿紀卷四十八、本朝分省人物考卷八十、明史卷一百八十二有傳。

〔六〕艾璞字德潤，號東湖，江西南昌人。成化十七年進士，累官右副都御史。能言人所不敢言，勛戚與民争田，勘實後悉歸之民。忤劉瑾，被逮下獄，遣戍嶺海。瑾誅，復官致仕。國朝列卿紀卷一百、本朝分省人物考卷五十七有傳。

李夢陽集校箋卷四十　狀疏

代劾宦官狀疏①正德元年九月。〔一〕

臣等伏念人主以辨奸爲明，人臣以犯顔爲忠。故群小之奸，逼近君側，勢足以危社稷、亂天下，伏未及發，是謂禍萌，故曰：「萌不可長。」臣等幸待罪股肱之列，值主少國疑之秋，仰觀乾象，俯察物議，瞻前顧後，心焉如割，至於中夜起歎，臨食而泣者屢矣。臣等伏思與其退而泣歎，不若昧死進言，即使進言以死，不猶愈於緘默苟容乎？此臣之志，亦臣之職也。

臣等伏睹近歲以來，朝政日非，號令欠當。自如秋來，視朝漸晚，仰窺聖容，日漸清癯。皆言太監馬永成、谷大用、張永、羅詳、魏彬、劉瑾、丘聚等〔二〕，置造巧僞，淫蕩上心。或擊毬走馬，或放鷹逐犬，或俳優雜劇，錯陳於前；或導萬乘之尊，與外人交易，狎暱媟褻，無復禮體。日遊不足，夜以繼之。勞耗精神，虧損志德。遂使天道失序，地氣靡寧，雷異星變，桃李秋華。考厥占候，咸非吉徵。切緣此等細人，惟知蠱惑君上，以便己行私，而不思赫赫天命、皇皇帝業，在陛下一身。今大婚雖畢，儲嗣未建，萬一遊宴損神，起居失節，雖將此輩虀粉葅醢，何補於事乎？昔我高皇帝艱難百戰，取有四海，列聖繼承，傳之先帝，以至陛下。先帝臨崩顧命之語，陛下所聞也，奈何姑息群小，置之左右，爲長夜之遊，恣無厭之欲，以累聖德乎？

竊觀前古閹宦誤國，其禍尤烈。漢十常侍，唐甘露之變，是其明驗。今照馬永成等罪惡既著，若縱而不治，將來益無忌憚，爲患非細。伏望陛下奮剛斷、割私愛，上告兩宮，下諭百僚，將馬永成等拿送法司，明正典刑，以回天地之變，以泄神人之憤，潛消禍亂之階，永保靈長之業。則皇上爲守成之令主，臣等亦得爲太平之具臣矣。事關安危，情出迫切，不勝戰慄俟命之至。

【校】

①疏，黄本作「稿」。又目録原亦作「稿」，據此改正。

【箋】

〔一〕自注曰：「正德元年九月。」據明朱安㴐李空同先生年表，此疏當代户部尚書韓文諸人劾宦官劉瑾所作，曰：「逆閹劉瑾輩以青宮舊恩，日導上狗馬鷹兔、舞唱角抵，漸棄萬機罔親，時號『八虎』。給事中劉公茝、陶公諧相繼論劾，不報。於是户部尚書韓公文每退朝，對屬吏輒泣下，以閹故。公間説之，爲具草疏。閹瑾知韓公之奏皆公贊成之，疏又出公手也，遂矯詔奪官，降山西布政司經歷，勒致仕。」明武宗實録卷二十一：正德二年正月，「降户部員外郎李夢陽爲山西布政司經歷司經歷，兵部主事王綸爲順德府推官，俱致仕。時太監李榮傳旨，謂夢陽阿附韓文、王岳，綸阿附劉大夏，故黜之。蓋瑾意也」。

〔二〕劉瑾，本姓談，明陝西興平人。幼依劉姓太監進宫，因冒其姓。武宗即位，掌鐘鼓司，與馬永成、谷大用等八人號「八虎」。日進鷹犬、歌舞、角抵之戲誘武宗微行遊樂，進内宫監，總督團營，尋掌司禮監。於東、西廠外加設内行廠，以鎮壓異己，斥逐廷臣。又奏置皇莊，漸增至三百餘所。正德五年（一五一〇），都御史楊一清爲太監張永定計奏瑾圖謀反叛，遂籍其家，磔之於市。明史卷三百零四有傳。

【評】湯賓尹新鍥會元湯先生批評空同文選卷之四：獻吉成非常之人者，在此疏；而幾惟不測之禍者，亦在此疏。

又，詞語激切忠質，心事可表天目。

又，直截簡當，最易動人。

又，理在言中，情溢詞表。忠君憂國之誠具見矣！

秘録①〔一〕

初，今上即位，青宫舊閹等日導上狗馬鷹兔、舞唱角抵②，漸棄萬幾罔親，時號「八虎」。而段敏、黄偉雖舊閹，以端慤斥，不信用。會段坐病免死，於是户部尚書韓文每朝退對屬吏言輒泣，淚數行下，以閹故。而郎中李夢陽間説之曰：「公，大臣也，義共國休戚，徒泣何益？」韓公曰〔二〕：「奈何？」曰：「比諫臣有章入，交論諸閹，下之閣矣！夫三老者，顧命臣也，聞持諫官章甚力。公誠及此時率諸大臣殊死争。閣老以諸大臣争也，持必更易，力易爲辭，事或可濟也。」韓公於是捋鬚昂肩，毅然改容曰：「善。即事弗濟，吾年足死矣，不死不足以報國。」

翌日早朝，韓公密叩三老，三老許之。而倡諸大臣，諸大臣又無不踊躍喜者，韓公乃大喜，退而召夢陽，令具草。草具，韓公讀而芟之曰：「是不可文，文，上弗省也；不可多，多，覽弗竟也。」而王岳者，亦青宫閹也，剛厲而無阿，頗亦惡其閹儕。初，閣議持諫官章不肯下，諸閹者業窘，相對涕泣。會諸大臣疏又入，於是，上遣司禮者八人齊詣閣議，一日而遣者三，而閣議持卒不肯下。而岳者，八人中人也，顧獨曰：「閣議是。」明日，忽有旨召諸大臣。諸大臣者，蓋人人惴也，既入左掖行，吏部尚書許進首咎韓公曰〔三〕：「公疏言何？」韓公於是故曳履徐徐行，而使吏部侍郎王鏊趨詣閣探動静〔四〕。閣老劉健語鏊曰：「事已七、八分濟矣。諸公第持莫輕下。」至左順門，閹首李榮手諸大臣疏曰：「有旨問諸先生，諸先生言良是，無非愛君憂國者。第奴儕事上久，不忍即置之法耳，幸少寬之，上自處耳。」衆震懼，莫敢出一語答。李榮面韓公曰：「此舉本出自公，公云何？」韓公曰：「今海内民窮盜起，水旱頻仍，天變日增。文等備員卿佐，靡所匡救，而上始踐祚，輒棄萬幾，遊宴無度，狎匿群小，文等何得無言？」韓公言雖端而氣不勁，又鮮中肯綮。於是李榮哂而曰：「疏備矣。上非不知，今意第欲寬之耳。」諸公遂薨然而退。蓋是日諸閹者窘，業自求安置南京，而閣議猶持不從，諸公乃竟爾爾退，惟王鏊仍前謂榮曰：「設上不處如何？」李榮曰：「榮頸有鐵裹之邪，而敢壞國事？」榮入而事變矣。是夜，立召劉瑾入司禮，而收王岳、范榮，詔竄南京，尋殺二人于途。已，又連斥劉、謝二老，顧獨懇留李。而韓公輩詾詾，咸拔茅散矣。變之起，大抵莫可詳，而李榮則曰：「諸大臣退，而瑾儕繞上前跪伏哭痛，首觸地曰：『微上恩，奴儕磔餧狗矣。』上爲之動，而瑾輩輒進曰：『害奴儕者，岳也。』上曰：『何也？』曰：『岳前掌東廠也，謂諫官曰：先生有言第言。而閣議時，岳又獨是閣議，此其情何也？夫上狗馬鷹兔，岳嘗買獻之否，上心所明也。今獨咎奴儕。』既而益復伏地哭痛。上於是怒而收王岳。瑾又曰：『夫狗馬鷹兔，何損於萬幾？今左班官敢嘩而無忌者，司禮監無人也；有則惟上所欲，而人不敢言矣。』上於是詔瑾入司禮監。」此其説亦近，第難盡信耳。又聞閣議時，健嘗椎案哭，謝亦亹亹呰呰罔休，獨李未開口，得愬留云。

【校】

①題目，四庫本作「秘録附」。　②角抵，四庫本作「角觝」。

【箋】

〔一〕據文意，似爲正德五年（一五一〇）劉瑾被誅後夢陽追憶之作。

〔二〕韓公，即韓文，字貫道，山西洪洞人。成化二年（一四六六）中進士，除工科給事中。弘治中以右副都御史巡撫湖廣，後移撫河南，召爲户部右侍郎，後任南京兵部尚書。正德元年（一五〇六），任户部尚書，因率衆劾劉瑾，事敗歸鄉。正德五年，劉瑾誅，復官，致仕。嘉靖時復官，加太子太保。嘉靖五年卒，年八十有六，贈太傅，謚忠定。事見明史卷一百八十六。

〔三〕許進字季升，號東崖，靈寶（今屬河南）人，成化二年進士，正德初官至兵部尚書、吏部尚書，加太子少保。得罪劉瑾致仕。瑾誅，復官，未任卒，嘉靖初謚襄毅。明史卷一百八十六有傳。

〔四〕王鏊字濟之，蘇州府吴縣人。成化十一年進士，授編修。弘治時歷侍講學士，充講官，擢吏部右侍郎。以憂去。正德初進户部尚書、文淵閣大學士。正德二年，晉少府兼太子太傅、武英殿大學士。入閣時大權盡歸劉瑾，正德四年，辭官歸鄉。鏊博學有識鑒，善文，有姑蘇志、震澤集等。事見明史卷一百八十一。

【評】

湯賓尹新鍥會元湯先生批評空同文選卷之五：許家宰千古有餘慚矣。

又，王先生凜凜正氣矣。

又，三閣下忠佞判矣。

清顧有孝纂李煒、陳三島評明文英華卷五：包捷曰：「閱秘録二篇，不獨見獻吉立身本末，兼可見兩朝政事之得失，是一代有關係之文字。」

擬處置鹽法事宜狀 爲户部郎中時撰。〔一〕

古者，聖王因山澤之産，制天下之用，廣效而博利，莫先於鹽。是故鹽者，利之宗而弊之藪也。夫水遇下則奔，獸覩壙則走，人見利則趨。今鹽非商不售，商非召不集，以故市井錐刀之子，舉得鼓舌，與官府争低昂。設一無賴子弟攘臂，賈衆觀望摇撼，需滿而應，則輕重之柄豈復在我哉？處必趨之地，持倒置之柄，於是土著者豪，群聚者盗，勢亢者奸，力寡者賊，日增月盛，而鹽之法壞矣。夫泰阿①天下之利器也，倒其柄則易而不畏，此無他，勢逆也。今商賈之家，策肥而乘堅，衣文繡綺縠，其屋廬器用，金銀文畫，其富與王侯埒也。又畜聲樂、伎妾、珍物，援結諸豪貴，籍其蔭庇。今淮陽仕宦數大家，非有尺寸之階、甔石之儲，一旦累貲鉅百萬數，其力勢足以制大賈，揣摩機識，足以蔑禍而固福，四方之賈，有不出其門者亦寡矣。夫天下之勢，譬之持衡然，此重則彼必輕，如此而欲官盡其利可得哉？董子有言：「皇皇求仁義，常恐不能化民者，卿大夫之事也；皇皇求財利，常恐困乏者，庶人之事也。」故曰：「伐冰之家，不畜牛羊。」言與民争利也。

今縉紳縫掖，率貴利賤義而務細小，往往詭託賈豎，販引占窩，逐污辱之利，而權家外屬輒相鼓扇挾制，堅請固乞，志在必獲，駕帆張幟，横行江河，虎視狼貪，亡敢誰何，是舉其輕者而並棄之，此臣之所謂奸也。人情莫不欲富，彼聞尊官厚禄，以争相赴利，則率不顧死亡之禍、敗亂之行，哨衆盗販，依江阻海，鳴金伐鼓，小捕則拒，大捕則匿；濱海居民，襲弊踵壞，人煮户煎，擔載營販者不可勝數，浙、閩、嶺廣尤甚。官鹽之不行久矣，縱而弗治，不但亡利，不無他變；又土著之豪，侵奪蘆蕩，敺役丁竈，盗食原課，逋負動大萬數，轉相夤緣，設責督稍嚴，又牽花户均陪矣，此弊之尤者。故場無見積，庾乏故畜，四方來者，持金頓幣，得與官府議輕重、争低昂，豈不大可恨哉！

今欲處置鹽，莫如復祖宗之法；欲復祖宗之法，莫如伐奸、鏟豪、弭盜、息賊；欲去此四者，莫如令之必行。夫譚景清等一商豎耳，比以附搭貴戚，假狐虎之威，持風雨空目，冒買補名號，阻遏國利，讐怨小民，動摇朝廷。既不奉詔還官，又不退直自保，是損先帝聖德，阻格陛下新令也。夫法，欺罔者死。今譚景清等退直，乃復堅請乞，不從，則群噪溷擾，至遮尚書輿不使行，如此尚得謂之法邪？昔商君將爲政於秦，慮黔首弗從，乃立木國門，曰：「有能徙者，予千金。」一人徙之，輒予千金，是後無令弗行。今輦轂之下，不能制一商豎，何以信四方、控海内邪？故曰法行自近始。

陛下甘府藏之虚、内用之竭，顧獨忍於一商豎，是忘公家之急而闢私幸之門，棄已成之法而長奸盜之資也。夫吏奉法者也，今運鹽使提舉等，非坐闒茸不職，不得除拜，是敺之汙穢之地，以求自潔之人，亦難矣。人情莫不有義，亦莫不有欲，顧所道何如耳？道之以潔，尚慮汙；道之以汙，則亦奚所不至耶？今河東、淮、浙，歲遣御史巡行，意在糾惡興滯；而新造之士，於法多不甚解，聰察多紛更，恬静多避嫌，及少諳頭緒，已復代更矣，竊未見其可也。願選貞茂通明御史，清鹽如清軍，三易歲乃代；仍簡風憲重臣一人，付便宜之權，略放漢桑弘羊、唐劉晏、本朝周忱故事，令其綆墜剔蠹，濬源決流，一切不得阻撓。運鹽使、提舉等，悉選補廉吏；如此，而利不興、國不足、芻餉供億之費不給，未之有也。語曰：「智者不襲常。」此之謂也。

【校】

①泰阿，四庫本作「太阿」。

【箋】

〔一〕正德元年（一五〇六）一月，夢陽進户部郎中，十月，上代劾宦官狀疏，旋與韓文、謝遷等被劉瑾誣爲「黨人」，遭「勒致仕」處置。據小注，此文當爲正德元年一月至十月間作。又，據明通鑑卷四十一，似在正德元年二月。

【評】

湯賓尹新鍥會元湯先生批評空同文選卷之四：陳弊最痛切，救弊最簡易。

又，泛文海，涉世波，乃有此文章。此奏疏豈特空談乎？

又，既泛□夫弊端，又親摘夫奸人，不徵不慝，最得奏疏之體裁。

又，此等處置，百世不易之良法也。

請表節義本　爲提學副使時撰。〔一〕

竊惟禮義，人之大閑；綱常，國之命脈。是以忠臣、孝子、義夫、節婦，史册標記，典章崇重，所以厚人倫而敦化原者也。我朝祖制，列激勸之條，列聖下旌舉之詔，皇上臨御，褒獎尤切，數年兩詔，凡孝子、順孫、義夫、節婦皆許有司開具實跡以聞。聖德美意，雷動人心，誰不感激勸勵。

正德六年六月，臣奉敕諭巡視江西學校，所過地方，采訪風俗，布宣德意，見得各府州縣多有篤行義士、貞婦烈女，率泯没無聞。追問其故，皆言窮鄉小户，有善莫録；即蒙有司申達，而展轉覈實，胥吏乘機勒取酒食財物，往往坐寢其事。臣職掌風化，凡有此等，臣合與聞；聞之不舉，厥惟臣罪。當令各該有司查報。據永豐縣各申潘應高等民婦共九名口到，臣惟恐弗的，駁。取鄉耆里老、師生人等，勘結各同，委各係窮鄉小户，實善無聞，及展轉覈實，寢滅未旌人數。臣竊伏思，旌德勸善、罰罪懲惡，一者跡異用同。故有白刃不懼，而畏陳公所短；亦有獷悍掉臂之徒，見五尺童子拱手徐行而爲斂容者，此蓋禮義淑人之明驗。先王所恃，以化暴域民者也。況江西素稱文獻，今成盜藪，雖潢池弄兵，命懸旦夕，而澄源固本，要在忠信。爲此，將各該孝節民婦潘應高等開坐上請，伏乞俯納敕部查照旌表，免再覈勘，以勵風俗，以淑人心。干冒天嚴，不勝悚懼戰慄之至。

潘應高，廣信府永豐縣南隅民，事父母以孝聞。景泰三年，父病刲股，夜感異夢，父病遂瘳。天順八年，本縣奏聞未旌，其父再病，應高嘗糞，父死，廬墓三年。成化四年，本縣復具始終實跡奏准勘實旌表，彼因各官遷代，不一其事，廢閣未行。緣潘應高委係生前奏准旌表，人數比之。死後奏聞不同，例合旌表。

毛氏，廣信府玉山縣九都二圖民詹清妻。年二十二歲喪夫，生遺腹子詹杓，誓不再嫁。垢容惡衣，姑徐氏久風癱牀，毛氏共寢，浣滌穢惡，服勞竭力，孝謹篤至，今七十四歲，孀節五十二年。勘結得實。

蔡氏，饒州府安仁縣四都民易會妻。正德四年十月十九日，流賊刦縣，被執。蔡氏以計紿賊，抱子投塘，面覆於水，賊曰：「第起，吾捨汝。」蔡氏終不起，背中賊數鎗，身死。勘結得實。

周氏，廣信府玉山縣四十都民鄭叔松妻。年二十三歲喪夫，生遺腹子鄭吉，誓不再嫁。今六十八歲，孀節四十五年。志行無玷。勘結得實。

徐氏，廣信府永豐縣進士劉伯川妻。天順元年，劉伯川授汝州知州，到任八個月亡故。彼徐氏年二十二歲，誓不再嫁。今七十八歲，孀節五十六年。志行無玷。勘結得實。

李氏，臨江府清江縣三十八都三圖民熊恒順妻。年一十八歲喪夫，無子，誓不再嫁，今七十七歲，孀節五十九年。志行無玷，勘結得實。

彭氏，臨江府清江縣儒學生熊斐妻。正德六年六月十日，華林賊攻府，至東作門，獲彭氏，執之。彭氏抗節不污，厲聲罵賊，被亂刀砍死，流血滿地。勘結得實。

彭氏，饒州府餘干縣八都民康萬欽妻。正德三年三月七日夜，賊劫富鄰段氏，會彭氏匿段氏家，賊炬搜，得之，縶之，行過祝家橋，彭氏投水死，三日夫跡獲其屍，其面如生。勘結得實。

齊氏，饒州府餘干縣宋儒山民曹旺七妻。亦遇賊，被執，齊氏團樹行，不就汙，賊以刃迫之，齊氏曰：「死即死此樹下耳，不汝從也。」賊恚，斷其指，戕其胸而去，齊氏遂死。勘結得實。

【箋】

〔一〕崔銑空同李公墓誌銘載：「辛未，瑾誅，起爲江西副使提學，敕許舉聞重事。」此文中曰：「正德六年六月，臣奉敕諭巡視江西學校，所過地方，采訪風俗，布宣德意，見得各府州縣多有篤行義士、貞婦烈女，率泯没無聞。追問其故。」是此文當作於正德六年（一五一一）夏夢陽初任江西提學副使時。

乞休致本 亦提學時撰。〔一〕

臣生長塞鄙，出身寒細，荷蒙先皇帝奬拔，列之郎署。比臣愚少無知，屢僭有論白，觸忤勢貴，伏蒙先帝優容，不加臣罪。後劉瑾用事，矯託聖旨，奪官逐臣，尋又羅織械縛，要置臣死地，幸而脱免。臣伏自思秉性直戇，罔諧時俗，擯斥丘壑，臣實宜之。日者皇上斷殛元惡，起用無罪，臣亦得與甄録，授以佐憲之職，專以風教之任，使枯楊再華，曝鱗復活。顧臣何人，可以堪此。

每伏竊念先帝優容之德、皇上再造之恩，感激涕泣，粉身莫報。但臣體質綿弱，飲食素少，年逾四十，白髮種種。自到江西，水土不服，吐痰頭暈，腰膝酸輭，日漸瘦瘁。去年秋冬之交，便血疾作，用心苟勞，此疾輒發，醫者診視，謂血少勞火之病。臣雖扶疾巡視府州縣學，第事煩體病，作人寡效。恐因循歲月，使德意不宣，風俗不成，是臣鰥厥職而妨賢路也。伏望皇上矜察愚懇，閔臣多病，放歸田里，别選賢能，提學①江西學校，庶臣免鰥曠之誚。

【校】

①提學，黄本作「提督」。

【箋】

〔一〕文中云：「年逾四十，白髮種種。自到江西，……别選賢能，提學江西學校，……」又云：「去年秋冬之交，……扶疾巡視府州縣學。」據前請表節義本，巡視府州縣學之事在正德六年六月，此文當作於正德七年（一五一二）初。

李夢陽集校箋卷四十一　碑文一

禹廟碑〔一〕

李子游于禹廟之臺，覽長河之防，孤城古宫，平沙四漫。遐睇故流，北盡碣石，九派湮淤，雲草浩浩，於是愴然而悲曰：「嗟乎！予於是知王霸之功也。霸之功驩，久之疑；王之功忘，久之思。」

昔者禹之治水也，導川爲陸，易瓨爲寧，地以之平，天以之成，去巢就廬，而粒而耕，生生至今者，固其功也，所謂「萬世永賴」者也。然問之耕者弗知，粒者弗知，廬者弗知，寧者弗知，陸者弗知。故曰：「王之功忘。」譬之天生物而物忘之，泳者忘其川，棲者忘其枝，民者忘其聖人，非忘之也，不知之也，不知自忘。及其災也，號呼而祈恤，於是智者則指之所從來，而廟者興矣。河，盟津東也，蹙曠肆悍，勢猶建瓴，堤堰一決，數郡魚鱉。於是昏墊之民匍匐詣廟，稽首號曰：「王在，吾奚溺？」而防丁堰夫，樁户草門，輸築困苦，則又各詣廟，稽首號曰：「王在，吾奚役？」斯所謂思也。故不忘不大、不思不深；深莫如地，大莫如天，王之道也。伯者非不功也，然不能使之不忘，而不能使之不疑。何也？不忘者小，小則近，近則淺，淺則疑，如秦穆賜食善馬肉酒是也。夫天下未聞有廟桓、文者也。故曰：「予觀禹廟而知王霸之功也。」或問湯、文不廟。李子曰：「聖人各有其至，堯仁，舜孝，禹功，湯義，文王之忠，周公之才，孔子之學是也。夫功者，切乎災者也。大梁以災故，是故獨廟禹。」

是時，監察御史澶州王子會按河南，登臺四顧，乃亦愴然而悲，曰：「嗟乎！予於是而知功之言徵也。吾少也覽，嘗躡州城、眺滄渤，南目大梁之墟。乃今歷三河，攬淮、泗，極洪流而盡滔滔，使非有神者主之，桑而海者久矣，尚能粒耶，耕耶，廬耶？能瓺者寧耶？川者陸耶？嗟乎！予於是而知功之言徵也。所謂微禹，吾其魚者耶？所謂美哉，勤而不德者耶？」於是飭所司葺其廟，而屬李子碑焉。

王子名溱，以嘉靖元年春按河南，明年秋，代去，乃李子則爲迎送神辭三章，俾祭者歌之侑神焉。

其辭曰：

迎神

天門兮顯闢，赫赤赤兮雲吐。窈黄屋兮陸離，靈總總兮上下。羌若來兮儵不見，不見兮奈何？望美人兮徒怨苦，横四海兮怒波。

降神

絙弦兮鏜鼓，神不來兮誰怒？執河伯兮顯戮，飭陽侯兮清路。靈靄靄兮來至，風泠泠兮堂户。舞我兮我酭，尸既飽兮顏酡。惠我人兮乃土乃粒，口云暮兮尸奈何？

送神

風九河兮濤暮，雲曀曀兮昏雨。王駕鳳兮驂文魚，龍翼翼兮兩旟。悵佳期兮難屢，心有愛兮易離。愛君兮思君，肴芳兮酒芬，君歸來兮庇我民兮。

【箋】

〔一〕文中有曰：「王子名溱，以嘉靖元年春按河南，明年秋，代去，乃李子則爲迎送神辭三章，俾祭者歌之侑神焉。」故此文當作於嘉靖二年（一五二三）。時夢陽閒居大梁（今河南開封）家中。禹廟，也稱禹王廟，在今開封東南，明代於古吹臺遺址建禹王廟。萬曆開封府志卷十五：「禹王廟，在府治東南吹臺上。副使李夢陽記。」王溱字公濟，號玉溪子，開州（今河南濮陽）人。正德六年（一五一一）進士，曾官山西沁水知縣、河南監察御史、江西南康知府。嘉靖元年王溱巡按河南，得與夢陽相往來，著有玉溪詩集，見寄贈玉溪子（卷十）箋。

【評】湯賓尹新鍥會元湯先生批評空同文選卷之三：□王者之功，久而忘，忘而思，格高詞古，思幽氣溢。

又，以□因災興思，因思立廟，翻來覆去，横目直監，都是廟中景。

又，以功切於思，故人之廟宇而不廟歷，又是一種奇思古意。

雙忠祠碑〔一〕

雙忠祠者，祠關龍逢、比干者也。祠比干者何？長垣去干墓百里而近；祠逢者何？逢，干儔也。又邑有村，曰龍相，龍相人掘地而獲石，文曰「龍逢云」。雙之誰？知縣杜子開也。大之者，伍疇中也。伍侯之來也，詣祠謁覽焉，而歎曰：「是尚不足以恢恢耀乎？乃兹猥焉卑也。竊聞之，標迷者必顯其臬，成大者罔卹其小，故欲啓遐詔來，必有闡名搗實。」於是蒇工庀物，度時節力，厥祠是新，崇其堂室，峻其垣墉，浚池蒔木，旁屋翼如，財靡帑出，役罔農妨。再閲月而祠成，起瞻壯睹，望之巋如，枚枚渠渠。於是二忠哲者知之過之，欷以悲。曹者問之知，黯焉内摧。逐臣放子過之，涕淫淫垂。亦有纇泚面赤者，車將過而轅爲之回也，斯伍子之績也。

或問逢、干之事。

李子曰：「余曩道朝歌之墟，蓋數謁比干墓云。及靈寶西南，又望見逢墓，於心實摧之，不自知涕淫淫下也。然諜記備之，聖者述之，余復何説矣！」

曰：「干於紂，無去之義是矣。志曰：人臣三諫其君，而弗聽，則退而待放。逢何死也？」

李子曰：「忠臣必君之悟也，斯殺身從之矣，有君而不有身也。傳曰：『見危授命。』當是時，暇戚疏計哉！」

曰：「三代異興而同亡。周之亡也，稽首奉圖籍，西向納土，不聞有死之，何也？」

曰：「文弊之也。文弊，則天下横議；横議，則從横行；從横行，則亂賊肆而貞純匿。故蘇洵者，從横者也，其言曰：『比干有心而無術，蘇秦有術而無心。』秦，何人也？鷃雀與孔鸞長短耶？故禍天下者，必洵之言者也。設使干有術，亦效秦揣摩捭闔以誘之耶？誠使揣摩捭闔足以誘之，秦奚不使戰國君爲禹、湯耶？故忠臣成仁，義士死國，舍仁義何術矣？」

曰：「若是，則干、辛、惡來，胡久於人朝？」李子曰：「夏、商之亡以人，周之亡以俗。俗壞於從横，從横始於横議，横議由於文弊。故言從横者，必洵者也，禍天下者也。」

李子既賦迎送神辭三章，俾協之律，被之弦管，發之鼓鐘，以妥靈侑尸矣。乃復載祠由，並私所撰説刻之碑。曰：「斯文也，余蓋嘉伍子績云。」伍子，名餘福，姑蘇人也，辛邑之年是爲正德庚辰，而祠成立碑，伍蓋遺邑學生王漢、楊桂來言碑事，辭曰：

迎神

君各乘兮兩螭，分前導兮四旗。沛連蜷兮雲際，儵若留兮欻若逝。執天枰兮震河鼓，靈偈偈兮疇怨苦。林冥冥兮嶮艱，驚風兮河波，瞰二墟兮心酸，涕舊都兮滂沱。

降神

巍顙兮廣顴，怒目兮顔丹。左設瑚兮右璉，靈並慘兮不歡。按長鋏兮凝視，風琅琅兮鳴户，雲迤迤兮覆宇，日窈杳兮即暮。蘭鐙兮桂醑，琴瑟絙兮萬舞，僾有聞兮太息，祝申申兮告予，曰：「秉直兮匪躬，遭閔兮遘凶。噂沓兮綽約，庸之弗疑兮謂爲哲。邦殄瘁兮后隕顛，二代墟兮心勞煎。」

送神

天門兮顯通，騰而上兮雲中。陟降兮帝左右，夾長劍兮曳文綬。入不獨兮出與雙，凌倒景兮斡陰陽。五風兮十雨，福我氓兮有稌有黍。

【箋】

〔一〕文中云：「伍子，名餘福，姑蘇人也，辛邑之年是爲正德庚辰，而祠成立碑，伍蓋遺邑學生王漢、楊桂來言碑事，……」是本文當撰於正德十五年（一五二〇），時作者閒居開封。雙忠祠，「在長垣縣南關，祀關龍逢、比干，明弘治中建」（清一統志卷二十二）。關龍逢，古史傳説夏之賢臣。夏桀無道，爲酒池漕丘，關龍逢極諫，夏桀因而殺之。比干，商代人，商紂王之叔父，一説爲紂王之庶兄，直言諫紂，遭剖心而死。

嘯臺重修碑〔一〕

跡者，因乎彰者也；思者，追乎實者也；永者，存乎繼者也；激者，本乎風者也。故觀人以彰，可以識世；思而永之，政之繫也。然不激不著，著無定形，視施以明，顯默拔微，斯其致矣。

而御史許君按縣還也，則謂予曰：「吾比遊於蘇門，蓋登孫登臺云。恍若見其人徘徊焉，若聆厥嘯焉。」予曰：「思哉！」許君曰：「臺圮，予令修焉。已爲祠，祠登於臺北。」予曰：「永哉！」自是有彰乎！然厥施繫焉，又激揚之臣也，風斯行矣。夫孫登者，晉之賤丈夫也，無妻子屬云，而棲其邑北山土穴内，是蘇門之山也。乃其人，夏衣草衣，冬而被髮自覆，至微末不足述。而史氏則稱之曰：「登好讀易，撫一弦琴。性無恚怒，人或投之水中，欲觀其怒。登既出，便大笑。然登不欲言，阮籍嘗候之，既見，與語，登不應，籍退而至山半，聞有聲，若鸞鳳音焉，則其嘯也。」又：「嵇康從登遊三年，問終不答。康別去，曰：『先生竟無言乎？』登乃曰：『火生而有光，而不用其光；人生而有才，而不用其才。故用光在乎得薪，所以保其耀；用才在乎識真，所以全其年。』」言如斯而已。若登者，誠何如人哉！語曰：「桃李不言，下自成蹊。」故人患在無實，譽不必顯，晦不必微，實斯思，思斯永矣。故登者，非赫赫聞者也，非有河上公之授經、龐鹿門之耦耕，非如陶隱居巖處而朝議。淵明嗜酒苦詩也。逃污而潔我隨，安卑而尊我追，含之而見者不謂其無，峻絶而當時不以爲敖，苦約而天下不以爲矯。故過其里者思其臺，登其臺若見其人徘徊焉，若聆厥嘯焉。祠之若靡之永也，斯非實之明效哉！孔子曰：「邦無道，其默足以容。」世之不幸，莫大於使人默。予故曰：「觀人以彰，可以識世。」蓋言晉也，亦謂登非徒默者也。世不可使人默，亦不可使人不默。何也？溺於顯則廉恥之道喪，廉恥喪則政壞，政壞則風不激。故風者，生於政者也，政視其施，思而永之，必實焉彰。此激揚之先也，許君得之矣。夫嵇康者，亦晉之聞人①也，乃卒不免於刑戮，詩曰：「昔慚柳下，今愧孫登。」鳥獸之見畢弋，莫不高翔疾走者，知二者禍己也。及冥於所欲，鮮有能免焉者。何也？見欲而不見禍也。故曰：「不習爲吏，視已成事。」乃人自不必絕妻子，污埋如登也，能如河上公諸人，自足免於世矣，然而罕焉，豈以激之者寡耶？乃今人非惟不之激，顧悻悻曰：「風，奚益於世？」詎不大可詫也哉！

知縣趙鉞曰：「嘯臺傍，故有思親、聚遠二亭，百泉南有穠翠亭，咸圮。」監察公曰：「咸復焉，然孫祠之餘材，材咸無擾於官民。」又曰：「是役也，按察僉事劉君實襄之云。」許，名完，丹徒縣人。劉，名澤，濟寧州人。

正德十年夏五月，北郡李某記。記之日，落成日也。

【校】

①人，原脱，據王太岳四庫全書考證卷八十七空同集補。

【箋】

〔一〕正德十年（一五一五）五月，夢陽在大梁家中，與友人同遊輝縣之蘇門山，因監察御史許完之請以作此文。嘯臺，在今河南輝縣蘇門山上。雍正河南通志卷五十一古蹟上載：「嘯臺，在輝縣西北七里蘇門山上。」續通志卷一百六十九藝文略：「修嘯臺記，李夢陽撰並書。正書。正德十年。輝縣。」蘇門山，又名百門山，在今河南輝縣西北七里。晉書阮籍傳載：「籍嘗於蘇門山遇孫登，與商略終古及棲神導氣之術，登皆不應，籍因長嘯而退。」夢陽遊蘇門、百泉事，見覽遊百泉乃遂登麓眺望二首（卷十三）箋。夢陽另有登嘯臺詩（卷三十七）。

【評】

湯賓尹新鍥會元湯先生批評空同文選卷之三：古氣錚錚名言鑿。

又，雄風壯氣，如華嶽在前，誰不仰止。

又，言許君修嘯臺，欲借孫登以愧貪懦，有得激揚風世之意。

又，篇篇儘有概世語，誠哉！有用之文，非紙上空談。

少保兵部尚書于公祠重修碑〔一〕

開封城馬軍衙橋西，故有于少保祠云。初，公以定傾保大之功，居無何而死。於是天下人聞公死，咸驚而疑，而涕泣，語曰：「鷺鷥冰上走，何處尋魚嗛？」而公前巡撫河南時，實廨馬軍衙橋西，而梁父老於是聞公死，則咸涕泣，日相率潛詣公故廨，爲位哭奠焉。會純皇帝立，詔白少保謙冤，宥其家而遺祭其墓。乃梁父老則又咸涕泣，相率私起祠故廨傍祠公。伏臘忌，梁父老則把香、曳筇、趿履，若少壯咸翼如，不期至，稽首祠下哭，填門塞户矣。會又敬皇帝立，詔曰：「少保謙贈特進光禄大夫、柱國、太傅，謚肅愍，立祠，歲春秋祠之，而曰旌功祠。」乃於是梁父老則又咸涕泣，相率數百千人，詣闕門，伏訴少保謙前兵部侍郎時巡撫功云。願梁立祠如杭祠，不報，而梁父老歸，伏臘忌歲，仍聚，哭公于私祠，今三十年餘①矣。

正德十年，監察御史巡按張君、清軍許君並謁公祠下，見其門屋三間，僅存堂，欹漏欲頹矣，鴿雀擾擾栱楝，鼠走鴟嘯，周垣盡圮，羊猪外來，於是悄然思，俯而悲也，已仰而欷曰：「嗟，斯非梁地耶！宋不此都哉②！靖康之事，千載銜焉，二帝不南矣！夫定傾者世，保大者食，澤流者思。故祠之言思也，血食使之世者也。」於是下令曰：「少保祠，撤故易腐，扶欹植頹起圮，新而繪堊，而級、而隅、而榮、而序，備矣。」曰：「謁者奚止也？」則重而堂，「器奚貯也？」則翼而廊，而道士玄林守焉。西北隅其房也，望之栗栗而巉巉、枚枚而嚴嚴，是使之世者之道也。

李夢陽曰：予觀今人論肅愍公事，未嘗不酸鼻流涕焉，蓋傷爲臣不易云。夫事莫大於君出、虜入、排遷、主戰，四者，旦夕之勢、而存亡之判也，乃今人議則異是。或見鮑莊事，輒曰：「所欲有甚於生者。夫葵猶能衛其足，然獨不思勇士不忘喪其元乎？」孟子曰：「所欲有甚於生者。故生而有所不用也。」然將軍蠡、留侯良，功成身抽，天下兩高焉。此又何焉？於乎，難言乎！難言乎！豈所謂計免者非忠，貪盛者違智歟？而賊酋擁太上皇大同城下，勒降也。大同人登城謝曰：「賴天地宗社之靈，國有君矣。」至宣府城下，宣府人登城謝曰：「賴天地宗社之靈，國有君矣。」至京城下，京城人又謝曰：「賴天地宗社之靈，國有君矣。」於是公颺言曰：「豈不聞社稷爲重，君爲輕。」斯言也，事以之成，疑以之生者歟？且太子之易，南宮之錮，二者有能爲公怨者否耶？公有不如意，輒拊膺忿曰：「此一腔血，竟灑何地？」聞其言，孰非酸鼻流涕者，而獨咎予也？於乎，傷乎！傷乎！雖然，宗澤、岳飛非下於人者，艱難百戰，卒愠衄而死，若公者，死可矣！死可矣！公巡撫諸所，業載傳狀，乃今不復述，第述其始終若是，亦大者云。

祠修於是年春，越夏而告成。張君名淮，南皮縣人。許君名完，丹徒縣人。事祠事者，開封知府賀君鋭也。繫之詩曰：

於鑠旋運，曷平不陂。康屯傾否，哲者斯利。於維哲英，鑒精含貞。匪時曷徵，匪猷曷興。靡疑靡驚，厥伐用成。厥育是輕，委躬於誠。蛇何盤社？龍何在野？乾極虺虺，日月易舍。惷爾乃賊，乃畀國邑。之亂之訌，陵廟岌岌。公丁其時，矢身以殉。山仡排議，不懾不震。僉曰和宜，公曰有戰。四方之事，譬絲游刃。帝畀弗疑，公泣視師。義激六軍，如虎如羆。惟直斯壯，人心干城。肅肅我壘，悠悠我旌。羯奴喙突，疆場載清。載清載寧，皇歸於京。古曰荷難，今謂曰癡。忠古爰嘉，今胡嫉而？何讒非名，何毁非功。孰讒靡和？孰毁弗同？彼巧彼荏，厥膚斯厲。古則曰直，今曲自爲。於乎少保！時晦時昭。古誰無死，死有榮褒。峨峨廟祠，棟隆崇基。神之遊之，旆旆其旗。白馬朱衣，有風淒其。欻其有光，若往若來。即而罔見，跂望漣洏。兹邦咢居，氓實爾思。

【校】

①年餘，四庫本作「餘年」。　②哉，原作「載」，據汴京遺蹟志卷十六、皇明文徵改。

【箋】

〔一〕文中云：「正德十年，監察御史巡按張君、清軍許君並謁公祠下，……祠修於是年春，越夏而告成。」是該文作於正德十年（一五一五），時夢陽在大梁家中賦閒，因張淮、許完二人之邀而作此文。于公祠，即開封人爲紀念于謙所立祠，于以剛勇氣節著稱，又曾任河南巡撫，住開封。該文萬曆開封府志卷二十七有録，題爲庇民祠記。又，萬曆開封府志卷十五載：「庇民祠，在府治西，祀侍郎于謙，成化中汴父老建，……正德十年修，副使李夢陽記。」

【評】

湯賓尹新鍥會元湯先生批評空同文選卷之三：□□而古，意□而練，詞蒼而溢。

又，以梁地影出宋都事，由宋都影出南渡事，由南渡影出土木變。立格高古，構意周匝。

又，此公之奇勛，亦公之首禍。所謂事之之成、疑以之生者，誠確論也。

又，生有百世功，死有萬古名，于少保以之。獻吉之詩，足以發之矣。

又，悠揚婉轉，哀不傷。

清閻若璩潛邱劄記卷一：「歸熙甫上公車，賃騾車以行。熙甫儼然中坐，後生弟子執書夾侍。嘉定徐宗伯年最少，從容問李空同文云何？因檢空同集中于肅愍廟碑以進，熙甫讀畢，揮之曰：『此亦無他，只文理不通耳。』偶拈一帙，得曾子固書魏徵傳後文，挾册朗誦至五十餘遍，聽者皆厭倦欲卧，而熙甫沉吟詠歎，猶有餘味。宗伯每歎先輩好學深思，非後生所能窺也。」

大梁書院田碑〔一〕

大梁書院田成，或問：「書院有田乎？」

李子曰：有哉！趙宋之肇也，睢陽、石鼓、嶽麓、白鹿四者，其巨矣，然必田焉。祭也，以達乎養，何也？聚人之所，必廟其所師，廟必有祭，祭非田，何出矣？聚而不養則散，制散成聚，莫先乎財。易曰：「何以聚人？曰財。」故田者，財以之生，養以之成者也。曰：「田若是急乎？」

李子曰：聞之先王，天地非養無以物，聖人非養無以民，士非養無以成身。故養者，天以之生，地以之行，人以之成。是故二氣推蕩，風霆流形，消息往來，各足其精。天地之養也，則明因利，嘉穀時成，制恒備奸，壽康安平；聖人之養也，審今酌古，仁緯義經，厚積廣施，性堅德明，士之自行也。是故先王養①士也，與民異，田則代耕，何也？不如是，無以專志而業精也。故士所之庠序，別其冠衣，程其餼廩，端其術業，凡以異民也。後世則又選勝而區稔，拔其良聚焉。於是有積書之院，祭養之田，又以異士而考成也。

曰：「竊聞之孔子：『耕也，餒在其中矣；學也，祿在其中矣。』敢問士易聚而難成，何也？」

曰：聚非其聚也。予嘗躡大梁之臺，造院謁祠，登堂陟閣矣。叢篁茂林，長廊委翳，鳥鳴狸走。問曰：「士奚不聚也？」曰：「無田。」曰：「祭乎？」曰：「祭，有司辦之。今田矣，士仍不聚也。」問之，曰：「無倡之爾。」故曰聚非其聚也。

曰：「知難聚而必田之，何也？」

曰：善身者，不以一噎而捐食；善田者，不以一歉而棄穡。故寧僞行欺世，而不可使天下無信道之名；寧矯死干譽，而不可使天下無伏②義之稱；寧田而難聚，聚而難成，而不可使天下無養士之人。於乎！識斯義者，可與成亹亹、言變通與？詩曰：「視民不恌，君子是則。」是傚茲之謂也。

是田也，都御史内江李公〔二〕、監察御史吉水毛公實倡之，而提學副使歷城邊公贊之，後都御史道州何公，而監察則信州汪公、大名王公、桂林喻公成之〔三〕。是田也，更數君子而其勢愈興，久而彌貞。嗟，吾士自是其聚也夫，其聚也夫。

買田人姓名，今刻之碑陰，而田之倉，則立郡學内出納，學官者司之矣。

【校】

①養，黄本、曹本、李本、四庫本作「之」。　②伏，曹本、四庫本作「仗」。

【箋】

〔一〕雍正河南通志卷四十三學校下開封府載：「大梁書院舊在省城南薰門内蔡河北岸，名麗澤書院，明提學副使劉昌建。成化己亥因改建巡撫治所，都御史李衍徙建於麗景門外，東南距城二里許，繁臺之東，都御史馬嘉會、巡按邱兆麟重修，後没於水」。文中曰：「是田也，都御史内江李公、監察御史吉水毛公實倡之。」按，監察御史吉水毛公，即毛伯温，毛任監察御史巡按河南在正德十一年（一五一六）至正德十二年間，見寄毛監察（卷二十六）箋。歷城邊公，即邊貢，正德末年任河南提學副使。道州何公，即何天衢，正德末至嘉靖四年任河南巡撫都御史。據此則此文作於嘉靖初年。

〔二〕内江李公，即李充嗣，字士修，號梧山，祖籍内江（今屬四川）。成化二十三年（一四八七）進士，正德中巡撫河南、應天，進工部尚書，修治蘇、松水利，加太子少保。嘉靖二年（一五二三）改南京兵部尚書。嘉靖七年致仕卒，年六十七，贈太子太保，謚康和。有梧山集，明史卷二百零一有傳。據明武宗實録卷一百三十六、一百六十四，正德十年（一五一五），充嗣遷右副都御史，巡撫河南，直至正德十三年七月，改巡撫蘇松，期間與夢陽多有交遊，見端本策序（卷五十）箋。

〔三〕何公，指何天衢，道州（今湖南道縣）人，弘治九年（一四九六）進士。明史卷二百九十有傳。明世宗實録卷三十載：嘉靖二年八月，「升巡撫河南都察院右副都御史何天衢爲南京工部右侍郎」，是何任河南右副都御史在嘉靖二年之前。桂林喻公，即喻漢，見庭菊紛披有懷王喻二君子（卷二十六）箋。

鄢陵縣城碑〔一〕

年月。鄢陵縣城成，城週二千三百三十七丈，高二丈五尺，基廣二丈，塹廣三丈，深三之一。城四門各樓，門各有郛，周廬十，敵臺十一。城四角各樓，樓櫓修修，長堞遒遒，翼翼濯濯，下甃上削，晝偵宵邏，鈴柝是節。伺察有伯，簿吏乃鈎，外姦潛奪，內犬靡聒。

是役也，始於正德丁丑正月，弗逾年而告成，費蓋巨萬緡，徒數萬人云。畚杵如雲，登登四聞，撙勞均力，人人歡悦，縮溢伸乏，咸有經紀，厥知縣章爲之云。是故費罔官損，役匪農妨，睹者歎跡，聆者頌能，監之者嘉，覈之者褒。初知縣章至縣也，行城履隍，垣齾池凸。污穢黄蒿，徑蹊交交，以問左右，左右對曰：「是城也，殘焉故矣。前中原盜起，控弦擐甲者，蓋數十萬焉。渡河轉戰，先驅略鄢，鄢之城不攻而陷，民以之荼。是故民瘡痍未還也，燼於今猶烈。」知縣章於是俯而思、仰而歎曰：「嗟乎！無城無縣，無縣無民。予誠不能苟一日而食。」乃於是集部吏，召父老，延鄉士夫，議城事。僉曰：「是役也，衆。」知縣章曰：「吾能衆。」曰：「費。」曰：「吾能費。」曰：「費而衆，上之人必以爲利己。」曰：「誠己也，彼即以爲弗己，忸也。誠弗己也，即以爲己。吾何憂？」曰：「彼謂民勞。」曰：「誠佚之，即以爲勞之可。且章聞之，計小者害大，道謀者寡成。故鄉校毁僑，麛裘誚孔。聖賢且爾，況其下乎？始盜之入也，鄢之士若夫、若父老、若吏不曰：『設城堅，吾奚以荼？』上而省，若臬、若郡長吏不恨曰：『設城堅，吾鄢奚以荼？』及平也，上之人謂城勞也，疑己利也，諸議者又謂費也、衆也，斯所謂厝薪而憂火者也。夫渴而後井，井豈渴及哉！不城，吾誠不能一日食鄢。」及城事興，果有謗，知縣章於監者覈焉，獲顛末，乃於是罪謗者，而嘉知縣章，移檄褒焉。

李子曰：令哉，章！何則？大者舉，則細者可推矣。夫政莫大於動衆，功莫大於域民。夫城者，域民之急，必衆而成者也。是故書稱：「勤墉。」易戒：「覆隍。」城漕、城謝、城韓、城朔，詩人詠焉。武夫宗子，非城莫譬也。春秋之義，城築必書，雖美刺殊旨，要之，其大己力，任其大民，以之域衆而弗擾，是克令也。故曰：「令哉，章！」或曰：「鄢，鄭克段者也。段城京也，祭仲憂其不度，何也？」李子曰：公私異也。是故君子之動衆域民也，公而後功，正而後政，章斯有焉，故曰克令。章，龍氏，漢川縣人，以舉人，前爲德興縣學諭，有捍賊功，擢今官云。鄢致仕尚書劉公書抵李子曰〔二〕：「凡令，鮮克令。龍也，克令而又城吾鄢。夫春秋，城必書。願子書焉。」而鄢學諭田君祐及鄉士若夫又咸贊趣書，於是作鄢陵縣城記。

【箋】

〔一〕文中有「是役也，始於正德丁丑正月，弗逾年而告成」之句，故該文撰於正德十二年（一五一七）或稍後作者閒居開封時。鄢陵縣，北魏改隱陵縣置，屬潁川郡。治所在今河南鄢陵縣西北十八里古城，明屬開封府。萬曆開封府志卷三：「鄢陵縣，在府城西南百六十里。春秋鄭邑，莊公克段于鄢即此，戰國謂之安陵，漢始置鄢陵縣，北齊省入許昌縣，隋復置，唐宋仍舊，元屬汴梁路，國朝因之。……副使李夢陽記。」又，明一統志卷二十六載：「（鄢陵縣）在府城南一百六十里，春秋鄭邑，鄭伯克段於鄢即此。……宋屬開封府，金、元仍舊，本朝因之。」

〔二〕尚書劉公，疑即劉忠。陳留（今河南開封）人，成化十四年（一四七八）進士，正德初任南禮部尚書、吏部尚書兼翰林學士、少傅兼太子太傅、謹身殿大學士。正德中致仕歸鄉，嘉靖初卒，贈太保，謚文肅。傳見過庭訓本朝分省人物考卷八十六、明史卷一百八十一。

河南省城修五門碑〔一〕

河南省城者，宋之内京城也。是城也，起自五代，至宋而益飭，神宗時，則更築新城於外，今曰「土城」者是也。宋亡，入金歷元，外城毁而内城存。我高皇帝定天下也，蹕於汴，駐焉，但遣將北伐，於是升汴爲京，設衛十有六，填實之守焉。是故，是城也，繕之視他城堅，甃皆磚也，然又重磚，而城根磚若石，入之地又數尺。天順辛巳，河灌城，乃獨其北門陷。而是城也，自降而爲省也，置王府三司，又調五十五衛去，遂空其四隅，斥鹵水國，又今百五十年。故其城若門，雖大勢巍壯，而中損蝕者不少矣。

嘉靖元年，太監吕公來鎮兹土，登城躡樓，俯仰者久之，乃慨然而歎曰：「諺有之曰：『些小不補，直至尺五。』是城也，及今修之，費猶省也。夫門者，城之喉；樓者，門之冕也。城修，宜自門始。」於是集三司長暨庶尹、群吏議城事，已又謀之撫按之臣，乃僉罔協於厥迪。於是吕公則毅然任，曰：「天子敕憲之來也，若曰：『城池軍馬，汝飭汝覈。』今之舉，固費省而功倍者，乃僉罔協於厥迪。」僉曰：「動大衆者占之人，舉大事者審乎時。事莫大於城，城非大動衆不集。今兵饉疫癘，我民未和，記有之曰：『因天事天，因地事地。』度時未若，古人靡和。其何城之爲？」呂公曰：「嗟，天下不有惠而不費、勞而弗怨者乎？是城也，先其五門及西關土城若門，計費萬金耳。今無礙，帑金若干斤，更稍稍益之，便足矣。夫汴，舊京也，游食者夥，饉則歸之益①兵。城之役，誠計日傭之，菜色可活，而亡命可收也。如是則不動衆而大事集矣。」僉曰：「竊又聞之，事無巨細，人存則行。是城也，前修之者屢矣，然上侵而下漁，費倍而效寡。又土木之役，破除易而稽察難。」呂公曰：「嗟，利弊由人者耳！荀子之不欲，雖賞之不竊。予嘗奉命修京之東門矣，人無玩心，工無耗財。是城也，舉動②不中，厥惟予咎。」於是巡撫都御史何公、巡按御史王公、清軍御史喻公暨三司長〔二〕，稔知呂公賢，又計帑金，得十之六七。會又有東寇，閉城，而門之樞朽，鐵葉爛脱，於是僉議始同，而城之役興矣。

是役也，始於東門，程能計日，經費節力，獎勤黜惰，勾稽有簿，大持小維，工傭稱事，執信布義，聽其自來。凡城之材，礪鍜磚堊，木石槱炭，膠角顔采，皆公市平取。官靡告困，民罔知勞。一門既，一門繼，五門既，土城若門繼，行之有序，匪棘匪紓，革之仍之，各適厥中。於是撤朽剜蝕，植頹築虛，凸凹完釁，濬淺疏塞。遠而望之，樓櫓翬赫，粉堞煥如，堅者屹屹，深者鬱鬱，直者嵂嵂，横者翼翼。迫而察之，石楣鐵樞，虹梁卧衝，隍塹縈輸，蓋一夫當關萬夫莫前者也。登而覽之，嵩行失嶮，大河奪色；俯而視之，司府填委，倉庫充實，旌棨甲冑，周廬是嚴，足以域民威暴、壯氣助武。然計之則費省，要之則功倍。斯何也？所謂事無巨細，人存則行者也。巡撫王公、巡按俞公、清軍戴公之來，頗亦異同於斯城。及見呂公賢，乃亦咸相於厥成，乃呂公則愈心於城事，時時出督勞之，曰：「嗟，爾官、爾工、爾傭，毋欺毋玩，毋自阱爾躬。」是故一門成則盡徙其餘於他門，即拳石塊礫、寸鐵尺木、潵杵壞畚，無妄棄者。汴之爲水也，出城則甘，於是呂公周覽而歎曰：「嗟，設卒有寇至，小門扃，大門鑰，乘障之士，瞭陴之子，守麾之吏渴也，奚救之矣？」乃默禱於卜，門穿一井，五井皆甘。是時，布政左使劉公、右使宋公實經厥費，按察使張公、都指揮徐公贊畫爲力〔三〕，乃僉議伐石爲碑，樹之南薰門月城亭焉，以紀實詔來，且張城大修之本也。城門故各有廟。是役也，亦各新之而嚴其祀。

或問李子曰：「先王之建邦也，必城焉急。然孟子則云：『固國不以山谿之嶮。』何也？」李子曰：斯惡夫專事地者也，非天不生，非地不形，非人不成。是故先王之爲治也，内外交飭，本末具修。順時豫防，設嶮爲固。人心雖和，守戰是憂。故曰：「重門擊柝，以待暴客。」故城者，民之扞也，障内而嚴外者也。雖然詩有之矣，「赳赳武夫，公侯干城」。又曰：「宗子維城。」故不天則悖，不地則害，不人則空。故人者，本也，孟子所謂「地利不如人和」者也。善爲治者，本末、外内交飭而具修可也。

【校】

①益，汴京遺蹟志卷十六作「盜」。　②動，黄本作「度」。

【箋】

〔一〕萬曆開封府志卷三載：「（開封府）今領州四、縣三十，廣四百九十五里，袤六百一十里，東睢、西鞏，南上蔡，北汲縣，隸河南布政使司，置宣武衛守焉。城圍二十里，一百九十步，高三丈五尺，闊二丈一尺，五門：東麗景、南南薰、西大梁、北安遠、東北仁和，月城三重，角樓四座，敵臺八十一座，警鋪八十三座，池深一丈，闊五丈。唐德宗建中二年，節度使李勉創建，歷宋、金、元率皆覆土，國朝洪武元年始甃以磚石。嘉靖四年重修，副使李夢陽爲之記。」即此文。文中有「嘉靖元年，太監呂公來鎮茲土，登城蹋樓，俯仰者久之」之句，是修城自嘉靖元年始，故該文當作於嘉靖四年（一五二五），時夢陽閒居開封。

〔二〕巡撫都御史何公，即何天衢，見何公升南京工部右侍郎序（卷五十四）箋。巡按御史王公，即王藎，見送都御史王公移鎮陝以西序（卷五十三）箋。清軍御史喻公，即喻漢，見庭菊紛披有懷王喻二君子（卷二十六）箋。

〔三〕布政左使劉公，即劉文莊（字寅中，北直隸衡水人，弘治十二年進士），嘉靖初任河南左布政使，嘉靖三年六月，改任右副都御史巡撫雲南。右使宋公，即宋冕（浙江餘姚人，弘治十五年進士），嘉靖初任河南右布政使。按察使張公，即張淮（北直隸南皮人，正德三年進士），嘉靖初任河南按察使。都指揮徐公，即徐節（廣東廣寧人），嘉靖初任河南都指揮使。以上人物及職務，見雍正河南通志卷三十一職官二。

河南清軍察院名碑

監察御史丹徒許君〔一〕，清河南軍三年，當代去，顧其廳左有記名之碑。碑，前監察顔君所樹，而李子記者也。李子曰：「是記也，不文。」許君曰：「出子手，奚不文也？誠不文也，願磨去前作。」李子曰：「夫記不以碑乎？碑不以名乎？然是碑也，非清軍河南御史不名，何也？以河南清軍察院碑也。夫見有異同，則行有得失；職有久暫，則績有細巨。故同官而異情，同事而異聲。情以聲殊，名以情别。名而志之，則妍醜具列；列而永之，非薄之道乎？然君子乃不之廢。碑者，非謂昭鑒戒、備今昔，覽之者，始悚然起哉！夫軍者民之對，而清之者淆之理也。昔高皇帝制兵也，意每昂軍而下民，惟官亦然。文皇帝南翦北逐，亦非於兵忘也。乃宣德間，顧業憂軍之淆也，議立清之之官矣。夫法，緣情者也。今人情既莫不樂民而苦軍，故上之人雖日憂軍，而軍之法日愈淆，故官初弗專也。

今惟監察御史使，初患數代，今三易年代，不數代又專，然官者靡有樂久乎此者也！此無他，勢難也。難之勢二：嚴也，必繁句稽，民必大擾，擾則妄指捏報而害，人必曰苛；緩也，必玩，玩必潛必漏必脱，人必曰縱。是故官者不欲久也。」

曰：「吾病弗克理，即弗病也。」曰：「吾雖久而閒，久者閒，病者歸，去者幸，來者效。是軍也，不終淆哉！夫士未有不名而勵者，來誠有愓於名。碑曰『彼苛』吾寬，『彼縱』吾密，『彼暫』吾久，『彼閒』吾力。誠以是悚然起也，君子亦若之何而能廢碑也？故曰：『伐柯伐柯，其則不遠。』故勸來者，未有不證往者也。勸來以證往，則今昔自備。考情以指名，則鑒戒易昭。此所謂小大由之者，奚啻乃軍事，又奚啻河之南。雖然，琴瑟不調，必解而更張之者，勢有不可仍者也，天下固有力而久，密而寬，而不之能爲者，此則非迂儒之所知也。」

許君三年，案牘蓋二十倍于前，然又數上封事，所規畫率軍便。顔君前在兹，亦理淆之才，然未久以盜起罷去。二君名籍，載之下方矣。

【箋】

〔一〕丹徒許君，即許完，據雍正河南通志卷三十一職官二載：許完，丹徒人，進士，正德年間，任河南清軍監察御史。又據乾隆江南通志卷一百二十二選舉志進士四載，許完爲弘治十八年進士，嘉靖年間任浙江提刑按察司副使。又夢陽少保兵部尚書于公祠重修碑（卷四十一）曰：「正德十年，監察御史巡按張君、清軍許君並謁公祠下，見其門屋三間，僅存堂。」此文當作於正德十二年或稍後，時夢陽閒居開封。

【評】

湯賓尹新鍥會元湯先生批評空同文選卷之三：首論清軍之所由設，次談軍政之所由弊，三談諸御史久而閑，閑而病，病而歸。睹斯碑也，誠足以證往而勸□。

又，談二弊，語語中窾，庖丁解牛，是以喻。

又，談許君不過二三語，意盡是答，矯前弊處，言約而意賅。

李夢陽集校箋卷四十二　碑文二

東山書院重建碑〔一〕

東山書院，故在餘干縣冠山東峰。舊志曰：南宋時，趙忠定汝愚，其弟汝靚、汝愚子崇憲建。而朱子至，則主之而講學云。書院故有堂曰雲風堂，朱子手筆，今不存。忠定之以讒死也，朱子實即其堂，注離騷經云。宋亡，書院爲人所據，而番陽有李榮庭者，取復焉，疊山謝公有記。迄我明興，而其地又入於寺。弘治間，知縣崑山沈時又取復焉，構堂於其上。未幾，姚源洞盜起，兵屯餘干，而其堂爲亂兵焚。正德六年，予按縣，登山，履書院址，懷顧。會江西右布政使温江任公以兵留縣，又力取其地復焉，曰：「夫盜賊不平者，教化不行也；兵陣無勇者，親上之義不明，又視其長輕也。」又曰：「東峰孤峻而風，書院合徙中峰，中峰妥而結有龍池焉，炎暵不之竭也。」乃於是令知縣冠丈中峰地，東西得二十八丈，南北七丈，中構堂五間。南向以祠，而堂之東仍構雲風堂，西構講堂，又構東西廊、號房，以處講朱子之學者。是役也，任公出金百，右參政董公金五十，吳公二十。二公者，亦以兵留縣者也。

書院成而議祠焉，任公曰：「夫士養於學，足矣！奚貴於書院？蓋書院者，萃俊而專業者也。夫士群居則雜，雜則志亂，志亂則行荒，故學以養之者，大也。書院以萃之者，其俊也，俊不萃則業不專。業專則學精，學精則道明，道明則教化行而人知親長之義。人知親長之義，則盜賊可不兵而平也。故書院者，輔學以成俊者也，然必人焉以爲之歸，祠之而重其地。東山書院，祠者，朱子乎！然有趙氏父子兄弟也，又其後有以道鳴其鄉者。」董公曰：「朴聞之，地以主，道以宗，先後者必據，尊卑者必殺。今之祠忠定宜左，朱子右，位皆南向。忠定弟汝靚西向。曹無妄建東向，皆北上。柴强恕元裕位次汝靚，饒雙峰魯次建，胡敬齋居仁次元裕，皆東西向。而忠定子崇憲、元裕姪中行宜不祠。夫朱子者，固道之宗也，然其心必左忠定。忠定者，其先達也，又與其弟主乎地者也。夫無妄者，於朱子見而知之者也，而强恕、雙峰、敬齋則相繼起于其後。夫四人者，固以道鳴其鄉者也。」今誠欲萃俊專業以明其道，非據先後之緒不可，而祠其父者，置其子，斯又尊卑之殺也。位次成，知縣冠請文於予，刻碑，按忠定當光宗時，設計易位，定大難以安社稷，引用名碩，弼成新政，其功可謂偉矣。斯其人，豈以死生富貴動心哉？然卒以讒死，悲夫！

曹無妄者，晚遊朱子之門，朱子授以無妄，因稱無妄先生。柴强恕讀書以窮理，盡性爲本，嘗作春秋尚書論語解及繫辭中庸大學説、史評、宋名臣傳，而雙峰、魯中行皆其門人也。雙峰之學，本於致知力行，所著有五經講義、論孟紀聞、春秋節傳、庸學纂述、太極三圖、庸學十二圖、張氏西銘圖、近思録、饒氏遺書等書。吴氏稱其「學究天人，動則以善」，是已。敬齋之學，動静、表裏一主於敬，所著有居業録，多發先人所未發，然甘貧、力耕、孝母，耻言仕進云。

夫士尚友千古，負笈而游四方者，以道從也。今有朱子以爲之歸，而鄉之諸以道鳴者，又烺然其前也。窮不如四人，賢達不如忠定，不以死生、富貴動心，其亦非士已。夫弦歌之於强暴，殊也。然彼卒不足以勝此，何也？其性同也。士毋曰教化非所行于鄉，親義不入於盜賊，患吾之道不明焉已。不患不明而患學不精，不患不精而患業不專，否則不足謂之士，矧謂之俊。諸士勉哉！斯三公者所望也。任公名漢，今爲右副都御史，巡撫江西。董公名朴，麻城人。吴公名廷舉，梧州人，皆右參政。

【箋】

〔一〕東山書院，在今江西餘干。明一統志卷五十載：「東山書院，在冠山左，趙汝愚弟汝靚建，朱熹嘗講道於此。謝枋得記。」雍正江西通志卷二十二書院二饒州府載：「東山書院，舊在餘干縣羊角峰側，宋趙汝愚暨從弟汝靚建，汝愚子崇憲師事朱子，於此講學，汝愚卒，朱子來弔，復館焉。後爲胥吏所據，邑人李榮庭鬻産贖之。謝枋得記。明弘治二年，知縣沈時重建，劉憲記。尋廢。正德間，巡撫任漢檄知縣徐冠徙建中峰，即今址。李夢陽記。」此文末曰：「任公名漢，今爲右副都御史，巡撫江西。董公名朴，麻城人。吴公名廷舉，梧州人，皆右參政。」按，文中曰：「正德六年，予按縣，登山，履書院址，懷顧。會江西右布政使温江任公以兵留縣，又力取其地復焉。」該文則似撰於正德六年夢陽初任江西提學副使時。

文中所言人物，趙汝愚字子直，餘干人，宋皇族，進士及第，曾任吏部尚書、右丞相。慶元初，爲韓侂胄陷害，詔貶永州，卒於途。後復其職，謚曰忠定。宋史卷三百九十二有傳。另，宋明餘干籍理學家有：南宋曹建（字立之，時稱無妄先生）、柴元裕（字益之，所居齋曰「强恕」）、柴中行（元裕姪，字與之）、饒魯（字伯輿、仲元，號雙峰）。胡居仁字叔心，號敬齋，明代宣德至成化間理學家，傳見明史卷二百八十二儒林傳一。

鍾陵書院碑〔一〕

鍾陵書院在進賢縣學背。學、書院各據崇東南向，而中限以衢。始予毁南嶽廟也，福勝寺僧謂學生陳雲章曰：「請以寺易廟。」陳生曰：「何也？」僧曰：「廟僻，而寺臨衢且近市，寺爲書院，則書院、學各據崇相望也，於學便。」陳生以告予，予曰：「可哉！易之。」於是徙寺於廟，而以寺爲書院云。

教諭黄懿、訓導談一鳳與陳生等來議書院事，曰：「夫進賢者，故南昌鍾陵鎮也，割爲縣書院，稱鍾陵書院宜。夫周子者，故南昌尉也，祠則周子。」予曰：「可哉！」於是書院立祠，祠周子。前立講堂，祠左右齋四：明、通、公、溥，有東西廊屋，又立光霽亭云。建昌府推官趙漢會權縣事，頗葺其殘漏，及知縣王紀至〔二〕，則建二門，立碑。又以南嶽廟故，租九石零並田入之，設門子守焉，大概亦若此焉矣。王紀使陳生求記。予曰：「嗟，書院厥予徭哉？夫郡邑之設學也，所以規賢也。是故，廬以居之，使之安也；稟以食之，慮弗專也；師以臨之，友以親之，經術是游，養之端也。異其冠衣，示殊衆也；建之以廟，賢聖畢聚，標之趨也。朝鐘暮鼓，課藝程能，嚴惰縱也。夫如是，士猶不知踐道，而書院者，予奚以哉！雖然，士由是有興乎？」陳生曰：「自孔、孟没，歷千餘歲絶矣。夫周子起而後道復明也，先生謂有興者以兹乎？」夫學以規之者，常也，聳耳目以新之，則舉措焉存？如射者在庭，揚觶以命耦。周子者，非文王猶興者也。明、通、公、溥，其徑也，光霽者，彷彿乎形容之也。夫書院可少哉？書院地丈尺，屋數，刻諸碑陰。

【箋】

〔一〕雍正江西通志卷二十一書院一南昌府載：「鍾陵書院，在進賢縣霧嶺，明正德七年，改福勝寺爲之，立濂溪先生祠，中有光風霽月堂，明、通、公、溥四齋，李夢陽記。」又雍正江西通志卷五十九名宦南昌府載：「王紀，字理卿，……又建鍾陵書院，祀周濂溪，置院租並籲守者，學使李夢陽記之。」該文當撰於正德七年（一五一二）夢陽視學進賢時。

〔二〕王紀，時任進賢知縣。雍正江西通志卷五十九名宦南昌府：「王紀，字理卿，泰州人，正德進士。知進賢。縣邑舊無城，庚午盜起，郡縣雲擾，紀相址築之。……尋平桃源賊有功，擢南京工科給事中。歷官陝西僉事。」

宗儒祠碑〔一〕

宗儒祠，舊名三賢祠。三賢祠者，祠唐李賓客、宋周朱二公者也，故皆木主。弘治間，江西按察司僉事提學蘇公，止模周朱二公像于中，而遷李賓客主于別室。及副使邵公爲提學，則又以嘗從朱子講學於洞者十四人從祠之，改曰宗儒祠。十四人者，林擇之、蔡沈、黄榦、陳宓、吕炎、吕燾、胡泳、李燔、黄灝、彭方、周耜、彭蠡、馮椅、張洽也，詳具書院姓氏志。

夢陽謹按，宗，本也，法也，又尊而主之也。大凡爲之本而可法，使其尊而主之者，皆曰宗。故山曰岱宗，水曰宗海，大君曰宗子，家之嫡曰大宗，皆言尊而主之，又爲之本而法之也。其學也，則各以其趨而歸之者爲宗。如史記，道者宗清虛，陰陽者宗羲和，法者宗理，名者宗禮，墨者宗墨。而謂儒家者，順陰陽，明教化，遊文六經，留意仁義，宗孔子以重其言，於道最爲高者。是以夫歸而趨之者，亦以爲之本，而足法焉爾。以爲之本而足法，則必尊之以爲之主；尊之以爲之主，則各是其是，彼得與我鼎峙而角立，於是，吾之所謂宗者，或幾乎熄矣。故曰孔子没而微言絶。孔子没百餘年，幸而孟軻氏起焉，孟軻氏没千餘年，又幸而周、朱二公起焉。自周、朱二公起，於是天下始了然知有孔、孟之傳，莫不趨而歸之。夫然後吾之宗，若山之岱，水之海，國之大君，家之嫡，雖有不尊而主之者，不可矣。故曰周、朱者，儒之宗也。且人孰不欲爲聖賢？然異境則必遷，遷斯變，變斯雜，雜則流於清虛、陰陽、法、名、墨諸家，故有雖始了然知孔、孟之傳，而終或入於禪者，如遊酢是也。今學於斯者，謁而見吾夫子及孟氏，又見周、朱二公，誠惕惕若有闕也。曰：「吾何舍此而從彼？」於是流者歸，雜者一，變者定，遷者還，真猶趨嫡、趨君、趨海、趨岱者之爲，是誰之力使然哉？故曰「周、朱者，儒之宗」也。或問張、程諸公不祠？曰：「二公者，此其過化之地，而朱子實爲章明洞學主，又是宗也，周倡之而朱成之也。」

【箋】

〔一〕雍正江西通志卷一百零九祠廟南康府載：「宗儒祠，在府城，舊名三賢祠，祀唐李賓客渤、宋周濂溪、朱紫陽，明弘治間，提學蘇葵止摹周、朱二子像於中，而遷李賓客主於別室，後提學邵寶又以林擇之等十四人從祀，改曰宗儒祠。楊廉、李夢陽俱有記。」是該文約作於正德七年（一五一二），時夢陽任江西提學副使，視學南康（今江西星子）。

【評】

湯賓尹新鍥會元湯先生批評空同文選卷之三：氣格練詞，俱入妙品。

又，字剔句練，騷騷先秦、兩漢風度。

又，海外奇峰，簇簇呈奇。

六合亭碑〔一〕

傳曰：「上下四方，是曰六合。」是山也，登之而見上下四方，亭在白鹿洞迴流山上。是山也，四面嶄峭而其上平。始予登之，而見上下四方也，謂知府章曰：「斯作亭。請名。」予曰：「六合哉！」知府章退而謀諸工，工曰：「山高，四風毒日撼蝕，霜雪西北之飆，亭非石爲柱，易摧也。」會報有石柱六卧於匡麓，扛之來。柱，稜面也，面如其柱數，於是亭製準柱面數而咸六以合，豈非天下一至奇至怪事哉？

是亭也，左闞彭蠡，五老在右，諸足以名矣。而不之名者，彰六以合也，亦大是亭焉耳，何也？孔子登泰山而小天下，志非在山也。是故，六合者，天下之義也。人之言曰：登不高，見不遠。古今登泰山者多矣，何獨孔子登而小天下哉？譬諸以量受物，視其巨細爲容，誠非其人也。登之而見五老、彭蠡之在前，不駭焉而眩者，亦鮮矣，矧能有上下四方；不能有上下四方，矧能曰小天下。故曰「彰六以合者，亦以大是亭也」。

孟子曰：「萬物皆備於我矣。」人之始，非與聖殊也，然卒不之大者，非係於見不見哉！故見之遠者登必高，徒高者非能大者也。故予之大是亭也，又以俟夫能大者焉爾！亭，正德六年冬落成，厥知府章之功。再逾年，予復來登之，而知府霖從，蓋知府章亡逾年矣。章，劉氏，惇信有惠政，隆慶州人也。予不欲泯其功，故及其爲人。

【箋】

〔一〕正德南康府志卷三城池堂亭：「六合亭，在白鹿洞口迴流山巔。正德六年，郡守劉章建，提學副使李夢陽記石。篆額。」雍正江西通志卷四十一古蹟南康府載：「六合亭，廬山志：在白鹿洞迴流山巔。洞志：明正德辛未郡守劉章建，李夢陽爲記。」據文意，該文當作於夢陽任江西提學副使時。文中有「亭，正德六年冬落成，厥知府章之功。再逾年，予復來登之，而知府霖從，蓋知府章亡逾年矣」之句，又夢陽遊廬山記（卷四十八）末云：「正德八年夏六月，李夢陽記。」是此文亦當作於此時。

南新二縣在城社學碑〔一〕

社學者，社立一學，以教民之子，所以養蒙、斂才、視化、觀治者也。自庠序教廢，民之子蓋不復教之鄉，而輒入其縣州府學。其童子事末之習，未知室家長幼之節，而業已學先聖禮樂，講朝廷君臣之禮矣。按古制：里有序，鄉有庠，民秀異者，移鄉學於庠序；庠序之異者，移國學於少學；諸侯歲貢少學之異者於天子，學於太學。少學者，今縣州府學是已。今既不教之鄉，以爲養蒙、斂才之地，而縣州府學，勢又不得盡蓄其才，如此而欲視化以觀治，難矣！是以治天下者憂焉！縣必里立一學，曰社學，設師斂才以養其蒙，乃其師不曰「予養蒙者」也。顧月徵其課金、雞米、酒食。民之子或苦而不來，則輒稟諸官，句攝而鞭笞之。民見其師，非惟不養也，而又苦其子，曰：「是役我也。」則潛賄其胥吏而脱其子。賄者脱，貧者萃，其師必饑餓，謝之去。官者，則顧謂人曰：「甚哉！社學之於治，乖也。」茲説行，則民志愈惑，相扇以成俗，至莫可救解。高皇帝嘗茲焉憂，見其俗莫可救解。又值天造初，直發「艱哉」之嗟而止。正統間，既設提學之官，又仰念高帝之憂之嗟也。於是，詔天下縣、里設一學以教，累朝因之，於敕提學官也，必兹諭之云。今八十餘年矣，而天下之社學卒不興。成化初，提學江西僉事潮州李公力爲此，刻石冀望，然未聞繼其後者也。今其所爲學，毁失亦盡矣。古之制誠不宜於今邪？抑天不欲復三代之治，所謂有君而臣非其臣哉？

夫先其近，則遠可屆。舉乎大，則細易力。規畫詳，則循之可久。予今俾先立社學於省城，以爲十二府之望；十二府各立其社學，自爲其州縣望；州縣又各立於其城市，爲諸鄉都望；諸鄉都學，則先大鄉都以及其小，此亦遠近、細大之義也。

南、新二縣者，省城縣也。今立社學一十六：曰民彝、曰物理、曰崇真、曰洪恩、曰高士、曰奎章、曰滄洲、曰蓼洲、曰通濟、曰高節、曰通真，南昌學；曰思賢、曰文奎、曰修仁、曰崇文、曰崇信，新建學。諸學附城内外，布散而相錯。余謂其官曰：「學，精選教讀，一如例，復其身，待之誠禮，勿令徵課金、雞米、酒食而苦民之子，勿使民以是爲役而潛脱之也。教讀，不才者黜之；才者，吾將舉而用於時。」又謂之曰：「自今非社學生，其勿入其縣、州、府學。」曰：「此古移少學意也。」於是學又設門子一，給其薪水，或增屋以處其家室。於乎！其亦詳已，亦足爲他府州縣望焉已。如此而猶有所不行，其非予辜哉？

南昌社學，始於知縣吴守正，成之推官李先芳，新建知縣游璉之爲經營。二縣社學，則南昌縣學訓導達賓云。〔二〕今以其備細鐫之石下方，立諸分司廳右。

【箋】

〔一〕南、新二縣，即南昌、新建二縣。「六年辛未，公年四十歲。……又於各鄉立社學，以教民間俊秀，所以養蒙斂才，視昔爲備矣」（明朱安㴋李空同先生年表）。新建，北宋太平興國六年（九八一）析南昌縣置，與南昌縣同爲洪州治，治所即今江西南昌。郡縣釋名江西卷上：「太平興國中置新建縣，取南昌舊地而新建之也。」南宋爲龍興府治，元代爲龍興路治，明屬南昌府。是該文當撰於正德六年作者任江西提學副使時。

〔二〕李先芳，山西代州人，正德六年（一五一一）進士，非嘉靖「廣五子」之李先芳。游璉字世重，號少石，連江（今屬福建）人。達賓，據張瀚皇明疏議輯略卷三十二議獄記載：正德中任南昌府縣學教官。又四庫全書總目子部兵家類將鑑論斷十卷提要云：「此本爲宋麻沙版，明武定侯郭勛嘗重刻之，前有正德十年達賓序，題曰將鑑博議，與宋版不同，考永樂大典已引爲將鑑博議，則其來久矣。」或即此人。

【評】

湯賓尹新鍥會元湯先生批評空同文選卷之三：□烈如震雷迅電，蒼古如商□周鼎。

又，覽之，令村學究愧汗淫淫。

又，鑿鑿名言，炳炳善政。

釣臺亭碑〔一〕

李子遊於白鹿之洞，顧山歷澗，谷嶺合沓，石灘茂林，適杪秋之交，風行瑟瑟颯颯，回視五老峰，垂在几榻。於是洒然而樂也，曰：「佳哉，山矣！」乃與諸生泝澗搴蘿，履石而上，剔蘚考刻，步自院門西百步，有石突如危如，仰而睇之，劖曰釣臺。俯之，渟泓魚躍。諸生曰：「此往者釣魚處也。」李子曰：「吁，佳哉！」乃命即其上作亭焉。

亭成，李子遊於其上，諸生從。李子俯仰良久，喟然而歎曰：「夫予今乃知釣可以喻學也。」諸生曰：「夫釣與學同乎？」李子曰：「夫釣者，飭竿絲，綴芳餌，兀坐盤石之上，凝精斂志，沾沾而聽，睁睁而視，期取必獲，蓋飢需之餔，而渴俟之酤也。乃竟日而不得一魚，神荒氣沮，投竿，踽踽而歸，路詠溪歌，天日向暮，諸生以爲苦邪？樂邪？」衆皆蹙額弗懌曰：「苦矣！」

李子曰：「假令以四海爲壑，明月爲釣①，以虹霓爲絲，以崑崙爲盤石，凌雲駕鴻，超出天地，倒視日月，釣無不獲，朝醢巨鼇，暮饌修鯨，則汝願之乎？」衆皆掀眉而喜曰：「願哉！然無能焉。」

李子曰：「夫釣以魚，學以道。故踞盤石，兀坐竟日，期取而必獲者，計功者也。假天地以爲釣，垂涎於不可必得者，騖遠者也。計功者泥，騖遠者虛。夫泥與虛不可以得魚，而況於學乎？是故，君子以仁義爲竿，以彝倫爲絲，以六藝爲餌，以廣居正位爲盤石，以道德爲淵，以堯、舜、禹、湯、周、孔相傳之心法爲魚，日涵而月泳之，至而後取，不躐其等，不計不必，積久而通，小大必獲，夫然後道可致也。是以君子身處一室，而神遊天地矣！夫然後以盤石爲崑崙，丈絲爲霓，寸鈎爲月，溪壑爲四海，鰋鮎爲鼇鯨，此所謂一貫之道也。故曰釣可以喻學。」諸生乃斂色平心，再拜而謝曰：「聞教矣。」書于石爲記。

【校】

①釣，李本、四庫本作「鈎」。

【箋】

〔一〕清續通志卷一百零七金石略載：「釣臺亭記，李夢陽撰並書，正德六年。」又雍正江西通志卷四十一古蹟南康府：「釣臺亭，廬山志：在鹿洞書院之西。桑疏：提學李夢陽建，有記。」夢陽有釣臺亭成（卷十三）詩。該文當撰於正德六年（一五一一）秋，夢陽時任江西提學副使，視學南康。

【評】

湯賓尹新鍥會元湯先生批評空同文選卷之三：□旨惲儻千古，詞鋒碎易萬夫。

又，蒙莊讓其寓言。

又，變化處如風如雲，雄武處如劍如戟。

又，名理當家。

提學江西分司題名碑〔一〕

正德六年夏六月，予奉敕提學江西，至則詢人摭蹟，考昔效故，縮其太過，懲非鑒良。久之，勃焉若有興也，乃猶懼遺棄之。於是以嘗提學江西者姓名、籍銜刻之碑，立諸分司廳左，遡予而上，得十有四人。

惟我明受命，諸府州縣各建學立師，養育人材。其始惟責之提調之官，諸監察巡守者，至稽勤惰而已。後以績鮮而姦滋，乃始設提學官，巡督歲視之。然謂非憲不貞也，則官之按察之佐，謂弗重也，則給之敕；謂弗專也，則敕監察巡守者勿侵越；謂弗行也，則使朴提調者以刑；謂刑或弗從也，則使其糾否而理争，何也？政不行則教不成，政足以行矣，乃其身不足以端本，約不足以範俗，嚴不足畏，仁不足愛，有不足倚，黜不足懲，進不足勸，公不足服，明不足别，迂腐失名實，言貌亂厥貞①。則是官也，特贅焉爾矣。傳曰：「待其人而後行。」今議者不謂其人非也，顧曰是官贅。景泰改元，是官遂裁而不設，是何異於因噎而廢食哉？天順七年，則又設之，至於今不裁。前賊瑾之亂，嘗議裁是官矣，不可，而裁其敕内糾否而理争者數條；瑾誅，諸制復故。會某以擯斥搜拔受是官，自揣九者無一於己，又懼或失名實亂真也。矧又大邦人才，拜命恒怔怔惕若。夫前事不忘，後事之師，今者鑒古者也。於是詢摭其人，考效故昔，冀寡過焉爾，卒勃焉若有興者。今既以十四人刻之碑，予亦名續之，來者不曰「此贅官也」，可矣。

王玉②：字□□，諸暨縣人。進士，任翰林院修撰，升僉事，正統七年，始設提學官，玉首至。

陳璲：字□□，臨海縣人。進士，任翰林院檢討，升僉事，正統□□年至。

高旭：字時旭，候官縣人。進士，任給事中，升僉事，景泰元年裁去。

李齡：字□□，潮州人。舉人，由教官歷御史詹事丞、太僕丞，升僉事，天順七年至。

夏寅：字正夫，華亭縣人。進士，歷南京吏部郎中，升副使，成化七年至。

鍾珹：字德卿，當塗縣人。進士，歷大理寺正，由僉事升副使，成化十四年至。

年至。

馮蘭：字佩之，餘姚縣人。進士，改庶吉士，歷刑部郎中，升副使，成化二十年至。

敖山：字静之，莘縣人。進士，任翰林院編修，升副使，成化二十三年至。

董仲昭：字仲昭，莆田縣人。進士，任翰林院編修，改大理寺評事，升僉事，弘治四年至。

蘇葵：字伯誠，順德縣人。進士，任翰林院編修，升僉事，弘治九年至。

邵寶：字國賢，無錫縣人。進士，歷户部郎中，升副使，弘治十三年冬至。

蔡清：字介夫，晉江縣人。進士，改庶吉士，歷户部郎中，升副使，正德三年春至。

王崇文：字叔武，曹縣人。進士，改庶吉士，歷户部郎中，升副使，正德三年春至。

潘子秀：字仁傑，江陵縣人。進士，歷吏部員外郎、兵部郎中，升副使，正德三年冬至。

李夢陽：字獻吉，慶陽衛人。進士，歷户部郎中，降級，致仕。起副使，正德六年夏至。

【校】

①貞，四庫本作「真」。　②「王玉」以下諸人名及簡歷原無，據黄本、曹本補。

【箋】

〔一〕宋崇寧二年（一一〇三）在各路設立提舉學事司，掌理一地學校和教育行政，簡稱「提學」。明正統元年（一四三六）改爲提調學校官。兩京以御史充任，十三布政司以按察司副使、僉事充任，稱提學道。按，文中稱：「正德六年夏六月，予奉敕提學江西，……久之，勃焉若有興也，乃猶懼遺棄之。於是以嘗提學江西者姓名、籍銜刻之碑，立諸分司廳左，遡予而上，得十有四人。」是該文約撰於正德八年或稍前。正德六年（一五一一）四月，夢陽接朝廷詔書，任命其爲江西按察司提學副使。五月，自開封出發。六月，抵達南昌。在江西三年，卓有成就。

盱江書院碑〔一〕

盱江蓋故有書院，今莫考其址。今之書院，則廢東嶽廟而爲之者，曰盱江者，存故也。予按江西郡縣，江西，故楚地，其俗好鬼而尚巫，於是至所按郡縣，則令毁其鬼祠。顧郡縣吏不皆才，毁之率亦不大力也。今年冬十有一月，予至建昌府，安知府奎公廉而端厚，趙推官漢志超厲而力向往，南城知縣楊清，亦慎密人也。聞予言，一日而毁其城内外鬼祠盡，蓋十有五處，十四處小爲社學，乃其一爲今書院云。書院屋，議更置爲廟、爲堂、爲齋、爲閣、爲號房、爲垣、爲門、爲坊，擇士集而講習。是廟，故入租一百三十八石七斗，又鳴山廢廟，租八百五十四斗，今其田悉歸之書院，即以贍集習者。

書院址，東西一十五丈五尺，南北二十七丈五尺，民居犬牙，入者如其直取焉，諸所總之知府奎，責成推官漢，而同知何恩、通判蘭斌，又咸克慎襄厥嘉事。予始至建昌也，訪度其土俗，乃喟然而歎曰：「嗟乎！予今乃知利之爲禍之大也。」蓋其土俗重賈而輕業儒，其言曰：「夫賈，出本而入息，歲有程筭相當，即不偶，不甚遠。夫儒者，勞費而效邈者也，即中科第，有官職，富田宅衣馬，庇耀其族黨，然遡其供膳積費，不償所亡矣，況未必皆有官職也。」信如斯言，則業儒者亦利爾，可畏哉！夫儒者，讀書明理道、辨義利者也。是故居則事其父兄，入學則隆師而親友，有官職則行所學以事其君。今謂儒一切圖他日田宅衣馬而爲是業，誠賈之不若矣。何則？賈以利名者也，儒者名固義也，實則利其終也。至於無君父師友，兹其禍，不可畏哉，不可畏哉！予既令創是書院，擇士集習於中，復書其土俗於碑，俾遊於斯者覽焉，知吾之業，非爲有官職、圖田宅衣馬。苟志田宅衣馬，莫若從其俗爲賈，毋混處以禍吾儒！

【箋】

〔一〕文中曰：「今年冬十有一月，予至建昌府。」嘉靖江西通志卷十六建昌府：「盱江書院，在府治北隅。宋儒李覯教授之所，有明倫、洙泗二堂，列誠意、正心、致知、格物四齋。元毁，地入府治，學田湮没。國朝正德壬申，提學副使李夢陽毁東嶽廟改建。」又，雍正江西通志卷二十二書院二建昌府載：「盱江書院，在府治北。宋儒李覯教授之所，有明倫堂、洙泗堂，誠意、正心、致知、格物四齋。元季毁，地入府治。明正德壬申，提學李夢陽改建於城西街，爲堂四：曰正經、上達、志伊、學顔。旁列號舍數十間，籍淫祠田産以養士之俊者。」壬申，即正德七年，故該文撰於正德七年（一五一二）夢陽任江西提學副使視學建昌（今江西南城）時。

【評】

湯賓尹新鍥會元湯先生批評空同文選卷之三：馮生之舌，董生之筆，左、國之文。

又，談時弊處，皆是明言確論。

又，結句直截簡當。

曲江祠亭碑〔一〕

贛江北奔入彭蠡湖，千里猶建瓴也。至豐城也，觸磯頭岡，則俯而東南，折數里，始北達奔也。登其岡望，盡見其奔北俯折之勢，於是智者悟其理，勇者宛其氣，仁者堅其塞，速者紓其謀，亢者抑其志。是故古之賢人才士，生其鄉也，遊息、增益其所不能，過之登也，依徐繾綣，而弗之忍去也。故此夜扁舟之詠，則有新安之朱；磯山杖屨之章，則有義山之李；讀書往來其地，則有雪坡之姚。夫三人者，非世之所謂賢人才士邪？是江也，既與其詠章而往來也，則三人者，不可不於其地祠之，明矣。

正德七年夏五月，予巡視豐城，登岡望江曲之勢，見其上有祠也，而非其鬼，乃立使去其鬼，而作三先生主妥於其內。及予還也，則知縣吴嘉聰業又作二亭祠後，其最後亭有閣，又最高，登之，益足以盡此江奔北俯折之勢。夫理以曲賤，勢以曲貴。孟子曰：「人無有不善，水無有不下。」謂理也。何也？智有所不投，勇有所不用，謀有不徑情，志有不直遂，仁有乘其定以驗其塞。故曲者，勢也；終而必北者，非勢也。故曰：「知水者可與言道。」登斯亭也，謁三先生之祠，而覽其勢之所以，殆有取於予言哉，殆有取於予言哉！

【箋】

〔一〕據文中「正德七年夏五月，予巡視豐城，登岡望江曲之勢」句，可知該文似撰於正德七年（一五一二）或稍後夢陽任江西提學副使視學豐城時。雍正江西通志卷一百零八祠廟南昌府載：「曲江祠，在豐城磯山之巔，舊稱三賢祠，祀朱子、李義山、姚勉。李夢陽有記。」

李夢陽集校箋卷四十三　碑文三

將仕郎平陽府經歷司知事贈儒林郎翰林院修撰康長公墓碑〔一〕

純皇帝時，靈臺有楊生，名重，長安有李生，名錦，二人者，皆與武功人康長公遊，康長公之與二人者，友也，於是並稱爲「關内三才」云。余曩遊關内，見秦父老，頗采其事實。碑曰：

康長公名鏞，字振遠，其先固始人也。其七世祖曰康政始遷武功，居長寧里。政生廷瑞，於元仕爲學官，廷瑞生世睦，世睦生珙，珙生汝楫。汝楫初爲武功學官，高皇帝時，辟之爲燕王府長史，後出爲安岳縣知縣。文皇帝既興，乃召安岳縣知縣爲行部侍郎，留北京輔皇太子。而侍郎有大勛德，文皇帝將封之爲侯，侍郎固死不拜。比死，又上表乞勿賜贈秩蔭，上竟皆允之。語載康氏家傳。

侍郎者，康長公之曾祖也。侍郎生三子，長曰爵，次曰年，次曰禋。文皇帝一日盡召侍郎家諸男子，侍郎中子會賈在外，惟二子在，於是二子乃大恐，並匍匐入見上，上曰：「汝非康侍郎兒邪？」二子免冠，首觸地，對曰：「然。」上聞而憐之，顧左右曰：「令侍郎在，直不此耳。」於是卒官其二子，以爵爲上林苑監正，以禋爲監副。已知侍郎有子賈在外，上拊髀太息曰：「薄福，薄福！」於是詔賜侍郎子千金，鏹數十千緡，敕關津吏往來不得詰侍郎子。於是關中鉅貴族咸推轂康氏，而康氏因遂豪關中矣。侍郎葬於縣北卜家原。至昭皇帝時，始贈資善大夫、工部尚書云。

監正累官至中議大夫、贊治尹、南京太常寺少卿，卒葬江寧縣新亭南。而太常生健，睿皇帝時，又有詔起尚書孫應祠者，於是健來送銓部。會健著田間冠，由部甬道入，及見部尚書，又秖長揖不拜，部尚書怒，以爲慢己，乃竟授通政司知事而歸，而得食半俸祠，知事卒，葬於縣南紙坊原。而知事有五子，其長，康長公也。

康長公生而孝友，八歲而善文辭，及長而好辯有口。然習識當世之故，好稱先王、則古昔，於是關中人士咸出康長公下，雖康長公亦自謂關中人士弗己若也。年二十餘，從其先太常就辟試南京，顧數不第，已乃還關中。即又試關中，又不第，乃後歲貢至太學。至太學，又試，又不第。然太常業已葬南京，於是乞爲南京太學生云，而即其故太常之域祠焉，然自是不復有試志矣。是時，楊生、李生亦皆阨塞，弗庸於世。關中父老語曰：「古人有言：勿爲嶢嶢，人將缺焉；勿爲皚皚，人將汚焉。」三子之謂矣。康長公既與時不合，於是始好莊老、浮屠等書及外家傳語，其言曰：「夫人以形骸處大壤，其速絶若飄風也。予行年五十有四矣，吾日以思功名之會，是益速絶而已。夫孩提於班白，期甚遠，今忽忽若瞬息，即能至百歲，政少半耳。京生有言：孰易如葦①，孰化如燬。言生死易至也。夫喜生者，欲心恒安逸也，君子疾没世而名不稱，傷功名之不立也。夫功名於身，至疏也。古之人以死效此者，以可萬世不與物朽，至厚身也。今不得之功名，又因以勞費心體，是非喜生之道耳。故曰：『百人射招，無弗中矣；百物誘生，無弗傷矣。』夫乃今於吾可以已矣！」乃遂自謂爲已庵，已庵者，止於闇也。康長公故以懼悸病心，乃後上銓部試，會墜馬，乃復病，顧愈益甚，比試，心怔怔怦怦不能措一辭，於是除平陽府知事。逾年，平陽君棄其官而歸，而心病未間也。已又病痿，又二年所，竟卒，葬於紙坊原之墓。而平陽君有二子：長曰阜，次曰海。阜先平陽君卒。平陽君且卒，子海侍，平陽君執其手而泣曰：「夫予，先大聖人之苗裔也。至吾祖，嘗樹功名於草昧之際，世有顯官聞人豪於關中，今絶於予乎！汝如有知，其無忘吾祖矣！夫欲心恒安逸者，爲其可以貪命而樂存至厚生也。今吾棄功名之會不赴，又不欲勞費心體，非於身疏也。今病痿，乃且死，諺曰：『斷酒白首，餔糟而朽。』是天乎，是天乎！雖然，吾無面見吾祖於地下矣，小子勉哉！」平陽君卒十年，而海舉進士第一，爲翰林院修撰、儒林郎。四年，而當正德元年，今上上徽號兩宫，推贈平陽君如其子官云。又二年，海有母太安人喪。於是，海有友曰北郡李生，適自河南來而留滯京師，於是作平陽君墓碑。李生曰：「先民有言：『期年樹穀，百年樹德。』曷觀康尚書？今其子孫餔勛而啜積，曷使人誦其義無窮如此哉？夫平陽，中衰之遺裔也，能不藉尺寸而洞視往古，凌駕時輩，亦謂之振世雄豪者矣。使其遭遇脱穎而嚮用，魏、衛將相之業尚足道哉！」其銘曰：

維武王建侯衛邦，厥有固始，武功是祀。嗚呼遐哉！尚書開國不伐，帝懷其德，澤流於孫子。少卿明禋亮采，通政明夷，乃續其家祀。故累基者崇，數沃者豐，譬作堂室，稼穡，而蔀而翔，而懋而達。夫平陽其屯之際乎！畜而不施，以昌厥嗣。皁不自秘，發鬼神之藏。騷、雅並鳴，文古而殤。嗟嗟平陽！舉世重官宦，即使君巍爵而崇位，珠玉文綺，珍食駟馬，有臺樓亭榭，孰與發祥廣志，如二子所哉！故明不蓄不光，流不塞不長。武功南原，草木膴膴蕃蕃，岐渭盤焉，平陽宅厥土，太安人祔之，是曰寧所，維厥繩武。瞻哉！

平陽君生宣德庚戌四月辛未，卒弘治壬子正月癸巳，年六十有三歲。妻張氏，封太安人，生宣德甲寅三月乙酉，卒正德戊辰八月戊寅，年七十有五歲。男子二人，皁先卒，年十有八歲；海娶尚氏。女子一人，嫁爲乾州人習五車妻。

【校】

①葦，四庫本作「韋」，蓋館臣誤改。明人引京生此語甚夥，皆作「葦」。

【箋】

〔一〕此乃夢陽爲康海之父康鏞所作墓志。康長公，即康鏞，康海簡介見寄康修撰海（卷十一）箋。文中曰：「四年，而當正德元年，今上上徽號兩宮，推贈平陽君如其子官云。又二年，海有母太安人喪。於是，海有友曰北郡李生，適自河南來而留滯京師，於是作平陽君墓碑。」又下篇云「戊辰夏，余蓋罹豎瑾禍云。余至京師，下詔獄」，故此文當作於正德三年（一五〇八）秋，時夢陽已被釋放，仍在京。

【評】

湯賓尹新鍥會元湯先生批評空同文選卷之三：贍而有體，詳而不泛。

又，得伯陽養生之秘。

又，詞亦蒼。

又，誠哉是言！人當爲□後圖，不必干一日之富厚赫奕矣。

明故監察御史涂君墓碑〔一〕

新淦縣南，我舟至蓮花潭，舟人指岸西廬曰：「此涂御史居也。」余聞之呀然，於是登岸造其廬。見其子朴，而問涂御史葬處。朴指曰：「父葬處隔江五里，東鄉西廉山是也。」余望之歔欷，已謂朴曰：「比黜碑於廢寺，吴石也。」曳樹墓道刻表，表曰：

戊辰夏，余蓋罹豎瑾禍云。余至京師，下詔獄，乃涂君業先繫獄，相見執手問故。初，瑾以鹽貨源也，因遂厚望巡鹽御史貨，會一御史入貨如瑾望，而瑾輒擬人人必厚貨如望。及涂君巡鹽還，則空手見瑾。瑾怒，下君獄，然猶日望其貨來也。久之，貨竟不來，瑾愈怒，矯詔：涂禎打三十棍，發肅州衛，永遠充軍。君坐掠重，尋卒。無問識不識，見君卒，無不嗟歎淚下。乃時余尚在獄，聞之，哽噎者累日，食不能下也。今大政更新，瑾事盡廢格不行，人士咸彬彬乎進矣。無問識不識，語及君，又無不嗟歎淚下，以冤故。

禎，君名，字賓賢，弘治己未進士。出知江陰縣，有卓異績，舉天下第一，乃於是擢御史云。始君下獄，江陰人願厚貨入瑾如他御史，數塞瑾望，解君，君不從。而朴則曰：「父幼時嘗讀書玉笥山云，篤古持禮。諱弘濟者，父父也，早亡。而朴仲父曰涂兆，善使酒，觸父，父容之。仲父以父之容之也，反顧驕縱酒。然產不出其手，於是謀手其產，日閧父割，父不從。會父出，仲父輒自主產割，而手其豐。父還，祖母不平而怒曰：『阿兆自主產割，而手其豐，盍白族長？』父對曰：『弟寡活，不如兒廩生也。』父有友丘坤者，家貧而有子，議聘朴妹矣，未決。會坤卒，父往弔焉，語坤妻曰：『吾女已心許而郎矣！勿疑。』語曰：

『觀其死，知終始。』今豈無皎皎之行，爲世所敬誦，然矯僞盜名，稱身殁而跡彰者，多矣！此非所謂誠之不可掩邪？」夫涂君，官不過七品，壽僅逾四十，非赫赫久修之夫也。乃今殁，士夫思於朝，鄉人德於鄉，所縣縣人思慕而不忘，此豈苟然者邪？然余往在詔獄，見君日涕泣念母，今母存而君則亡，亡於非命，論者頗疑爲善而無報。夫孟子不云：「夭壽不貳，修身以俟之。」誠若云云，則顏回、王通之倫非哉！

【箋】

〔一〕此乃夢陽爲涂禎所作墓志。明史卷一百八十八周璽傳附涂禎：「又御史涂禎，新淦人也。弘治十二年進士。初爲江陰知縣。正德初，巡鹽長蘆。瑾縱私人中鹽，又命其黨畢真託取海物，侵奪商利，禎皆據法裁之。比還朝，遇瑾止長揖。瑾怒，矯旨下詔獄。江陰人在都下者，謀斂錢賂瑾解之，禎不可，喟然曰：『死耳，豈以汙父老哉。』遂杖三十，論戍肅州，創重竟死獄中。瑾怒未已，取其子朴補伍。瑾誅，朴乃還，禎復官賜祭。」文中云：「新淦縣南，我舟至蓮花潭，舟人指岸西廬曰：『此涂御史居也。』余聞之呀然，於是登岸造其廬。見其子朴，而問涂御史葬處。……今大政更新，瑾事盡廢格不行，人士咸彬彬乎進矣。」本朝分省人物考卷六十二有涂禎傳。是該文當撰於正德七年夢陽任江西提學副使視學臨江府時。新淦，即新淦縣。西漢置，屬豫章郡，爲豫章都尉治，後爲南部都尉治，治所即今江西樟樹。元和郡縣圖志卷二十八吉州新淦縣：「縣有淦水，因以爲名。」隋開皇十一年（五九一）徙治今江西新幹，屬廬陵郡，唐屬吉州，北宋淳化三年（九九二）屬臨江郡，元屬臨江路，元貞元年（一二九五）升爲新淦州。明洪武初復改新淦縣，屬臨江府。

【評】

湯賓尹新鍥會元湯先生批評空同文選卷之三：涂御史蓋廉□□友人也，得獻吉文而名可垂不朽。

又，涂君死之日猶生之年，彼入貨者，死而死矣。

又，見江陰人願厚貨生君，則□愛在民矣，□死蓋無愧矣。

又，悌弟、信友、貞臣、孝子，涂君兼之矣。

又，以顏淵、王通結語，涂君九原有生氣哉！

武鄉縣武君墓碑〔一〕

武君者，武鄉縣人也，諱彪，字勢雄，生二男子，長曰威，次曰盛。弘治間武威爲扶溝丞，三年，忽心動，即日趣治裝歸。歸逾月，喪其母。逾年，又喪其父，即武君也。縣喪祭故鮮禮，而扶溝丞葬祭其父母則以禮。含斂、作木主、起祠屋，咸創自丞。丞又來乞表其父墓。

余曰：嗟乎，武君！余聞其人，蓋任俠者云。成化間，武鄉丞張翔扑殺豪吏王褫，而褫父輒呼其家衆圍官寺，將禽翔。是夜，翔縋城出，匿武君家，在城西十里段村，王褫家衆即又圍武君家，武君於是勒其子弟若鄉少年，盡死與王褫家衆敵，諭以禍福，卒解翔難。及後，翔以他事免，而武君輒又率其數騎送出境以還。張翔謂人曰：「生我者，武彪也。」而晉土故堅勁，民豪，觀史稱蓋聶、代諸白是已〔二〕。今有武君，然武君不專以力豪，而喜下賢士夫，又曾爲繕梁、除道、建塾數事。而縣俗故苦嗇其畎畆，人有老死不紵葛衣紈阿者，並不見諸純麗物，武君則創導之桑，使務紡績，今稍稍成效矣。前郭解厚施而薄望，振人之命，不伐其功，史氏嘉焉，及若孝弟事，未著也。武君其父病，嘗糞，糞苦，武君喜，父病乃尋愈。武君生永樂癸卯正月十一日，卒弘治壬戌正月十二日，年八十歲。娶李氏，舉人李森女，長君六歲，先二年卒。有孫男子六人云。扶溝丞曰：「我先世太谷人，諱建，沁州知州，始徙武鄉。諱祥，縣務都監官。諱從義，山北廉訪司知事。諱季良，輝州學教授。至國朝有諱炳文者，爲縣主簿，於武君爲高祖。」

【箋】

〔一〕此乃夢陽爲武彪所作墓志。武鄉縣，西晉置，屬上黨郡，治所在今山西榆社北三十里社城鎮。北魏改爲鄉縣。唐武則天時改鄉縣復置武鄉縣，屬潞州，治所在今山西武鄉東十里故鄉縣。

明爲武鄉縣，屬沁州。據文中「武君生永樂癸卯正月十一日，卒弘治壬戌正月十二日，年八十歲」之句，該文似作於弘治十五年（一五〇二）或稍後，時夢陽任户部主事。康熙山西通志卷一百四十四孝義四載：「武彪，父病嘗糞，糞苦，喜曰：『甘則可虞，苦即無憂矣。』父尋愈。後彪卒，李崆峒爲撰墓碑。」

〔二〕蓋聶，戰國末年豪俠。代，代地，今山西陽高一帶。諸白，戰國時代地之白姓豪俠。事見史記游俠列傳司馬貞索隱。

太康縣安氏塋碑〔一〕

太康縣西岡曰侯陵，而安氏塋焉，蓋葬者五世矣。塋西南塋亦安氏，二丘前並，七丘後纍纍斜，然迷，莫知誰墓，而今塋四凸而中凹，如掌形。

一世益，於安爲高祖。益生二子：曰居，曰全，葬之左。居三子：曰泰，曰康，曰庠；全二子：曰慶，曰庸，葬之右。泰子曰柱，曰杞；康子曰盤，曰止，曰吉；庠子曰樞，曰棠；慶子曰和，葬左前。柱子曰清，曰深，曰浩；杞子曰洪；止子曰仁，曰倜；樞子曰鑰，葬右前；吉子曰行，又稍前。而安之繇也，則自丁氏。丁氏者，益母也。丁氏兄爲元平章官，元亂，平章官提兵過太康，乃挈其妹甥北，而丁氏中流矢道死，而平章官乃獨挈其甥北。已而舅甥復相失，而益自轉徙於長子，因娶長子張氏。亂定，夫婦歸，乃始鋤荆榛，誅茅間，埽墓丘，創室廬，亦難矣。李子曰：今之葬，蓋專言地理家云。質體魄，儌利福，計枯腐，饕潤澤，君子蓋羞稱焉。然中古以來，顧率尚之。今號稱賢豪人，亦往往談青烏、信眠牛，而望氣者言陟侯陵望安氏塋，逆推其必盛。

今考其一世一人，二世二人，三世五人，四世一十二人，五世二十二人，六世二十八人；貴而知州者一人，康是已；推官者一人，吉是已；進士知縣者一人，仁是已；壽而官者一人，棠是已；義而官者二人，國子生者一人，縣學生者三人，王官者二人，吏而未官者三人。賢而篤行者，世有之，揆其言不虚矣。而予則謂人道邇，天道遠。向使安氏族大而横，富而違禮，貴而怙勢，譬之本根既撥，枝葉必萎。即令葬者，乘生氣據王相，陽來陰受，支就干合，未必盛若是。而今人靡察，顧時時覓勝地，擇利穴，冀發其子孫，斯何異於弗耕而餒，曰「天也」，豈不悖哉？左生則又謂予曰：「行，蓋有二男子云，長曰邦，次曰都。峨冠拖紳，安門之封胡，於今塋樹柏千，建堂暨門，翼之以屋，覆碑以亭，爰成父志。」李子曰：甚哉！人道之邇也。今觀侯陵安，遠而彌繁，盛而彌賢，渢渢乎猶朱、陳、王、謝焉，是果地理①使之然否歟？詩曰：「孝子不匱，永錫爾類。」安氏之謂矣！予既爲之碑，復繫之銘。銘曰：

於維安氏，肇自武威。漢有安成，厥宗用輝。壽英惇傑，施及牧丙。靖寇康國，南土是屏。喪亂中蝕，胥淪胥遷。碩果不食，太康僅延。於昭爾祖，童年禍嬰。舅挈之北，母隕於兵。艱難仳離，危而竟立。生還没寧，嗣衍族集。苞桑既固，瓜瓞聿馨。有媛者女，待召掖庭。暴殂帝驚，歸骸特錫。彩帛黄金，傳馬有駒。乃有推官，敬刑明冤。實發我祥，奕奕言言。邑尹罔究，予也實惜。策名馳譽，孰云匪積。雖有弗顯，咸敕乃躬。氣滋木茂，土腴禾豐。種木維蔭，種禾維飽。勤力者獲，勤德者報。彼曰行者，於義彌敦。約己厚施，爰穆群昆。二子章甫，如璵如璠。履美紉芳，孝敬靡諼。墓門式啓，堂廂翼翼。列柏蓊蒨，井徑修直。禴蒸是歸，族姓攸聚。蹌蹌濟濟，威儀孔度。牛羊載陳，罍斝苾芬。來歆來格，僾如有聞。里人用欽，爰效爰則。丘木勿翦，過墓者軾。

【校】

①理，黄本、曹本、李本、四庫本作「里」。

【箋】

〔一〕此乃夢陽爲安氏所作碑文。太康縣，隋開皇七年（五八七）改陽夏縣置，屬陳州，治所即今河南太康。大業初屬淮陽郡，唐屬陳州，五代梁屬開封府，元屬汴梁路，明屬開封府。據文意，似作於正德九年秋作者結束官旅生活返大梁之後。

【評】

湯賓尹新鍥會元湯先生批評空同文選卷之三：談安氏之蕃衍，以人理勝而不以地理勝。亦是鑿鑿名言。

又，叙事如畫。

又，大是根極議論，彼亟亟求地利而不先人和者，見亦左矣。

又，「丘木勿翦，過墓者軾」爲祝語，含蓄多少意思！

真樂翁墓碑〔一〕

真樂翁者，南宮縣人也，字楨夫，名榦，姓劉氏，生正統十年七月二十二日，卒嘉靖元年三月二十三日，年七十有九歲。業卜城南十里王村葬矣。翁孫曰濂者，舉進士，知杞縣，徵爲御史，過大梁，見空同子，述翁之行，已而泣，而請所弗朽焉。於是空同子始知南宮有是翁也。

夫世嘗言人有幸不幸者，有由然哉！遼逖之域，奇絶之山，汪濊之川，靈異之木，詭怪之石，耳目未之聞見，載籍未之紀記，文史未之稱述，闇焉竟無聞者，舉天地間，豈少哉？而顆珍枝寶，隻禽孤獸，光色羽毛，苟殊於其類，一爲人傳播，則慕之者求，獲之者憐，失之者惜，豈其物真大殊哉？遇有幸不幸耳。故蒼蠅驥尾，君子譬之，斯遷氏發青雲之歎，而重傷泥途之難也〔二〕。夫真樂翁者，固淳行力道之偉夫也。進取志厄，功名不著於春秋，乃竟蕪没草莽畎畝間以死，使非其孫顯，而亟揄揚之，斯與遼邈之山川木石異邪？

翁父諱明，母曰崔氏。崔之卒也，庶母孫理其家事，翁事之母。君子之言孝也，以舜損祥爲至者，以其母繼也，庶又有間矣，而翁母事之，不謂淳行哉！翁故貧尚儉，獨購書不費之愛也。每燕居，令子孫誦説書史，會意便欣然喜曰：「古之言不難知，難於行耳。誦之而不行，猶不誦也。」諸子孫環拱曰：「唯，唯。」翁顧之，笑曰：「樂乎！」遂自稱真樂翁。斯不謂力道者哉？道故仁，仁故義，義故亮直，亮直故急難，故居也，争者聽其平，悖者畏其評，暴者沮，柔者恃；而出也，群而和，醜而讓，見溺則援，是皆偉人之行也，非一珍一寶、一光一色、一羽一毛者倫也。然鄉之人知焉矣，出其鄉弗知也；同其出者知焉矣，出不之同者弗知也。何也？窮僻之邑，無青雲之媒；幽貞之士，鮮驥尾之求故也，故予於真樂翁有重歎焉。歎者，何也？悼賢之無聞，而慨善之易泯，又悲幸也。邑之長老曰：「翁二子：曰錫，曰鎧。錫爲知縣。六孫：曰濂，曰河，曰濤，曰沱，曰藻，曰渚。濂爲御史，不可謂無聞，得空同子譔述，不可謂泯。王村之塋，翁無心而獲地，不可謂不幸。」夫信斯言也，則易之「視履考祥」驗邪，即詩之「日監在兹」者邪！不幸於人而幸之天，無聞於身而聞之子若孫，遂以之不泯，所謂「積善餘慶」者邪！

【箋】

〔一〕此乃夢陽爲劉楨夫所作碑文。文中曰：「真樂翁者，……生正統十年七月二十二日，卒嘉靖元年三月二十三日，……翁孫曰濂者，舉進士，知杞縣，徵爲御史，過大梁，見空同子，述翁之行，已而泣，而請所弗朽焉。於是空同子始知南宫有是翁也。」可知該文當作於嘉靖元年或稍後作者閒居開封時。

〔二〕「遷氏」二句，見後漢書逸民列傳：「志陵青雲之上，身晦泥汙之下。」夢陽錯記爲司馬遷史記中語。

【評】

湯賓尹新鍥會元湯先生批評空同文選卷之三：借物爲喻，大中肯綮，其傳神蒙莊耶！

又，終篇悼真樂翁之無聞易民，而末以不幸之幸、無聞之聞，而歸之於積善餘慶，誠具到，意生情來，機湊也。

明故例授宣武衛指揮使張公墓碑〔一〕

張公者，杞人也，名廷恩，字世榮，號雲莊子。世居西岡。曰張大公者，國初自墾地數千畝。大公生欽，欽生普，普娶於胡，以景泰元年八月二日生張公。

初普爲縣學生，力行有聞，於是徙杞之草營居，而以墾地之半分其族。亡何，夫婦連卒。時張公十三歲耳，奉遺言，權厝其父母喪於郭西。公既孤微，然有姨之夫五，咸富盛，招之使營生，公弗從，乃返西岡而居。會族有横者，欺公少而貧，而侵併其墾地之半，謀曰：「渠孤兒耳，有言則阱之。」公聞之怒，直於官，竟歸我田。是時，張公弱冠耳，勃勃英氣逼人矣。土俗，租地畝錢百，張公則八十，已而曰：「吾地畝租五十。」於是人争來租地，無間者，計其入反倍於他，由是富盛。而張公智，負氣用才，然又施①，故布衣雄數郡。嘗如杞，還西岡，單馬袖鐵尺，望見人聚路塞，問之，曰：「有生馬齧人。」公立馬上瞪久之，下棄馬，杖鐵尺，步而前，而生馬者果奮鬣揚蹄，張口來噬，公舉尺擊破其頂，斃焉，神氣自如，上馬不顧而去。東地嘗水，公力主藝稻，稻熟，水且復至。或幸之曰：「雲莊子智乎？」公令佃人曰：「稻第堆之田。」人雙其堆，多則四之。又令曰：「崇土如堆數。」公旦往，第分其稻堆，已堆則標之幟。又令紉其秸，囤稻崇土上。人衆而力齊，卒免之水，人服其才。是歲獲稻數千，張氏愈富而盛。乃於是時大治屋廬於西岡，歸睢曠斥，墟莽藪盜，公之室，垣塹重邃，是故鈴柝不設，而終其身無伏梁遺縑之警，雖德其施者，印之心，亦勢使然耳。初，公治室造土車，百人一車，十車一長，首止而尾動，厥環無端，略如水車，戽之，義齊而均，無憂於惰勤。其糶倉穀，日入錢緡，竟無弗明者。或問之，曰：「凡倉穀入，記之簿，予第令一僕主其出，如簿數則已，又令一僕主入緡，緡頭封識其姓名，有弗明，責之渠也。」昔人謂世非乏才，顯晦隨遇，即有豪雄之倫，使青雲是違，驥尾莫附，則桑間止於餓夫，胯下終於寒士，雖肩輿負勇，登壇效能，安所庸哉？夫以張公之智、之才、之力，使提十萬橫行匈奴，則長城必屹於塞北，王庭宜絕於漠南。顧歿齒草野，臥煙霞，獵鹿豕，終焉。悲夫！

弘治間，輸金二百鎰助邊，始授昭勇將軍、宣武衛指揮使銜，雖出入騶擁，位勢甲於鄉人，然亦奚益矣。今鄉黨每述其輕財之行，曰：「張公遷其父母，葬令狐城。始相地，地主曰：『畝四十金。』公即與四十金。既葬，構室固墉，森森柏松，白燕巢其墓廬。嘗歲凶，公糶，減其直如稔直；或貧不能直，約秋成還直；秋成或不能還直，則約來秋還所直；來秋或又不能還直，則舍之。」正德間，勦流賊，官軍過杞，公饋之芻五千。居無幾，歲凶，公助之賑，出粟千。已而，歲又凶，公又助賑粟千，弗給，二子自出粟數百繼焉。公聞之，喜曰：「真吾兒也。」巡撫官兩遣羊酒花紅，勞公於杞，奉詔遵例，建坊於巷間，移文曰：「仗義竭忠，父子同心。」斯皆其大者，如此，乃其未試之才，深藏之智，固有莫之知者。正德間，恶少有陷公權奸者，逮如京，公處之裕如，竟白，還乃竊歎曰：「先民有言：『富者，怨之藪也。』豈不信哉！予樂施人也，乃猶不免於禍羅，况他哉！况他哉！」於是鬻遠田四千畝於人，約三年，耕有獲，還其直。復謂二子曰：「若輩勿忘我志也。」

嘉靖七年，饑，二子各出粟千二百賑之，撫按官以聞，奉詔各建坊如其父。歲再饑，弟出粟千，撫按官奏聞，自兵馬進指揮使，服三品服。尋以兄捐金五百，請授文職，行將復沐恩矣。至今如公之里門者，見表義之坊，父子輝映，聞以禮讓稱，不以豐財顯，則公之善己裕後，不可以爲世法乎！李子曰：仁患其弗義，義患其弗勇，勇患其弗智，智患其弗才。今以雲莊子所事觀之，果何若人哉！夫豐城之氣，非華莫識；荆山之輝，遇和始彰。故平世則雄伏豹隱，亂離則龍翔虎躍，人非盡拙，時有利鈍然也。今觀雲莊子之才智、强力，不謂之勇邪？不義邪？仁邪？而埋耀草莽，竟不一試於世，此非時使之邪？

公以嘉靖三年二月八日卒，年七十有五。配楊氏，淑德懿行，無忝内助，先公卒。子男二：長希仁，國子生；次希義，國子生，授兵馬進指揮使。女五：長適孫懷經，次王洪運，次王尚友，俱國子生；次馬敷政，縣學生；次康昆，醫官。孫男四：益祚、永祚、錫祚，俱國子生，衍祚。女五：長適劉喬松，縣學生；次周世子妃；次孫爗；次王震亨，縣學生；次聘許蘗。周王以姻故，又素知公，訃聞，悼焉，遣官如杞祭。是年四月十五日，葬公令狐城，從父兆也。

嘉靖八年冬，李子作文樹碑。

【校】

①「施」上，皇明書有「好」字。

【箋】

〔一〕此乃夢陽爲張廷恩所作碑文。文末曰：「嘉靖八年冬，李子作文樹碑。」按，據李空同先生年表：嘉靖八年（一五二九）夏七月作者因病復發就醫京口，九月歸家，十二月晦日病卒。似此文作於夢陽去世前之十一月。

【評】

湯賓尹新鍥會元湯先生批評空同文選卷之三：計然積著之法，大都如是。

又，此段不過譚力本致富，以爲下文助邊賑饑張本耳。

又，治生之策，井井有條。

又，□有是助芻出粟之惠，則始之致富者，積而能散，非區區商賈之行矣。

又，種種善行，奕世濟美，誠足紀矣。

又，□詞瑰意，愈出愈奇。

權博施墓碑〔一〕

權濟字博施，澄城縣人也。其墓在縣城西十里段莊社。權君蓋有男女各三，男曰惟均，曰惟平，曰惟誠，監生也。女之婿曰雷頂，曰許世昌，曰楊復性。

嘉靖四年，許君以知縣升開封府通判，是時權君没而葬者三年矣，許君見李子，請曰：「嗟！舅氏竅銘矣，而墓未表也。敢請於執事者。」李子曰：「夫表者，揚之名而勸之義也。是故表死以勸生也，表其先以勸後也，表之鄉勸鄉也，勸鄉以風國也，風國，風天下也。何也？人無有不激之而興者也，故表者揚之名而勸之義也。」許君曰：「嗟！舅氏，厥行足揚之矣，足勸之矣。足以勵生而警後，足以式之鄉、風之國天下矣！敢以表請於執事者。」李子曰：「夫厥行云何？」許君曰：「舅力稼穡，志孝友，體無逾服，口鮮過味，聚而能散，有而不居。」李子曰：「是勤、敬、儉、義人也，表哉！」許君曰：「舅宗族睦，閭黨愛，僮僕惠，飲必醉，醉不亂。召必往，往必先，來必留，留必款。」李子曰：「是和、易、平、實之倫也，表哉！」許君曰：「舅嘗授散官矣，不冠不帶也，曰：『吾野服逍遥人也。』嘗賓之鄉飲矣，舅不之赴也，曰：『吾何行而賓於鄉？』」李子聞之，乃驚曰：「是高人也。夫自世教之衰也，聞假衣冠以衒俗者矣，不聞其不冠不帶也；聞求賓飲以欺時者矣，不聞其賓之而不赴也。是二者，人之高也，表哉！」夫人之好惡，未有不同者也，不揚不激，不激不興，不興不勸，自是權氏子孫不有念其先者乎？生者不愧於死者乎？鄉之人不有慕之而效者乎？是誰勸之也？故曰：表死以勸生也，表先勸後也，表之鄉勸鄉也。自是風之國，風之天下，不有勤、敬、儉、義者乎？和、易、平、實者乎？又不有不衒俗、不欺時者乎？未必非權氏之功也。

按，權氏，世居澄城，趙宋時有爲元帥者，傳至權恩，恩生亨，亨生通，通生允中，允中生士賢，士賢生宗仁，宗仁生定，定生濟也。濟娶楊氏，克相其夫，成厥行，合葬於斯墓。墓表其大者，他見於銘志者不表。

【箋】

〔一〕此乃夢陽爲權濟所作碑文。據文中「嘉靖四年，許君以知縣升開封府通判，是時權君没而葬者三年矣，許君見李子」，許君，即墓主女婿許世昌，可知該文當撰於嘉靖四年（一五二五）作者閒居開封時。

【評】

湯賓尹新鍥會元湯先生批評空同文選卷之三：體裁迥別，詞藻俊逸。

又，生平不識權博施何如人，今應許君之請，弟述許君之言，變幻若海市矣。

又，有照應。

敕賜愍節祠碑〔一〕

愍節祠者，贈光禄寺少卿、上蔡縣知縣霍侯祠也。正德七年冬十有一月，賊鈔上蔡，攻其城陷，知縣霍侯死之，其妻劉亦死之。事聞，天子痛悼，詔贈知縣恩光禄寺少卿，贈其妻爲宜人。製文遣祭，建祠賜額，返櫬營葬，樹石表閭，備矣。曰：「其以長子汝愚，世茂山衛指揮同知，次子汝魯，送監讀書，使文武各紹之。」國家之遇勤王死事，優而至如此。

嘉靖七年，同知君以署都指揮僉事來掌河南都司印，往縣省謁，祠歲久頽圮，謀撤而新之，未能也，乃伐石立碑，垂所不朽於後人。

初，閹瑾竊柄，天下詾詾靡寧，於是大盜乘之，扇衆起亂，烏合雲擾。屬久安備弛，民不識兵，所突崩潰，燒聚屠邑，煙焰相接，賊乃乘勝勒降，吏多棄城走者。霍侯固武胤知兵，乃增陴濬隍，繕甲實庾，申令嚴約，慎邏謹諜，泣而誓師曰：「今日有死而已！」退而訣諸妻，妻泣而曰：「脱城破，妾焉死？」霍侯曰：「起臺衙屋後，賊至，汝登而望之，潰，汝則死之。」已而，賊果一騎來勒降，曰：「大王至矣，亟辦牛酒犒。」侯聞之怒，執而戮之，徇於師曰：「吾不盡磔諸狗奴，決不共戴此天！」賊聞之乃大怒，悉衆而圍之。侯御之，力竭而潰，賊執之。妻見其潰也，下臺而經，不死，簪諸心，拳之入，死。侯之被執也，詬罵瞋瞪，怒髪上指，群酋愕顧失色，氣爲之慴，將釋而用之。侯不屈，以刃插諸口，脅之，侯叫罵愈厲，遂遇害，頸斷無血，白氣縷縷若騰龍，乃其面猶生也。於乎壯哉！

或問上蔡之事，李子曰：道莫大於忠，忠莫先於節，節莫貴於義，義莫外乎勇。四者，人臣之要經，而君子之大行也，上蔡兼之矣。夫以身徇國，忠也；之死不變，節也；舍生取義，義也；白刃可蹈，勇也。一死而四懿具者，是上蔡之行也。

曰：「若是，則中庸不可能者何？」

曰：禮有之矣：君死社稷，卿大夫死職，守吏死封疆，率死戰陳。邑雖小，有社稷焉；宰雖卑，受之職矣。四境是治，封疆守焉；起兵拒寇，身固率也。故戰陳不死，是謂弗勇；封疆不死，是謂弗義；職不死謂弗節；社稷不死謂弗忠。夫上蔡者，一死而四懿具者也。禮有之矣，何也？中者，正諸禮者也。故天下有必死者，以有必禮也。孟子所謂「與民守之效死而勿去」，曾子所謂「得正而斃」者是也。自教之衰也，民見死而不見義。

於是乎不忠，不忠則二心矣，二心則不節，不節則無恥矣，無恥則不勇，於是靦面於平時，而甘心於患難，虎視簸威，而鼠竄偷生者不少矣，雖然，亦久矣。安賊之起漁陽也，使非二顔、張、許者，則天理不遽熄，而人心不長死哉？於乎！上蔡，無慚四公矣。然夫婦偕也，義激之然歟？抑刑於寡妻者素邪？

侯名恩，字天錫，其先盧龍人也，高祖成，以靖難功升燕山前衛正千户。曾祖旺，調茂山。祖敬，父贇，皆世其官。母李氏，成化庚寅六月廿九日生侯茂山，弘治辛酉舉於鄉，明年登進士第，拜山陽知縣，丁父憂，起補安邑，丁祖母憂，起補上蔡，死年四十二。劉宜人，生成化壬寅七月廿二日，死年三十，並返荊軻山而葬。實有司營其事，立石隧道，樹坊門閭，咸足報往勸來、顯章昭典矣。而祠則春秋祀之，賜額曰「愍節」云。贊曰：

哲人死義，熊掌斯嗜。貪夫苟生，臨難則避。惟是哲人，死而猶生。烈爲秋霜，皎爲日星。生爲俊豪，死爲神靈。惟是貪夫，有靦其面。彼豈無死，死猶莽薦。見者唾駡，聞者鄙賤。惟帝降衷，均恒同若。一念之分，堯仁桀虐。或如鴻毛，或如喬嶽。惟毛惟嶽，我自爲之。處峻則高，居下者卑。巖巖霍侯，萬夫之特。懷武曜文，英聲懿德。單師奮泣，孤城抗賊。孰曰彼衆，我視如蟻。孰曰彼强，視如狗彘。刃頸可斷，不斷者心。騰氣爲虹，奔雷爲音。怒爲之飆，憤爲之霧。上帝是訴，群彪竟擒。夫死於君，妻死於夫。代匪乏之賢，雙之則無。天子憐悼，錫贈蕃優。血食兹土，有侐其宇。禴蒸是承，清酒肥羜。威儀儼嚴，景光煇燿。白馬恍來，朱旂大纛。户風泠泠，若色若笑。殲妖戡厲，我氓攸保。

【箋】

〔一〕此乃爲霍侯祠所作碑文。霍恩字天錫，易州（今河北易縣）人，弘治十五年進士。正德中，任上蔡知縣，爲義軍殺害。明史卷二百八十九忠義一有霍恩傳。文中云：「嘉靖七年，同知君以署都指揮僉事來掌河南都司印，往縣省謁，祠歲久頹圮，謀撤而新之，未能也，乃伐石立碑，垂所不朽於後人。」是該文似作於嘉靖七年（一五二八）作者閒居開封時。

【評】

湯賓尹新鍥會元湯先生批評空同文選卷之三：叙上蔡之死忠，宜人之死節，千載而下，凜凜有生氣矣。

又，叙事妙品。

又，贊更優於文。

又，「烈如秋霜」四句，何等激烈。

又，「孰曰」「彼衆」數語，何其俊偉瑰奇。

又，「夫死於國，妻死於夫」云云，更激切悲憤。

李夢陽集校箋卷四十四　志銘一

封丘僖順王墓志銘〔一〕

僖順王者，封丘温和王子也。温和父曰康懿王，康懿父曰周定王，周定父是爲太祖高皇帝。初，温和年四十餘，無子，憂之，時先大夫爲王教授，王問：「教授何以能子？」先大夫對曰：「仁者必後。」於是温和戒嚴刻、務寬惠、削謀計、斷酒、省欲，已而，連生四子。僖順，其四也，獨肖其父。父虬髯，乃諸兄不虬髯，獨僖順虬髯，先大夫退而私謂人曰：「王之傳四鎮國乎？吾奇其貌。」已而，長男夭，二、三以花生廢，而僖順果王。

王諱同鉻。母，梁夫人也。以弘治元年閏正月二日生，生二十三年爲王，王十四年，是爲嘉靖三年，十二月七日而王薨，年三十有七耳。訃聞，今皇帝驚悼，遣祭，議謚，營葬，乃嘉靖五年七月十有九日，葬汴城南四十里小黄河北，實行人邊彦駱奉敕經營之者。王爲人英雄，有才略，然心恒上人，業豢僮媵，徵聲樂，交豪貴，結勢權，收置木石將大治宮室，未竟而殂。初，王好夜宴，鐘鼓管籥，闐喧徹宵，雞鳴月墜，香粉銷落，舃履雜糅，而其興愈酣，或勸焉，王弗之從也，竟以此殂。妃劉氏。六子三女，皆嫡出。長子先卒，次安湜，襲其爵。次安汀，次安潡，次安浉，餘未名也。銘曰：

大明建侯，同姓者王。强支棋布，周則蕃昌。封丘三傳，僖順逾揚。御下以嚴，賓友用禮。内獲賢助，外有任使。温和捐館，廩無餘米。庫鮮剩錢，朱殿蕪圮。僖順承之，蹶然而起。錦箏寶瑟，玉罼珠履。享厚中奪，斯也常理。三世並庶，今嗣則嫡。國祚無疆，襲繼綿逖。生氣是乘，而祉永錫。

【箋】

〔一〕此乃夢陽爲明封封丘王之僖順王朱同銘所作墓志。文中云「乃嘉靖五年七月十有九日，葬汴城南四十里小黄河北」，據明一統志卷二十六河南布政司開封府上：封丘王府「在府城南薰門内街東」，是該文當作於嘉靖五年（一五二六）或稍後作者閒居開封時。僖順王，明藩府周定王曾孫朱同銘。明史卷一百諸王世表一：「僖順王同銘，温和庶一子，正德七年以鎮國將軍襲封。嘉靖三年薨。」封丘，西漢置，屬陳留郡，治所即今河南封丘縣，唐屬汴州，明屬開封府。

博平恭裕王墓志銘〔一〕

博平恭裕王者，周惠王第十三子也，諱安减，自稱思誠子，又號述古道人，母曰蘇夫人。以成化十二年正月廿七日生，嘉靖四年六月十六日薨，年五十一歲。訃於朝，輟鐘鼓一日，遣行人楊東祭而營其葬事，竣，乃復又敕議謚，令書之旌，頒焉，導之葬，咸典也。王卒之明年，是爲丙戌，乃葬王汴城東之邊村，其月七月，其日十七日也。王長男封鎮國者，賢而孝，豫窽其父墓，堊石堅，於是爲封、爲樹、爲饗堂。喪戚而易，禮敬而文。君子謂：「恭裕有後矣。」

初，惠王生男子二十餘，汴老曰：「氣分則漓，即其壽，德其索乎？」會世子暴殂，而平樂、義寧諸王訐獲罪，人益以德難，獨恭裕讀書，親友，忘勢，嗜善，修補東書堂集帖，校誠齋録，輯貽後録、養正録，著錦囊詩對諸書，教授蕭雅、張鳳等輔之也。例，初封郡王，米二千石，及恭裕爲王，裁如襲封，止千石。恭裕則勤心治生，起宫室，置田園，備車馬，盛賓客，饒僮奴，褎然爲諸王首，而臺省之官，縉紳之夫，湖海之客，鮮有不造其門者，次第名德，必首曰「博平、博平」云。王有四男子，妃鄧氏，兵馬鉞女，無出。宫人戴氏，生長鎮國，曰睦柯。娶都夫人張氏，生次鎮國，曰睦橫。娶劉夫人。又二子，未名封。而生女子十二，長曰金縣縣主，儀賓盛時升；次曰涇陽縣主，儀賓楊汝舟；次曰單縣縣主，儀賓王恪；次曰上蔡縣主，未婚。餘者幼。銘曰：

用物精多，爽之神明。王七世祖，配天作京。大邦奠中，建侯於周。定憲簡靜，懿惠承休。弘本茂支，積厚發光。年嗇德豐，厥後之昌。龍旂葆羽，駕虬驂凰。馮風御氣，英靈輝煌。

【箋】

〔一〕此乃夢陽爲明封博平王之恭裕王安減所作墓志。明史卷一百諸王世系表一：「恭裕王安減，惠庶十三子，弘治二年封。嘉靖三年薨。」博平，即博平縣。西漢置，屬東郡，治所在今山東茌平縣西北。北宋景祐四年（一〇三七）治寬河鎮（今茌平縣西博平鎮），元屬東昌路，明清屬東昌府。博平王封地在開封。文中云：「王卒之明年，是爲丙戌，乃葬王汴城東之邊村，其月七月，其日十七日也。」可知該文當作於嘉靖五年或稍後作者閒居開封時。

鎮平府大輔國將軍墓志銘〔一〕

大輔國將軍者，三鎮國將軍之長子，而鎮平恭靖王之孫也，諱同鉒。周定王繫有子同、安、睦，則同者，於定王爲曾孫矣。初鎮國娶於楊，生兩輔國，暨廣武、遂寧二郡君，而廣武郡君生左宜人，左宜人配按察副使李某。則大輔國者，於吾妻實母舅，而爲之甥之夫者，義弗得銘辭矣。

輔國生天順元年七月廿五日，十歲，憲宗皇帝賜名。十二，封輔國將軍，禄八百石。長而婚於賈，賈封夫人。封夫人二年，無何，卒。初鎮國慈柔，罔理於厥家，緇人丹士又日來，紿破費之，以是鎮國雖千石，然恒貧。及輔國，則自立，産鉅萬金，起宫房、長廊、曲榭、巍樓，置鐘鼓、美人。凡宴，二八代進，更歌遞舞，絲竹之音，諧比亮瀏，泛蕙流桂，迴雪駐日，明燈既入，樂及遍舞。雞鳴月落，香粉雜嚃，屣履纖沓，如是者四十餘年。會累朝明聖，四海平晏，歲稔時和。正德十六年正月九日，輔國卒，年六十五矣。先是賈夫人卒，敕修北岡之塋，輔國以卒之明年月日葬，與夫人合。生子一十二人：安沺、安澈、安渺、安池、安洽、安淋、安汀、安濡、安涿、安濱、安瀧、安洙，俱封奉國將軍。女五人：長平陸縣君，配儀賓張輔；次隴西縣君，配儀賓趙璋；三尚幼。孫男十，俱幼。孫女，長襄垣鄉君，四尚幼。銘曰：

北岡之南，古河之干，崇而乾，窾而金棺，載棲載安。

【箋】

〔一〕此乃夢陽爲鎮平恭靖王之孫朱同銈所作墓志。文中云：「正德十六年正月九日，輔國卒，……輔國以卒之明年月日葬，與夫人合。」鎮平，即鎮平縣，金末置，屬申州，治所即今河南鎮平縣，元屬南陽府，明洪武十年（一三七七）省入南陽縣，十三年復置。據明一統志卷二十六河南布政司開封府上，鎮平王府，「在府城内端禮街西」，可知該文當作於嘉靖元年或稍後，作者閒居開封時。據明史卷一百諸王世系表一，大輔國將軍，封鎮平之恭靖王孫，周定王朱橚之曾孫。明代分封藩王於諸地，藩王即郡王，郡王之嫡長子稱王長子，以後承襲王位，其餘諸子封鎮國將軍。長子之嫡長子稱長孫，以後承襲王位，其餘諸孫封輔國將軍。長子與鎮國將軍、長孫與輔國將軍在子孫爵位的封號上並無區别。

鄢陵府四輔國將軍墓志銘〔一〕

四輔國將軍者，鄢陵安僖王孫也。安僖王四子，四曰某，封鎮國將軍，而娶王夫人。鎮國亦四子。四者，四輔國云。四輔國十歲，以例封禄，歲八百石，貴矣，然純慎，不以地高人，而好詩、書，樂與衣冠徒遊。嘗讀前史，覽功名之會，輒撫卷慨然而歎曰：「嗟，誠使某備一官，更生、普、鼎，敢多吾哉？」又見豪貴人，千金飾狗馬衣裘，聚名姝，罔費惜，及義施，顧一錢忍弗能與，則又歎曰：「雙火一膏，兩斤獨木，是速滅之道耳。且貧富命也，孰有義而損者邪？」於是，婚喪弗舉者，輔國見之，輒與鵜酒或棺。人曰：「輔國壽，揆厥心行，永之占也。」居無何，輔國病殂矣，年四十一耳。於是，豪貴人反以輔國爲口實，相語曰：「匪火自焚，匪斤自樒。」

輔國生成化丙申九月十八日，卒正德丙子十一月十九日，以戊寅年十二月廿六日葬繁臺之東。今上遣官祭，敕有司塋焉。輔國亦四子：某、某、某、某，俱封奉國將軍。四子咸好文，下人士，有父風云。女一，未封。銘曰：

初帝天造，法屯建侯。厥子次五，俾王於周。實維文昭，翰垣中州。定王既殂，憲也則立，賢而無後。簡以弟及，是生鄢陵，枝敷葉分。由鎮而輔，父子將軍。於穆輔國，年縮操芬。賤貨遠奢，欽賢懌文。於赫宗藩，周也實蕃。衆絢驗色，群羽知騫。繁臺東垠，修阡櫝枌。於中者墳，輔國將軍。

【箋】

〔一〕此乃夢陽爲鄢陵安僖王之孫所作墓志。文中曰：「輔國生成化内申九月十八日，卒正德丙子十一月十九日，以戊寅年十二月廿六日葬繁臺之東。」可知該文當作於正德十三年（一五一八）或稍後。據明史卷一百諸王世系表一，四輔國將軍，封鄢陵之安僖王之孫，周定王朱橚之曾孫。又據明一統志卷二十六，鄢陵王府在開封城内。

【評】

湯賓尹新鍥會元湯先生批評空同文選卷之四：王子驕泆不恤，貧窘其常，獻吉褒將軍美處，只此一段，亦是識其大者，且文亦簡古。

梁夫人墓志銘〔一〕

梁夫人者，封丘温和王夫人也，父曰梁昇，母曰杜氏。夫人生天順八年十一月甲子，年十四入王宫，有姿才，多能少言，王異之，禮焉，入宫十餘年而生子。子十五歲而温和王薨。薨十餘年，於是梁氏子立爲王。王立，乃母梁氏請皇帝，若曰：「母以子貴。」封梁氏封丘温和王夫人。是時，夫人年五十矣，鳳冠雲帔坐於上，於是王暨諸將軍跽，奉觴稱壽，退而王妃暨諸將軍夫人進奉觴壽。歲時常而王問寢、視膳，日惕惕，得夫人歡。夫人顧乃病，於是王惶懼涕泣，選醫慎藥，禱神祈祇，冀夫人瘳，乃夫人病愈益增。久之，痰瘮失音。王涕泣跽問，張目頷之而已。正德十二年八月廿二日，竟卒，受封四年矣。今制，王夫人卒，皇帝遣官祭，而有葬典。先是温和王薨，與妃趙氏合葬洪福岡，岡在汴城南四十餘里。

而梁夫人葬，則穿穴温和王塚傍，而祭與葬皆如制。葬之日，卒之明年五月。李某曰：「往予先大夫爲教授，輔温和王。以是先母高宜人歲時朝於王宫，歸蓋數稱梁夫人云。彼予尚童稚，然今猶歷歷記先宜人言『梁夫人蓋賢嬪』云。」温和王隆準而虬髯，軀不甚修，然聲吐者鐘焉。先大夫嘗私語曰「王必壽」。温和五十餘生今王，果六十七歲而薨。今王娶劉氏妃，生子二女三，皆嫡。温和王父曰康懿王，康懿王父曰周定王，周定王，高皇帝第五子也。以是今王年甫壯，而行不卑於它王。銘曰：

有都者嬪，淑慎且仁。厥美用振，始微終伸。以獲於天，以育以延。蕃錫翩翩，賁於丘阡。

【箋】

〔一〕此乃夢陽爲明封封丘温和王之梁夫人所作墓志。據文中「正德十二年八月廿二日，竟卒，……葬之日，卒之明年五月」一句，可知該文當作於正德十三年（一五一八）或稍後。梁夫人，周温和王夫人。據明史卷一百諸王世系表一，温和王，康懿王朱有熅之子，周定王朱橚之孫。

妃劉氏墓志銘〔一〕

妃劉氏者，鎮平端裕王妃也。妃，祥符人，祖安，監察御史，父珣，以妃授南城兵馬副指揮。

初，妃以名家聘王，王尚孺。成化甲午，王十歲矣，例當封，然父在，又庶也，於是封鎮國將軍。而明年，劉氏封夫人。封夫人五年，是爲成化庚子，夫人始歸於將軍。又五年乙巳，將軍進封王，劉氏封亦進妃。然妃罔乃育，顧弗妒育，於是盛氏育子某，封鎮國將軍，夭；王夫人育子某，今爲王；何氏育子某，封鎮國將軍；張氏育貴池縣主，配儀賓陳中云。君子曰：「螽以和繁，樛木詠言。瓜摘則稀，黄臺是思。故寬惠斯賢，多嗣國延。女非兹有，它善咸後也。」端裕王薨弘治乙丑，薨十二年爲正德丁丑，而妃氏卒。王之薨也，敕墓汴城東紅船灣矣，及是遣官妃祭，敕有司開王壙合焉。王薨之年十一月十有六日，得年四十一；妃卒，其年七月廿三日，得年五十六。合之日，正德戊寅十一月六日也。端裕王父曰榮莊王，榮莊王父曰恭靖王，恭靖王父曰周定王。往聞諸父老曰：定王之蒙化時〔二〕，恭靖王襁褓云。間關夷蠻，萬里往旋，乃竟名壽顯軒，緜繁多賢，斯所謂「栽者培之」邪？今王事母妃，謹無殊離於裹，其終也，哀由衷也，兹宗之巨歟？銘曰：

殊根並蔕齊之義，珠沉玉翳雙乃備。拓靈播馨衍所昆，承哉繩哉生氣乘。

【箋】

〔一〕此乃夢陽爲鎮平端裕王劉妃所作墓志。文中云「正德丁丑，而妃氏卒。王之薨也，……合之日，正德戊寅十一月六日也」，是當作於正德十三年或稍後。劉妃，端裕王妃。據明史卷一百諸王世系表一：端裕王，周定王朱橚之曾孫。

〔二〕據明史恭閔帝本紀：洪武末年，周定王朱橚擅離封地有罪，廢爲庶人，徙雲南蒙化，四年春，召回，居京師。成祖即位，恢復其爵位，詔返開封。

夫人賈氏墓志銘〔一〕

夫人賈氏者，輔國將軍鐥夫人也。夫人蓋通許人，父曰賈宏，滄州判官，母曰王氏。判官父恪，布政司參議。參議父麒，封監察御史。監察父贇，鉛山知縣。判官弟定，按察司僉事。定弟宗，宗人府儀賓。賈氏蓋四世甲郡中，而夫人者，會又輔國。輔國者，鎮平恭靖王孫，而七鎮國者子也。七鎮國女弟，又配儀賓宗，接姻重戚，賈氏貴盛矣。

而夫人乃顧謙約、孝敬、沉慧。姑田夫人者，嚴人也，杖人不百不止，大人事之，顧事事當姑夫人意，歡其心。輔國者，見夫人事事當姑夫人意也，於是悉家事委夫人，夫人即又事事當輔國意，歡其心，於是輔國優遊，日書史、酒食，與學士遊。及有子女，夫人視諸妾子女無殊己子女，於是又盡當諸妾意，歡其心。而夫人子河，詩書文雅，謙約、孝敬、沉慧，又盡如夫人。故君子謂輔國有子，賈氏有甥。諺曰：「胡荽不結瓜，菽根不産麻。」言物必有種也。今以賈夫人觀之，信哉！

初夫人童時，面盆中嘗見輧幢華蓋之形，驚指謂人。及長，家人夢人送夫人以霞帔，而僉事定時知絳州，亦夢之。故賈氏諸女無如夫人貴者，然天固定之矣。夫人生成化十六年十二月廿二日，以弘治七年十二月歸輔國，正德元年，奉今皇帝誥封夫人，正德十五年正月廿九日卒，年四十一歲。夫人疾革也，猶力起頮櫛坐，子河暨諸子女侍，涕泣問，夫人弗答也，徐而曰：「吁！予侍汝父二十七年矣，今幸全而終，吾目瞑矣。夫吾伯叔姊妹者八也，支離而夭折者多矣，而吾幸而爲夫人。有子若孫，吾尚有憾邪？」河聞之，愈益慟有聲。夫人曰：「河，毋慟也。人孰非死者？」已而曰：「取我服用珍綺諸物來。」於是盡散諸子女妾者。會輔國亦傍涕泣，問，夫人曰：「終事慎而已永久之，徒事觀美，無益也。」輔國又問，夫人笑而曰：「君慮閔損單衣邪？何問之數也。」竟無悽色哀鳴焉。將絶，曰：「取命冠服來，此國典也。吾冠服之，見祖宗於地下。」君子曰：「夫死者，人之大閑也。」今觀賈夫人臨絶而不亂，女之君子邪！而輔國昨見予，則曰「夫人蓋名瓊英云」。曰咸英者，僉事定女也，爲時知縣妻。時知縣死賊也，其妻見賊而後死之。夫人聞之曰：「吁！吾姊見賊而後死乎？不如不見賊而死之爲愈也。」李子曰：「予讀書女傳，見其捃摭賢淑，六種是分，未嘗不歎婦材之難也。今觀賈夫人生平之懿，臨絶之音，不爲全乎？雖然，其壽啬矣。與之角者將去其齒乎？」輔國與其子河詣李了，請曰：「夫人以卒之年十二月一日葬城東白塔原，願先生銘之。」李子曰：「予往聞夫人，而嘗歎婦材之難也，銘烏乎辭！」乃銘之。銘曰：

坎而封者，同邪；貞而淑者，獨邪；沉而輝者，珠邪；藏而潤者，玉邪。吁，夫人！吁，夫人！

【箋】

〔一〕此乃夢陽爲鎮平恭靖王孫朱同鐠之賈夫人所作墓志。文中曰：「夫人生成化十六年十二月廿二日，以弘治七年十二月歸輔國，正德元年，奉今皇帝誥封夫人，正德十五年正月廿九日卒，年四十一歲。」又：「輔國與其子河詣李子，請曰：『夫人以卒之年十二月一日葬城東白塔原，願先生銘之。』」故該文當撰於正德十五年（一五二〇）末或稍後作者閒居開封時。

【評】

湯賓尹新鍥會元湯先生批評空同文選卷之四：氣若懸河，詞如圓珠。

又，遺語朗朗，書屬治命，夫人善處，死矣。

又，「不如不見賊而死」句，大有烈丈夫風。

趙妻温氏墓志銘〔一〕

温氏者，予友趙澤妻也。正德十年，趙君拜開封府儒學訓導，挈其妻暨諸子來。越五年，是爲正德己卯，而其妻温氏卒。自温之病迄其卒，趙君周旋鬱悒，逾禮而過情，其斂也，有鵲立棺首，喈喈鳴，趙君曰：「嗟，匪妻之靈，孰爲斯鳴？」於是仰天大慟，頓地哭，已而爲異鵲之歌曰：「鵲之來，爾毛毰毸，亡人孔哀。鵲喈喈，入我户，歷我筵，式裂我肝。」已又爲悼亡詩數百言歌之，聞之鮮不泣數行下者。

或問李子：「知友者友，趙爲斯，何也？」李子曰：「禮緣情逾，情以賢過。昔者，予也居趙同巷焉，遊同學焉，謀同道焉，寢嘗同榻焉。又嫂呼温，以是知温之賢稔。趙千户者，趙君之父也，守御安邊營〔二〕，而趙君來遊於郡學，於是温事其父母，其父若母安焉。温生五男子一女。趙君學，弗能時歸看諸子，温咸育之，俾成人。趙君往告予曰：『微吾妻，吾奚免於離憂，離憂則中曲亂，中曲亂則學弗成。』及趙訓導也，俸薄而屋隘，日逐逐熱官送迎，歸衙也，塵埃滿面目，衣振之，簌簌土下。趙或慚而憂，温笑而慰解之曰：『君慚學成而官卑邪？憂在人下，逐逐苦邪？然命也。』於是旋旋奔具頮器，更其土衣，或手造嘉飲食勞其夫，日爲常。於乎，若是者，足謂之賢不邪？賢之則情必過，情過則禮必逾，禮逾則歌必哀，故曰趙之於温也，賢之也，非獨妻也。温，延安衛指揮之姪女，父曰温某，母某氏。以成化丁亥十月生，卒年五十有三矣。其仲子惇奉其櫬西葬安邊營古寺山趙千户墓次。銘曰：

爾夫弗揚，行而有彰矣。爾年弗長，育而五郎矣。爾死異鄉，丘首故疆矣。

【箋】

〔一〕此乃夢陽爲趙澤妻温氏所作墓志。趙澤，見送趙訓學滿歸二首（卷二十七）箋。文中曰：「越五年，是爲正德己卯，而其妻温氏卒。」是該文當作於正德十四年（一五一九）或稍後作者閒居開封時。

〔二〕安邊營，即安邊城，亦稱安邊千户所。北宋崇寧五年（一一〇六）於徐家臺築城，屬環州。明弘治中置安邊千户所，屬陝西都司。治所在今甘肅環縣西北一百二十里。

明故申宜人墓志銘〔一〕

申宜人者，河南右參政董公妻也〔二〕，父曰申潔，潔兄申洪，錦衣衛千户。初董娶於李，病而無子，乃更娶陳氏，居無幾，李卒，於是繼娶於申，而陳氏則大不平，鬧曰：「吾儒門女也，父兄謂李病無子，乃始副室於君。然恒日夜念曰『李或不幸卒，吾女其繼之』矣，乃今繼申氏女邪？」於是宗族鄉黨聞之，私爲董憂，曰：「申入門，二女必鬬争，董之家其索乎？」暨入門，申氏孝敬慈婉，言動循矩，家人有過，蓋之不以彰，背而密訓之曰：「汝過，幸官人弗知也，知之，不撻汝邪？」久之，家人悦，雖陳氏亦悦，於是以嫡之禮奉申，而申乃又不敢以嫡加之陳，恩義若姊妹然。於是宗族鄉黨聞之，則咸喜相語曰：「董中書，福人也，獲斯二賢。」年餘，陳生子瀾，申抱之，育爲己子；已又生子潤暨女，申又咸抱之，育爲己子。諸子女乃咸亦不自知其非申出。或唆之曰：「汝曹實非申出。」諸子女不信也。已而知之，乃顧益母申，弗替。董之中書也，李嘗封孺人矣，暨爲户部員外郎，李、申並進宜人。於是宗族鄉黨乃又咸喜曰：「賢者必福。」董爲參議副使，四品，一十二年弗遷，往來逢路①，申處之無戚容，然恒語董，第清苦自勵。暨董升今官，申亦不爲動。嘉靖元年，董覲挈家北次，郎暨其女婚還也，申遍探眷屬，徘徊第宅巷陌，靡忍去。是時，厥父年七十餘矣，攬衣泣而訣。聞者業頗訝之曰：「申夫人今年三十九耳，何得悽楚如此？」暨抵汴，疾發遽卒，是年十二月廿一日也。明日，李子造弔焉，二子哭之甚，形容摧毁。李、董通家，同進士，同寮，然猶不知二子非申出。董於是始涕泣道，故以墓銘請。李問申生之年，董曰：「申生成化甲辰正月十有一日，小名七姐。」然前李氏生成化己丑，亦正月十一日，小名亦七姐。申卒之明年，是爲嘉靖癸未，瀾扶母之櫬歸，五月三日，葬邑南薊秝務祖塋之次，與李氏同云。董名鋭，字抑之，玉田人也。瀾娶王氏，周府左長史春女。潤娶方氏，少卿某女。女適欒暘，指揮某長子也。銘曰：

貴匪盡智，壽豈無愚。修短者天，人或昧諸。冠冕佩玉，豈無非才？哲人其萎，於聖攸哀。是之謂命，君子俟之。夭有流馨，永有取嗤。蕙霜夙零，孤雄鳴悲。我銘我傷，夜臺或知。

【校】

①逢路，四庫本作「齟齬」。

【箋】

〔一〕此乃夢陽爲董鋭妻申氏所作墓志。董鋭，見下。文中曰：「申卒之明年，是爲嘉靖癸未，瀾扶母之櫬歸，五月三日，葬邑南薊秝務祖塋之次。」明代五品官妻、母封宜人，祖母封太宜人。是該文當作於嘉靖二年（一五二三）或稍後夢陽閒居開封時。

〔二〕文中云：「董名鋭，字抑之，玉田人也。」董公，即董鋭。雍正河南通志卷三十一職官二：董鋭，山東昌邑人，進士，嘉靖間任河南左布政使。其籍貫，一爲玉田（今屬河北），一爲昌邑（今屬山東），皇明貢舉考作興州衛（今屬河北承德）。明世宗實録卷十二載：嘉靖元年三月，「升河南按察司副使董鋭爲本布政司右參政」。檢明清進士題名碑録索引，董鋭與夢陽同爲弘治六年進士，是二人此前即已相識。見贈董公序（卷五十三）。

【評】

湯賓尹新鍥會元湯先生批評空同文選卷之四：□□委宛，文屬上乘。

又，鋪叙得體，詞亦蒼健。

明故封太安人裴母張氏墓志銘〔一〕

乾州裴君爲户部主事時，迎其母張氏養於官，三年，封太安人。已而裴君進郎中，升衛輝府知府，乃奉其母行抵衛輝。居無何，母病，尋卒。君號哭，使使再拜稽顙，以幣狀走大梁，而見北郡李子，曰：「子故寮也，又鄉人，尚襄我銘事，俾有耀於幽。」李子乃再拜受之曰：「嘻，是余鄉人之母，又故寮也，厥胡可辭？」

按狀，太安人，其先醴泉人也，徙爲乾州人，父曰張忠，母曰周氏。太安人之歸於裴也，逮事其祖父母、父母。祖父母見其克婦道也，喜顧謂其父母曰：「孫媳婦賢而善事我，必興吾家。」其父母退而私又相慶曰：「父母謂媳婦賢，必興吾家。」乃後裴公中舉，爲知縣，有美服食，太安人對之輒泣曰：「往祖父母、父母謂裴氏必興也。今即弗大興也，然足以養之，乃胥弗逮矣。」知縣公感其言，於是嗚咽，相對泣，矢曰：「余決不忝於先人。」未幾，知縣公卒。太安人每對裴君語，輒又泣曰：「汝父以不逮汝曾祖父母暨汝祖父母也，恒矢曰『余厥不忝於先人』，然卒弗大興也。所不齎恨以歿者，謂有汝也。」裴君感其言，卒中進士，有今官。及其拜今封也，太安人則輒又泣曰：「汝父往雖謂有汝，然不及見汝官也。」言既嗚唈，涙數行下。於是裴君益感泣，砥礪名行，是用有績於官。蓋其封太安人時，而知縣公亦贈如其子初官云。李子曰：予往來道乾州，乾州人謂予曰：「知縣公蓋故有兄弟云。」然胥異居而蚤亡，太安人收其孤養之，俾各有妻成家。銘曰：

正統辛酉二月二十六，太安人育。正德庚午八月十日，太安人卒。夫諱曰倫，字曰秉彝。子名曰卿，扶櫬西歸，合葬於故山，厥宮是安。

【箋】

〔一〕明代六品官之妻封安人，母或祖母封太安人。此爲裴卿母張氏所作墓志。裴卿，弘治十二年進士，乾州（今陝西乾縣）人，弘治中任户部主事，與夢陽爲同僚。文中曰：「正德庚午八月十日，太安人卒。」又曰：「居無何，母病，尋卒。君號哭，使使再拜稽顙，以幣狀走大梁，而見北郡李子，曰：『子故寮也，又鄉人，尚襄我銘事，俾有耀於幽。』李子乃再拜受之曰：『嘻，是余鄉人之母，又故寮也，厥胡可辭？』」是該文當撰於正德五年（一五一〇）或稍後，時夢陽閒居開封。

明故奉訓大夫代州知州邊公合葬志銘〔一〕

奉訓大夫代州知州邊公既卒之四年，是爲正德甲戌，而其子貢復按察副使，提學於河南，而奉其母董孺人者來。居無何，董孺人卒，於是邊子仰天大慟，絶而蘇，曰：「吁，天！天！乃使母不見貢舉子邪？」已而曰：「天！天！使章上而弗予過也，而母胡死於客所？」已而邊子果舉一子，而憤母之不及其子見也，則益復大慟，絶而蘇，曰：「吁，天！天！乃獨不使母百日延邪？乃又靡使貢子舉而及母存。」於是抱其子告之母，名邊羽云。邊子奉其母喪還，將合之奉訓公墓，而詣李子，再拜請曰：「於乎，微子孰志！微子孰銘！」於是李子再拜而受之曰：「於乎！微邊氏，人其謂予文諛。」文曰：

邊氏者，故淮陰人也。曰朝用者，元末避亂，走歷城，而贅歷城王家，稱王朝用。朝用生王一誠，一誠生王文質，文質有二子：長曰安，次曰寧。寧生而異，稍長，颺言曰：「我，邊氏也，呼我邊寧。」曰：「大邊氏，必我後。」其官果至應天府治中。乃治中罔金，畜書也，輒倍金獲之。久之，書萬，起萬卷樓，謂人曰：「吾子孫必有以文興者。」治中生邊節。

邊節者，奉訓公也，字時中，號介庵子。奉訓公生而更異英特，即六七歲時，見者業識其非常兒云。董傑者，歷城豪也，故善治中，及見治中郎異，則益敬治中，思與婚。一日，治中大置酒，會有董公，邊郎立，偶傍董公，董公抱之起，坐膝上，曰：「呼我舅。」邊郎應聲曰「舅」。「我呼汝甥」，邊郎應聲曰「甥」。如是者三，董公顧治中大笑，滿堂皆笑。於是客盡起，觴兩公，賀而交其襟割之盟。兩公復笑，客各復笑，醉乃罷散去。奉訓公年二十，董公女歸焉，生十有七年矣，是爲董孺人云。董公女歸，會治中亡厥金，求焉，治中母萬太君者，叱止之曰：「新婦賢，不愈獲金乎？」於是名新婦金。而明年，奉訓公爲學官，子弟爲學官子弟，人謂必立取第，顧久不第，第也，乃會試，又不第，於是可立第者久不第，或竟不第也，必曰「邊時中、邊時中」云。邊公坎坷者復二十年，始有代州之命，而州故稱多豪家，罔時役。公至州，則徧召其長老而集之廷，語之曰：「若民也，柰何弗役？」於是布誠申約，陳説分義，言意懇怛，諸長老無不感動泣下者，自是無敢弗役。公檢獄簿，因夥，以問吏，吏曰：「此逋租者爾。」曰：「胡不少寬之？」吏曰：「脱則挈家亡矣。」邊公慨然而歎曰：「吁！未孚而責之暴，未期而逆其亡。兹豈父母之道哉？」於是與囚期而釋之使歸。已而，囚果如期至。如是者三年，代州大治。會中官璀用事，天下以賂行，公執古獨不以賂行，而忤中謁者，已又與御史者拗也，坐是免官歸。人有咎公執者，聞之董孺人，董孺人大驚，而密解邊公曰：「斯時何時？渠謂歸不官若邪？」於是日治具佐邊公，與鄉人醉遊，客至則瞿瞿手自辦具，然尚惴惴懼不當邊意，而邊亦每加禮於孺人，每呼曰「孺人、孺人」。而其子貢則泣涕告我曰：「孺人事萬太君，敬如其夫，事王宜人，如事萬太君。」王宜人者，治中妻也。兹亦其天性云。貢又曰：「孺人儉，稔不理於綺華。往受封也，有命服矣，拜封不復服。有時貢請服，孺人笑曰：『孺人卑階爾，俟汝大封，我則服之。』此雖其細小，然巨者可推矣。」

邊公卒之年，爲正德辛未六月乙未，距其生景泰庚午四月己卯，得年六十二。孺人卒於正德丁丑閏十二月壬申，距其生景泰癸酉正月乙亥，得年六十五。初，治中以子孤也，取王宜人弟之子城子之，孺人即弟城猶弟也。城有婦，孺人即又娣城婦，猶娣也。治中殁也，城求去，城有私畜，孺人知之，竟不發，亦不以語邊公。後孺人病且死，會城婦自歷城來，匍匐於終事。孺人生二男子，長貢也，始官博士，孺人封，貢爲給事中，其父母歷城；太常丞，其父母在代；知荊州府，父卒歷城。次曰賦，夭，無子。一女子曰劉，嫁而寡，尋亦夭。貢取柴氏，繼胡氏，妾馮氏，生羽者。賦取趙氏。邊子謂李子曰：「貢以母卒之明年月日，合母於奉訓公墓。墓在祖墓之次，祖墓在歷城東二里，地曰蓮渠，墓皆枕離而趾坎。」銘曰：

謂天無知，治中肇之，允茲蹈茲；謂天有知，代州則厔。華隕輝沕，懷貞遽畢。故材有衆損，苞貴時達。碩果之延，祺至如掇。孺人乃夢，垂榴圞如。生我所覵，殁匪罔愉。厥園有楊，修阡實良。五世爰利，二魂妥是。

【箋】

〔一〕此乃夢陽爲邊貢之父邊節所作墓志。文中曰：「邊公卒之年，爲正德辛未六月乙未，距其生景泰庚午四月己卯，得年六十二。孺人卒於正德丁丑閏十二月壬申，距其生景泰癸酉正月乙亥，得年六十五。」又曰：「邊子謂李子曰：『貢以母卒之明年月日，合母於奉訓公墓。』」是該文當作於正德十三年（一五一八），時夢陽閒居開封，邊貢任河南提學副使。邊公，邊貢之父。邊貢字廷實，歷城（山東濟南）人。弘治九年（一四九六）進士，曾官太常寺博士，兵部給事中，河南衛輝知府，陝西、河南提學副使，南京太常寺卿，南京刑部右侍郎，南京户部尚書。嘉靖十一年（一五三二）卒，享年五十七，有華泉集十四卷，明「前七子」之一。明史卷二百八十六有傳。

【評】

湯賓尹新鍥會元湯先生批評空同文選卷之四：叙邊君之情，煞令人有傷心處。

又，不金蓄又書，此見高人萬仞矣。

又，叙事婉致有情，且曲折周悉。

又，□法句法居□萬家。

李夢陽集校箋卷四十五　志銘二

明故朝列大夫宗人府儀賓左公遷葬志銘〔一〕

左公，諱夢麟，字應瑞，年四十，弘治三年六月三日病卒，葬白塔兒原梨園中。葬二十二年①，而爲正德五年，於是始徙於今墓云。今墓去舊墓東北四百步而近。李夢陽曰：嗚呼！古不修墓，乃余今忍銘我外舅焉！

按，左氏，永新逢橋人也〔二〕，語曰「逢橋八百左」。而公曾祖曰左東吴，稱堂下派。東吴生仁宏，仁宏生左輔，是爲知州公。知州公爲南道御史，正統問，嘗有激劾之章，謫炎方驛丞，會喪其胡夫人，乃更娶崔夫人。崔夫人以景泰二年五月七日生公炎方驛，年數歲，知州公起尉氏知縣，從舟行，墮水流里所，出，不死。天順五年，河決大梁，鎮平恭靖王如尉氏見公，以之歸爲其孫廣武郡君。後六年，誥授公朝列大夫，爲儀賓云。恭靖王，周定王第八子，於高皇帝爲庶孫，而周定憲時，儀賓最貴重，與封疆官分席而抗禮，道逢，則以鞭相揖。及公爲儀賓，乃諸儀賓者業稍稍降矣。公出，獨張蓋駿馬，見諸所官，悉如前定憲時，諸所官不平也。久之，乃顧獨敬重公，以公才行故。然公固美貌奇偉，作詩善畫，今禄給不以時，王孫貧者出或不能具驢車，矧如儀賓，矧如我外舅行。嗟嗟，悲乎！悲乎！郡君父曰四鎮國將軍，溺佛燒丹，四方諸以佛燒丹來，率輒騙其金資。居無何，將軍貧，積負以萬數，無能償，而衆債家輒又日讙其門。將軍泣，欲尋死，會公謁將軍出，因佯呼曰：「將軍死矣。」衆愕，然欲散走，公乃止之，謂曰：「若等自度將軍力能盡償汝乎？且汝等必迫之，使死乃已邪？」衆業懼，無敢言者。公曰：「假如人償其半，能以全券見還乎？」衆皆喜諾，謝曰：「願矣。」於是公乃自往貸諸豪富家緡，諸豪富故雅重公，乃無不願與緡，如其半數。公又輒陰易絲絮、布帛、銅錫等，昂其直與債家，因又勒其半三之一，而即以其一轉生息，償前諸豪富家。歲餘，諸所負者皆平矣。公病革，强起坐，會氣絶，將軍曰：「嗟，我固謂吾兒爲佛也。」力主坐葬於是。

公有四子：長曰國璿，年十三歲；次曰國璣，年十一歲；次曰國玉，次曰國衡，年各四歲，以卑稚，蓋咸莫克成我公葬事。公卒十四年，而國璿卒，葬之。又八年，國玉卒，將葬，國璣號哭向母郡君叩頭請曰：「夫葬者，所以妥體魄而棲靈神也，乃吾父忍營營逮兹。」郡君哭曰：「嗟，女夫謂何？」於是李夢陽趨而進，相向哭，對曰：「禮也。」乃於是謀徙於今墓葬，用北首焉。然公肌體完也，髮鬢不脱落，故衣衾弗朽也。是時，郡君髮毿毿皤矣，率其二子四婦，孫四男二女暨厥壻厥女暨外孫，環之哭。嗚呼！公詎知二十年後如此哉？父老曰：「往水退，有人争田邊我田，公乃置酒，召争者，謂曰：『第捐，其餘與我。』乃其人慚，罷争，亦不侵於我田，即今葬地云。」蓋左氏三世異墓，曰仁宏者，永新神公壇墓，其彭夫人，襄陽墓；知州公，永新左方墓，胡夫人，炎方驛墓，崔夫人，尉氏墓；惟公墓，今併葬其二子。銘曰：

下不墊黄泉，上不見白日。改而妥之，公以室。

【校】

①二十二年，疑當作「二十一年」。按：上云左公「弘治三年」病卒（參見同卷儀賓左公合葬志銘校①），至下云「正德五年」，葬僅二十一年。

【箋】

〔一〕此乃夢陽爲左夢麟所作墓志。夢麟，夢陽之岳丈，左氏夫人之父。娶周定王曾孫女廣武郡君，爲周府儀賓。夢陽封宜人亡妻左氏墓志銘（卷四十五）曰：「左氏者，李夢陽妻也。左氏，蓋廬陵人，曰仁宏者，生泰州知州輔，輔生宗人府儀賓夢麟，而儀賓婚廣武郡君，成化乙未十月己丑，生左氏於汴邸。郡君者，鎮平恭靖王孫。王，周定王第八子也。」文中曰：「左公，諱夢麟，字應瑞，年四十，弘治三年六月三日病卒，葬白塔兒原梨園中。葬二十二年，而爲正德五年，於是始徙於今墓云。」是該文當作於正德五年或稍後，時作者正閒居開封。

〔二〕永新，即永新縣。三國吴置，屬安成郡，治所在今江西永新西北三十五里沙市，元元貞元年（一二九五）升爲永新州，明洪武初降爲縣，屬吉安府。

左舜欽墓志銘〔一〕

左舜欽者，我外舅第三子也，名國玉，字舜欽。母曰廣武郡君，以成化二十三年九月七日生舜欽，會孝宗皇帝改元詔下，故其小名曰「弘保兒」云。生四歲，喪我外舅。十八，娶鄭氏女。鄭氏女母曰遂寧郡君，廣武郡君同母弟也。舜欽遂連生二子，年二十四以病卒。

李子曰：嗟哉，天乎！舜欽竟以此死邪？仁者不壽，乃余則何言矣。前余罷首禍黜還，尋被鈎織，械繫北行。厥勢雷轟山崩，人人自保竄匿，若將及之。舜欽獨力疾從，酷暑，無晝夜行，飢渴。蓋是時，瑾威權熾矣，顧頗獨禮修撰康海，敬之。於是舜欽爲書上康子，累數十百言，其大要有四：言瑾持天下衡，必不以私怨殺人，一；又爲天下惜才，必不忍殺李子，二；又康子必匡瑾以古大臣之業，三；又康李義交也，即爲之死諍不爲過，四。

康子爲斂容謝焉。既歸，疾愈益甚，於是治居於東野墟中，茅屋土垣，學辟穀道引之術。蓋逾年，竟卒。以正德五年六月十三日，從父葬於新墓。銘曰：

奕奕大左，肇自逢橋。八百雲布，英森秀翹。爰有東吴，實生仁宏。再世不仕，子孫以興。桓桓爾祖，拜之司直。秉志不易，中路鎩翮。於惟我舅，先訓是敦。光光巨藩，來儀作賓。郡君作配，顯王維孫。高祖太祖，厥封廣武。惟兹郡君，淑貞奉姑，誕育三雛，玉也挺如。嗚呼弟玉！孰使女挺？孰奪其永？急難在心，我淚如綆。銘於堅石，子目其瞑。

【箋】

〔一〕此乃夢陽爲妻弟左國玉所作墓志。文中曰：「以正德五年六月十三日，從父葬於新墓。」是該文當作於正德五年。左舜欽，名國玉，夢陽妻弟。見内弟左國玉挽歌（卷十二）箋。

儀賓左公合葬志銘〔一〕

正德十六年三月廿九日，我廣武郡君卒，既殯，其子舉人國璣筮地焉，遇同人「上九，同人於郊，无悔」。又筮方，遇坤「西南得朋」。於是偕術人出大梁西南，行七十里，至其祖母崔塋西，獲地焉。

先是弘治二年①六月三日，儀賓左公卒。於白塔兒梨園中葬矣，以弗吉，遷之園東四百步，而公長子國璿死，葬從之，三子國玉死，又從之，四子國衡又從之，衡母郭氏死，又從之。至是，國璣盡發其諸櫬，奉之西。郡君葬，既與公合，而諸等墓各如禮從。其日爲嘉靖元年二月七日，其地尉氏康牆保坳也。郡君父曰四②鎮國將軍，將軍父曰鎮平恭靖王，恭靖王父曰周定王，周定王父是爲太祖高皇帝。將軍娶楊夫人，以景泰二年四月十九日生郡君，生十六年，而婚於左。左公諱夢麟，字應瑞，永新逢橋人也。父曰左輔，監察御史，謫炎方驛丞，而繼娶於崔。景泰二年五月七日，生我公炎方。已而丞擢尉氏知縣，攜公尉氏，會恭靖王避水如尉氏，見公，遂以之婚郡君，爲郡君儀賓，授朝列大夫，籍宗人府云。

公修軀偉姿，讀書善繪，喜吟，喜與豪人遊。是時，家貲鉅萬，起第宅，闢園田，出則駿馬聳蓋，僕從都；入則引醇飫肥，鳴琴揮管，灑然竟日。崔之殂也，公廬諸墓，無何，疾舁歸，卒矣，年四十耳。郡君雖貴人，然天性慎惠，持禮奉姑暨夫，無殊於家人，喚姑崔，面背咸姑；及庶姑邵，面背又咸姑。而夫之殂也，屏澤飾，卸華綺，蔬素終身，怒不至詈，笑不見斷，終其身弗逾閾見人也。然早夭其三子，過痛瘻痹，瀝瀝涎，已又亡其女暨邵氏姑，又折其冢婦，竟以憂卒，年七十一矣。是時，孫男子左驂，始有婦，左驂、左騮、左駟、左騏俱孺。孫女初歸於李，昆女夫李夢陽曰：於乎！賢罔壽，壽罔愉，老罔偕，三者天下之至哀也。矧又隕厥雛，公之殂，又火厥室廬。郡君雖貴人，然孀居憂驚，茹荼至矣。故君子謂天道無知，使賢者弗穀。銘曰：

田有弗獲，黄矢閟之；種有弗菀，壅之灌之；德有弗食，守一俟時。嗟，我公！同兹永兹，宅兹聚兹，陽發陰兹，驅神役祇。由本達支，以乘厥生，以融厥明，以祥以靈，以觀厥成。

【校】

①二年，疑當作「三年」。按，本卷明故朝列大夫宗人府儀賓左公遷葬志銘云：「左公，諱夢麟，字應瑞，年四十，弘治三年六月三日病卒。」又云「崔夫人以景泰二年五月七日生公」，與「年四十」合，是左公當卒於弘治三年。②四，原作「三」，據前篇儀賓左公遷葬志銘改。

【箋】

〔一〕此爲夢陽爲岳父、岳母合葬所作墓志。夢陽岳母爲周定王之曾孫女，封廣武郡君。文中曰：「至是，國璣盡發其諸櫬，奉之西。郡君葬，既與公合，而諸等墓各如禮從。其日爲嘉靖元年二月七日，其地尉氏康牆保坳也。」是該文當作於嘉靖元年或稍後。儀賓左公，即左夢麟，夢陽之岳丈。見明故朝列大夫宗人府儀賓左公遷葬志銘（卷四十五）。左國璣，夢陽妻弟，生平見丙子生日答内弟璣（卷二十六）箋。

封宜人亡妻左氏墓志銘〔一〕

左氏者，李夢陽妻也。左氏，蓋廬陵人，曰仁宏者，生泰州知州輔，輔生宗人府儀賓夢麟，而儀賓婚廣武郡君，成化乙未十月己丑，生左氏於汴邸。郡君者，鎮平恭靖王孫。王，周定王第八子也。左氏生十六年歸李氏。李氏者，陝以西人也。李子父曰奉直君，奉直君爲封丘温和王教授，居汴，而挈其子夢陽來。初，李子妁婚，妁咸不之婚也。曰：「教授微而貧。」及妁左氏，儀賓則顧獨喜，入白其母，併郡君氏母，郡君乃亦咸不之婚也。曰：「夫非李教授兒邪？微而貧。」儀賓曰：「李氏子才。」竟婚李氏。是時，李子生十有九年矣。

明年爲弘治辛亥，左氏生子枝云。逾年壬子，李子舉陝西鄉試第一，癸丑登進士第。左氏從李子京師，會姑舅連喪，李子西，於是從而西。戊午，李子拜户部主事，居京師，左氏復從京師，已從通州。己未，孝宗皇帝上聖慈仁壽太皇太后尊號，封左氏安人，給敕命。壬戌，李子榷舟河西務〔二〕，左氏從河西務。明年，李子餉軍西夏，挈左氏還，過汴。是時，儀賓母、儀賓亡矣，獨郡君，而左氏翟冠翠翹，揚帔曳裙，見焉，其行于于也，晳而頎，瑱而流珠。郡君喜，已而泣，顧謂侍人曰：「向謂李生微而貧，乃今若此矣。」因道儀賓語云云，愈益泣而慟。乙丑，李子進户部員外郎，會今皇帝上兩宫尊號，左氏進封宜人，給誥命，兩命咸美辭云。明年丙寅，爲正德元年，李子進郎中。是年冬，尚書洪洞韓公率百官彈宦官劉瑾等。瑾以彈事出李手，明年正月，矯逐李子，奪其官。於是左氏從李子還，而潛大梁墟中。己巳，左氏兒有婦矣。庚午，瑾誅。明年，李子起江西按察司副使提學。是年，左氏有孫。壬申，李子迎左氏於江西。左氏舟河行，値椿舟破，僅免入江，過馬當，帆脚打僮人落江没，及湖口，風逆，困崖下洄渦中，舟突崖石，時時響。於是左氏怖欲死，計繫之，登石免。甲戌，李子以與江御史構，從理官於上饒，而徙左氏星子。會訛言賊過星子，於是左氏自徙於潯陽。是年，李子官復罷，道潯陽就左氏。泝江入漢，至於襄陽，將居焉。會秋積雨，大水，堤幾潰。左氏曰：「子不心大梁，非患水邪？夫襄、汴奚殊矣，且蘇門〔三〕、箕潁之間，可盡謂非丘壑地哉！」李子悟，於是挈左氏歸。歸而左氏病，逾年骨立，死，死之日正德丙子五月丁未，年四十二矣。翌日，牲奠左氏，烹牲腸，腸自團織，文理陰陽，狀若流蘇，垂綏夾耳，提襻在上。李子觀之，哭愈慟，曰：「嗚呼神哉！」於是賦結腸之篇。

李子哭語人曰：「妻亡而予然後知吾妻也。」人曰：「何也？」李子曰：「往予學若官，不問家事。今事不問不舉矣，留賓酒食，稱賓至，今不至矣，即至，弗稱矣。往予不見器處用之具，今器棄擲弗收矣，然又善碎損。往醯醬鹽豉弗乏也，今不繼舊矣。雞鴨羊豕時食，今食弗時，瘦矣。妻在内，無嘻嘻，門，予出，即夜弗扃也，門今扃，内嘻嘻矣。予往不識衣垢，今不命之澣，不澣矣。縫剪描刺，妻不假手，不襲巧，咸足師，今無足師者矣，然又假手人。往予有古今之愾，難友言，而言之妻，今入而無與言者。故曰：『妻亡而予然後知吾妻也。』」

李子買大陽之山〔四〕，嘉靖某年月日，葬左氏山下。杉棺柏椁，負坎抱離，四山三水。是山也，鈞州北三十里〔五〕，里曰東張，南稱杷里，右嵩前潁，左連具茨〔六〕。李子曰：「嗚呼！匪志曷彰，匪銘曷藏。志防虞，銘永處。矧吾妻，矧又吾知吾妻。」於是志之而復銘之，而刻之石。銘曰：

坎而宫，汝藏汝封，亦既考終。汝曰咈，約而修伸，姸而短屈，惟屈與伸，由人匪人，繹而思之，我心如焚。乃竟汝分，生雖汝分，歿汝共墳，萬祀千秋。孰短孰修，汝樂斯丘。

【箋】

〔一〕此乃夢陽爲夫人左氏所作墓志。左氏，其母爲周定王之曾孫女，鎮平恭靖王之孫女。明朱安㴑李空同先生年表載：「（正德十二年丁丑，）卜宅兆於鈞州大陽山，公自作誌銘，葬左宜人。」此文則曰：「李子買大陽之山，嘉靖某年月日，葬左氏山下。」應以夢陽自述爲準。是該文當作於嘉靖元年（一五二二）。

〔二〕河西務，即今天津市武清區河西務鎮，因緊靠運河西岸而得名。元明時，軍需官俸無不仰給江南，河西務成爲出入京都的水路咽喉，歷代朝廷在此設置鈔關、驛站、武備等各種衙門，曾多達十三個。

〔三〕蘇門，即蘇門山，又名百門山，在今河南輝縣西北七里，見覽遊百泉乃遂登麓眺望二首（卷十三）箋。

〔四〕大陽之山，即大陽山，在今河南禹州淺井鄉，夢陽卒後與其夫人左氏合葬於此。萬曆開封府志卷三十四：「李夢陽墓，在禹州西大陽山。夢陽，江西副使。」

〔五〕鈞州，今河南禹州。金大定二十四年（一一八四）改潁順州置，治所在陽翟縣（今河南禹州），轄境相當今河南禹州、新鄭二市地。萬曆三年（一五七五）以避神宗朱翊鈞諱改爲禹州，明屬開封府，今屬許昌市。夢陽奉邃庵先生書其二（卷六十三）曰：「邇卜域鈞州太陽山，其地泉石幽曠，想於兹焉老矣。」按，太陽山，即大陽山。

〔六〕具茨，具茨山，一名大騩山。位於河南中部禹州、新鄭、新密三地交界處，屬伏牛山餘脈。莊子雜篇徐無鬼：「黄帝將見大隗乎具茨之山。」水經溱水：「溱水出河南密縣大騩山。」酈道元注：「大騩即具茨山也。黄帝登具茨之山，升於洪堤上，受神芝圖於黄蓋童子，即是山也。溱水出其阿，而流爲陂，俗謂之玉女池。」在禹州境内最長。

【評】

湯賓尹新鍥會元湯先生批評空同文選卷之四：宜人之泣，一點淚，一顆珠。

又，叙事大有體。

又，如泣如愬，如怨如慕。

又，悽悽切似秋夜塞笳，一聲一淚。

又，愁黛啼容，令人酸鼻。

處士松山先生墓志銘〔一〕

大明正德四年六月四日，處士松山先生卒，年七十有六歲。先是，處士便數諸飲食不可口，顧惟啜白酒，又足時時腫無力，謂余曰：「歲在蛇矣，吾其死乎？死則子銘其墓。」余止之曰：「胡言之遽邪！」然竟死也，悲夫！處士有甥曰王泊，賢而文，實主乃葬事，來速銘。而處士弟瑞會又以其遺事來赴，因併掇拾爲志。志曰：

處士姓丘氏，名琥，字伯玉，號松山，蘭陽人也。父陵，官至山西左布政使，娶谷氏夫人，生四子，處士長也。幼穎異，於書無所不讀，然刻苦，因而吐血，服白朮丸數十升愈。已又時病目，乃棄去，以商遊吴中，盡發其藴爲詩，由是知名吴中。嘗過丹陽，買舟行，一人來附舟，直入寢所，處士心知其盜也，佯落簪舟底，而盡出其衣篋鋪設求之，又自解其衣，以示無物。又俾僮與酌酒，夜則自撫其卧側。明日，其人去。未幾，殺人於丹陽城中，被縛，乃以其事語人曰：「吾幾誤殺丘公。」人服其智。經營四十餘年，遂起家至千金，顧盡散諸弟男女及族若所識貧乏者，已而金輒復集，集而復散，終不爲自計。嘗起第大梁東門，結亭，蒔木芙蓉、菊亭旁。更爲詩，先後所爲詩積萬餘數，造詞巉削棘澀，大類黄、韓。亦爲金、元曲，而比事假托，謔浪不恭，大抵玩世而泄所不平。酒中竦身按歌，其音亮重越裂，出宫雜商，若敲金戛石，歌竟引滿，掀髯而笑，人莫之測也。居常布衣檐帽，非名士而罕與往來，蓋終其身足跡不至公府云。謂人曰：「我死，稱爲松山處士，足矣。」竟以此卒。

先娶劉氏，生子忠，上洛王教授，先卒；繼朱氏，生女，適生員薛罽；側室潘氏，生子鏞。常自憤其末年家事不遂，臨終曰：「我死，薄斂，不用椁棺。首第書曰『丘松山不瞑目之柩』。」又曰：「死即反葬母殯。」鏞奉治命，以卒之六日而反於蘭陽之兆，與劉氏合。忠有五子、四女。銘曰：

丘氏之先，肇自東明，曰丘彥德，始遷蘭陽。傳之仲和，實生士能，士能生陵。處士三季，璐、瑸及珙。璐至參政，珙爲縣令，瑸才亦處。處士捐館，二季先喪，惟瑸紼挽。於乎！處士遠蹈跨時，危行德孤。敦實斂華，獨行不疑。人皆劫劫，我約而腴。季承以官，承志者吾。歸於玄所，從父母祖。

【箋】

〔一〕此乃夢陽爲大梁處士丘琥所作墓志。文中曰：「大明正德四年六月四日，處士松山先生卒，年七十有六歲。」正德四年、五年夢陽均在大梁賦閒，文中又有松山先生「嘗起第大梁東門，結亭，蒔木芙蓉、菊亭旁」之句，是該文當撰於正德四年（一五〇九）或稍後。

濦亭先生墓志銘〔一〕

先生姓徐氏，郾城人也，名聰，字聞博，嘗亭濦上，於是稱隱亭先生。

先生力行篤學，苦節清修，以廉孝聞。春，母病思櫻，非時，無從得，先生泣禱行，彷徨叢薄間，遇櫻歸，母食之愈。人大異之，稱徐孝子。夫冬林之筍、冰溪之魚，固非時者也，精誠之至，氣變以之。故巢幕之雀，避舍之蚊，君子不謂之怪也，斯亦足以知天矣。今例，第不以孝，文則第，孝子乃爲諸生攻文，文又弗第也，乃以貢爲醴泉縣學訓導云。李子之西也，嘗往來奉天之墟，是時訓導罷矣，乃士人猶往往能道訓導行事。李子聞之，則慨然而歎曰：「吾不試故藝。向使渠非小試之，安知不目其爲兀兀之腐夫？」訓導之訓其徒也，先行而後文，制外以兼内，講肄以端其習，考覈以程其規，標的以大其業，宏博以邃其思，抑揚以厲其志，夏楚以鼓其氣。久之，士憮然若失也。勃而變，已翕而從，翻然而革。訓導乃忻忻喜曰：「吾志其行矣。」於是構齋植竹，峨冠委裾，講唐、虞、周、孔之緒，而乾州學會官缺，檄訓導往攝之，久之而乾之徒猶其徒也。於是人始知訓導，敬重之，謂之才。醴泉飢，錢參政者，出帑金千，檄訓導賑之。或問錢奚捨縣而任學也，錢曰：「人也孝廉，孝則不忍人，廉則不愛金。」飢婦有剥齒食者，縣捕之，將磔之市。訓導見之則泣曰：「不能使之不飢，而能使之不齒乎？非情也。夫剥齒救斃耳，而今磔之，是以斃易斃也。」令釋之。人聞之，愈敬重訓導，謂其才，乃使攝其縣事，縣以之治。於是豪人懼，歸我侵田，於學志行矣。無何，免去，或咎之。訓導直哂曰：「子謂我兀兀腐夫邪！」其亭瀫上也，年向衰矣，猶聚徒説先王，顧益篤，即大寒暑罔輟也。晚病目，省延接矣，至遇經生學子，則顧繾綣竟日。李子曰「予之南也，嘗度瀫矣。於是又獲知瀫亭先生」云。而瀫上人蓋至今稱儉、鯁直、篤行、躭學，必首先生。

先生生宣德乙卯三月廿七日，卒正德辛巳九月一日，年八十七歲。娶陳氏，義士陳某女，先卒。繼甘氏，壽官甘鍾女，年五十三歲，亦先卒。甘生徐固，舉人，女聘舉人趙應式，卒。側室趙氏，生徐確，女適袁昺，卒。徐生曰：「於乎！吾父幸有聞，抑孰知吾母者！母貞懿寡言，起家勤矣，追遠近矣，逮下惠矣，途路瘁矣，然弗壽弗貴矣。抑孰知母者！」按徐氏，諱保國，初始徙郾城，城西三里許，其世墓也。以正德年月日，葬灃亭先生於墓，而二配合。銘曰：

楩楠在山，匠氏之恥。和璞終韞，玉人其鄙。囊穎攸脱，乃斂乃歸。鏟耀刮垢，鈎賾探微。約之身，掞之文，以嘏其嗣人，先民哉！

【箋】

〔一〕此乃夢陽爲徐聰所作墓志。徐聰字聞博，郾城（今屬河南）人，嘗亭灃上，於是稱灃亭先生。文中曰：「先生生宣德乙卯三月廿七日，卒正德辛巳九月一日，年八十七歲。」是該文當撰於正德十六年（一五二一）九月或稍後。民國郾城縣記卷十七金石篇：「隱亭徐先生聰墓志銘，李夢陽撰。聰以正德辛巳卒，舊志爲聰傳殊簡略，正賴李志而能詳也。」

【評】

湯賓尹新鍥會元湯先生批評空同文選卷之四：以徐君之孝，比之冬筍冰魚，大都若此。

又，氣若懸河，才如倒峽。

又，誦之行雲流水，聽之金聲玉振。

又，點綴其母，以附之，末文之看賓主處。

又，「先民哉」作結句，氣雄勁而意含蓄。

高處士合葬志銘（二）

高處士者，大梁人也。名瑾，字彦節，年六十八歲，正德四年二月五日而卒，葬鄭門塋矣。後十有二年，爲正德辛巳，而其配侯氏亦卒，以明年正月廿七日，啓處士竁合焉。侯氏少其夫二歲，卒之年七十八矣。生二男子：長曰珣，東明縣丞，擢知黟縣，又知東光；次曰璐，從弟提殺之。二女子，一歸周鏞，驛丞；一歸陸澍，典膳。珣生三男子：長曰爵，次曰仲嗣，縣學生，次曰叔嗣，舉人。璐一男子曰愛。

李子曰：孔子有言：「善人，吾不得而見之矣，得見有恒者，斯可矣。」予誦其言，未嘗不酸心流涕也，蓋重傷時俗之偷云。夫惑贋成真，溺華忘實，礦金璞玉，非其人莫識也。乃人見藝材辯博，豪縱赫霍，輒斂讋慕效稱賢；或峨冠飛纓，氣使威喝，則又嗟羨敬事之。

遂令閭閻山野悃朴自修、力田飭行之夫闇沕無聞，不見禮於輩流，吁！時之偷亦甚矣，乃余今幸知高處士。處士固闇沕人也，夷考其行，則孝弟儉直者也。少事母，歲時上壽，自歌舞爲歡。事其二兄，旦趨侍上食而退，出則爲執鞭，或道傍伺顔色，蓋猶事父云。長而喜誦書史，説先王，然不務裘馬，不喜酒，不畜媵婢。嘗歲暮出，取負欠割券，持一空車歸里。人望見，盡笑之，處士不較也。珣丞東明也，强逆處士官邸，蹙額曰：「吾自不入公府，今公府居邪。」會舊令代之去，問處士曰：「我孰與新令賢？」處士默然，熟視之，已而曰：「君似弗如也。」令歎服其直。人又言處士家居里巷，子弟見之爲起拜肅立，僮僕假借不復關白其主人，雞豚放猶一家，斯益足爲淳風矣。

侯氏者，巖之女也，事姑猶夫事母，事二嫂猶夫事二兄，嫂之子提殺璐也，侯與處士計曰：「吾幸尚有珣，奈何令伯氏無後。」卒出之獄，以百金詣處士謝，處士不受，詣侯謝，侯亦不受。曰：「吾利而金出汝邪？」君子謂：夫婦者，足爲媲德駢美者矣，而顧咸闇沕，閭閻弗彰。吁，足傷已！足傷已！珣之知東光也，亦强逆侯，侯弗往，曰：「汝父不恬公府，吾獨能跋涉就汝邪！」人言侯即老，親戚子弟罕得見其面，禮婦人，問答不逾閾，出則擁蔽其面，殆斯之類也。夫叔嗣曰：「吾先，洧上人也，高皇帝定天下也，立幟以定民，曰赤幟軍、白幟民，曰義者傳白幟，遂徙大梁從民。」義生一子九，九生一子清，清娶李氏，生三子聰、讓、處士。銘曰：

墨不能朱，石不能糜。松柏冬榮，厥操詎移。居約履蕁，驗秉觀頤。我躋彼蹶，彼昭我晦。匪財而富，匪爵而貴。蹈貞服朴，是曰民良。高帢布衣，孝弟直方。閭里起敬，閨人贊襄。臧獲循循，子孫赫昌。今之梁孟，考世莫識。不有臼季，孰知冀缺。不有景升，孰欽龐德。我言匪蕪，徵此銘石。

【箋】

〔一〕此乃夢陽爲高叔嗣祖父高謹所作墓志。文中曰：「高處士者，大梁人也。……正德四年二月五日而卒，葬鄭門塋矣。後十有二年，爲正德辛巳，而其配侯氏亦卒，以明年正月廿七日，啓處士窆合焉。」正德辛巳，爲正德十六年（一五二一），是該文當撰於嘉靖元年（一五二二）或稍後，時作者閒居大梁。

劉處士墓志銘〔一〕

劉處士者，泰和人也。名熙，字和皞，號敬止，於是稱「敬止先生」。先生殁二十年，是爲嘉靖元年，而其子潛始以中江教諭文衡於河南。李子之提江西學也，嘗識潛諸生中，異之而首拔之。於是潛見李子而泣，而求銘其父墓曰：「於乎！潛死罪，死罪！父歿二十年矣，而墓無銘也。潛誠死罪，死罪！雖然，有待也，非敢後也。」李子曰：「往吾按泰和也，嘗聞若父矣。矧潛也，遊吾門。」序曰：

劉氏者，其先金陵人也，後徙泰和之珠林，已又徙荷山，號荷山劉氏。諱公唯者，潛曾大父也，號醉德。醉德生元鑕，號訥軒。訥軒生處士，即敬止也。處士少孤，不仕，然讀易精詣，授之弟，弟官新會簿；授之子，子以之第；授之徒，徒多爲名流。處士故善酒。母嘗病革，處士籲天求身代，獲愈，於是絕口不酒，亦不復肉。如是者幾十年，周旋膝下，母竟以壽終。母之終也，處士苫塊棺側，以俟其弟來，凡年餘，無渝無惰。蓋其性方剛，得諸天者如此。而族屬有犯或弗悛者，必鳴以攻之。諸生弗率者，斥去，不少貸。以是人服其誼而憚其嚴云。處士生某年月日，年六十有七歲。配蕭氏，石岡大家子，與處士齒德相高，先八年卒。生子一，潛也。女一，適某。潛配歐陽氏，生子二、女一云。李子曰：「予讀泰之九三而知天人之交也，劉氏其當之矣。」

夫劉氏於趙宋顯矣，科第甲一邑。是後寖遠而寖微，非謂「無平不陂，無往不復」者歟？夫醉德而下三世，約矣。然能斂華而敦實，守一履朴，堅德固性，迄於潛也。文行卓如，後將有大聞於時，非謂「艱貞无咎，勿恤其孚，於食有福」者歟！夫天人判者爾，往來進退，譬猶符券，至數百年，而猶合，於劉氏見之。故曰：「予於泰九三而知天人之交也。」銘曰：

耕也或餒，菑也或萎。惟德之綿，其悠如泉。流之爲川，渟之爲淵。流之匪爵，渟之匪約。君子有穀，後食其福。

【箋】

〔一〕此乃夢陽爲弟子劉潛之父劉熙所作墓志。文中曰：「先生殁二十年，是爲嘉靖元年，而其子潛始以中江教諭文衡於河南。」是該文當撰於嘉靖元年（一五二二），時作者閒居開封。劉潛，字孔昭，贛縣（今屬江西）人，見贈劉潛（卷十）箋。

梅山先生墓志銘〔一〕

嘉靖元年九月十五日，梅山先生卒於汴邸。李子聞之，繞楹彷徨行，曰：「前予造梅山，猶見之，謂病愈且起，今死邪！昨之暮，其族子演倉皇來，泣言買棺事。予猶疑之，乃今死邪！」於是趣駕往弔焉。門有懸紙，繐帷在堂。演也擗踴，號於棺側。李子返也，食弗甘，寢弗安也，數日焉。時自念曰：「梅山，梅山。」

梅山姓鮑氏，名弼，字以忠，歙縣人也。年二十餘，與其兄鮑雄氏商於汴，李子識焉。商二十年餘矣，無何，數年不來，李子問演：「鮑七奚不來也？」演曰：「父、母、兄三喪。」曰：「喪舉矣，奚不來也？」曰：「七叔父四十四歲始有子，而姪也一耳，以是大係乎身家。」已又問：「鮑七何爲？」演曰：「理生、飭行、訓幼、睦族、玩編、修藝、課田、省植，八者焉已。」其久也，内孚而外化之。是故鄉人質平剖疑、決謀丐益者，必之焉。故效良則芳，標美規懿者，必曰「鮑梅山、鮑梅山」云。正德十六年秋，梅山子來，李子見其體腴厚，喜握其手，曰：「梅山肥邪？」梅山笑曰：「吾能醫。」曰：「更奚能？」曰：「能形家者流。」曰：「更奚能？」曰：「能詩。」李子乃大詫喜，拳其背曰：「汝吴下阿蒙邪？別數年而能詩、能醫、能形家者流。」李子有貴客，邀梅山，客故豪酒，梅山亦豪酒。深觴細杯，窮日落月。梅山醉，每據牀放歌，厥聲悠揚而激烈。已，大笑，觴客，客亦大笑，和歌，醉歡。李子則又拳其背曰：「久別汝，汝能酒，又善歌邪？」客初輕梅山，於是則大器重之，相結内。明日，造梅山邸，款焉。汴人有貴客，欲其歡，於是多邀梅山，梅山遂坐豪酒，病損脾。今年夏患瘧，李子往候之，梅山起牀坐曰：「弼瘧幸愈，第痰多耳。」然業處分諸件，令演辦酒食，俟其起觴客，別而還歙也。先是梅山作憶子詩曰：「吾兒屈指一載別，他鄉回首長相思。在抱兩週知數日，攜行三歲隨歌詩。筵前與誰論賓主，膝上爲我開鬚眉。情偏憶汝老更苦，中夜難禁迴夢時。」李子因説曰：「君病，無苦念家。」梅山曰：「諾諾。」不數日而君蓋棺矣。嗟！梅山，梅山！

梅山又嘗作燈花詩：「秋燈何太喜，一焰發三葩。擬報明朝信，應先此夜花。重重輝絳玉，朵朵艷丹霞。愛爾真忘寐，聞蛩忽憶家。」李子曰：「君詩佳頓如此。」梅山曰：「吾往與孫太白觴於吴門江上，酣歌弄月，冥心頓會。孫時有綿疾，吾醫之，立愈。」諺曰：「盧醫不自醫。」誠自醫之，黄、岐、鵲、佗，至今存可也。嗟，梅山，梅山！

梅山，叔牙後也，其居歙也，號棠樾鮑氏，趙宋時有遇賊而父子争死者，於是所居里號慈孝里云。

梅山父鮑珍也，珍父文芳，文芳父思齊。珍號清逸，高尚人也，娶王氏，生二子，次者梅山。梅山娶江氏，生一男子、二女子，男曰若渭，今六歲矣。梅山生成化甲午某月日，距今嘉靖壬午，得年四十九。而其櫬還也，演實匍匐苦心以之還，厥情猶子也，以某年月日葬某山之兆。銘曰：

崎嶔巃嵸，人謂非險。淵洄湏洞，猶謂之淺。坦彼周行，彼復而迷。桃李何言，下自成蹊。嗟，鮑子，胡不汝悲，胡不汝思！

【箋】

〔一〕此乃夢陽爲寓居開封之好友歙人鮑弼所作墓志。文中曰：「嘉靖元年九月十五日，梅山先生卒於汴邸。」夢陽作有祭鮑子文（卷六十四），曰：「維嘉靖元年十月癸酉朔，越十有六日戊子，梅山先生柩還於故山，其友人李夢陽設奠夷門道左，再拜送之，而爲之言。」是該文當撰於嘉靖元年（一五二二）九月或十月。夢陽與商人多有交遊，此文可證。

【評】

湯賓尹新鍥會元湯先生批評空同文選卷之四：叙事周悉，情悲婉。

又，兼此八善，梅山高乎哉！

又，讀梅山二詩，始知得交獻吉歡也。

又，正言確論。

李夢陽集校箋卷四十六　志銘三

寄傲先生墓志銘[一]

先生名玉，字廷瑞，姓韓氏，通許縣人也。初，先生舉於鄉，拜郯城知縣。郯邑小而賦繁，民弗堪也，以是困。先生憐焉，而例體邑政無巨細，必關白於所司。令始行，或見弗之合，即美格閣，以是民愈困。先生於是則竊歎曰：「若是，奚令爲也？」凡其細，則輒自標號行，不盡關白所司。於是所司怒，督責之，而先生則又抗言，執理往往無尊巽色。於是所司謂先生傲，轉相擠陵斥。先生乃棄官歸，稱寄傲子。而通許俗人士，大都宴會酒歡爲適，罷官則更放騁，而出其官時所營製，如冠袍、裘馬、器皿、華綺諸等，盡衒燿鄉人，曰：「不如是，猶夜行也。」而先生歸，則獨嗜古書奇字，性又不酒，第閉門坐，課兒孫曹，於是大爲鄉人所不悦，目爲韓怪。而先生稔患目，又寡言笑，對客長揖寒暄而已，第瞑目坐，於是人益遠先生。先生弗動也。今俗，喪即人士家崇豪奢文具。先生父母喪也，則惟據典實廬之墓，兩喪者六年。以斯觀之，其平生足推矣。

大梁人李知縣者，先生姊夫也，每招之來，會其長子禹卿從空同子遊，又其孫蓺爲儀賓，而其同邑李知府亦罷郡居大梁。正德末，先生乃徙大梁居焉。是時道州何公以都御史巡撫河南〔二〕，聞先生有數學，敦禮之，叩焉。先生辭謝，卒不傳。嘉靖二年七月，空同子會先生於酒筵，見其篇文富贍而巉巖，驚曰：「寄傲今七十歲矣，乃爲此大文邪！」時李知府亦在坐，曰：「寄傲尚作蠅頭楷字，與人札，即片紙，吾未見一畫苟也。」空同子喜曰：「壽徵，壽徵！」居無何，儀賓蓺喪其配君，禹卿喪其妻，而先生亦不起矣。於乎！於乎！是年八月十八日也。

按，韓氏，其先項人也，諱諒者，始遷通許。而先生父諱斆，嘗爲臨淮知縣、東城兵馬指揮，娶劉氏，以景泰某年三月廿八日生先生。先生配苗氏，有子五人，女一人，婿曰賈希朱，孫男女某某。卒後兩月，禹卿奉其柩返葬通許之塋，併其二喪舉云。銘曰：

胡爲而官，三歲而挂汝冠；胡爲而還，與其二喪同旋。於乎！孰畀子以賢？孰躓之使顛？孰嗇之使寒？悠悠乎蒼天！

【箋】

〔一〕此乃夢陽爲韓玉所作墓志。文中曰：「嘉靖二年七月，空同子會先生於酒筵，……居無何，儀賓蘋喪其配君，禹卿喪其妻，而先生亦不起矣。於乎！於乎！是年八月十八日也。」是該文當撰於嘉靖二年（一五二三）八月或稍後，時作者閒居開封。

〔二〕道州何公，即何天衢，見何公升南京工部右侍郎序（卷五十四）箋。

明故王文顯墓志銘〔一〕

王文顯者，蒲商也，名現，字文顯，號噫庵子。初，文顯爲士不成，乃出爲商。嘗西至洮、隴，逾張掖、燉煌，窮玉塞，歷金城，已轉而入巴、蜀，沿長江下吴、越，已又涉汾、晉，踐涇原，邁九河，翱翔長蘆之域，竟客死鄭家口。

先是，王教諭有五男，而文顯長，父官既卑貧，又四弟望我立，以是文顯乃棄士而就商。商四十餘年，百貨心歷，足跡且半天下，然卒老於鹽場。文顯之爲商也，善心計，識重輕，能時低昂，以故饒裕。與人交，信義秋霜，能析利於毫毛，故人樂助其資斧；又善審勢伸縮，故終其身弗陷於穽羅。文顯既以商起家，乃大室廬，備賓祭，畢婚嫁，四弟各成立，王氏固奕奕彰矣。而教諭君罷歸，顧獨出分其長子，文顯則第涕泣，自咎責，罔攸辯，乃效作五噫之歌。歌曰：「仰彼昊天兮，白雲翳翳，噫！莫慰父心兮，子之罪，噫！朝入埽除兮，出而暮思，噫！清風飄裳兮，明月鑒之，噫！古有履霜兮，實獲我志，噫！」歌畢，遂號噫庵子。教諭君聞之，悔泣，父子如初。弟珂者之舉於鄉也，會文顯省親歸，稱觴遞壽，其父顧之喜曰：「兄商而利，弟士而名，乃吾今何憾矣！」文顯嘗讀史，以孔明取劉璋爲是；又謂宋黨禍成於蘇公，非程子激之也。間質於其父，父則又大驚喜曰：「現也，汝商而士邪，乃吾今何憾矣。」吳龍者，僮也，嘗竊於文顯，文顯寬之。一日外盜求文顯急，執龍，刃脅之，龍卒不言文顯匿所。其父聞之，則又大驚喜曰：「現也，利而義者邪，然天固鑒之邪。」文顯嘗訓諸子曰：「夫商與士，異術而同心。故善商者，處財貨之場，而修高明之行，是故雖利而不汙；善士者，引先王之經，而絶貨利之徑，是故必名而有成。故利以義制，名以清修，各守其業，天之鑒也。如此，則子孫必昌，身安而家肥矣。」

按，衛推官張君狀：王氏，榮河人也，諱仲文者，元末徙蒲，耕於蒲南十里，今稱王家莊是也。仲文生彦純，彦純生景嚴，景嚴生秉信，秉信生王榮，賓鄉飲以壽官，榮生馨，教諭者也。教諭娶張氏，以成化五年九月十日生文顯，嘉靖二年五月九日卒，年五十五歲。娶潘氏，生崇仁、崇先、崇道，州學生也。女二：長適監生李廷光，次聘蔣澄。孫男二人、女三人。文顯既卒之明年二月某日，葬東原之塋。銘曰：

珠不珍貢，而輝汝淵。鶴不翼天，而唳汝田。我得匪苟，我室則盈。我有不有，我利則成。義不入於穴，仁而免於盜兵，逾艾而殞於旅。茲天邪？人邪？數邪？

【箋】

〔一〕此乃夢陽爲蒲商王現所作墓志。文中曰：「教諭娶張氏，以成化五年九月十日生文顯，嘉靖二年五月九日卒，年五十五歲。……文顯既卒之明年二月某日，葬東原之塋。」是該文當撰於嘉靖三年（一五二四）二月或稍後。

【評】

湯賓尹新鍥會元湯先生批評空同文選卷之四，評五噫之歌：淒風苦雨，可斷人腸。

又，辨孔明與程伯子，亦是不易之論。

又，名言確論。

又，「珠不珍貢」四句，字煉而意高。

明故李大法合葬志銘〔一〕

李大法者，予門人李琪之父也，名倫，字大法，祥符人也，而居之杞。大法父曰李洪，洪父禄，禄父讓。初，洪武辛巳，河灌大梁，於是讓挈家走杞，水平，或勸之歸，讓曰：「梁、杞百里耳，何必歸。」後辛巳，河又灌大梁，讓子孫遂免於走。明年壬午九月二十日，大法生於杞。正德十六年，歲又辛巳，人訩訩謂河且復來，是時琛以學諸生寓梁，或勸大法：「胡不俾而郎回杞？」大法笑曰：「天地數若是齊邪？」已而河卒不來。大法娶於崔，琛母也。崔生天順癸未三月八日，後癸未，是爲嘉靖二年三月三日，而崔氏卒。大法素雄飲，忼慨無憂。少貧，嘗爲親負米，力販魚鹽，然處之灑如也。及崔卒，則顧鬱鬱有戚容，於是琛跽問曰：「父何憂也？」大法於是仰天長吁，良久，曰：「嗟！吾將去汝曹，是以憂也。」琛曰：「兒聞之，陰德陽報，父鯁直無私曲，惠流於窮人，孝弟忠厚，鄉閭信之，斯必壽。」大法曰：「嗟！汝諸生也，不知天道邪！天數周則易，世之人逃焉者寡矣，汝母不癸未生，癸未死邪？」明年甲申二月二十一日，大法果卒。於是君子謂大法知天順命。李琛問其師曰：「仁者有不壽乎？」曰：「有之。仁而壽者，理也；或不者，其數也。仁而謂必壽，則堯、舜、周、孔雖至今存可也。」於是琛呑聲哭曰：「父未嘗學而知天順命。」已而曰：「吾母之奉姑也，姑矇，母籲天願以身代者，六年而姑目復開。其事夫也，罔不敬也，然罔不勤也，如是而弗之壽，亦數否邪？」

李子曰：「嗟，琛！修短非所論人，顔、跖是也。自教之衰也，孝、弟、忠、信之士，不表於鄉閭，於是田野篤行率闇焉無聞。如大法者，夫婦純懿，設非其子琛以文學與縉紳遊，即美，誰其知者？於乎，斯足以觀世矣！」大法子二：長琨，娶屈氏；次者，琛也，娶馬氏。女二：一適杞，生王用中，一適温，舉孫男五人、女三人。以卒之年月日，葬杞東郭堤外祖塋，與崔合。銘曰：

人也蕞爾，行則蹶爾。杞東門原，有穴邃爾。配與之同，亦云遂爾。千秋萬歲，佳城薈薈。

【箋】

〔一〕此乃夢陽爲門人李琪父祥符人李倫所作墓志。文中曰：「崔生天順癸未三月八日，後癸未，是爲嘉靖二年三月三日，而崔氏卒。……明年甲申二月二十一日，大法果卒。」是該文當撰於嘉靖三年（一五二四）三月或稍後，時夢陽閒居開封。

賈道成墓志銘〔一〕

賈道成者，通許縣人也。父曰賈定，山西按察司僉事。母曰劉宜人，以成化甲午四月二十日生道成。生逾年而其母亡，又二十二年其父亡。賈生乃奮厲自立力學，曰：「始吾名也，父名我曰希朱，及字也，字我道成，斯非望我爲紫陽徒邪？」於是志洛、閩之紹，而深之以造。乃賈生顧又專易，嘗俯仰高下，旁觀流形，而問李子曰：「月盈虧者何也？」李子曰：「日映之也，光之虧也，去日遐，抑又聞月丸也，視側則光虧。」賈生曰：「丸之譬，謬也。夫既日映之也，彼生之哉也，懸如弓，或又瓦仰，何也？」又嘗問李子：「聖人觀象而繫辭也，三極獨不言象，何也？」李子曰：「道包象邪，動者道邪？」賈生不答。賈生遊郡學，廩矣，竟弗録於有司，人於是頗咎賈生，曰：「文奚不時也？」或曰賈生韜默，或曰枯而神短，賈生聞之，亦不答，乃顧嗜吟。

正德戊寅九日，李子、賈生共汎城隅之陂，賈生詩曰：「波水澄霽，澹澹浩浩。樓臺蹙沓，林石晶窈。霜露載零，徑蘭凋槁。偉彼松筠，哀此衆草。人生幾何？榮名是寶。」辭調高逸，李子未之和也。第扣舷歌蒹葭之章應焉。已而賈生還邑，則又作詩曰：「郊原曠以修，零霜一何淒。飢鴉噪枯桑，故城委蒿藜。黄鵠輕四海，遊子乃念歸。懷瞻顧里閭，怛焉傷路岐。」意若自傷靡遇者，人於是頗復狹賈生，疑之。逾年而賈生病死矣，正德己卯五月二日也，年四十六矣。賈生即病，顧猶不輟吟，病間，目其弟希尚曰：「吾作一詩自弔。」誦畢瞑，希尚及從群弟侍，聞之，皆泣。賈生復瞪目曰：「斯何傷，古誰不死！」遂長瞑。生嘗自謂漢泉子，凡所述稱漢泉子云，亦其不食讖歟？初生喪弟，喪妹，喪繼母婁，喪兄，已復喪妻。妻，知縣韓玉女也。無男女，遂絶。希尚奉兄柩，以卒之年十月十日，葬之父墓之側。李子曰：「予嘗志其父墓矣，是故於賈生不復及其家世。」銘曰：

家將興，賢者先生；家將殃，才者先亡。其生也登，其亡也崩。夫賈氏者，顯也，積五世矣。及其季也，纍然衰絰之繼也。弔者出而唁者至矣。嗚呼！道成，胡亡胡生？吾女銘乎！

【箋】

〔一〕此乃夢陽爲賈希朱所作墓志。文中曰：「人於是頗復狹賈生，疑之。逾年而賈生病死矣，正德己卯五月二日也，年四十六矣。」又曰：「希尚奉兄柩，以卒之年十月十日，葬之父墓之側。」是該文當作於正德十四年（一五一九）十月。

【評】

湯賓尹新鍥會元湯先生批評空同文選卷之四：談吐處，亦自情境兩到。

又，詩中俱是愁境，賈生之不壽，宜哉！

又，「家將興」四句，意高詞練。

明故何君合葬志銘〔一〕

何儀賓文昱者，我從孫外舅也。一日李子酒會，要何不來，問何何不來也，曰奔母喪耳。李子瞿然驚曰：「乃予罔聞其母疾。」曰：其母足背丁，白而粟，母弗謂其丁也，爪破之，已又難而行，丁乃走内攻母，竟死。後數日，何儀賓來我，泣而丐銘，問之，果然。又問奚兆，何曰：「吾父殁廿年餘矣，母丁之前，夜夢父馬而過，叱母曰：『速從我來。』」

按，何氏，其先河間人也，後徙汴，耕朱仙鎮西，曰全者，壽官也。生二子：長曰何君，諱禮，字大用，娶陳氏，先卒，再娶慕氏，生四子：長，儀賓也，配沁源郡君，次文昇，次文晨，次文星，縣學生。二女：一適劉鷺，一爲鎮國將軍夫人。初，從孫議婚也，人皆曰何儀賓賢，問何賢，曰貴而禮。問其父，人又皆曰何君賢，問何賢，曰富而義。既婚也，李子之嫂會慕氏，歸而又稱慕氏賢，問何賢，曰默而和。李子曰：「立莫大於禮，利莫先於義，默莫要於和。夫何氏者，三善備矣，烏得而不興？」

何君生正統五年十二月九日，卒弘治十四年二月一日，得年五十五歲。陳氏生正統九年十月十日，卒成化十七年七月廿八日，得年三十一歲。慕氏生天順八年七月九日，卒嘉靖元年十一月十五日，得年五十九歲，合葬西韓村之墓。銘曰：

天之道還兮，地之義完兮。還視爾履，完視爾美。美哉爾阡！穿不及泉，吉而安兮。

【箋】

〔一〕此乃夢陽爲從孫之岳父何文昱夫婦所作墓志。文中曰：「何君生正統五年十二月九日，卒弘治十四年二月一日，得年五十五歲。陳氏生正統九年十月十日，卒成化十七年七月廿八日，得年三十一歲。慕氏生天順八年七月九日，卒嘉靖元年十一月十五日，得年五十九歲，合葬西韓村之墓。」是該文當作於嘉靖元年十一月或稍後，時作者閒居開封。

明故蔡思賢墓志銘〔一〕

蔡思賢者，夷門之隱人也，名鑑，字思賢，號浄居道人。初，蔡之冠也，筵賓敦典議字焉，蔡長揖謂賓曰：「字我曰思賢。」賓問：「何也？」曰：「竊聞之，鑑以鑑貌，人以鑑心，非賢不可，吾其思之矣。」其長也，勤敏以周物，恭儉以裁用，和易以混俗，廣施以闡仁，擯惡以充義，敦詩書以訓來，陳古今以驗往。其久也，質往者服，濡訓者革，恥擯者避，德施者親。於俗無暌，在用靡匱，物蔵行成，君子於是謂蔡子善自字。其老也，稀省以息慮，玄沖以導和，遊適以陶真，斂退以諧物，是故身鮮疢疾，家無横非，人無詬謗，兄弟式睦，子貴大州，蘧蘧于于，怡然考終，斯隱人之行也。李子曰：「予於蔡有三徵焉，夫安壽吉者，天之所以優善類者也，蔡氏備之，足稱善人矣。孔子曰：『善人，吾不得而見之矣；得見有恒者，斯可矣。』予今見之，不足占世乎。」

按，蔡氏，其先潯陽人也。名宗先者，國初從軍南征，渡采石，充海船米字號牌總，兼領庫船，嘗赴景陵衛投戰檄，賞銅鐵五石，已論平陳功，又賞銅錢、漿酪諸等。曰蔡保者，隸彭城衛，護周王。永樂間調護衛入京，而保以鞍匠留侍王，遂居大梁。保配王氏，生子四：長曰玉，次曰琰，次曰良，又次曰璟。琰配鄭氏，生子二：長即思賢，次曰銘。生女一，侍周懿王，封夫人。思賢配蔣氏，生子三：長曰俊，信陵王典膳；次曰俸，濱州知州；次曰佩。思賢生宣德壬子九月十九日，卒嘉靖癸未四月九日，得年九十二歲。弘治末，嘗詔拜壽官。蔣氏生正統庚申正月二十三日，卒正德乙亥二月十一日，得年七十七歲。蔣之卒也，業葬土城南故雞鵝池地，於是啓其窆與夫合，是年七月有八日也。銘曰：

蔡子篤行，爰以孝聞。嘗糞籲天，介福何云。蔣也相之，執恭守勤。奉姑服勞，或至夜分。子剖郡符，飭躬流芬。雙玉載瘞，連理同墳。於惟兹野，有賢在下。過者立馬，厥淚攸灑。

【箋】

〔一〕此乃夢陽爲大梁隱士蔡鑑所作墓志。文中曰：「思賢生宣德壬子九月十九日，卒嘉靖癸未四月九日，得年九十二歲。弘治末，嘗詔拜壽官。蔣氏生正統庚申正月二十三日，卒正德乙亥二月十一日，得年七十七歲。蔣之卒也，業葬土城南故雞鵝池地，於是啓其竁與夫合，是年七月有八日也。」是該文當作於嘉靖二年（一五二三）七月或稍後，時作者閒居開封。

江都縣丞蘇君墓志銘[一]

江都縣丞蘇君者，尉氏柏岡里人也，名琇，字彦器。大父春，生五子，第四曰明。明亦五子，第三曰蘇君。蘇君亦五子，第五曰濟衆，來請銘其父墓。

往左生告予曰：蘇君蓋少時一憧憧人也，然顧内修攻學，學足以第也，然乃竟不第，竟爲丞。其始爲丞也，人告之曰：「江都土浮俗僞。」蘇君曰：「嗟，是欲使我先僞逆之邪？夫僞逆之，必先覘顔色；顔色之不得，必機關其言語；言語之不得，必鉤賾其陰細；此而不得，必有誤中之民矣。安有爲人上而忍爲此者邪？」卒不以僞逆江都民。江都民見其丞誠也，亦率誠事丞。居無何，蘇君歸，民相挽留，泣曰：「丞奈何歸？」蘇君曰：「田荒矣，歸欲鋤之耳。」民曰：「鋤田勞，孰與爲丞？」君笑曰：「汝謂丞爲逸乎？」竟歸，徜徉以壽終。

今按厥子銘狀，蓋蘇君生正統三年十一月四日，卒正德五年八月五日，得年七十三①歲，左生稱其壽，是矣。狀曰：「以明年三月一日，葬城西之原。」又曰：「蘇君五子，皆出自韓氏，其父五子，皆自王氏，其大父五子，皆自某氏。」銘曰：

東有嘯臺，嵣如嵭如。蘇冢在西，斧如堂如。其中坎如，並峙儼如。

【校】

①黄本「三」上，有「有」字。

【箋】

〔一〕此乃夢陽爲蘇琇所作墓志。據文中「蓋蘇君生正統三年十一月四日，卒正德五年八月五日，得年七十三歲，左生稱其壽，是矣。狀曰：『以明年三月一日，葬城西之原。』」是該文當作於正德六年（一五一一）三月至五月間。正德五年朝廷任夢陽爲江西提學副使，六年五月，啓程赴南昌。

【評】

湯賓尹新鍥會元湯先生批評空同文選卷之四：只此數言，而蘇君未仕之先、當仕之際與既歸之後，卓有奇行善政。

明故遥授滄州判官賈君墓志銘[一]

賈君者，通許縣人也。蓋賈氏世居通許，今其墓有三：一曰郭東墓，一曰韓朱岡墓，一曰三里岡墓，則葬君曾祖以下。君曾祖諱瓚，二墓者，賈氏宋、元以來墓也，纍纍相望。一曰三里岡墓，則葬君曾祖以下。君曾祖諱瓚，洪武間以人才爲鉛山縣知縣。瓚生麟，封監察御史。麟生恪，少與婁良齊名，語曰：「婁良、賈恪，氣如山岳。」恪舉進士，官至山東參議，是爲參議君。參議君有三子，而賈君長，最賢，二弟又並賢，顯貴無忝於賈君，以故通許人推豪鉅族，無能先賈氏。於是賈氏族聞天下，而賈君又自譔次其世系，播之人，故賈氏諸所名德，及諸隂細行可誦説者，乃咸由是彰矣。故曰成賈氏者，賈君也。

天順間，募馬實邊，賈君入其馬，爲監生。已患癬瘕，鬚眉皓皓爾，參議君會又卒，賈君乃力上書辭曰：「臣疾，弗克事事，願給空銜，養母歿身。」許之。得遥授滄州判官，拜於家。前參議君致其仕，來居大梁，日與老長會約遊，大梁人蓋咸望風尊敬之。及君拜官，亦日與老長會約遊，而大梁人輒又望風尊敬之，顧愈甚。故人爲之語曰：「賈君善繼志。」賈君性静重少言，不喜酒，遇酒到口輒推去，然坐竟席，席上人即嘵嘵呶呶，宣①拳臂相狎侮，賈君第坐顧竟席。席上有歌舞女，賈君第坐如無歌舞女，即竟席，不見其不衣冠歸也。夫鄉飲者，天下之大防也。今鄉里無賴子弟，類鑽刺，深衣大帶炫曜，而官宦士謂不甚損益而弗省也。及賈君爲鄉飲賓，乃遂言鄉飲禮，頗施行，然今亡矣。其生以正統七年七月三日，卒正德四年五月十七日，年六十有八歲。取王氏，生二子：希程、希昊。一女，爲輔國將軍夫人。繼取耿氏，生三子：希高、希言、平定郡君儀賓、希冉。一女，適李輬。君名宏，字仲仁，號懶雲居士②云。銘曰：

有雲㴦㴦，以觀我時。其行施施，卷於違雲。奚悲！

【校】

①宣，四庫本作「揎」。　②士，原作「仕」，據四庫本改。

【箋】

〔一〕此乃夢陽爲通許人賈宏所作墓志。賈宏當爲賈希朱之伯父或叔父，見賈道成墓志銘（卷四十六）。文中曰：「其生以正統七年七月三日，卒正德四年五月十七日，年六十有八歲。」是該文當作於正德四年（一五〇九）七月或稍後，其時夢陽正在大梁閒居。

【評】

湯賓尹新鍥會元湯先生批評空同文選卷之四：賈判官□□乎？世家之良子弟也，得獻吉一言，而名可長存矣。

又，罵坐之夫，睹之當鑰□矣。

封徵仕郎中書舍人何公合葬墓志〔一〕

信陽何景明爲中書舍人，無何，即致仕歸。歸逾年，喪其父，已又喪母，將葬，伻來乞銘，余抆涕曰：「余始與景明友，蓋日想見其父母，乃今不及見矣。」志曰：

封徵仕郎中書舍人何公者，信陽州人也，諱信，字文實。其先居羅田，曾祖太山，始從高皇帝過信陽，樹二旗，令曰：「爲我軍立紅旗下，爲民白旗下。」於是太山即立白旗下。太山生海，海生鑑，陰陽典術。鑑生何公。

何公少使氣，大言任謀，然數困，鮮成事，人不之奇也。有盧翁者識之，女以女，語人曰：「吾甥三十當有聞，是後有異人產其家。」公三十，果辟爲布政司承差。見諸承差者污賤無藉也，又率務裘馬相高，何公恥之，獨潛飭行，檢誦書。久之，頗自表見，而布政使吴節，因竊怪之。特使董大役事，出其金，公則立辨，顧又入其羨金，請賑貸，所全活以萬數。吴公乃大喜，以爲賢，引置心腹。成化末，關中大飢，詔發漕粟萬石至衛口，曰河南發卒輓抵關。當是時，河南獨南陽、汝寧熟，於是，河南乃即發南陽、汝寧卒萬人。將行，何公聞之，恚曰：「今關中米石不過直金一耳，今奈何若是矣？」乃入言於吴公曰：「公誠權出帑金萬，使入關糴，可遂得萬石。」乃因令二郡曰：『能人出金一，即罷若役。』仍給粟，人一石。二郡人知役且十倍費，必踴躍。人願出金一，而不肯受粟。是公一舉活關中之民，弭二郡嗷嗷之口，而省粟萬石矣。」吴公曰：「善。」卒用其計。何公於是有名河南，然顧豪亢自負。太監汪直至河南，河南都御史以下震懾，皆匍匐行上謁，會直左右，俾都御史札屬括名馬，都御史業已諾，然手戰不能執筆，汗簌簌下。何公在旁曰：「都御史，大臣，不當煩吏事。」乃奪筆代都御史札。其無嚴貴幸如此。其後爲會寧、渭源二驛丞，又有抗監貢獅番武官，及禽巨猾李氏事，今皆不詳，第詳其著者焉。何公爲人，大段厲氣，義不欲齪齪與世浮沉，或見尊官大人有弗潔也，則退而唾駡之。而汪直過時，按察使陳選見直，獨長揖不拜，何公終身歎慕之，曰：「陳按察真男子也！」

何公故病足。往在渭源病足，會御史行，縣簿尉以下當徒走奉輿馬，行輒數十里，何公於是仰天竊歎曰：「嗟乎，可以去矣！」遂即棄官歸。然貧無馬騎，有人資之車一乘，馬一匹，乃始歸。而舍城西溪上，即又日歌吟、力田、誦書。郡人即無小大咸望風起，敬公，稱先生，不曰何驛丞也。乃後何公以子景明封官，乃何公不欲稱其官，稱曰梅溪居士，郡人即又稱梅溪居士云。

先娶盧氏，即前盧翁女。盧翁有異術，嘗以策千石將軍有功，已棄之亡歸，故不及於難。繼娶李氏，其父山東人也，寓羅山盧家。羅山盧家故與盧翁往來善，盧翁因竊知李氏女賢，及盧氏死，乃力主李氏女繼盧氏，曰：「產異人者，此女也。」乃後二氏皆封孺人云。盧氏生景韶，累官東昌府通判，卒；景暘，舉人。而李氏生景暉、景明；又生女，適孟洋，今爲行人。何公生某年月日，卒某年月日，年若干歲。盧氏生某年月日，卒某年月日，年若干歲。李氏與何公生同歲，卒同月，以某年月日，合葬西山之麓。

【箋】

〔一〕此文是夢陽爲何景明父何信所撰墓志。何景明字仲默，夢陽至友，見送何舍人齎詔南紀諸鎮（卷二十）箋。據孟洋中順大夫陝西按察司提學副使大復何君墓誌銘，劉瑾權傾當朝，「丁卯（正德三年），何君恐禍及，謝病歸」、「戊辰（正德四年），何君免」。此文中有「信陽何景明爲中書舍人，無何，即致仕歸。歸逾年，喪其父，已又喪母，將葬」之句，故該文似作於正德五年（一五一〇）或稍後。其時夢陽在大梁家中賦閒。

【評】

湯賓尹新鍥會元湯先生批評空同文選卷之四：在□石畫，彼六出者，未足稱奇。盧翁其知人哉！

又，以何公才，令得柄政，其注厝當必表又處。

又，何公奇行，獻吉瑰詞，具見之矣。

又，盧翁□入有許□□。

李夢陽集校箋卷四十七　志銘四

凌谿先生墓志銘〔一〕

嘉靖五年十二月乙丑，中奉大夫雲南左參政凌谿先生卒於家。越明年，十二月庚申，葬郭東三里官莊原。先是，訃至大梁，其友人夢陽既爲位哭，將絮酒束芻，使使往奠之，會其弟應辰以書狀來徵銘，曰：「先生，天下士也。先兄固雅善公，敢以銘請。」而厥子藩致懇辭，更苦，讀之，令人淚簌簌下，曰：「凌谿以文祟其身，所謂世人皆欲殺之者，乃天亦忌之，使弗延邪！」夫人者，顧子誄之備矣；乃其心，康之文，足白之矣。而予復奚言者！志曰：

凌谿先生，姓朱氏，名應登，字升之，揚之寶應人也。生而犖奇，童時即解聲律、諳詞章，十五盡通經史百家言。其父江陵公者異之，然懼其逾也，約之古。凌谿悟，乃著申臆賦以見志，而力殫於淵學。於是飫醇探斸，程猷經用，嘖英擿華，樹聲藝林矣。年二十，舉進士。時顧華玉璘、劉元瑞麟、徐昌穀禎卿，號「江東三才」。凌谿乃與並奮競騁吴、楚之間，欻爲俊國，一時篤古之士争慕嚮臻，樂與之交，而執政者顧不之喜，恶抑之。北人樸，恥乏黼黻，以經學自文，曰：「後生不務實，即詩到李杜，亦酒徒耳。」而柄文者承弊襲常，方工雕浮靡麗之詞，取媚時眼，見凌谿等古文詞，愈恶抑之，曰：「是賣平天冠者。」於是凡號稱文學士，率不獲列於清銜。乃凌谿則拜南京户部主事，陰欲困之，凌谿剸棼斵錯，乃顧亨於官，而其學愈淵。居無何，升延平知府，意州郡吏必難，乃凌谿爲之，愈益亨，乃於是升陝西按察副使，使提學。凌谿闢正學院，群秦士高等其中①，置官設徒，豐餼嚴約，談經講道，至者且數千指，風教大行。文自韓、歐來，學者無所師承，迷昧顯則，我明既興，隆本雖切，然要奥未聞也。及凌谿等出，創睹駭疑，大不容於人，人各以所不勝相壓。而凌谿性挺直，不解假詞色於人，更哆憎口，恨不即穽之，幸例調荒裔，往御魑魅，尋升参政，卒罷去。凌谿歸，潛伏草莽中，温繹前業，期十年，盡償所願，而今亡矣。

噫！嗟嗟！悲乎！悲乎！人忌之，天亦忌之邪！夫蛾眉胎禍，才美秧毁，順往逆來，孰非爾者。然英人志士，每甘心窮約而不悔者，徒以人者難必，而天者足恃也。十年之内，徐、何載淪，凌谿胥殁，天實忌之矣，人何尤哉！噫！嗟嗟，悲乎！悲乎！

凌谿生成化十三年正月己未，得年五十，醫旨曰：「先富後貧，病從内生。」言淺狹之易折也。凌谿廓落易直，憎口日哆，而聽之如蒼蠅過耳，斯其量可與偘偘伀伀者道哉！退研精肫，推訂律曆運數，讐史質經，底詮名實，流覽今古，横睨宇宙，視軒駟直芻狗耳。大命中奪，賫志長畢，非天忌之而誰忌邪？卒之日，適邑官來謁，揖讓而氣絶，斯病内生之否邪？噫！嗟嗟！悲乎！悲乎！

凌谿他所奇節、隱行與凡歷履、宦業、忠孝、友義、言動細小，莫之具述，第述其生死大概、關運數者如此。詩文則自有集行於世。

江陵公諱訥，封南京户部主事，配范氏，封安人，江陵父瓘，以處士，州郡徵之，不應，嘗與修英廟實録。處士父宗泰，宗泰父彦明。往會凌谿，面咨其家世，趙宋間名之修者，居於吴，爲學官，宋季北徙徐；名寶臣者，元初爲將軍，元季徙寶應。我朝名鼎者，通判耀州，後謫戍爲京衛兵，然莫詳其系次。凌谿娶於陶，亦封安人，生子一曰藩，孫子、女各一。藩篤古，世其家學，朱氏弗衰矣。銘曰：

陸有時洋，湖有時桑。不崩者人，於惟其文，凌谿子墳。

【校】

①群，明文海作「集」；「其中」，明文海作「於中」。

【箋】

〔一〕此乃夢陽爲朱應登所作墓志。文中曰：「嘉靖五年十二月乙丑，中奉大夫雲南左參政凌谿先生卒於家。越明年，十二月庚申，葬郭東三里官莊原。先是，訃至大梁，其友人夢陽既爲位哭，將絮酒束芻，使使往奠之，會其弟應辰以書狀來徵銘。」是該文當作於嘉靖六年（一五二七）。凌谿先生，即朱應登，見酬提學陝西朱君以巡歷諸什見寄（卷十二）箋。

明故趙府教授封吏部考功司主事王公合葬志銘〔一〕

王公者，長安縣人也，名琮，字良璧，嘗居東丘，於是稱東丘公云。東丘公，其先豳人也，而徙長安。曰王鵬飛者，仕元爲同州判。鵬飛生王瓚，有名於元，歷官中丞，嘗代祀岳鎮及郊，泰定帝命以爵服從郊事，是故其遺像蟬貂焉。中丞生擴，擴生嗣祖。嗣祖三歲孤，克自底於立，然喜退晦，嘗以祖蔭除涇陽簿，已棄去。嗣祖生有三子，少者鐸也。會大明皇帝興，詔舉文學者，嗣祖懼，乃靏其三子，俾弗學。鐸亦三子，東丘公其少云。

東丘公性剛執，言論侃侃，於人罔徒遜，然嗜學，勤書有文。初爲學官弟子，即弗諸弟子群，諸弟子時時敬憚之，然心弗甘也。東丘公置不理，但日檢其身，自省修，出則嚴冠衣，端步趨，行不流視，立不亹談，見者愈疑異避公，即諸弟子無敢公參也。久之，乃相語曰：「東丘實。」乃相率師事公而親。教諭普暉者，褊人也，好使氣凌諸弟子，乃顧獨器公，而言之學憲官。於是學憲官立召公，與語，悦之，而知其中丞後也。即又求中丞像觀，既而曰：「王秀才長身玉立，方瞳重頤，望之若神仙，可謂無忝爾祖者矣。」普暉退而語人曰：「學憲識人。」東丘公十試於有司，不第，竟歲貢，補延津縣學訓導，秩滿升趙府教授。是時，王壯盛，頗究心於文學，公至則列十事以諫：一曰忠，言奉藩謹；二曰孝，言歡親備；三曰格心；四曰講學；五曰親賢；六曰遠佞；七曰絶玩；八曰輟遊；九曰斥異端；十曰減音樂。援經證史，言率典則，王覽之嘉焉，已謂左右曰：「恨得此人晚耳。」與李長史同延顧諟齋。君臣唯諾，竟日而罷，賜綺衣各一襲，自是禮貌隆重。公入見，王必整衣冠，却伶優，指示一二中官曰：「王先生好人。」侍王，蓋十四年猶一日云。今制：子貴於父，遇推封，父免而封。公子納誨爲工部主事，有詔公當封，王聞之，驚曰：「王先生去我邪？」於是勉留公，勿封。未幾，納誨改吏部考功主事，公又當封，而納誨虞王留公堅，乃於是移書王，陳烏鳥情事，王不許。納誨於是再書致王，詞殊懇惻，其略曰：「夫心無終窮，分有限隔，即令父皓首瘁躬於王朝，如子職何？故明哲抑情以全道，仁人錫類以成物。言事有變常，勢分緩迫，難以例論也。況既老而傳，春秋之義；七十致事，禮經之文。揆之今制，罔乖古典。父年逾七，前途匪遠，惟王察焉。」會公辭之亦力，王弗能留。乃與妻許安人偕拜封，就養京邸云。未幾，公如易州，又如河南，間關南北，咸子故。許安人者，教授許黯仲女，而公同縣人也。黯爲山陰訓導，生安人於山陰。安人聰慧有識，諳女誡諸書。納誨始認字，安人業口授章句，竟俾陟於顯，其吏部遷易州也，安人無戚顔，及升河南按察僉事，亦不之喜。或問其故，安人曰：「夫芳臭者人，通塞者天。兒即賢，何憂乎賤貧？」一日，僉事出閲囚，入告安人，安人曰：「汝知王賀、于定國乎？其慎之矣。」僉事跽而曰：「謹受教。」出閲囚，簿半，報安人疾作，倉皇返，安人弗起矣。僉事歸既葬，禫而詣墓，父與俱往。明日父疾作而卒，僉事哭謂人曰「父之疾，蓋重傷吾母」云。

李子曰：「於乎！予與僉事鄉同榜，署同朝，是故叙東丘公鑿鑿，然猶漏其事實。夫資内以成理，則家國成，尚矣。今觀許安人，非其證歟？閲囚之誡，予耳親焉已，所謂齊德並壽者，非歟？」

王公生正統丁巳八月廿五日，卒正德丁丑九月五日，年八十一。安人生正統壬戌十二月六日，卒正德乙亥四月廿六日，年七十四。王公卒之明年月日，合葬江村之兆。納誨娶張氏，生子大治，女玉梅、玉蘭。繼娶郝氏，生女玉麟。大治聘知縣許錫女，三女咸名姻。銘曰：

大裔必熾，八世是徵。大名必升，盈者以興。於昭王氏，發之同州。中丞實揚，有碩其膚。龍旂交交，帝曰汝郊。錫爾侯服，汝陟汝寵，受福亦孔。中葉載淪，時及而振，涇陽蛇蟄，東丘蠖伸。伸而靡遂，後英是蹶。同理殊幹，共苞異枿。合貞肖端，有培孰遏。

【箋】

〔一〕此乃夢陽爲王納誨父王琮所作墓志。王納誨，字獻可，見王吏部惠太玄戲贈（卷三十五）箋。王琮，字良璧，長安縣（今屬陜西）人。此文中曰：「王公生正統丁巳八月廿五日，卒正德丁丑九月五日，年八十一。安人生正統壬戌十二月六日，卒正德乙亥四月廿六日，年七十四。王公卒之明年月日，合葬江村之兆。」是該文當作於正德十三年（一五一八）或稍後，時作者閒居開封。

【評】

湯賓尹新鍥會元湯先生批評空同文選卷之四：其事核而詳，其文贍而古。

又，□□其步江都相餘芳乎！

又，其情懇切，其詞古雅。

又，賢哉母也！可以傳矣。

又，起句雄而雅。

又，先叙世系歲月，而後叙事，體裁亦新。

又，談僉憲之廉明慈惠處，文稱妙品。

又，談二氏媿德處，文亦足以發之。

明故封翰林院編修文林郎賈公墓志銘〔一〕

賈公者，臨潁縣人也〔二〕，名瑛，字宗玉，嘗自曰：「人莫如我樂。」號曰樂庵，於是人稱賈樂翁云。正德戊寅，翁年九十五矣，會其子南京祭酒詠徵入，道邑里，會又翁生日，於是大置酒聚賓若族暨闔家觴翁上萬壽。翁顧謂祭酒公曰：「嗟，詠，汝行矣！汝無吾憂，吾無靡樂也。」祭酒公退而邅延弗忍行，翁復謂之曰：「嗟，詠，行矣！無吾憂。吾謂天下無身加者，是故於物也漫然；吾生無欠心事，故寐也蘧然，動也蠕然。吾今九十有五年矣，是故獲不履於憂。夫憂生於不足，不足莫如子孫蒙。乃曹事我順，誨之聽，各修名顯立，乃予奚所不足矣！夫不足，或争。予見義慕之，見不善避之，是故於人無犯色，飽吾遨焉已，醉吾陶焉已，無靡樂也。行矣，汝無吾憂。」祭酒公退而仍邅延弗忍行。已而翁飲於外，歸醉而跌，遽終，是年十月十六日也。

君子曰：孝哉！賈子！邅延而終其親。李子曰：「往予在朝，與祭酒公友，蓋數聞賈翁性行云。翁無不足，然顧足無争，人顧莫與争。翁慕義，人慕之義，避不善，不善顧翁，愧有不善，恐翁聞也。於乎！斯所謂實德久則孚者邪！」往聞李某者假翁田二百畝，不歸，翁笑而棄之，語曰：「侮觀量，迫觀守，無論他事。」即此則翁之處順常可知矣，斯德之實非邪。君子曰：實者，名之主也。故人莫大於自名，亦莫大於人所名。故夫潛翁晦賢者居焉，文中、貞曜，哲人謚焉，誠有謚，賈翁者謂之「德樂」，可矣。

翁生永樂甲辰八月廿五日，以子貴，封翰林院編修、文林郎，爲鄉飲之賓，詔數又賜帛米肉云。配曹氏，封孺人，先卒。翁以卒之年十二月十日啓孺人竁合焉，墓在邑南祖塋之次。翁子五：長曰誌，義官，以寫真名，識者謂之神品；次曰讚，會同館副使；次曰謙；次曰謂；次曰詠，鄉舉第一，舉進士，授翰林院編修，歷兩京祭酒，文學行業爲天下宗。女一，適李昌，批驗大使。翁有孫十人，鄉舉暨學官弟子者各二人，曾孫八人，玄孫九人。

按，賈氏，膠東侯之後，曰賈漢臣者，仕元爲萬户，居鄭。漢臣生景山，元陝西行省參政，始徙臨潁。景山生彬，字文質，通子史，執義曜德，學宫飲射則賓之，年九十終，配李氏，生賈翁云。銘曰：

兵後我生，生不識兵。九朝太平，百欠五齡。以歸以寧，豐本遠條。前奚弗超，後奚弗昭。既昭厥後，我獨匪壽。若翁者，所謂全天者邪！抑天全者邪！

【箋】

〔一〕此乃夢陽爲賈詠之父賈瑛所作墓志。文中曰：「正德戊寅，翁年九十五矣，……祭酒公退而仍邅延弗忍行。已而翁飲於外，歸醉而跌，遽終，是年十月十六日也。」又曰：「翁以卒之年十二月十日啓孺人竁合焉，墓在邑南祖塋之次。」是該文當作於正德十三年（一五一八）或稍後。

〔二〕臨潁縣，西漢置，屬潁川郡。治所在今河南臨潁北十四里固鄉，隋大業四年（六〇八）移治今臨潁縣。唐屬許州，北宋屬潁昌府，明仍屬許州。

明故臨江府知府致仕尚公墓志銘〔一〕

嘉靖二年九月一日，臨江府知府致仕尚公卒，其子東巽等匍匐如梁請銘，李子乃慨然而歎曰：「嗟！吾美儀今逝邪！」夫其弟美信者，固予同年進士也，則公於吾猶兄也。公，睢人也，諱縉，字美儀，號水南子。其先嘉興人，曰官盛者，軍於睢，遂爲睢人。官盛生尚雲，從太宗①北伐，没之軍。雲生興，從南伐，有功，不録，君子謂：「尚氏有後矣。」曰無言不酬者，人之要也；無德不報者，天之道也。不於其身，於其子孫，尚氏之謂乎！興生福，福生絅，果舉進士，又生縉，又進士，兄弟俱拜兵部主事，又繼守山海關。君子於是謂：「尚氏有天，身遺其功，而兩孫登之庸。」成化丙午，公調刑部，爲員外郎，有明決聲。孝宗立，則特命之録畿内之囚。真定王清者，與鄰人高相毆，而是夜，高之妻與姦夫乘之殺高，獄莫能明者一十九年，公一訊而得其情，時稱神明。歸升郎中、雲南司，掌京甸。凡三法司事，無巨細由焉。前官每苦蹠盭，剛柔胥難，而公則獨以能稱，謂之尚一火，言一火鑄成也。秉鈞者方擬擢公，會杖殺衛尉，乃出公知臨江府。府當楚、粤之衝，土習豪猾。公至，首擒謝金薄等數十人，又釋誣死罪者數人。又贛有巨盜，公計勦獲之，於是威行郡中。而傅從學者兄弟訟産累歲不決，公至，覽牘而歎曰：「嗟，民之愚如是邪！」立爲剖白，咸稱公爲「再生包老」。在郡三年，吏畏民懷。秉鈞者方擬擢公，會章樹鎮税課舊爲王府據者，公奏奪歸諸公，遂遭構陷，而公亦抗疏，解印綬，時年四十二矣。居無幾，美中、美信俱以參議罷歸，兄弟金紫，每出，則冠蓋輝奕，填塞閭里，然位咸不稱德。諺曰：「不竟其禄，子孫之穀。」君子於是謂「尚氏長矣」。

公生某年月日，距今卒之年得壽六十有九，而林下者乃幾三十年，使究其用，則公之業豈直前云云。於乎，悲夫！悲夫！公父封工部員外郎，母趙氏封宜人，厥配劉，封安人。安人先公卒，繼者顧氏。有子五人：東明，州學生；東巽、東臨，國學生，劉出也；東有、東萃，顧出也。女三人：長適指揮使孫禮，劉出；次聘蔡指揮男蔡某，次聘吴指揮男吴英，顧出。孫男三、女二。公卒之年月日，葬城北恒山之原，與劉氏合。而公所著江西志、水南稿、睢州志諸書，東臨藏之家。銘曰：

古稱大才，迎刃是譬。嗟我美儀，不習而吏。孰云錯盤，不鋒而劃。旬月千牘，剖之靡冤。或魄之金，鄉嫗是媒。乃配怒之，叱之而回。喪或弗舉，配也則戚。勸夫助棺，脱簪罔惜。壽雖靡齊，賢則媲之。二璧同瘞，安斯永斯。千秋有聞，徵我銘辭。

【校】

①太宗，四庫本作「太祖」，蓋館臣妄改。按太宗即明成祖。

【箋】

〔一〕臨江府，元至正二十三年（一三六三）朱元璋改臨江路治，治所在清江縣（今江西樟樹西南臨江鎮），轄境相當今江西新餘、樟樹二市及新幹、峽江等縣地。此乃夢陽爲尚縉所作墓志。文中曰：「嘉靖二年九月一日，臨江府知府致仕尚公卒，其子東巽等匍匐如梁請銘。」是該文當作於嘉靖二年（一五二三）或稍後。按，隆慶臨江府志卷十四載歐陽鐸褒忠祠記曰：「正德壬申，李君夢陽視學至郡，因諸生請，……」可見，夢陽在江西任官時與墓主曾有文遊。

明故中順大夫衢州府知府李君墓志銘〔一〕

李君者，名志學，字遜卿，號雲厓子，通許縣人也〔二〕。李氏，蓋其先封丘人，曰李二公者，以兵走通許，居九女塚。二公生奉先，奉先生循，循生榮，榮生李君。李君生而穎異，讀書攻文，年近四十，始登進士第，爲庶吉士。拜兵部車駕主事，坐忤勢貴，調真定府通判。當正德辛未、壬申間，霸州盜起，雲擾中原，所過城破落焚，旗幟蔽野，鉦鼓震沸，而真定屬邑，多其衝者。李君承委贊畫，周旋矢石間，賊平，與賞獲彩段。明年，升蘇州府同知，尋升户部員外郎，擢郎中，總理宣府糧儲。會武宗幸宣府，李君調度，公私具足，上以爲能。而君貌復俊偉，善條對，間有應制之作，雅俗並陳，上覽之，顔每爲之霽。是時江彬用事，嫉之，計出君衢州府知府。一日，上問李郎中何在，知之，乃自衢州召還，久之，不得見，彬蔽之故。已而上崩，李君乃遁還，自謂年逾五十，古人所謂日暮途遥之時也。揚歷中外，備嘗險艱，身挂金紫，囊有俸錢，於布衣足矣。乃絶意仕進，鏟晦光彩，營菟丘①，開竹林，蠟東山之屐，鼓西園之瑟，雖延黄冠，叩玄秘，談説化術，然嗜醇甘，躭姝豔。空同子見之，嘗嘲之曰：「喧寂不共途，動静無並驅。子謂果有揚州鶴乎？」李君曰：「根污泥而挺清泠之上者，蓮之所以神也，故曰溷溷含至道。」空同子曰：「否，污泥不染者，以其根蓮也，子誠蓮也則可，非蓮，則壞矣。」

嘉靖二年冬十二月十日，李君中風，遽卒，距生之年成化六年十月六日，五十有四歲耳。君之父，淮府典寶副，以君貴，贈奉直大夫、户部員外郎，配潘氏、張氏，皆贈宜人。君先娶時氏，繼和氏，僉事維之孫、進士暲之女也。生子曰夢凰，側室子曰夢松。女三：一適張鍔，學生；一適董漢，監生；一適張時興，舉人。孫女一，曰啓孫。

先是，空同子謂李君曰：「死生有命，富貴在天，信矣。然人之富貴之去身也，則智慮衰，謀計左；而其將死也，則魄奪心亂，往往犯忌諱，昧戕伐，斯自爲之，亦天與命使之乎！」李君曰：「氣窮則神離，故爲之者人，而所以爲非人也。」空同子曰：「君子以理制氣，以定俟數，是故丁陽九而神不爲之摧，所謂修身以俟之者，故曰：『既明且哲，以保其身。』」李君知其問爲己發，乃伸眉掀髯，齞然而笑曰：「子亦聞道外之道乎？吾方叩玄牝，挾素女，逃名於沉湎娱樂之區，而神遊乎溘埃歊塵之外，子亦知之，否乎？」空同子曰：「君以仙爲的邪！仙即解尸出神，然竟旋轉氣中，久亦消之矣，況未必仙乎？」相顧一笑，乃後不逾月，李君墮馬，又旬餘中風，口不能言，目第直視，執空同子手，握之者三，意若悟前相顧而笑者，然莫及之矣。殁之再逾年，爲嘉靖乙酉，夢凰等奉君之柩，以閏月六日葬之通許七里灣，有封有樹，而求志焉，於是爲之志而銘焉。銘曰：

有永永者，孰謂之短；有奕奕赫赫者，孰謂之淺；殁而有聞，孰謂匪遠。泉深土滿，望之巍如纍如，君子之阪乎！

【校】

①丘，四庫本作「丠」。王太岳四庫全書考證卷八十七空同集：「刊本『丠』訛『丘』，據左傳改。」

【箋】

〔一〕此乃夢陽爲李志學所作墓志。文中曰：「嘉靖二年冬十二月十日，李君中風，遽卒，距生之年成化六年十月六日，五十有四歲耳。」又曰：「殁之再逾年，爲嘉靖乙酉，夢凰等奉君之柩，以閏月六日葬之通許七里灣，有封有樹，而求志焉，於是爲之志而銘焉。」是該文當作於嘉靖四年（一五二五）或稍後。

〔二〕通許縣，金大定二十九年（一一八九）改咸平縣置，屬開封府，治所即今河南通許，元屬汴梁路，明屬開封府。

【評】

湯賓尹新鍥會元湯先生批評空同文選卷之四：李太守始爲勞臣，終爲玄士，但未識玄中真趣，竟走旁門小徑，其不壽亦宜也。是銘叙事亦是。

又，獻吉之言似矣！太守之見具左。

又，太守之言，玄外之玄也。獻吉之辨，蓋以儒而證玄，且辭藻翩翩，又足以發。

明故中奉大夫四川右參政崔公墓志銘〔一〕

嘉靖五年十一月廿六日，中奉大夫、四川右參政崔公卒於家，年八十有八歲矣。先是，其子南祭酒銑，抗疏求致仕歸，是故公之終，所事無憾焉，君子謂祭酒能子矣。

公諱陞，字廷進，號南郭，學者稱南郭先生。其先樂安人也〔二〕。有諱大者，生彦和，彦和生剛趙，庫大使，後累贈中憲大夫、延安知府。大使娶於蔡，後贈恭人，以正統十四年十二月十四日生公於安陽，乃後遂籍安陽。公童時，會父失官貧，兄五，四各出自營，獨次兄父母居，日一食，然猶糲也。而公於書顧益攻，久之悴，母蔡憐之，泣謂曰：「兒從兄賈，不易效邪？」公弗聽，顧愈益攻書。年廿六，李給事中者見之，異焉，遂女以女，後封淑人。明年爲成化乙酉，公舉於鄉。己丑，登進士第，拜都水主事，改武選，以父憂，起改主客。又以母憂，起武選，擢職方員外郎，出知延安府，陟參政，揚歷中外，凡三十餘年。

公既以蓬蓽力致青雲，巨才洪識，逴越倫輩，而冰蘗奮勵，無殊寒約，遂能輝前裕後，慶流於子孫。至今相人訓學誨德，必曰：「不見南郭公少時貧邪？」今人凡少貧，至貴顯必婪。而公主客時，番人有逾請者，業賂鈞樞者，許之矣，日趣上議，而公執弗僉名。番人夜持玳瑁、奇香各十餘斤餽，公斥之出，且聲其事，遂寢。公雖歷三部，階五品，然僦屋而居，兢兢如少時，出則一瘦馬、青布袍耳。僮日出拾馬通，淑人李雜諸薪，手爨之。故自爲郎官，識者業以台輔期之矣。先是，星變求言，公與餘干蘇章同奏豎閹干政、妖僧蠱惑、援芘憸士、竄逐忠良所致。又言兵部尚書王恕，今之伊、傅，不宜置之南京。奏入不報，而他言者或頗及宮禁秘密。上①爲之怒，於是書言者六十人姓名於屏，擬升則絀其級，不則遠惡地。於是吏部故遲公，獲免。孝宗即位，乃有延安之命。邊郡瘠耗，習猾而俗夷。公至，立規畫、固扃鐍、謹簿書、節浮浪、省遊宴，時出入，退果菜私園，乃清疆埸，覈徵税，平徭役，鋤豪横，招流逸，墾荒閒，實廩庾；乃始葺廢墜，療疾疫，敦行布惠，黜邪崇禮，興學誨徒，咸鑿鑿名實，詳具行狀中。先是，成化末，郡大飢，民太半亡漢中山谷中，公莅郡，復者十六七，會屢豐，斗米數錢耳。斯不足觀政邪？公嘗見宜川知縣唐來馬鞍，驚曰：「鞍如是華邪？」廉其價，近百金，曰：「有一鞍百金者邪？」遂收按之，果盡獲其貪狀，黜來。又杜文祥者，延之巨猾也，見公惠而實易之，每大言曰：「崔誠好，然貧官也，聞其自少貧，吾起大獄，必使之窘。」意公聞之，必闕節；而公佯若不知者。已而有發其殺人事者，公鞫之，然罪不至死，遂生之。議者謂公内明而外容，剖大決難，靡動聲色，頗似稚圭，亦相之山川之鍾歟？而不知履堅、秉貞、識體、負器，自郎署時定矣。在郡七年，擢四川右參政。弘治丙辰，監營壽王宫於保寧，役者數萬人，費覈而力舒。戊午，逆申王於境，民無擾者，人稱之。公行部，勾稽既詳，顧又喜廉臧否，與僉事曲鋭齊名。蜀人語曰：「崔參曲僉，屹如雪山。」嘗如松茂，得暈疾，久弗愈，己未秋，遂致仕歸。歸三十年，至是卒。

公恭儉出於天性，少壯隱顯一耳，故能芻豢蔬糲，文錦布緼，輪奂蓬茅，器無飾銀，服無裁綺，家居檢書課農，灌溉花竹。年逾八十，則日焚香静坐，精神内瑩，聰明長存，出入不杖。卒之日，顏面猶生也。雖天畀之遐，如報公者，然禄位未極，議者每有蒼生之憾，斯非命而何邪？嗚呼！傷哉！

公生子三：長，南祭酒也，次鉉，次鈇。女亦三：長適丁璽，千户；次適賈澤；次適張吉，俱學生。孫子四：滂，舉人；次汲；次涌；次泮。女六：長聘樊剛，錦衣指揮；次適劉仁，學生；次適李世隆；次適張宗茂，學生。餘尚幼。曾孫子一：士桌。女一。公卒之明年月日，葬彪澗之兆，與李淑人合。淑人先公六年卒，業自有志，刻石。銘曰：

積之豐，用之嗇。中折其翼，井渫終食。象賢肖德，有瑗有寔。妥公兹域，聚靈發祥。虎變鶩翔，英英洋洋，後其大昌乎！

【校】

①「上」下，四庫本有「甚」字。

【箋】

〔一〕此乃夢陽爲崔銑之父崔陞所作墓志。崔銑，字子鍾，安陽（今屬河南）人，夢陽與其頗有交遊。夢陽卒後，銑爲其撰墓志銘，生平見贈崔子（卷十）箋。文中曰：「嘉靖五年十一月廿六日，中奉大夫、四川右參政崔公卒於家，年八十有八歲矣。」又曰：「公卒之明年月日，葬彪澗之兆，與李淑人合。淑人先公六年卒，業自有志，刻石。」是該文當作於嘉靖六年（一五二七）或稍後，時夢陽閒居開封。

〔二〕樂安，今屬江西樂平市，在江西中部。

【評】

湯賓尹新鍥會元湯先生批評空同文選卷之四：崔公之廉介耿直有汲淮陽之風，得獻吉之文，是以傳矣。

又，叙事妙品。

又，「芻豢蔬糲」二三語，幾入神品。

明故博平王教授蕭君墓志銘〔一〕

博平王教授蕭君雅，字惟正。其先長沙人也，後徙廬陵瀘源，遂爲廬陵人。已復自瀘源徙衡頭，於是爲衡頭蕭氏，然衡頭有環溪二，乃人又多稱雙溪蕭云。君高祖蕭以信，保寧提舉，以信生文寶，南安教授。文寶生桂望，桂望生蕭祐，號居易子，著梅竹山房稿二十卷，稱居易先生。居易娶彭氏，生兩男子矣。一夕，夢社壇樹彩幟，已而復生君。君生而穎特，既長，爲縣學生，立文飭行，諸生莫先也。乃諸生顧易第，君乃獨弗第，乃獨貢而訓導松江學。訓導六年，丁居易憂歸。服闋，改英德學，仍訓導，三年滿，代去。至京師，會周惠王諸子封，又河南撫臣奏諸新王，乞擇人輔之便，於是君升教授，輔博平王。君乃諫王曰：「臣聞之：『前事不忘，後事之師。』故往者，來之矩也；古者，今之鑒也。是以易申『往行』，書著『有獲』，詩嚴『率由』之訓，禮發『琢玉』之譬，皆言人以修成也。故舜稱好問，禹拜昌言，由聞過則喜，師書言於紳，何也？罔自聖，厥乃聖；罔自賢，厥乃賢也。故曰：『甘我者賊，逆我者德。』夫聖賢未有不由師而成者，而況其他乎？故岐伯、卞隨、務光、熊鸒①之倫，以微加貴而不謂之過；軒、堯、舜、文諸人，以尊下卑而靡謂之詘。故曰：『非師曷質，非學曷能？』夫經史者，道之寓而迹之昭也。王誠欲不失其令名，必書焉事矣。」王聞之，起謝曰：「善，善！」於是建書堂，積書，日與教授君遊而聽其講説。王父惠王聞之，則復大喜曰：「令蕭教授東書堂，與世子暨諸王講説。」世子暨諸王乃咸敬禮君，稱先生。而王出閤也，君復條修身檢行、尊德樂善數事上焉。王生日，則作養正軒箴；王號思誠子，則上思誠子說；號述古道人，君則作述古道人序，咸託諷云。初，王議請增君俸秩，不行，會君九年任，於是，王特爲請，賜之敕，階登仕佐郎云。正德甲戌，君見王曰：「臣今年八十歲矣，願辭王，歸骸骨。」王瞿然止之，曰：「孤自與先生遊，幸日聽道論講說，今二十年餘矣，乃今忍遽舍我去邪？」居無何，君病，王親臨視，致醫起君，竟不君起也。是年九月十八日也。先是，王業遣内使營後事，至是復遣官來，視其殯斂，三日，王親臨奠焉。周自定憲來，率死諱，凡喪葬事，無敢王聞也。死則曰老、曰乾，甚則，其宫中人亡也，礙以駭鬼。若博平者，亦謂「修義慕彰、克厥終始」者矣。

蕭君生於宣德乙卯五月二十三日，娶尹氏，先君卒，繼娶楊氏。君有男子二：長曰霽，娶戴氏；次曰方，兩娶皆劉氏。女曰爵貞，妻劉愛。孫男子四：尚文、尚忠、尚賢、尚魯。有孫女二人云。君著有平軒存稿、衢頭八景、雙溪十詠、蕭氏家規暨嶺南纂修雜録二卷。蕭方來言曰：「明年奉父柩歸葬於衢頭細阬口原，與母尹氏合。」

李子曰：「嗟！乃予觀漢諸王國相，則咸名流云，乃其最賈長沙、董江都、張河間，斯亦極一代之推矣。今周諸王輔，善終始，無疵跌，則有蕭君，然予先大夫亦嘗爲封丘輔，終始猶蕭也。」銘曰：

柔自取束，强自取柱。我視其遇，無細無巨。巨細之來，展予斯安。展而罔安，斯云素餐。譬玉爲玦，爲璉爲環。王門盤桓，卑尊窘寬。優焉遊焉，彼謂我隱。而我則官，歸寧於故山。

【校】

①熊羆，四庫本作「羆熊」。

【箋】

〔一〕此乃夢陽爲居開封之博平王教授蕭雅所作墓志。文中曰：「正德甲戌，君見王曰：『臣今年八十歲矣，願辭王，歸骸骨。』王瞿然止之，曰：『孤自與先生遊，幸日聽道論講説，今二十年餘矣，乃今忍遽舍我去邪？』居無何，君病，王親臨視，致醫起君，竟不君起也。是年九月十八日也。」又曰：「蕭方來言曰：『明年奉父柩歸葬於衡頭細阬口原，與母尹氏合。』」是該文當作於正德十年（一五一五）或稍後。

【評】

湯賓尹新鍥會元湯先生批評空同文選卷之四：蕭教授克舉，其得獻吉之銘，其不朽矣夫！

又，叙事整而文，詳而核。

又，情真，境真，事真，語真。

又，譚王之高處，益以見教授輔佐之功，此文之心致處。

又，章末結以先大夫二語，足見獻吉揚親之高處。

明故奉政大夫山西按察司僉事賈公合葬志銘〔一〕

此墓葬奉政大夫、山西按察司僉事賈公者也。賈公，通許人也〔二〕，墓在其縣東三里岡子羽墓南。蓋賈氏此園，自鉛山知縣贇始建，賈公葬四世矣。知縣生封監察御史麒，御史生山東參議恪，參議生賈公。

賈公生正統十二年十月戊辰，以進士爲絳州知州，改易州，尋升前官。弘治十年正月壬申卒，年五十一歲。厥妻劉氏，正統十三年十二月辛未生，年十七歸於賈，成化十一年二月甲申卒，年二十八歲。繼妻婁氏，天順四年五月乙巳生，年十七歸於賈，正德十一年正月庚戌卒，年五十七歲。二人者，贈封皆宜人，於是葬二妻賈公一墓。劉一乳雙男，一曰希朱，一夭，已復乳女曰咸英；婁乳希文、希尚，亦乳女曰彩英。希朱，今爲府學生。希文，陰陽訓術，先婁亡矣。希尚，引禮舍人。學生娶於韓，訓術娶於杜，舍人娶於楊。女咸者適時植，植，知縣也，夫婦以節死旌；彩者，適李永暉，永暉，監生，彩亦先婁亡。而賈公以卒之年四月丁酉合劉氏，婁以卒之年九月丙午合賈氏、劉氏。而婁之合也，希朱者，始徵銘李子，李子曰：「嗟！賈氏，賢哉！群哉！」然予業銘其兄宏墓矣，乃今復銘賈公墓。

賈公名定，字仲一，自稱一庵子。語人曰：「吾一庵足矣。」或詰之曰：「君之一獨庵乎？」公笑而不答，已而曰：「吾仲一也，安得庵不一！」或又詰之，公曰：「吾讀易人也，庵得不一乎。」於是詰者退，謂人曰：「賈之一，謂太極耳。」公知絳也，絳有屠人，誘人出而殺諸谷中，歸而私其妻，妻不從，屠又殺其妻而摟其女，鬻之，跳，事久弗白。公廉，誅屠者，事竟白。會大飢疫，公在絳，絳獨活。主者以絳獨活也，於是求策於公，公則上救荒八事。是年，又平垣曲之盜。京之北遷也，偶有獻棗、栗者，歲例徵棗、栗。公知易州，則條園林登耗之狀以聞，得半減焉。諺曰：「穀要自長。」言蒔之者人，成之者己也。夫州縣之吏，不之爲世之懌也，尚矣。以今賈公觀之，則所謂矮屋跛足者，然乎？弗然乎？

大同卒魏旺者，忮富人郝賢，仇之，而挾其族愚，嗾之使與郝毆，才相豎拳，便扶之歸，夜計殺愚者誣郝。郝破家，然猶不得脱，竟誣服，獄具且行刑矣。會公爲僉事，覆按，竟白其事，於是郝禮天曰：「吾無以報賈君，願出錦，幕孔子像。」

公爲僉事，又有時政之書，其略曰：「絳有積薪，逋者破家糜軀，而逋弗完也。定知絳也，嘗通一州丁户，足其逋，自是絳薪歲無逋。」又曰：「知絳時，嘗爲善惡二籍，歲終則句稽誅賞之。」又曰：「山西土狹而險，有三王，國禄入，鹽粟均輸便。」

而論者則又謂公之二配皆名家，克配公。劉，通許〔二〕劉家女，婁則都御史良孫也。初，參議君園居榴花開，會劉聰攜其小女來，參議君見其女，喜之，即手花綰其髻，後以婚賈公。往有盜入賈氏，劉俾公語盜簪珥所，曰：「毋擾恐老姑也。」賈知絳時，絳有蔬園，姑曰：「蔬多爛，無益，市之。」婁曰：「諾。」退則陰積俸金如蔬直，跪進姑曰：「蔬市矣，此其金也。」賈公出按守備官張贇，贇賂，無由通，乃詐書曰賈令取冬衣。婁聞之，驚曰：「渠出，冬衣固備，斯詐也。」二氏者，可謂有相夫之才者矣，婁撫劉子女如己出，人尤稱之云。銘曰：

苟逾其紀，雖璧亦毁。有隕而妍，有沉而輝淵。於美此公，而埋此坎中。二媛式從，許原窿窿，望之光虹。黄楝之傍，考君子藏。

【箋】

〔一〕此乃夢陽爲通許人賈希朱之父賈定所作合葬墓志。文中曰：「賈公生正統十二年十月戊辰，以進士爲絳州知州，改易州，尋升前官。弘治十年正月壬申卒，年五十一歲。厥妻劉氏，正統十三年十二月辛未生，年十七歸於賈，成化十一年二月甲申卒，年二十八歲。繼妻婁氏，天順四年五月乙巳生，年十七歸於賈，正德十一年正月庚戌卒，年五十七歲。二人者，贈封皆宜人，於是葬二妻賈公一墓。」又曰：「而賈公以卒之年四月丁酉合劉氏，婁以卒之年九月丙午合賈氏、劉氏。」是該文當作於正德十一年（一五一六）九月或稍晚，時夢陽閒居開封。

〔二〕通許，河南縣名。明屬開封府。

李夢陽集校箋卷四十八　記一

遊廬山記〔一〕

自白鹿洞書院陟嶺，東北行並五老峰數里至尋真觀，觀今廢，然有石橋。自觀後西北行里許，並石澗入大壑，路傍有石刻，一宋嘉定間刻，剥落難識；一元大德間吕師中刻也。入壑行並澗路，石漸巉巖，數里至白鹿洞，此鎖澗口者也。群峰夾澗峭立，而巨石怒撑，交加澗口。水湍激石鬬，旁有罅，人傴僂穿之行，此所謂白鹿洞云。過洞復並澗轉北，行數里，則至水簾。水簾者，俗所謂三級泉也。然路過洞，愈巘澀，行蛇徑、鳥道、石罅間，人跡罕至矣。水簾挂五老峰背，懸崖而直下，三級而後至地，勢如游龍飛虹，架空擊霆，雪翻谷鳴，此廬山第一觀也。然李白、朱子皆莫之至，而人遂亦莫知其洞所，顧輒以書院旁鹿眠場者當之，可恨也。斯雖略見於王禕遊記，然渠亦得之傳聞，又以尋真觀列之白鹿洞後，誤矣。

自書院陟嶺，西北行至五老峰下，並木瓜崖西行則至折桂寺，石橋有澗，朱子嘗遊此。自折桂寺循嶺而南下，則至白鶴觀。觀，劉混成棲處也。觀背峰曰丹砂峰。自觀西北行數里，至棲賢橋，橋跨澗孤危，宋祥符間橋也。澗曰三峽澗，澗石旰爛而巍怪，罅處淵潭碧黛，激則砰湃。橋旁有石亭，亭旁崖劖錢聞詩詩。自橋西並澗行，則至玉淵，路傍草間有石，鮮不劖也，今莫能盡記。玉淵蓋其澗噴涌來，至此而穴石懸注窅昧，聲如迅雷，亦天下壯觀也。石上有劖字，云過此爲棲賢寺，今廢。李白嘗寓此。自棲賢寺西行至萬壽寺，有路通廬山絶頂，可至天池。逾澗北行，則太平寺路也。然卧龍潭則在五乳峰下，路仍自棲賢橋。出澗口西行數里，北逾重嶺，入大壑，始見潭，潭亦瀑布注而成者。潭口有長石，鱗鱗起伏，猶龍也。朱子嘗欲結庵潭广①，今崖有其劖字。然嵐重，晝日常黯黯。出卧龍潭西行數里，至萬杉寺。桯史云：宋仁宗建。寺當慶雲峰下〔二〕，崖間劖「龍虎嵐慶」四大字。又西至開先寺，寺有瀑布，李白詩者②；有龍潭、黄巖、雙劍、鶴鳴、香爐諸峰，又有蕭統讀書臺，李煜亦嘗寓此，亦廬山一大觀也。

自開先西行十數里，至歸宗寺。寺有馬尾泉，亦瀑布，抱紫霄峰而下。王羲之嘗寓此，洗墨、養鵝皆有池。其南有温泉焉。自歸宗寺西北行，則至靈溪觀。觀西爲陶淵明栗里，今有橋。橋西北谷口有巨石，上有劖字，言「陶公醉則卧此」，傍有醉石館。過醉石入谷行，有濯纓池，崖有詩刻。自醉石館並山南折，有通書院，有天生棋盤石，上有劖字。自通書院入谷西北行，則至康王坂，有景德觀，今廢，觀傍石刻「谷簾泉」三大字。自觀東行十數里，則谷簾泉也，亦瀑布，與開先瀑布同源而分下，陸羽嘗品其水。自康王坂又西北行，則古柴桑地，曰鹿子坂。面陽山者，陶公宅與墓處也。自面陽山北行可至圓通寺。此一路予未之行。

予則自德安縣西，並山北東行，至圓通寺，寺對石耳峰，前有猴溪，元歐陽玄有記，宋黄庭堅亦寓此。自圓通寺東行，度石門澗，登廬山，尋天池寺，度錦澗，旁有錦亭。路雖攀緣上，然修整，又林木鮮伐掘。問僧，曰：禁山也，路以曳御製碑開云。行一里，輒有亭，路旁崖平處皆字刻也。蓋五亭而後抵寺，寺據廬山絶頂，奉敕建者也。鐵瓦而畫廊，有銅鐘、象鼓，悉毁於火。殿前有池，仰出而弗竭，稱天池焉。是日晴晝秋高，下視四海，環雲若屯絮，望岷峨江南北，諸山皆見，然江與湖益細小難觀矣。僧爲指石鏡、鐵船、獅子、芙蓉諸峰。乃東至白鹿臺，觀高皇帝自製周顛碑，高古渾雄，真帝王之文。然碑亭漸崩裂。又東觀竹林寺刻〔三〕，非篆非隸，周顛手跡也。又東觀佛手巖，然皆絶頂。下遊東林寺觀虎溪，又至西林觀塔，東又觀太平宫。太平宫者，即御製碑，物色周顛處也。又東至濂溪書院，又東十餘里至周子墓，墓對蓮花峰。自蓮花峰東行至吴障山，過山逾石子、相思二澗，並五老峰行，則至白鹿洞書院。相思澗者，水簾下流也。此廬山南北之大概也。

按志，廬山有大嶺與九疊屏風，號奇絶，李白詩不云③「屏風九疊雲錦張」。今問人，咸莫諳其處，惟開先寺前有錦屏鋪云。又按王褘記，是山也，洪武初，長林蔽阻，虎豹交於蹊路，雖十餘里，非群數百人莫敢往。今其山童童赤崖耳，樵夫非探絶頂，不能得徑寸薪也。是山名跡則肇自惠遠，在山北，至李渤始有白鹿洞，在南，後又有周顛，其跡則絶頂。

正德八年夏六月，李夢陽記。

【校】

①广，曹嘉本作「旁」。②詩者，四庫本作「詩句」。③不云，雍正江西通志卷一百三十一藝文録此文作「所云」。

【箋】

〔一〕據文意，當作於正德間夢陽任江西提學副使視學九江或南康時。又文末云：「正德八年夏六月，李夢陽記。」是此文當作於此時。

〔二〕慶雲峰，清毛德琦廬山志卷五山川分紀四：「桑疏：慶雲峰，它册皆不載，土人亦云無是峰，乃獨載於李夢陽遊山記，意必別有所據，亦或因其哨（疑爲「峭」）麗而特名之如郎官湖耶？抑亦以慶雲庵，故遂名之慶雲耶？姑載之。續志：或云宋慶雲禪師居遷鶯，遂以名峰。」

〔三〕竹林寺，同治九江府志卷十三載：在天池之南，有名無寺，惟鐘聲燈影可憑，石罅中有「清虚靈臺」四字，外有「竹林寺」三字。李夢陽云：「非篆非隸，周顛手跡也。」

【評】

湯賓尹新鍥會元湯先生批評空同文選卷之二：叙境宛然，如在目前，覽之令人神遊佳境。

又，王敬美記三汲狀多少佳境，此只以二三言綴之，重在遊廬山也。

又，名山得朱子一游，坤靈生色矣！

又，叙景宛然，如在目前。

又，得陶先生，名山又增重矣。

又，只「晴晝秋高」二三言，綴境如畫矣。

又，昭代絲綸，與千古名嶽並重矣。

又，「長林蔽阻」，教可令人有懷古悼今之心。

三渠陳氏家園一覽圖記〔一〕

三渠陳氏者，莆人也。舉進士，官至户部郎中。無何，謫均州同知〔二〕，尋升汝州知州，以留滯不能歸。蓋夢魂常遊於家園，於是作家園一覽圖，曰：「吾覽之，即猶見家園爾。」其友人李子叩之，陳君曰：「直吾宅而南三里許，突然而倚空者，莆之壺公山也。其山蟠踞數十里，高逾千丈，狀端士搢笏而立。而一支蜿蜿蜒蜒，奔而西，盡處，稍突爲穴，則先大夫贈户部郎中毅庵先生先妣、贈宜人吴氏墳也。前有峰，對峙面溪。溪之源有二：一自寶勝溪西來，一自龍潭溪南來，合流於墳之西南半里許，是爲南溪口。北行三百餘步，匯爲潭，墳亦面之。潭蓄復流，折而東行，亦三百餘步。北面有峻山石坳，則葬我先太母黄氏、太叔母張氏，而其墳亦面溪。二墳隔水，略相朝拱，故曰夾溪先隴。溪東流，折而西北行里許，又折而東。有石山岸北，俗呼『龍臂嶺』。又東二百步，夾溪皆田，以供墓祭者。南有屋十餘間，此所謂龍臂南莊也。莊有二水磨，粉麥獲微息，亦以供祭。至是而溪始曲折，東北行四五里，又折而西，有石橋，名壺公橋，今圖内邊橋夾溪，蒼蒼鬱鬱者，皆荔枝樹也。岸北稍東，荔枝樹中故有屋數間，今圮矣，不圖。溪又西北行半里許，始入大渠，蓋永春、德化、仙遊三縣之水，迤邐三百里入莆，至木蘭山，下通海，號木蘭溪。而宋時有李姓者，築陂鑿渠以溉田，今圖内①逼延左行者是也。渠繞山東行四里，一股分而北，名曰横渠；又二里許，又一小股分而北，名曰西渠；又三里許，又一股分而北，名曰下渠。是爲三渠，今予竊之爲號。西渠北行二里許，亦岐爲二，俗呼『雙叉溝』。一東流里許，匯爲池，可二畝。池北築田爲地，植荔枝與雜樹。池蓄而復流，東行百步，則先兄庶吉士五瑞與弟今刑部員外郎邦器居之。又東，又折而北二百步許，有通衢，甃小橋，通水於田，田之東，吾宅焉。旅聚凡百餘家，其林森森，即前所謂直南對壺公者也。宅西有傑坊，則予中鄉試所樹。雙叉溝一北流二里許，折而東而南，復折而東，繞宅後里許，與下渠水會，東北曲折行十餘里，入於海。

蓋圖之大概如此。而予曩與兄弟輩展墓而遊林，登夾溪之隴，宴龍臂之莊，躋壺公之橋，逍遥於荔枝之圃，翺翔乎三渠之徑。瞻嶺望海，陟崇汎深，酌醴割鮮，敦朋叙族，坐詠行歌，蓋旬浹不究其巔委。今是圖一覽而即見其首末。故凡繞家園而峙者、流者、植者，繚而直者，通而曲者，浮者、凸者、瀦者，蔚而離離者，次而峭隅者，望之若翔、就之若伏者，凡予故所釣、所采、所舟、所騎、所坐、所卧、所行者，皆列吾前也。故予覽之，未始不豁然喜也，已又鬱然而戚焉。」李子曰：「子之戚者何也？」陳君曰：「傳曰：『君子過其故丘，則黯然以悲。』予行年五十餘矣，宦情落落，均、汝去故鄉又八千里，音信罕往來。今一覽而見吾家園，有能不戚者乎？」陳君又曰：「莆有四山，北曰陳巖，東曰成山，西曰紫帽，與壺公均敵而對峙，高聳如四柱。海潮自東北入莆，莆人分之爲南北洋。西南行曲折數十里，至木蘭山下，與木蘭溪會，故曰壺公蘭溪。莆之望也，今不能盡圖，亦略見其彷彿。」

李子曰：「夫形家者流，君子所不道也。然述者奚取焉？予讀漢、唐史，至藝文志，見其載堪輿金櫃、葬經、青烏子等書，而牛眠馬跑，亦時時見於他説。」陳君曰：「邑人相傳，宋朱子赴同安簿時，一見壺公，即曰：『莆田多人物，乃此公作怪。』於乎，信斯言也！則『嶽降尼禱』之説不虚矣。」余曩立朝著，蓋數見莆縉紳，於户部，又見三渠陳子與其弟五器，已又見其子舉人，竊謂「陳氏更多賢」。今覽是圖，則陳氏多賢，有以哉！有以哉！

【校】

①「内」字，四庫本無。

【箋】

〔一〕據文意，陳氏任汝州知州，以留滯不能歸故鄉莆田，故作家園一覽圖聊慰思鄉之情。陳氏，據送陳汝州序（卷五十五）及箋，當爲陳仁，明史卷二百四十七有傳。汝州，隋大業二年（六〇六）改伊州置，治所在汝原（今河南汝州）。三年改爲襄城郡。唐貞觀八年（六三四）改伊州復置，治所在梁縣（今汝州）。明洪武初省梁縣入州，成化十二年（一四七六）升爲汝州直隸州。該文當作於夢陽閒居開封家中之時，疑爲正德四年至五年間，按，文中陳仁曾與作者同供職户部，又在正德三年任河南汝州知州，故與之相友善。

〔二〕均州，隋開皇五年（五八五）改豐州置，治所在武當縣（今湖北丹江口西北）。太平寰宇記卷一百四十三均州：「因界内均水爲名。」明屬襄陽府。疑此當爲鈞州，今河南禹州。雍正河南通志卷四沿革下禹州：「禹貢：豫州之域，禹所封國。……金置潁順州，大定二十四年改爲鈞州。」金治所在陽翟縣（今河南禹州）。轄境相當今河南禹州、新鄭二市地。明萬曆三年（一五七五）以避神宗朱翊鈞諱改爲禹州。

【評】

湯賓尹新鍥會元湯先生批評空同文選卷之二：覽斯記，如身游莆陽，陟壺公之山，泛蘭溪之棹。又，巍峨之山，旋繞之川，與委蛇曲折之徑，圖之所不能盡，記咸盡之矣。又，又得圖外之山川。又，緣朱子之言，知莆縉紳之盛，又知陳氏衣冠之裔，亦是心入九淵神入極者。

賓貢圖記〔一〕

河南按察司僉事吴君有賓貢圖一卷〔二〕。吴君曰：「此物傳自我高祖，子其記焉。」記曰：

賓貢圖，長五尺有奇，闊一尺，畫蠻夷人十一：一人擎寶珊瑚托，一人臂鶻，其一牽獸似鹿，其一人牽狻猊，一人則抱狻猊子，一抱獒子，一又擎寶珊瑚托，又一人牽獒。八人者，皆左而趨，至肅也。而一人獨右向立而胥八人者來，知其首長也。一人背行，婉娩抱樂挈器，一人兩手捧一物，二人者，則右而趨其首長。十一人者，貌固人人殊也，乃冠佩物屬，亦人自殊異，今不能盡考識。識其氣象，爲賓貢者云。

按圖後題志，曰「冶城陳龢」，曰「永嘉王縛」，曰「徐諒」，曰「林本清」，曰「縉雲朱惟嘉」，曰「永嘉張謙」，曰「鄱陽周厚性」，曰「林仲勳」，曰「雲窩鄭道」，曰「樂清趙新」，曰「西江李衡」，亦十一人云。然皆不謂圖作於誰氏。今圖角明有「趙氏子昂」印，而十一人者皆不之及也。惟嘉謂周景元作，謙謂胡瓌輩五人作，誠使二人者，見子昂印，不應如是道矣。予故曰：「子昂印，後人加之也。」今江南人善摸搨贋本，刓古印記誑世。此圖色色精巧獰動，自足傳，亦奚取於子昂印焉？鄭道曰：「朱生近從何得之？」則知此圖又本朱氏物而傳吴氏，語曰：「永厥傳，視子孫。」今吴氏傳五世矣，而有僉事君，此圖不落他氏手矣。圖首篆，廣平程氏筆也。

正德四年冬十一月，李夢陽寓大梁記。

【箋】

〔一〕賓貢，此指别國推舉而來的賢者。宋史卷四百八十七外國傳三高麗：「貢士三等：王城曰土貢，郡邑曰鄉貢，他國人曰賓貢。」又：「詔賜高麗賓貢進士王彬、崔罕等及第。」據夢陽文末記，該文當作於正德四年（一五〇九）十一月。「賓貢圖」，即「四夷進貢圖」。

〔二〕吴君，疑即吴江。按，據嘉靖德清縣志：吴江字從岷，浙江德清人，弘治九年進士，爲刑部主事，正德初任江西按察司僉事，改簽河南，後任山西按察司副使、河南左布政使右參政等。嘉靖中卒。

方山精舍記〔一〕

鄭生將歸方山，結精舍於山陽，以修周、孔、顔、孟之業，問於李子曰：「夫子何以教焉？」李子慨然而歎曰：「大哉！有是乎！且子所居之山，非方山邪？」對曰：「然！」「子所居之舍，精舍乎？」曰：「是也。」曰：「子歸而求之，有餘師矣。予又何教焉？」又問，李子不答。鄭生退而問於李子之門人，門人曰：「夫子之意，或欲其則坤之道，以達於天乎？」鄭生曰：「此何謂也？」門人曰：「竊聞之：方圓者，陰陽之形也。精粗者，形而上下之名也。昔者聖人之贊坤也，曰『至静而德方』焉；其贊乾也，曰『純粹精』焉。故方者，義之隅也；精者，奥之區也。故曰陽不獨成，跡不深造，言圓與粗之不足恃也。夫子之意，無欲子則坤之道，以達於天乎？」明日，鄭生以其言質諸李子，李子曰：「吁，有是哉！雖然，務大而遺本矣，不曰『下學而上達』乎？不曰『敬以直内、義以方外』乎？此周、孔、顔、孟之所由也。吾子勉哉！」

【箋】

〔一〕文首鄭生，指鄭作，生平見贈鄭生（卷十）箋。列朝詩集丙集方山子鄭作曰：「李空同流寓汴中，招致門下，論詩較射，過從無虚日。其他雖王公大人，不置眼底。周王聞其名，召見，長揖不拜，王禮而遣之。嘉靖初，年四十餘，病痰，别空同南歸，歿於豐沛舟中。……詩數千百篇，空同選得二百餘，序而傳之。」疑此文爲正德十年至嘉靖元年間作。雍正河南通志卷七山川上載：「方山，在輝縣西一十里。」又：「方山，在澠池縣東北三十里，山頂四方，故名。」

【評】

湯賓尹新鍥會元湯先生批評空同文選卷之二：就「方山精舍」四字，闡出微言奥義。美哉！擲地金聲矣。

又，愈出愈奇。

潛虬山人記〔一〕

潛虬山人者，歙潛虬山人也。山人少商宋、梁間，然商非劇廛不售也，非交豪官勢人即售，受侮壓，夫售未有不賒者也，非豪勢人力，賒鮮有還也。山人寓劇廛則治静，屋日閉關，誦苦吟①，弗豪勢人交，及終歲算息盈縮，則顧與他商埒。他商怪問之，山人曰：「商亦有道焉。夫價之昂卑，豈一人容力哉？君既靡力，吾隨其昂昂卑卑焉已，是以吾身處劇廛而心恒閒也。夫争起於上人，吾既隨其昂昂卑卑，息與諸埒也，侮壓又胡從至矣？吾是以弗勢豪交而息罔獨縮，故曰『商亦有道焉』，此爾。」

乃後，山人有子矣，於是始棄商而歸潛虬山，云「山人」。既歸山，則於山間構潛虬書院，以館四方交游暨來學者，而收訓其族子弟。於中又構屋數十以居其族無屋者，云厥費不貲矣。或謂山人曰：「夫商，出入風波盜賊中，遠父母兄弟之親，而生尺寸於千萬里之外，亦難矣。宜若是費乎？」山人笑而不答，退謂其族子弟曰：「夫散者，聖賢之懿，而聚者，嗇夫之瑣行也。若以爲金帛果足使子孫守哉？」山人在山，則又日閉關，誦吟更苦。嘗夜吟，獨繞庭行，侵旦不休。或又病之曰：「山人年五十餘耳，髮鬚皤盡矣。」山人曰：「朝聞道，夕死可矣。予誠不能以百歲之劬，而易一日苟生。」

山人商宋、梁時，猶學宋人詩，會李子客梁，謂之曰：「宋無詩。」山人於是遂棄宋而學唐。已問唐所無，曰：「唐無賦哉！」問漢，曰：「無騷哉！」山人於是則又究心賦騷於唐、漢之上。山人嘗以其詩視李子，李子曰：「夫詩有七難：格古、調逸、氣舒、句渾、音圓、思沖、情以發之，七者備而後詩昌也。然非色弗神，宋人遺兹矣，故曰無詩。」山人曰：「僕不佞，然竊嘗聞君子緒言矣，三百篇，色，商彝周敦乎？苔漬古潤矣。漢、魏珮玉冠冕乎？

六朝落花豐草乎？初唐，色如朱甍而繡闥，盛者，蒼然野眺乎？中，微陽古松乎？晚，幽巖積雪乎？」李子曰：「夫周道如砥，其直如矢，誰能出不由户，何莫由斯道也。山人之詩，其昌矣。」

夫山人名育，字養浩，號鄰菊居士。其父存修者，亦詩人也，有缶音刻行矣。

【校】

①誦苦吟，四庫本作「苦誦吟」，近是。

【箋】

〔一〕潛虬山人，指佘育，字養浩，號鄰菊居士、鄰菊子、潛虬山人，歙縣（今屬安徽）人。有潛虬山人集、美牆集。父存修，著有缶音，夢陽爲其作缶音序。正德四年，夢陽閒居開封，作有對菊懷鄰菊子三首（卷三十五）。此文疑亦作於此時。

【評】

湯賓尹新鍥會元湯先生批評空同文選卷之二：虬山人之商，不過一計，然之術及聚而散，散而構書院，宛然儒者風度，山人其商中之儒乎？

又，「閉關誦吟」與「朝聞夕死」之語，山人又高一□頭矣！

又，談詩數語，大中肯綮。其李君寓言於山人乎？恐其未能辨色至此也。

潛庵記〔一〕

歙鮑光庭氏字以潛，行矣，晚修先墓，而築庵於横塘之上，復號潛庵云。語人曰：「庵，吾將老焉。」其姻人鄭生者，述其庵實，請予記，闡厥名義，將貽諸鮑君。予曰：「大哉，庵！淵潛哉！」夫名以實立，義由警獲，易不首潛乎？然繼之見焉，躍焉，飛焉；詩不曰潛乎？然繼之昭焉。故潛者，違時以藏之名也。寒沍之魚，樛處以含，俟時征也。綸釣驚焉，撥刺以沉，縮身洑穆澒洞之壑，以完生也。故陶遘革命而更名，符甘隱約以著論〔二〕，皆志欲昭而弗昭，欲飛弗飛，躍弗躍，見弗見者也。

夫鮑君者，顯華崇騁，少不經志者也。老棄江湖，棲遲丘壑，聲色戲玩，弗嬰於心。車馬罔侈，服食儉約，無干進謀仕之事、飛纓躍馬之心，而折檻靡懷，操瑟弗至者也。胡潛其字而以名庵？斯所謂專乎心者警諸物歟！故瑟弗操，而聞好竽熱中；檻不折，而談旌直爲榮。雖無干進謀仕之事、飛纓躍馬之心，而見軒駟冕蓋者動容，非心潛者也。且今一食、一服、一馬、一車、一戲，玩奇者，有不矜而耀者乎？此身丘壑而心市朝，託江湖之放，而垂涎於顯華崇騁者流耳。故君子有吾有耳，而不敢驕人之無；能吾能耳，而不敢傲人之拙；實吾實耳，而不敢乘人之虛。良賈深藏，盛德若愚，凡以擴吾潛焉已耳。然猶因心以立名，循名以思義，號其物以存警，豈非專於心，然後絶外慕哉？問鮑君日何爲，鄭生曰：「君誨於家。曰：『不勤身不立，不儉家不守。』又誨其子弟曰：『吾聞一善言，必記諸心；見一善行，必體諸身。』即是而觀，君之潛，亦足謂之心者矣。」鄭生又曰：「往姚源賊寇郡，君以備御之策干郡守，策良，可措之行。」若是，使鮑君由潛而昭，體易之義，俟時而庸，豈不有大可觀者？而今老矣，惜哉！君嘗出粟賑飢，有章服之賜，今爲鄉飲賓云。

【箋】

〔一〕鄭生，指鄭作，見贈鄭生（卷十）箋。從文意看，當作於作者閒居開封家中時，時間約爲正德九年（一五一四）秋以後。據夢陽宗老會記，鮑光庭，字以潛，號潛庵，係寓居開封之徽商，歙縣棠樾人。唐皋有明故恩授義官鄉飲大賓鮑以潛君墓志銘（載明狀元唐皋詩文輯佚卷七）。夢陽作有送鮑光雄南歸（卷二十五），或即其兄弟。

〔二〕陶，指陶潛；符，指王符。

【評】

湯賓尹新鍥會元湯先生批評空同文選卷之二：以易、詩闡「潛」之義，以陶、符起「潛」之人，由邁世之潛於跡而不潛於心者，以究「潛」之弊。舌吐金蓮，光騰萬丈矣！

又，方今潛於跡而不潛於心者皆是，空同此論，若泛若規。

又，末段舉鮑之行，以應易、詩之旨，首尾相應，類常山蛇矣。

華池雜記①〔一〕

華池，古樂蟠縣也〔二〕。故城川〔三〕，華池東。天子溝、夫人洞並故城川〔三〕，蒙恬塹山堙谷處也，今馳道存焉。稍東，則陽周城也。牡丹園，華池城東北，太和觀，牡丹園西，張將軍墓，華池城北邊路。將軍名吉，宋范仲淹卒也，以節死，贈將軍，詳見郡志。興陽洞，華池西崖也。不窋陵，慶陽東山；傅介子墓，西山。范仲淹宅，今爲府庫。范純仁遺棟，今爲府儀門。過木鵝池，慶陽城鑿通河處，臨川閣鵝池上〔四〕，宋蔣之奇建，今廢。威武樓，慶陽北城樓也，宋建。公劉廟，在慶陽，其兩壁畫周三十七王云。

李子曰：余如華池，在弘治乙卯年焉，居蓋三年云。從予遊者：尉氏左國璣、慶陽高尚志暨其弟尚德、華池王祐。

【校】

①題目，曹本作「華池記」。

【箋】

〔一〕此華池，治所在今甘肅華池縣東南東華村東北二里。元和郡縣圖志卷三慶州華池縣：「因縣西華池水爲名。」北宋熙寧四年（一〇七一）省爲華池鎮。明代於此設華池巡司。一説在今合水縣境内。左國璣，夢陽夫人左氏之弟，生平見丙子生日答内弟璣（卷二十六）箋。文中曰：「余如華池，在弘治乙卯年焉，居蓋三年云。」明朱安㴲李空同先生年表曰：「（弘治）八年乙卯，公年二十四歲。歸葬母高太宜人於慶陽高家坪，遵遺命也。奉直公亦請假偕行，至逾月，亦以疾終。七月，遂合葬焉，廬於墓側。」是該文當作於弘治八年（一四九五），時夢陽在家鄉慶陽守制。

〔二〕樂蟠縣，隋義寧元年（六一七）置，屬弘化郡。治所在今甘肅合水縣（西華池鎮）。元和郡縣圖志卷三慶州樂蟠縣：「取樂蟠城爲名。」唐屬慶州。北宋熙寧四年（一〇七一）廢爲金櫃鎮。

〔三〕故城川，即固城川。乾隆合水縣志卷上山川云：「固城川，縣南六十里，源出子午山，經鴉口川南流入寧州界，出荻葦、烏藥。有天子溝、夫人洞。」

〔四〕臨川閣，嘉靖慶陽府志卷四臺榭：「在府城内鵝池上，宋時建。」鵝池，嘉靖慶陽府志卷二山川：「在府治北二百三十步。慶曆中，經略安撫使施昌言重修。池底三孔甘泉涌出，其傍通東河。合郡汲取，涓涓不竭。」

遊輝縣雜記①〔一〕

李夢陽曰：詩云：「泌之洋洋，可以樂飢。」予當正德戊辰，值春仲之交，而遊於輝縣。於是覽蘇門之山，降觀於衛源，乃登盤山，至侯趙之川，遂覽於三湖，返焉。李子登蘇門之山，扣石而歌，歌曰：「泉水活活，北之流矣。有女懷春，采彼薇矣。山雪②修阻，暮予何之矣。」歌竟長嘯，響應林谷，時人莫測也。

蘇門山，古士率棲焉，著者魏阮籍，晉孫登，宋李之才、邵雍，元許衡、姚樞耳。然諸皆有祠祠之，獨籍不祠也。蘇門有九峰山，亦奇絶。然其上無泉，侯趙川亦無川，可恨也。太行山至蘇門也，峰萬餘數，森森若排劍北走。中有三峰獨奇，而三寺各當一奇。有一泉繞之流，乃其泉數里，觸大石輒入地，故不至侯趙川。

李子曰：予觀三湖險矣，蓋虎豹之窟而魑魅所宅也。西踞壺關之巍，北跨陵川之危，東扼林慮、上黨。有盜賊恒數百騎，來則彀弓弩、持刀出没林阻巖谷間，號曰「青羊白戈」云。而盤山路石，岈岈嶄嶄，行若登天。然過此，豁然曠川，而四面皆山焉，所謂侯趙川也，蓋若桃源焉。三湖有巨竹蓊茂，登山西望，亭亭緣崖而緑者，竹也。中湖則有石鏡半規耳，而默瑩能鑒天日、山河、人物焉，豈不異哉？中湖寺，趙宋號太平興國寺，而屬湯陰縣。南北湖寺，則今人創之耳。邊寺磽田以千數，然故櫟橡磈磊區耳，於是寺僧招流人墾之，租其人，率斬茅菅，阻巖崦，爲聚落，烟火梟梟相雜也。其流人若婦並爲寺僧使。乃其婦，則於邊寺泉任載水，予自南湖還也，乃見兩三婦置桶巖滴下，而猥坐广下。然「青羊白戈」過其聚落，聚落人輒飲食之，得無害，「青羊白戈」感其餘食數，亦輒贈遺之爲常焉。輝縣產魚、稻，然其人多病癭。

偕予行者二人，一曰馮貴，二曰左國玉。左國玉，予内弟也。内弟生不識山，前出陽武，行望見山，喜以爲雲，已知其山也，益又喜，躍馬③行，懊不即至山。

李子曰：余遊蘇門，蓋得於山川、土俗之别云。於是作遊蘇門記。

【校】

①題目，曹本作「游輝縣記」。②雪，四庫本作「川」。③馬，原作「焉」，據黄本、明何鏜古今游名山記卷六及明賀復徵文章辨體彙選卷五百七十七改。

【箋】

〔一〕此文作於正德三年（一五〇八）春被劉瑾逮至京下詔獄前。按，文中云：「予當正德戊辰，值春仲之交，而遊於輝縣。」可證。明李賢明一統志卷二十八載：「蘇門山在輝縣西北七里，一名百門山。晉孫登隱此，號蘇門先生。」又：「輝縣，在府城西六十里，古共伯之國，周鄘國地，春秋時併於衛，漢置共縣，屬河内郡，……元因之，本朝仍爲縣。」蘇門山係輝縣名勝，夢陽有多首詩寫其景致。

述征集後記〔一〕

李子曰：余以正德三年五月十七日縶而北行，至秋八月八日乃赦之出云。其始行也，人人絫息奔匿而謂必死也，獨我兄曰：「我從。」我内弟國玉曰〔二〕：「我與從。」二人者，觸暑晝夜行，飢渴草莽風沙中。詩云：「每有良朋，況也永歎。」豈不信哉？豈不信哉？

初，大梁周生爲余筮得「履虎尾，不咥人，亨」。及既下獄，事勢愈急矣，中外詾詾自危。會早朝有匿名之書，又御史張彧等枷之長安左門，會又都給事中許天錫朝出〔三〕，伏彧枷哭，歸而自縊死。予不謂其能不死也，易真前知哉！

【箋】

〔一〕夢陽有述征集，不見載，或已佚。正德三年（一五〇八）五月，劉瑾矯旨逮夢陽至京，下錦衣衛。

據文意，此序當寫於正德三年八月或稍後。

〔二〕内弟國玉，即左國玉，見内弟左國玉挽歌（卷十二）箋。

〔三〕許天錫，見安南歌送許給事中天錫（卷十五）箋。明史卷一百八十八許天錫傳載：「（正德）三年春，竣事還朝。見朝事大變，敢言者皆貶斥，而劉瑾肆虐加甚，天錫大憤。六月朔，清覈内庫，得瑾侵匿數十事。知奉上必罹禍，乃夜具登聞鼓狀，將以尸諫，令家人於身後上之，遂自經。」

國相寺重修記〔一〕

國相寺，繁臺前寺也。臺三寺，後曰白雲，中曰天清。塔斷而中立，有鸛巢其上，戛戛鳴。

按夢華録，繁臺寺一耳，亦不言其地之盛。嘗問之老長，曰：寺一耳，而三其教：中教之講僧，玉色徧衫；後教之禪，深褐徧衫；前教瑜伽，淺褐徧衫，而寺遂三。後有白雲閣，於是號白雲寺；中有天清殿，於是號天清寺；前有國相門，於是號國相寺。寺分勢孤，時遷世殊，於是崇者頽而下者蕪。僧闒教汙，庸師惡徒，於是樹石盜亡損破，鳥鼠穢之，往來羊豬，寺非若能主矣。又國初鏟王氣，塔七級去其四，崩罄幽窟，狐狸魑魅，昏嘯陰啼，僧席未暖業逃去。

而善彬者，國相僧也，乃奮然興曰：「寺時世廢邪！僧廢之邪！」於是守一清修，年七十餘，步詣戒壇，受戒持之。於是寺得不土平者，彬之力也。汴城以水湮，故諸古蹟茫然蕩然，獨斯臺巋然存，峻峙可遊。遊者挈醪榼、載吟筆，花晨月夕，雪驢風馬，無不扣彬之門者，斯足知彬也。正德間，彬葺其寺殿暨伽藍閣、山門、鐘樓、僧房等，而睢陽衛百户趙越等實助之，涅塑其像設。按舊碑：寺，宋太平興國二年建，今洪武初，僧古峰者新之，相去四百餘年，迨彬，又百五十年餘①矣。而空同山人爲之記。

【校】

①年餘，四庫本作「餘年」。

【箋】

〔一〕文中曰：「正德間，彬葺其寺殿暨伽藍閣、山門、鐘樓、僧房等，而睢陽衛百户趙越等實助之，涅塑其像設。」是此文約寫於正德十年（一五一五）以後。萬曆開封府志卷十五載：「國相寺，在府城東南繁臺前，五代周顯德中建，名曰天清，又名曰白雲。宋興國初修，國朝洪武十七年改今名，永樂、天順間修葺。副使李夢陽記。」雍正河南通志卷五十寺觀繼載：「國相寺，在府城東南繁臺前，五代周顯德中建，名曰天清，又名白雲。宋興國初修。明洪武十七年改今名，永樂、天順間修葺，明末兵毁。」李濂汴京遺蹟志卷十録此文。

誠孝堂記〔一〕

歙人鮑燦爲其母吮疽，已而疽愈，人以爲孝，將暴其事於官。鮑君泣止之曰：「夫安有爲母吮疽而求名者邪？」江西劉編修聞而義之，曰：「是可以爲誠於孝矣。」於是名其堂爲誠孝之堂，著爲記。鮑君則又泣止之曰：「是奚足爲孝邪，而以名吾堂？」竟辭不受。

鮑君既卒，有三子：長曰光宇，次曰光祖，季曰光輔，相聚哭而謀曰：「往予常忿吾父有首善之行，而卒莫之聞也。夫閉而不暴者，孝之忘也；必舉而旌之者，官之事也。故君子之揚人善也，不以其自閉而弗行，不以其炫而苟與同，何也？闡其實，則觀者易化，此風勵之道也。今官司計不出此，徒使吾父幽幽而弗彰，含章而喪亡。且夫悖莫大於忘孝，罪莫重於泯親，父行不聞時，予三人之辜。」於是，光宇使二弟相繼如京師，暴其事於官，乞旌其門閭。官曰：「法，孝子死不旌。」卒不行。二子則彷徨於路衢，行且泣，誦説其父事，行路爲之灑涕。歸相聚哭，又謀曰：「夫不可强争者，法也；可以義起者，禮也。緣禮以伸屈，援義以附情，庶幾名實有徵，父行不泯於將來。」於是始葺其故堂，而仍厥前名，曰誠孝云。其婚姻家有曰鄭庚者，尚德人也，見三子能成其父志，而竊大幸喜，至大梁，告我以顛末，請記。予驚訝曰：「異哉！劉子之名人之堂也！夫孝猶有不誠者邪？孔子曰：父子之親，天性也。今世俗率喜務名，故其性鮮附實，即如封股、廬墓、嘗糞、吮疽，此何等事，今人爲之，大抵欲彰其孝名。夫急名鮮實行，務外多詭心，今既欲彰其孝名矣，則所謂天性者安在乎？及幸而致名，輒日夜望旌其門閭，顯者圖進用，庶人華厥身，有如鮑孝子，吮疽而疽愈，反自閉其事者乎？又有如鮑子，人以嘉名名其堂，力辭不受者乎？若是，即以『誠孝』名其堂，奚不可者？而俗人不領解，輒相妒不見容，私毛舉過失，沮壞其嘉懿，曰：『此於法不得旌者也。』豈不大可詫邪？」鄭子又曰：「鮑氏先，有鮑壽孫，以孝聞，載在宋史，人呼其所居里爲慈孝里。」予曰：「詩云：『孝子不匱，永錫爾類。』今觀鮑孝子吮疽，又觀三子能成其志，非其先有遺烈哉！」

【箋】

〔一〕文中曰：「其婚姻家有曰鄭庚者，尚德人也，見三子能成其父志，而竊大幸喜，至大梁，告我以顛末，請記。」是此文約寫於正德十年（一五一五）以後。夢陽閒居時與寓居開封之歙人多有交往，此文之鄭庚即是。

【評】

湯賓尹新鍥會元湯先生批評空同文選卷之二：鮑燦不受「誠孝」之名者，燦之誠也。子通也。三子之如京請旌，不得，而請記者，三子之誠也，亦子道也。覽之令人起敬起慕。

又，叙事亦自妙品。

又，褒鮑氏父子而必舉其祖之孝者，稱人之賢，必本所自意也。

李夢陽集校箋卷四十九　記二

石淙精舍記〔一〕

昔周子起濂溪之上，倡明其學，天下宗焉。其後，自濂溪徙廬山，遂名廬山之溪曰濂溪，名其堂曰濂溪之堂。今天下之學，宗我師楊公，而公亦自安寧石淙渡徙鎮江〔二〕，於是築精舍丁卯橋，名曰石淙精舍。

嗟乎！事固有偶同者，非謂是哉？愚往觀眉山蘇氏愛陽羨山，欲徙之，蓋卒不返眉山，今其墓在郟、鄏之間，曰小峨眉者是也。愚謂其特文章士，不足法。及觀周子自濂溪徙廬山，則又訝曰：「兹非有道者爲邪？」蓋天壤間物無常主，自吾之所自出，言濂溪也，眉山也，石淙也，固吾土也。自天壤間物言，吾安往而不得主邪？

嗟乎！古今人用心豈異哉！愚不佞，少幸從公遊，以故得竊聞石淙焉。石淙有虎丘之丘，曹溪之溪，螳螂之川，自昆明池來者，奔流千里，其地崩湍激石，兩厓菰葦交合，水汩汩循其間，泠然金石之音，故曰石淙。石淙視二子故土，吾不知其孰愈，乃若丁卯橋，負山帶江，據東南之會。上游之地，其泉石巖壑之佳，要不在廬山、陽羨下也。陽羨姑置勿論，且廬山，其志奚爲者邪？顧卒幽抑不見於世。今公際明天子，拔茹彙用，功著邊徼，顯名四夷，利澤在社稷天下。其還也，登橋、據水厓、坐石磯不一，再吟嘯去矣。故金、焦、大江之雲不能奪京、洛之塵，而甘露、鶴林之情不能已龍沙、雁塞之行也。雖然，君子豈以此易彼哉！故孔子曰：「樂則行之，憂則違之。」夫廬山豈固濂溪意邪？愚不佞，徒及公之門，力不足浚流揚波，南瞻石淙，特望洋耳，是何敢言記？

【箋】

〔一〕此乃夢陽爲楊一清位於京口之石淙精舍所作文。朱安淝李空同先生年表云：「十年乙亥，公年四十四歲。邃庵楊公以詩文集寄公，命爲删定，公爲作石淙精舍記。」是該文當作於正德十年（一五一五），時夢陽閒居開封。邃庵楊公，即楊一清，字應寧，號邃庵、石淙。祖籍雲南安寧，寄籍丹徒（今江蘇丹徒），寓居京口（今江蘇鎮江）。成化八年（一四七二）進士，歷官陜西提學副使，陜西巡撫兼三邊（陜、延、寧）總制，户部、吏部、兵部尚書，曾兩度以大學士入内閣，後以左柱國、華蓋殿大學士致仕。著有關中奏議、石淙類稿、石淙詩鈔等，明史卷一百九十八有傳。

〔二〕石淙渡，在雲南安寧。謝純楊文襄公事略：「楊公一清，字應寧，號邃庵，先世雲南安寧州。州有石淙渡。公凡撰述題識，皆以『石淙』繫之文字之間，故時人又稱爲石淙先生。」

浩然堂記〔一〕

浩然而塞於天地之間者，氣也。人孰無之？然存之者寡焉。其見也，則係乎時，時有幸不幸也。士有是氣，常苦抑而不伸焉。鼓之而使之伸，則又係乎上之人焉。雖然，其幾微矣。幾微則風神，風神則渢渢溶溶，被物而物不自知。

江西以忠義推士尚矣，推者以文山文公爲最。文山之後，則有練子寧、黄子澄焉。夫二人者，其禍烈矣。乃其後，則又有劉公球、鍾公同相繼而起，亦謂之風，非邪？文皇帝嘗曰〔二〕：「使練子寧等在，朕固當用之。」嗚呼！帝之德至矣，豈欲鼓天下之氣而慮其弗伸邪？不然，何聞其風者之興之勃也？夫忠孝常變，一也，有不一者，係乎時者也。苟時矣，即不幸猶幸也。故曰其見也係乎時。反是，則人矣，非氣之罪也。知風之自與時偕行，焕乎事業，炳乎文章，沛乎與天地流行。嗚呼！微斯人，其孰當之哉？此所謂浩然之氣也。予至金川，顧瞻練公故里，既令立祠祠之，刊其遺文以布，又名其祠之後堂曰浩然堂。記焉。

【箋】

〔一〕此乃夢陽爲明人練子寧之祠堂所作文。文末曰：「予至金川，顧瞻練公故里，既令立祠祠之，刊其遺文以布，又名其祠之後堂曰浩然堂。記焉。」金川，即金川驛，南宋置，屬新淦縣，即今江西新幹縣西北界埠鄉。清一統志卷二百四十八臨江府載：「舊在新淦縣西北界埠，宋嘉泰中建。明嘉靖中改建於治北半里金水亭。」練公，即練子寧，名安，以字行，江西新淦人。洪武十八年（一三八五）進士，授翰林修撰。建文帝時，歷官至御史大夫，執法不撓。建文元年，燕王朱棣自京起兵，四年，入南京，惠帝不知所終。縛練子寧至，欲授以官，不屈，磔死，誅及全族。「後同知王佐傳其遺文一帙，序而名之曰金川玉屑集，提學副使李夢陽始命有司梓之。又立金川書院祀其父子，名其堂曰『浩然』而刻名記焉」（本朝分省人物考卷六十二練子寧傳）。明史卷一百四十一有傳。嘉靖江西通志卷二十二臨江府載：「金川書院，在新淦縣。正德七年，提學李夢陽建，祀忠臣練子寧，書院之後扁曰浩然堂，自爲記。」是該文當作於正德七年（一五一二）秋作者視學臨江時。

〔二〕文皇帝，即明成祖朱棣。明史成祖本紀：永樂二十二年「九月壬午，上尊謚曰體天弘道高明廣運聖武神功純仁至孝文皇帝，廟號太宗，葬長陵」。嘉靖十七年改廟號成祖。

優游堂記〔一〕

張生之還滇也，復過大梁之墟，而見北郡李子。李子問曰：「生何志？」張生曰：「含也願爲古之優游者爾，然業名吾堂矣。」李子聞之，蹙然而歎曰：「噫，含乎！噫，含乎！」張生曰：「先生何歎也？謂含竭精以探賾邪！守藝以俟庸邪！艱關險阻，身屈而氣振，與優游者殊邪！謂驊騮既羈，世網終嬰之邪？抑桂菊秋榮，惜其後時而貞也？」李子曰：「上世君逸，中世民逸。民逸則賢隱，賢隱則官曠，官曠則君勞。是故，先王之治天下也，立賢備矣，然猶懼其遺也。於是弓旌有招，蒲輪有迎，夫然後賢者各以其位。故采菽之章曰：『優哉游哉，亦是戾矣！』言君之獲臣也，臣獲則君逸。故卷阿之章曰：『優游爾休矣！』臣或弗合去，則君追之還。故白駒之章曰：『慎爾優游。』斯何也？於文優以足訓，游以適稱，優游者，自如之名，而逸之義也。使人自逸，則君無與官，故曰『慎爾優游』。夫含也，少而達名於朝，髮與衣白，竟優游以自高，斯空谷逍遥之計，非『爾公爾侯』之招也，予是以歎。」張生曰：「含聞之，得之不得有命。夫孔子何人也？然猶曰：『優哉游哉，聊以卒歲。』含奚足云。」

【箋】

〔一〕此乃夢陽爲好友張含所作之文。其贈張含（卷十二）寫於正德四年八月。從此文中「張生之還滇也，復過大梁之墟，而見北郡李子」及「夫含也，少而達名於朝，髮與衣白，竟優游以自高，斯空谷逍遥之計，非『爾公爾侯』之招也，予是以歎」來看，該文似作於正德十一年（一五一六）左右。此是張含第三次至大梁。

【評】

湯賓尹新鍥會元湯先生批評空同文選卷之二：以臣逸、君勞立格，證以三詩，論議曉高，詞調亦古。

又，將「優游」字而引三詩爲證，何等才高味厚。

又，「優游卒歲」之語，一束有千鈞之力。

敬遺堂記〔一〕

餘姚史氏起敬遺之堂〔二〕，奉其王父，或享賓焉。賓乃言曰：「嗟！貴宏，堂奚斯名也？」史君曰：「竊聞之，君子無不敬也，敬身爲大。夫身者，親之遺也，立模乃曷敢弗之敬也？是故，言也，弗之敢苟也；行也，弗之敢惰也。業弗敢荒，宦弗敢怠，不敢狎小，不敢忘大，凡此以廣敬也。故不敬無遺，無遺無身矣。是故立模之於身也，乃曷敢弗敬也？」賓曰：「嗟！貴宏，身若是大乎？」史君曰：「身也者，自他人視之，固眇然者也。自吾視吾身，與天地始終，烏得而不大也。夫自形之化也，即有始以遺之，吾蓋不知幾億萬年矣。自吾而後之，又不知幾億萬年而終。是身者，與天地始終者也，烏得而不大，又烏得而不敬也？」

北郡李子曰：史君蓋早孤者云。然予聞其王父育之長，訓之成，乃其人鮮兄弟焉。億萬年之遺，當其身所謂如綫者也。是故其身也，視他人爲大，而其遺也，弗敢弗敬也。故其堂名之曰敬遺堂焉。

【箋】

〔一〕據文意，當作於弘治末年夢陽任官户部時。

〔二〕餘姚史氏，據本文，即史立模，字貴宏，餘姚（今屬浙江）人。正德十六年（一五二一）進士，授兵科給事中，嘉靖七年（一五二八），以言事謫蘇州府通判，升同知，終惠州知府。萬姓統譜、同治蘇州府志等有傳。

河上草堂記〔一〕

正德二年閏月，予自京師返河上，築草堂而居。其地古大梁之墟，今曰康王城是也。瀕河，河故常來。今其地填淤高，河不來，人稍稍治墳墓、葺廬舍矣。始蓄牛馬，樹樹木，始有井落道路之界。然四面皆薦莽，其地宜樫楊宿麥。予兄故墾田數十百區，樹柳以千數，環堂皆柳也。登堂見大堤，及城中塔背，隱隱見河帆。堂下蒔榴、竹、菊、蔔萄、槿、椒、牡丹併諸雜草物。而予日彈琴詠歌其中，出則披蒼榛、登丘埸、坐斷岸而歌，有二三子從。二三子進曰：「岸嶄嶄岑巖，其下遺渦瀺瀺，非河之故衝邪？非所謂魚鱉黿鼉窟邪？夫子奚取而堂，又何樂焉？」予曰：「子以爲吾愛吾身孰與堂？」曰：「不如身。」「子以爲天地與吾身孰久？」曰：「天地久。」予曰：「天地不能知其不終窮，予何能知吾身？予不能知吾身，顧安知吾堂？予前不知地爲魚鱉黿鼉窟，又安知後之不爲魚鱉黿鼉窟？且小子休矣。」

【箋】

〔一〕談遷國榷卷四十六載：正德二年，正月「壬寅，户部員外郎李夢陽謫山西布政司經歷，兵部主事王綸謫順德推官。中旨謂夢陽附韓文、王岳，綸附劉大夏。蓋謹意也」。旋勒致仕，歸鄉。文中曰：「正德二年閏月，予自京師返河上，築草堂而居。其地古大梁之墟，今曰康王城是也。」是該文當寫於正德二年（一五〇七）春夢陽潛跡開封時。

【評】

湯賓尹新鍥會元湯先生批評空同文選卷之二：讀之，令人有滄桑變幻之□。

又，其調高，其詞奇，其理正。

倏然臺記〔一〕

草堂之東，築臺高二丈餘所。登臺四望，雲冉冉在桑榆，蓋千里外見也。人心不天遊，則視壙野、崇原、大澤、天地、日月、星辰、霜露、朝夕、煙霞之變，寒暑草木，往來榮枯，皆與己不干涉。視壙野、崇原、大澤、天地、日月、星辰、霜露、朝夕、煙霞之變，寒暑草木，往來榮枯，誠與己干涉，於是，觸予目者，罔不樂也。臺貴高，高則遠，遠則無所不見。予臺不高，望之千里外見，地使然也。無所不見，則其樂充滿，其樂充滿，則倏然矣。莊周曰：「倏然而往，倏然而來。」於是命臺曰倏然之臺。予觀屈原放逐江濱，非與壙野、崇原、大澤、天地、日月、星辰、霜露不干涉，非不知朝夕煙霞之變、寒暑草木往來榮枯之情，而恒戚戚戚憂。斯人殆未天遊乎？抑宗臣當如是邪？爲臺記。

【箋】

〔一〕據上箋及下文需于堂記，該文當寫於正德二年（一五〇七）秋七月。

【評】

湯賓尹新鍥會元湯先生批評空同文選卷之二：記未及三百字，而「壙野崇原」等二十八字，咸三見焉，讀之不覺耳重復，此文之變幻最奇處。

又，以屈子之卑形己之樂，而又以「宗臣當如是」爲屈子解，大有見解處。

需于堂記〔一〕

草堂之南，築瓦堂廬旅，名曰需于堂。草堂作於春三月，儵然臺，秋七月，是堂則冬十一月作。更四時，厥乃備，有須于堂，故曰需于堂。予觀需五爻，需于郊、沙、泥、血、酒食，遐近異勢，險易異用，安厲别矣，而其義皆需，故曰：「需，須也。」予居更四時，厥乃備，而是堂最後成。竊謂有合于需，故曰「需于」。予堂在大梁北郊，厥河往來之墟，有沙泥之虞，不可不戒。能需，庶幾獲四之出，五之吉，故名堂曰需于。人情躁動則罔攸利，躁動莫如戰。曹操臨戰，安閑若罔攸戰，故勝。此其人不足言，而需之義同也。是故，君子需于學遜，需于德涵泳，需于時進退，需于命終厥躬。予又竊比名吾堂，雖然，四者何有於我哉？

【箋】

〔一〕文中曰：「草堂之南，築瓦堂廬旅，名曰需于堂。草堂作於春三月，儵然臺，秋七月，是堂則冬十一月作。」河上草堂記曰：「正德二年閏月，予自京師返河上，築草堂而居。其地古大梁之墟，今曰康王城是也。」是該文當作於正德二年（一五〇七）十一月。

觀風亭記〔一〕

亭在風穴之山，迴峻峭削，環千里而孤者也。形拓勢積，靈秀出没，登之，目豁神迅，志搖襟擴。嘉靖七年夏，監察御史譚子巡而歷汝，而遊於亭，乃俯仰而歎曰：「嗟！美哉！山河弗改，世代遷矣。吾其觀哉！」以問分守伍君，曰：「天地既中，風雨時會，卜洛定郟，表方測景，吾觀其時。」譚子曰：「美哉！是古今之慨也。」以問分巡王君，曰：「冠嵩帶汝，伊闕我朝，沃野廣麓，樵獵樹藝，吾觀其土。」譚子曰：「美哉！是利用之思也。」二君於是避席而請曰：「敢問先生何觀也？」譚子曰：「谽谺窈如，噫如，噴如，嘘如，吾觀其風。」曰：「風者，何也？」譚子不答。它日，二君遇空同子，述其事，空同子曰：「美哉！觀，各得其職矣。雖然，風其大乎。夫天下之氣，必有爲之先者而鼓之，則莫神於風。故颸颸乎莫知所從，渢渢乎莫知其被，溜溜乎莫知其終也。其德巽，故其入深；其幾微，故入物而物不自知；其行疾徐，故其入不齊；其變也，乖和殊，故物有瘠腴純駁，性隨之矣。

性發情逸，淳澆是效，而俗隨之矣。俗沿習成，美惡相安，而政隨之矣。是故，先王知風之神也，於是節八音以行八風。然患其乖也，於是使陳詩觀焉。詩者，風之所由形也。故觀其詩以知其政，觀其政以知其俗，觀其俗以知其性，觀其性以知其風。於是彰美而癉惡，澗澆而培淳，迪純以鏟其駁，而後化可行也。夫監察者，固舉刺之要臣，以風爲觀者也。然登其亭，履其穴而後歎，何也？天下未有不觸而動者也。觸以動歎，叩而不答，臣之要也，得其職矣。職神於風，故稱大焉。雖然，二君不小矣。昔者文王之化行也，不自汝墳始乎？今之汝，固古之汝，汝之士，猶古之士也。昔者，風之南也，『蔽芾甘棠』，詠愛也，守之行也。『野有死麕』，歌嚴也，巡之政也。監察臨之，二君行之，何患乎非時？故曰：『斯民也，三代之所以直道而行也。』」二君曰：「美哉！空同子之言風也。」請諸監察以名其亭，刻之堅石。

譚子名纘，蓬溪人〔二〕。伍君名全，安福人〔三〕，參政也。王君名洙，台人，按察僉事。

【箋】

〔一〕觀風亭，在河南臨汝縣城東北十八里之風穴山上。後魏在此建積香寺，隋改名千峰寺，唐擴建爲白雲寺，俗稱風穴寺，明清兩代亦有所增建，見正德汝州志。此乃夢陽爲河南監察御史譚纘等所作。文中曰：「嘉靖七年夏，監察御史譚子巡而歷汝，而遊於亭。」是該文當作於嘉靖七年

（一五二八）夏作者閒居開封時。

〔二〕蓬溪，唐天寶元年（七四二）改唐興置，屬遂寧郡，治所即今四川蓬溪縣。太平寰宇記卷八七蓬溪縣：「取邑內蓬溪爲名。」洪武十年（一三七七）廢入遂寧縣，十三年復置，屬潼川州。

〔三〕安福，唐武德七年（六二四）以安復縣改名，屬吉州，治所即今江西安福。元升爲安福州，明洪武初仍爲安福縣，屬吉安府。

【評】湯賓尹新鍥會元湯先生批評空同文選卷之二：以監察守巡之職，闡「觀風」二字，透剔爽朗而語多匠心。

又，語既中窾，思皆刺骨。

又，鑄古而成，寫機而就。

又，以甘棠之愛比守之政，以死麕之愛比巡之政，是刺心語，亦是快意語。

廣信獄記〔一〕

李子寓南康府，臥病待罪，勘官大理卿燕忠奏略曰：「請駐廣信府勘，以避嫌。」又曰：「請轉委浙江副使鄭陽、參議段敏爲勘官。」又曰：「臣觀事連年靡結者，非惟勘官罪，實提人卷難耳。提人卷難，以有司畏李某。夫李某特一提學副使耳，有司寧得罪於撫、按、守、巡諸官而聽李某者，以其善訐人私也。臣行提人卷或不至，請提究兩司首領官，甚則參堂上官。」上皆許焉。胡雲聞之，謂劉峻曰：「事靡結也，果提人卷難乎？」劉峻曰：「殆非然焉。峻嘗見勘淮王之奏矣，一成而解江御史，江御史弗了也；再成而解陳總制，陳總制弗了也。曰：『留作江御史當頭。』三成於御史李矣。然會任巡撫，任巡撫又弗肯了也。斯果提人卷難乎？」胡雲曰：「彼謂先生善訐也，然歟？」劉峻曰：「殆非然焉。夫訐人者，人固亦訐之矣，曷行歟？夫先生之劾江御史也，争士氣也。劉知府者，黜臣奸，爲匹夫伸辜也，然敕諭載焉，又死者諸生焉。夫鄭布政者，彼自干王府取之也。人孰無争論？先生與鄭争而卒弗之行也，亦大矣，曷訐歟？」胡雲曰：「夫雲侍先生，蓋見其令無不行也，亦謂之動摇山岳矣。所至貪吏有望風解印綬者，兹何歟？」劉峻曰：「兹必有令其所不令、威之不在威。古人之所謂風，而易之所謂應歟！不然，峻見苦刑而威者，即折脊、拉齒、糜脛、斷腂，相續而斃於庭，而卒莫之能令也。先生官於兹三易秋矣，聞有兹否乎？」

李子舟行，將至貴溪，門人葉朴筮，得剥六五「貫魚以宫人寵，无不利」，朴迎告李子曰：「先生順焉。」李子曰：「夫予安敢不順哉！夫言官之所排也，尊言官者所必排矣。

誰非予忌者？言，先入者主也。犯兹四怒，予安敢不順哉？即不順，其誰公我？」

李子至廣信，將見燕卿，燕卿使人覘李子來見，馬乎？輿乎？李子知之，則步見燕卿。是日，廣信五學師生業先集迎李子，擁之行，步入城，見燕卿，暴階下。燕卿以李子來見遲也，而怒罵之曰：「汝本聰明好人，前劉瑾之難，無用識不識，咸壯焉。而今顧爲此，爲天下士夫唾罵邪？唾罵者，秖以汝操上人之心要便宜耳。若獨不聞老子術邪？退一着是已。」據案圖弄手，而且罵、且教、且誚、且笑。李子不敢對，而惟請隔獄。燕卿曰：「此仍是便宜心。」而竟令繫諸同獄。李子出，將詣兩勘官，而五學生業先詣兩勘官，跪諸門，兩勘官曰：「第令一生入。」於是，葉朴入，跪白曰：「數百年正氣鍾於今，而僅見我先生。二先生爲正氣必有扶也。」兩公不答，而心不以爲然。於是五學生詣燕卿，亦以扶正氣請，而燕卿者笑謂之曰：「子誠齊人也。夫李某不過以文章冒時名耳，彼豈好人哉？彼老子術猶未之知，而矧其它乎？」葉朴對曰：「李之爲，非身非家也。衆惡之，必察焉。」燕卿笑指朴曰：「這秀才異日作官必效李某者。」燕卿起立謂諸生曰：「夫我此來，謂李某必震惕不遑安，心悔懼改也。今渠來見我獨遲，而儀度復徐徐。夫人之畏天者，以雷霆耳。朝廷者，天也；我大法司者，雷霆也。雷霆臨於其上，而渠猶徐徐。」五學生不敢對而出。李裦謂葉朴曰：「諸公不知我先生，奈何？」葉朴曰：「彼謂先生實有送門子、造僞章諸件耳，審而無諸件，當自殊矣。」翌日，李子造兩勘官，審而果無送門子、造僞章事。葉朴曰：「此謂天定勝人也。」人聞之，無問識不識，咸慶焉，曰：「有天！有天！」而燕卿待李子則顧反嚴，日伺察其所往來，捕師生來獄候李子者，而諸來獄候它人者，則顧不之禁也。兩勘官亦日誚罵李子，見諸生稍不惴惴望塵拜也，則曰：「李某壞盡士風矣。」兩勘官詣學，會生裴近者，肥而鼓腹，遇之而立其旁。兩勘官目之，大怒曰：「甚哉！李某令諸生侮我也，故鼓其腹而又立我旁。」翌日，諸生詣兩勘官謝，兩勘官又復大罵李子，恨不遂殺之也。葉朴還貴溪，聞兩勘官勘事，褻衣酣酒坐堂上，而諸方面官長跪階下，事弗令自辯也，間辯之，亦不聽。朴聞之，謂詹彝曰：「奉天令者，非敢褻天也。書曰：『欽哉！欽哉！』敬能誠，誠則明，兩人者無亦褻天歟？」詹彝曰：「夫既罪稱囚矣，茲宜至焉，且先意已主聽，辯曷施乎？」葉朴曰：「朴嘗讀范滂傳矣，王甫者，閹人也，然猶聽滂焉，而爲之愍然改容也，而今如此哉！於乎，今如此哉！」

【箋】

〔一〕正德八年（一五一三）秋，夢陽遭江西巡按御史江萬實、總制陳金、左布政使鄭岳等人誣陷，以爲夢陽有企圖攻訐當地官吏之「送門子、造僞章」事。八年冬，待罪南康（今江西星子），夢陽井銘（卷六十）曰：「正德八年冬至，予至南康府。」勘官大理卿燕忠上奏朝廷曰：「請駐廣信府勘，以避嫌。」正德九年正月，夢陽受命由南康至廣信（今江西上饒）候勘官勘結。夢陽作元夕風起南康、自南康往廣信完卷述懷十首等詩，以記其事。在廣信獄，遭勘官燕忠等人的無端刁難以及對其學生的侮辱，足見明代官場黑暗、官吏横行腐朽之一斑。三月，勘事畢，夢陽罪名不成立，旋返南昌。夢陽奉邃庵先生書（卷六十三）曰：「今送門子、造僞章二事，勘官勘，咸有下落，無我干矣，人人稱慶，以爲天道至公。」該文當作於正德九年春在廣信時。

後記〔一〕

廣信獄成，諸所謗，李子咸白之矣。會有赦至，李子坐而有憂色，通判劉懋入而問曰：「先生奚憂也？前無赦，謗未白也，懋見先生油然而煦煦，若無與然。今諸幸白之矣，而赦會又至，乃顧有憂色，何也？」李子蹙然若有所答，已，訥然止。劉懋出，語袁衡。袁衡曰：「先生之憂，以是非倒植乎？公道絶不復見於天下歟？夫衡也，抄送僞章者也，而今也坐衡以捏之也，斯其一焉已。」劉懋曰：「何謂也？」袁衡曰：「夫僞章者，衡於石城十一將軍第抄之也，然衡又非親致先生，而托書吏朱燦者致之也。後先生令教官葉泰挈衡往啓王。王嘗召十一將軍與衡質，而知將軍家人王貴者抄致將軍也，而今硬坐衡。」曰：「奚不以白勘官也？」曰：「勘官不容衡白也，而顧教衡曰：『汝但云，初，李某與江御史訐，奏行總制陳勘也。李某每向諸生説，覬陳似有偏江之意，奈何衡與李素恩義，輒就捏江劾陳之章送李觀看，意在激怒陳，而李遂送陳觀之也。』斯勘官鄭陽教之也。」曰：「云云者何？」曰：「實江之奏詞焉耳。」劉懋曰：「嘻，冤哉！有是焉。先生憲臣，而以人命赫詐事，使懋徑拘軍校，例也。而今坐非例也，而懋也未始造監拘也，亦非戍時，而竟皆以坐懋也。懋冠帶奉察院文焉。今坐懋以冠帶，斯亦實淮王之奏詞焉耳。」陸鎮曰：「冤哉，鎮也！卧碑生員，令家人代告。今告者，陸寬也，而以坐鎮也。夫占官地，成化二十三年間事，時鎮數歲耳，而以坐鎮。鎮娶妾有媒禮焉，而今離異鎮妾，彼誣鎮娶妾，逼焉赫焉耳。而勘官者硬加鎮以强也。冤哉，鎮也！彼赫詐致死人命者，又奚弗之問也？」傅廷臣曰：「吁！詎惟汝哉？先生奏江御史者，何者非實也，乃今咸使之虚，而江與吴奏先生者，奚又咸實也？吁！詎惟汝哉！汝第不擊先生耳，誠擊先生，汝胡罹之冤，且更驟於法。」

李華問乎徐珙曰：「奏江御史者，實也，而虚之，法乎？」徐珙曰：「夫尊言官者，當若是焉矣。」曰：「淮王奏者，虚也，而實之，法乎？」徐珙曰：「夫尊王者，當若是焉矣。」曰：「華聞之，奏一言一事弗實者，得以詐坐也。吴奏先生者一言一事，盡實乎？而不以詐坐。」曰：「尊爲言官擊人者，當若是焉矣。」李華曰：「夫法者，守一以御萬者也。是故，賢也，弗敢越焉；愚也，弗敢蔑焉。靡以貴撓，罔以勢移，仇不敢加，昵不敢私，低昂重輕，如衡之付物。夫然後稱法焉，而後冤可平也。是故郡邑有冤平之監司，監司不職，平之御史，御史平之，上之大理。故大理者，平天下之冤者也，故稱廷尉平焉。任情而尊夫人也，夫奚有於法？」徐珙曰：「嘻！子胡見之晚矣。諺曰：『循智保身，審時致位。』子又烏知彼不別賢愚而務存體統哉！」李華曰：「華聞之，百司攸職而天下治。故務體統者，安上而睦下，斯相之事也；別賢愚者，進黜以勸懲，斯銓部之司也。守一以平天下之冤者，廷尉之職也。是故視厥重輕低昂焉，付之已矣，而容心焉。容心則不中，不中則私，私則不平。且誠如子言，則貴者①、賢者殺人可不抵命；而賤者、不肖者爲貴者、賢者殺之，則不問邪？有是理哉？」徐珙曰：「昨勘官鄭陽勘劉、喬陷死李苒事，椎案叫曰：『如此無行止生員，死則死耳。乃坐知府哉！』觀此，則法者真以別賢愚爲心矣。」二子争論不能決，來質李子。李子曰：嗟，諸生腐哉！迂哉！傳有之：「君行令，臣行意。」又曰：「法以情用。」嗟，諸生迂哉！腐哉！若即能飛黄附驥，亦覞覞者流耳，豈能致身卿宰哉？雖然，予有尤焉，行寡中和，積誠未孚，風之生也，必穴焉空。諸生乃舍我弗責，而顧暇訾訾人邪？

正德八年秋八月，給事中王爌有章言此事。是年十二月，燕卿至廣信府。明年正月廿八日，李子至廣信就獄，是年三月事完。

【校】

①「貴者」二字原脱，據四庫本補。

【箋】

〔一〕正德八年，夢陽受江西巡按御史江萬實等誣陷，待罪，九年初由南康（今江西星子）至廣信（今江西上饒），候朝廷勘結。夢陽井銘（卷六十）曰：「正德八年冬至，予至南康府。」九年正月，入廣信獄。按，後記：首云「會有赦至」，末云「是年三月事完」，故該文當作於正德九年三月或稍晚。

懼問記〔一〕

李子曰：「夫予於今而始知懼也。」袁衡曰：「衡聞之，君子不懼。」李子曰：「衡，是惟不知懼焉爾。」袁衡出，遇李華而告之故，李華曰：「夫懼，動心之謂也。往張、劉之事，先生不啻批逆鱗、捋虎鬚矣。兹言懼，必有以，吾將問之。」李華入，問曰：「華聞之，欺理者滅天，罔公者無法。滅天無法，是曰大亂。民亂亂身，士夫亂家，大臣亂國，有諸？」李子曰：「然，有之。」李華曰：「華嘗懼投足之地鮮也，以茲焉。」李華出，以語袁衡，衡不達。李華曰：「子不見勘官勘事乎？私之出焉，怒之入焉。鍾粟、程伯二生者，勘文不載也，何以提爲？鍾何以出？程何以入？鍾提而不勘，乃笞而監之，厥意爲何？夫程伯之事，總司鞫焉，巡按者允焉，以坐先生，無故番焉，茲謂有天乎？無天則無法，無法者亂行，亂於清明之世，華自茲不復知投足之地矣。」袁衡曰：「若是，則奚止於是？袁佐、劉賢同人命也，而皆非所勘也，佐不勘而賢則勘。縣丞、府判同委拘人，判以李則罪，而丞以江則否。夫衡也，自茲亦安往乎？」李華曰：「夫大道之行，天下爲公。叔季之世，鈎織起焉。於乎甚哉！先生之懼，殆非獲已歟？」作懼問記。

【箋】

〔一〕正德九年初，夢陽由南康至廣信（今江西上饒）候勘結。參前箋，該文當作於此時或稍後。

李夢陽集校箋卷五十　序一

刻戰國策序〔一〕

嘉靖二年秋七月，河南省刻其戰國策成。或問：「戰國策，畔經離道之書也，然而天下傳焉，後世述焉，何也？」

李子曰：策有四尚，尚一足傳，傳斯述矣，況四乎？四者，何也？録往者，迹其事；考世者，證其變；攻文者，模其辭；好謀者，襲其智。襲智者譎，模辭者巧，證變者會，迹事者該。是故述者尚之。君子斥焉，斥者何也？以比之經，則畔；揆之道，則離也。自秦籍之焚也，三代之迹蕪矣。是策也，國列政具，巨昨細矑，人詳物叢，采之足以備史，資之足以弘識，記之博洽，談之奇佹，故曰「迹事者該」。而其爲書也，立從横，倡捭闔，勢利啖軋，讒誑傾奪，無復廉恥、是非之心。今觀其時，如群兒一餅，争獲自矜。於乎，先王之禮樂、刑政，至是乎蔑矣。故曰「證變者會」。遂使仁義晦塞，横議膠固，申、韓爲哲，儀、秦是師，狙詐者理其緒，揣摩者竊其矩，陷擠者規其險，謬詖者程其欺，故曰「襲智者譎」。文叔有言：「高下相求，陽縱陰閉。」其情隱，其辭妙。是策也，有竟日之難辯，而一言之遂白者，是以文卿墨儒，服其意淵，躭其體簡，轉者法其宛，諦者祖其透，蓋言巧也。故曰「模辭者巧」。

李子曰：予讀戰國策，而知經之難明也。經不明則道不行。何則？巧以賊拙，譎以妨直，時變世悲，傷往憂來。夫俗成於尚，士壞於緣。尚者樂其同，緣者憚其改，傳者安於習，述者狃於襲。雖知其非，駸駸入之矣，佛、老其類也。

或問：「周何以有戰國也？」

李子曰：文禍之也。先王以禮之必文也制辭焉，出乎邇，加乎遠，通乎其事，達諸其政，廣之天下，益矣，於是重辭焉。流之春秋，號曰「辭令」。其末也弊，巧譎相射，遂爲戰國。

曰：「讀其書者誠文焉可矣，不駸駸入之乎？」

李子曰：嗟，予曷知哉！予曷知哉！反古之道者，忠焉，質焉，或可矣。是年也，監察御史澶州王君會按河南，則謂李子曰：「史之義得失列，刻其策以觀來者。曾氏所謂『因以爲戒』者也。」

【箋】

〔一〕文中曰：「嘉靖二年秋七月，河南省刻其戰國策成。」可知該文當作於此時，時作者正閒居開封。傅增湘藏園訂補郘亭知見傳本書目卷四史部五雜史類著録明嘉靖二年刊本戰國策校注十卷，注曰：「十行二十一字，注雙行同，黑口，四周雙欄。」或即此本。

【評】

湯賓尹新鍥會元湯先生批評空同文選卷之一：空同之文蒼古若翠壁凌霄，響亮如玄鶴淚空，豪宕若巨鼇卷浪。

又，句法妙品，其傳神左、國乎？

又，談盡戰國策之謬處，所謂李夫人匕首，當不入乎？

又，終篇盡駁戰國策之譎詭，至此又推到周末文勝之流弊，大是根極議論。

又，以「因以爲戒」一句結，末解王君刻策之意。百尺竿頭，進一步矣。

刻賈子序〔一〕

賈子者，賈誼新書也。奚稱賈子？子之也。賈子，賈子作乎？類賈子之言者作也？漢興，誼文最高古，然誼陳説治理，善據事實，識要奥，一一可措之行，蓋管、晏之儔焉。故曰「誼練達國體」云。誼文高古，最者，太史公業裁之入史記矣，後人或摭其創草，及他篇簡論説，不忍遂捐棄，於是類之稱書焉。如過秦論，太史公業裁入之矣，褚先生又取其餘附之後，今爲三篇云。亦有一事一義而篇二三者，或二篇而雜之一，如治安策，攙截無復緒理可尋，乃其宏識巨議，故皎皎如日星、如江河地中，不得掩没之矣。

此書，宋淳熙間嘗刻潭州，淳祐間又刊修焉，時已稱舛缺。及刻本失，士夫家轉抄，一切出吏手，吏苦其煩也，輒任減落其字句，久之眩，或逾行竄其字句，重復訛之，士夫者又靡之校也，故其書愈舛缺不可讀。弘治間，都進士穆得此書於欒平喬公〔二〕，刻之京師，已復有翻刻者，顧仍舛缺也。予今刻則略校之矣，然卒莫之質補之也，麟甲鳳毛，僅存見於世者此耳！幸邪？悲邪？賈子十卷，共五十八篇，内亡其三篇①。

【校】

①「三篇」下，清盧文弨抱經堂本新書所收李夢陽序有「明正德八年歲在癸酉，冬十一月，北郡李夢陽撰，寓白鹿洞書院」二十五字。

【箋】

〔一〕文中曰：「弘治間，都進士穆得此書於欒平喬公，刻之，京師已復有翻刻者，顧仍舛缺也。予今刻則略校之矣，然卒莫之質補之也，麟甲鳳毛，僅存見於世者此耳！」清邵懿辰撰、邵章續録增訂四庫簡明目録標注子部儒家類著録賈誼新書十卷，注曰：「莫（友芝）又藏明刻本，十行十八字，與建本合七八，與潭本合三四，或李空同所翻刻，而疑爲元本也。」邵氏所謂夢陽翻刻本當指此。據清盧文弨抱經堂本新書李夢陽序文末所記時間、地點，該文當作於正德八年冬作者在江西時。

〔三〕都進士穆，即都穆，字玄敬，吴縣人。弘治十二年進士，官至禮部郎中。萬斯同明史卷三百八十七有傳。樂平喬公，即喬宇，字希大，山西樂平人。成化二十年進士，官至吏部尚書，明史卷一百九十四有傳。都、喬二人皆爲弘治時期與夢陽詩文交遊之人，見本集朝正倡和詩跋（卷五十九）。

刻諸葛孔明文集序〔一〕

諸葛孔明文集六卷，凡七十六篇。將權之北狄五十篇，世布之矣，稱將苑，一曰心書；武德之陰察二十六篇，則增者爾，稱文集云。閻子兵備信陽也，刻其集布焉。

或問閻子曰：「集奚而刻也？」閻子曰：「吾方有兵事。」曰：「以兵事乎？」曰：「以兵法。」曰：「以兵法乎？」曰：「以兵道。」曰：「以兵道乎？」曰：「以其出諸葛氏。」曰：「誠以是也，子習焉由焉已矣，奚刻而布也？」閻子曰：「夫吾恶夫已而不人者也。」李子聞之曰：「大哉，閻子！可謂無我者矣。」然謂是書出諸葛氏，則非矣。

閻子遇李子，問曰：「是書也，奚不諸葛氏出也？」

李子曰：竊聞之，善道者不勦説以襲名，善言者不附同以著見。是故老不歸孔，儒不畜墨，名、法異旨，王不述霸。是書仁、義、詐、力共條，則誠僞淆矣；湯、武、桓、文並稱，則王霸交矣；引經括史，道流是證，則餖飣昭矣；出入黄、老、申、韓，則授受駁矣；繁簡異製，文體亂矣；兵詳政略，立意涣矣。是故，是書也，其事雜，其法該，其道混，是勦説而附同者爲也。故曰「非諸葛氏出也」。

閻子曰：「兵，變事也，用無定形。漢賊不兩立，耕者雜於渭濱，善矣。不曰襲荆州之孤，勒益州之降乎？人必湯、武，則龍顏不漢，日表不唐矣。」

李子曰：兵無定形，道有常體。故談湯、武者，羞桓、文，慕桓、文者，鄙孫、吴。何也？湯、武者，仁義之兵也，順天應人者也。桓、文者，節制之兵也，假之自利者也。孫、吴者，詭詐之兵也，施之昏慢之國而後可者也。夫是書也，三者備矣，故稱雜焉，雜則事轇；稱該焉，該則法互；稱混焉，混則道亂。故曰「是勦説而附同者爲也」。且獎蒙進吴，贊羽德曹，謂備爲蜀先主云云，斯言也，果亮口出哉？

閻子曰：「内經假於黄岐，然術者莫之能離；左氏疑於丘明，而學士罔舍其辭。是書也，習而由之，即用以措事，因心以探法，觀我以制道，無於世不可也。氏不氏暇論哉！」

【箋】

〔一〕閻子，指閻欽。據雍正陝西通志卷五十七上人物三載：閻欽，字子明，隴州（今陝西隴縣）人，正德戊辰（一五〇八）進士，選吏科給事中，遷河南兵備，正德十年（一五一五），主持刊刻諸葛亮文集，請李夢陽作此序，是該文當作於此時或稍後。國朝獻徵録卷二十九王九思撰河南布政司右參議閻君欽墓志：「辛未，以竹泉先生之喪歸西，而是時予復左遷壽州，及癸酉還任吏科，乙亥遷河南按察司僉事，兵備信陽，而予已家居，皆未能弔賀焉。」乙亥，即正德十年。

【評】

湯賓尹新鍥會元湯先生批評空同文選卷之三：純是先秦聲。

又，雄辯奇詞，即齊贅婿而在，且閣舌矣。

陳思王集序

李夢陽曰：予讀植詩，至瑟調、怨歌、贈白馬、浮萍等篇，暨觀求試、審舉等表，未嘗不泫然出涕也。曰：嗟乎！植，其音宛，其情危，其言憤切而有餘悲，殆處危疑之際者乎？予于是知魏之不競矣。先王之建國也，重本以制外，敦睦以叙理；然後疏戚有等，治具可張。故曰：「九族既睦，平章百姓。」又曰：「至于兄弟，以御于家邦。」魏操以雄詐智力，盗取神器。丕席父業，逼禪據尊，乃不趁時改行，效重本敦族之計；而顧凋剪枝幹，委心異族。有弟如植，俾之危疑禁錮，睹事扼腕，至于長歎流涕，轉徙悲歌，不能自已。

嗟乎！予于是知魏之不競矣！且以植之賢，稍自矜飭，奪儲特反掌耳。而乃縱酒鏟晦，以明己無上兄之心。善乎！文中子曰：陳思王，達理者也，以天下讓，而猶衷曲莫白，窘迫歿身。至今「萁豆」之吟、「吁嗟」之歌，令人慘不忍讀。丕之于兄弟誠薄矣。嗟乎！此魏之所以爲魏也矣。

按植審舉表云：「權之所在，雖疏必重；勢之所去，雖親必輕。」予嘗撫卷歎息，以爲名言。其又曰：「取齊者田族，分晉者趙、魏。」意若暗指司馬氏者。叡號明主，乃竟亦不悟，卒使植憤悶發疾以死，悲夫！而或以爲扶蘇殺而秦滅，季札藏而吴亂，天之意非爲扶蘇、札，將以滅秦而亂吴也。若是則魏之不能用植，固亦天棄之矣。然予又獨怪操之能生植焉，豈亦所謂不係世類者哉！

【評】

湯賓尹新鍥會元湯先生批評空同文選卷之一：雄詞電發，閎議風生。又，以植之不用，歸諸天之禍魏，是於頭腦處劈一斧矣。

又，末以「不係世類」結，又是一種奇意。

清丁晏曹集銓評：「晏案，此序不爲空談，明人之有學識者，極有關係之文，北地第一篇文字，其理勝也。」

刻阮嗣宗詩序〔一〕

夫三百篇雖逖絶，然作者猶取諸漢、魏。予觀魏詩，嗣宗冠焉。何則？混淪之音，視諸鏤雕，奉心者倫也，顧知者稀寡，效亦鮮焉。鍾參軍曰：「嗣宗詠懷之作，洋洋乎會於風雅，使人忘其鄙近！」斯爲不佞矣。顔延年注，今莫可考見，然予觀陳子昂感遇詩，差爲近之，唐音渢渢乎開源矣。及李白爲古風，咸祖籍詞。宋人究原作者，顧陳、李焉極，豈其未睹籍作邪？孰謂天下有鍾期哉！今以故所抄籍詠懷詩八十篇刊諸此，訛缺姑仍之，俟知者校焉。

【箋】

〔一〕中國古籍善本書目集部别集類著録明刻本阮嗣宗集，云李夢陽有序，或即此本。該文創作時間不詳。

刻陸謝詩序〔一〕

李子至都昌〔二〕，登石壁山，覽謝氏精舍遺址，俯仰四顧，慨然興懷焉。知縣徐冠曰：「故有『精舍』二字嵌山壁，二十年前邑人猶及見之。後被盜剜去，亡矣。」於是李子登舟，乃往觀於嵌壁。是時秋高水落，壁巖巖立，怪石撐拄而嵌横於其上，風雨蝕剥，蘿蘚交翳。李子乃顧謂徐生曰：子亦知謝康樂之詩乎？是六朝之冠也，然其始本於陸平原，陸、謝二子則又並祖曹子建。故鍾嶸曰：「曹、劉殆文章之聖，陸、謝爲體貳之才。」夫五言者，不祖漢，則祖魏，固也，乃其下者，即當效陸、謝矣。所謂「畫鵠不成尚類鶩」者也。嗚呼！此可易與不知者道哉？今輯陸詩得八十六首，謝詩六十四首，俾徐生刻於邑齋。

【箋】

〔一〕文中曰：「今輯陸詩得八十六首，謝詩六十四首，俾徐生刻於邑齋。」又曰：「是時秋高水落，壁巖巖立，……」該文似作於正德六年秋。按，夢陽有團山登望（卷二十七），云：「團山當縣口，石壁對朝饒。……秋水年年落，英雄恨不消。」自注曰：「石壁、朝饒，二山名。」與此文當在同時作。都昌屬南康管轄，正德六年秋，夢陽在南康視學，首登廬山亦在此時（見卷六十四九江謁濂溪先生祠告文）。

〔三〕都昌，唐武德五年（六二二）置，治所在今江西都昌東北七十五里，明清屬南康府。正德南康府志卷四都昌縣：「經歸書院，在西山，……正德六年，知縣徐冠建牌坊於院道，提學副使李夢陽書額。」

刻陶淵明集序〔一〕

予既得淵明墓山，封識之矣，又得其故屋祠址田，令其裔老人瓊領業焉。然其山並田，德化縣屬，而老人瓊星子民，會九江陶亨來言，本淵明裔。亨固少年粗知字義者，於是使爲郡學生焉，實欲久陶墓，而陶生則曰力能刻其祖集。予曰：「刻其集，必去其注與評焉。」夫青黄者，木災也。太羹之味，豈群口所嚃哉！夫陶子，知其人者鮮矣，矧惟詩？朱子曰：「詠荊軻詩，淵明露出本相。」知淵明者，朱子耳。

初，淵明墓失也，越百餘年無尋焉。予既得其山並田，遂還諸竊據而葬者數塚而封識之，然仍疑焉。及覽淵明集，有自祭文曰：「不封不樹。」豈其時真不封不樹以啓竊據而葬者邪？墓在面陽山德化縣楚城鄉也。集去其注與評，爲八卷云，凡八十一板。因係之曰：「淵明，高才豪逸人也，而復善知幾。厥遭靡時，潛龍勿用。然予讀其詩，有俯仰悲慨、玩世肆志之心焉。嗚呼！惜哉！」

【箋】

〔一〕據文意，當作於正德七年（一五一二）夢陽任江西提學副使視學南康時。按，雍正江西通志卷一百一十邱墓九江府：「陶靖節墓，在德化楚城鄉面陽山麓。明正德七年，提學李夢陽清復故址，置田以備祭祀。」又，同治九江府志職官篇上載：「陶靖節墓，在楚城鄉面陽山之麓，去府治南九十里。明正德七年，提學李夢陽清復故址，置田以祭祀。」夢陽有雜記一文（見「遺文」），時間寫「正德八年」，朝鮮詩人朴祥曾在嘉靖元年所作靖節陶徵士詩集跋中有「余嘗得國朝李夢陽所校定詩文兩帙」之語，可證夢陽曾校訂陶淵明集。又，傳增湘藏園訂補郘亭知見傳本書目卷十二著録明正德辛巳林位刻陶淵明集八卷，或即此本。

刻朱子實紀序〔一〕

朱子實紀一十二卷，婺源戴氏所編，而刻於歙鮑雄氏。予在白鹿洞書院，感朱子出處之事，會得實紀而覽，惻愴俯仰，於是泫然而悲焉。

按實紀，朱子年二十二仕，七十致仕，中間五十年，更事四朝，然官不過待制，在外者九考，立朝則四十日而已。白鹿洞建書院也，時年五十矣，猶知南康軍事。於戲！何其遇不易至此哉！它不必論。孝宗者，非宋之英明君哉！亦不爲不知公，三十年間，詔對垂拱殿者一，延和殿者二而已，豈所謂「吾退而寒之者至」邪？世常言用舍有命，亦關運數。故以文帝之明而使賈誼、李廣没於下位，有武帝之好文而董仲舒不能安諸其朝。夫宋之南也，斯則何時而可以漢之二帝諉邪？故知賢而不好，是曰不知；好而不用，是曰不好；用而不專，猶不用也。若孝宗者，於公爲用耶？好耶？知邪？於戲！難言哉！當是時大臣知公者陳俊卿輩數人耳，亦寡矣。譽者已，毁者繼，引者厄，嫉者力。黄氏狀公行曰：「百年論定，必有智①愚言者。」予讀之未嘗不泫然而悲也。公既没，於是大人君子宗其學，達官顯夫程其猷，言臣文士頌其業，門人發明其授受，見者懷其儀刑，聞者淑其緒理。薄海内外遵誦其書，於是謚贈議於上，祠廟建於下，蔭録及其子孫。蓋其論不俟百年而定矣。何則？水平則鑑物。故賢者沮抑於生時，而論每定於身後者，以平也。然於宋則何補矣？人曰：「仲尼之不遇，春秋之不幸，萬世之幸。」如是則公之遇不遇，吾又奚悲？

戴氏名銑，字寶之，爲給事中，卒。有生曰汪愈者，戴甥也，以實紀視雄，雄先世名元康者，復朱子祠田者也，文載實紀中。

【校】

①智，四庫本作「知」。

【箋】

〔一〕據文意，似作於正德八年夏夢陽任江西提學副使在白鹿洞書院時。夢陽遊廬山記（卷四十八）末云：「正德八年夏六月，李夢陽記。」明史藝文志史部紀傳類有戴銑朱子實紀十二卷。另，四庫全書總目卷五十七朱子年譜提要云：「正德丙寅，婺源戴銑又刊朱子實紀十二卷。」丙寅爲正德元年，準確説，「刊」當作「編」。

【評】

湯賓尹新鍥會元湯先生批評空同文選卷之三：詞章與論思並奇。又，始以不遇爲先生恐，繼以宣尼之幸萬世者爲先生慰，非先生不足以當此語矣。

白鹿洞志序〔一〕

李子至白鹿洞書院，周覽山川故物，詢其創繼顛末，凡乃①興之者圮焉，完者缺焉，條理紊焉，散失漸焉，寂欲墜焉。考之文記，則亂焉而無統，遺焉而不備，舉乎細而脱所巨，辭繁複而義弗晰。於是取而筆削焉②，删繁以章義，提綱以表巨，分注以收細，拾遺以定亂，使比事有則，立言有例。是故首之以沿革，則興亡之本著矣；次之以形勝，則地道昭矣；又次之以創建剞刻，則興繼者可考矣；又次之以田租，則養之者具矣；又次之以姓氏、文藝，則觀程之要義寓矣；又次之以典籍、器用，則日用不匱矣。志成，門人問曰：「竊聞之：志者，史之流也。夫史者，述往以詔來，比辭以該事，所以示鑒垂戒者也。是以古之聖賢，道有不行，則托史以寓志。故孔子退而春秋作，朱子遁而綱目修，皆③傷道之不明不行焉耳。」

李子曰：夫若是者，予豈敢哉！予豈敢哉！予爲斯志，亦直使其晦者晰，脱者補，遺者備，亂者統耳矣！亦又欲墜者可舉，散失者可綴，紊者可理，缺者可完，圮者可復耳矣！或乃遊昭道之地，覽興亡之本，詳創繼顛末之因。養之者具，觀程有要，日用有需，而乃猶不務實也！又或鮮情飾譽以干禄，附賢躅而罔厚利，則斯洞也，特終南之捷徑焉矣。嗚呼！斯則予傷哉！斯則道之不明不行也哉！

【校】

①凡乃，白鹿洞書院志序作「見其」。②焉，白鹿洞書院志序作「之」。③皆，白鹿洞書院志序作「是」。

【箋】

〔一〕白鹿洞書院，始建於南唐，位於江西廬山五老峰南麓後屏山之陽，南康（今江西星子）境内。夢陽所撰白鹿洞書院志，今存，有中華書局一九九七年整理本。據文意，該文當作於正德八年夏夢陽任江西提學副使在白鹿洞書院時。夢陽遊廬山記（卷四十八）末云：「正德八年夏六月，李夢陽記。」

端本策序〔一〕

夫君臣之際，有難道焉。予觀内江李公蕃以端本策上昭皇帝，帝覽之，即日召蕃拜兵科給事中。何其遇合之易邪！然予未嘗不幸其始而悲其終也，何則？昔漢賈誼以治安策上孝文帝，隋王通亦以太平十二策上其文帝，夫二子者爲此，豈不欲君臣遇合哉！然而有難焉！其志竟亦弗之行也，豈非所謂有臣而無君哉？夫孝文，固世之所謂賢主也，乃於一李廣不能用，顧拊髀思不得頗與牧，則誼之竟弗之行也固宜。雖然，宋神宗①專任王安石，行矣，乃安石卒壞其國事，帝晚年追恨至不寐，終夜繞榻行。此又非君之過也！故君臣遇合易，而以道則難。今以李公際遇我昭皇帝時事觀之，豈不爲至難至難者耶！

且周世宗亦賢王②也，得王朴興禮樂、教化諸事，蓋駸駸向太平矣，乃弗竟其志殂也，論者咸歸諸天。而昭皇帝崩也，李公尋亦卒，其策竟亦弗之行也，不謂之天可哉！夫余安得不幸於始而悲其終也。試誦昔昭皇帝指星變涕泣諭群臣語，則所謂天者，益驗矣。

【校】

①神，原作「仁」，王太岳四庫全書考證卷八十七空同集：「刊本『神』訛『仁』，據宋史改。」今據改。②王，黄本作「主」，近是。按，上有「夫孝文固世之所謂賢主也」之句。

【箋】

〔一〕明黄瑜雙槐歲鈔卷四：「宣宗初嗣位，漢中府學訓導李蕃進端本策：其一，正君德爲端萬化之本。其二，明儲輔爲端萬代之本。其三，厚王國爲端親睦之本。其四，重祭祀爲端孝敬之本。其五，務農桑爲端富庶之本。其六，崇學校爲端教導之本。其七，慎銓衡爲端黜陟之本。其八，擇守令爲端牧養之本。其九，嚴風憲爲端委任之本。其十，信賞罰爲端政令之本。其十一，厲廉恥爲端綱維之本。其十二，杜徼幸爲端仕進之本。其十三，旌直言爲端視聽之本。其十四，省玩好爲端尚御之本。其十五，修武備爲端捍禦之本。其十六，汰僧道爲端習俗之本。洪熙元年六月也。上嘉納其言，擢兵科給事中。」内江李蕃，李充嗣之祖父。充嗣字士修，號梧山，祖籍四川内江。成化二十三年（一四八七）進士。正德中，治行卓異，巡撫河南、應天，皆有聲譽，進工部尚書，修治蘇、松水利，加太子少保。嘉靖二年（一五二三）改南京兵部尚書，參贊機務。嘉靖七年致仕卒，年六十七。贈太子太保，謚康和。有梧山集，明史卷二百零一有傳。正德十年（一五一五），充嗣遷右副都御史，巡撫河南，直至正德十三年七月，期間與夢陽有交遊，此序當是應李充嗣之請而作，當作於正德十年至十三年間。夢陽於正德九年秋自江西歸家，時正閒居開封。

李夢陽集校箋卷五十一　序二

結腸操譜序〔一〕

李子既爲結腸之篇，嘉靖初，京口人陳鰲者來遊於汴，而以其詩鳴之琴，著譜焉，結腸操者是也。

李子曰：「嗟，陳生！重予過矣，是篇也，奚操之爲也？曩予有内之喪，親睹厥異，傷焉，警焉，吟焉，永焉，於是援筆而布辭，疏鹵荒鄙之音，聊泄憤憤悶悶汶汶焉耳。然恒慮今之君子，謂予好怪也。乃陳生顧以鳴之琴，而譜焉以行，君子其謂予何？」陳生曰：「鰲聞之，天下有殊理之事，無非情之音。何也？理之言常也，或激之乖則幻化弗測，易曰『遊魂爲變』是也。乃其爲音也，則發之情而生之心者也。記曰『民有血氣心知之性，而無哀樂喜怒之常，應感起物而動，然後心術形焉』是也。感於腸而起音，罔變是恤，固情之真也。是故，是篇也，鰲始鳴之琴也。泛弦流徽，其聲噍以殺也，知哀之由生也。比之五音，黯以傷也，知其音商也。已而申奏摘節，其聲諶諶然若痛而呻，若怨而吟，若雉雊於朝，鶴鳴在陰，其餘音則颯颯然若欲訴而咽，已吐而中結也。斯楚之遺『些』也！」

李子曰：「予爲是篇也，長歌當哭焉矣。知其思索以悲，忉別悀離，若逐臣懷沙，迷弗知其所之，然不知其『些』之猶楚也。知其情蕭焉瑟焉，若迴風隕葉，寒蟬暮聒，然不知其音商也。知其抒哀焉已矣，而不知其聲噍以殺也。是故聲非琴不彰，音非聲何揚，詩非音，人其文辭焉觀矣。予有琴二具，而不解一彈。内人未亡也，見琴則每短予曰：『汝不琴，亦能詩耶？』内人則手自撫弄，亦每悠揚而成音。嗟，陳生！予何能聽汝琴？予何能聽汝琴！」

【箋】

〔一〕夢陽封宜人亡妻左氏墓志銘（卷四十五）：「李子悟，於是挈左氏歸。歸而左氏病，逾年骨立，死，死之日正德丙子五月丁未，年四十二矣。……李子觀之，哭愈慟，曰：嗚呼神哉！於是賦結腸之篇。……李子買大陽之山，嘉靖某年月日，葬左氏山下。」可知，正德十一年（一五一六），妻左氏卒，夢陽爲之作結腸篇以悼（按，詩在卷二十二）。此文曰：「嘉靖初，京口人陳鰲者來遊於汴，而以其詩嗚之琴，著譜焉。」因作此序。是該文疑作於嘉靖元年或稍後。

【評】湯賓尹新鍥會元湯先生批評空同文選卷之一：淒慘之音，大似泣孤舟之嫠婦、聽旅館之啼猿者。

又，末以妻之能琴而不忍聽陳生之琴，其情更悲，其詞更慘。

德安府志序〔一〕

知府馬君龠修其府志成，而謂其同知陶君龍曰：「嗟，志，誰序者？」於是同知龍求序李子。

李子曰：「夫志，觀者三焉而徹於道。夫志，必綜古今，該名實，訂覈驗識，發之必才，此可以觀學。學以昭事，事以布文。褒貶必真，臧否以之，義例燦焉。此可以觀政。踸踔信遠，繼懲繩勸，有類乎史，此可以觀世。昔者聖人之於文也，於史焉急，故曰：『知我罪我，其惟春秋。』其説禮也，又謂杞、宋之不徵也。何也？國非文不興也。郡邑者，固國也，文以足之。學闡政立，因志以彰，民行必興。故曰可徹於道。故道而政，則其政義；政而學，則其學據；學而文，則其文邃；文而志，則其志信。」

同知龍曰：「馬之爲府也，於時德安有干戈之事，險易具修，寇平，以問汝載，汝載曰：『予蓋得夫山川焉。』問賦役平，曰：『吾得户口焉。』問人不愛其情，曰：『吾得諸風俗。』問訟省，曰：『吾得其美惡真。』問教興，曰：『於神恭，士禮民厚。』問廢舉，曰：『先其大者焉耳。』故其志，申施彰理本之政，擴蘊揮聚根之學，持例發凡祖之史，摛精掞華歸之文，考規承則範乎世。是故其志諦，古今備嚴，名實兼公，去取衷弘，易勸易懲。」

李子曰：「馬子知道哉！一志而四善有焉。夫小占大，邇矩遠，故曰遠大之至，於言以觀，馬子之謂。」

夫志一十二卷，凡例一卷。馬子，西充人。陶子，樂平人也。

【箋】

〔一〕福建省地方志編纂委員會所編稀見地方志提要著録明正德十二年刊本德安府志，提要云：「明馬龠纂修。龠字汝載，西充縣人，正德初任德安府知府。此志，龠官德安時所修，卷前有李夢陽序，稱其書曰：『譜古備今，名實兼公，去取衷宏，易勸易懲。』按其序語，此志，公正核實爲其修志之旨，亦康海武功志之流焉。惜此書缺四至七卷，又無序目，無從窺其全編格例矣。……按德安爲周初鄖子國地，春秋時楚分鄖公鬭辛，乃爲楚地。……宋始置德安府，元因之。明初降爲州，洪武十二年復升爲府，隸荆州道，領縣五、州一：曰安陸，曰雲夢，曰孝感，曰應山，曰應城，曰隋州。」據此，該文疑作於正德十二年或稍後，時作者正閒居開封。

林公詩序〔一〕

李子讀莆林公之詩，喟然而歎曰：「嗟乎，予於是知詩之觀人也。」石峰陳子曰〔二〕：「夫邪也，不端言乎？弱，不健言乎？躁，不沖言乎？怨，不平言乎？顯，不隱言乎？人烏乎觀也？」

李子曰：「是之謂言也，而非所謂詩也。夫詩者，人之鑒者也。夫人動之志，必著之言，言斯永，永斯聲，聲斯律，律和而應，聲永而節，言弗暌志，發之以章，而後詩生焉。故詩者，非徒言者也。是故端言者未必端心，健言者未必健氣，平言者未必平調，沖言者未必沖思，隱言者未必隱情。諦情、探調、研思、察氣，以是觀心，無廋①人矣。故曰：『詩者，人之鑒也。』昔者相如之哀二世也端矣，而忠者則少其竟；躬②之爲詞也健矣，而直者則咎其險；謝之遊山沖矣，而恬者則惡其貪；白之古風平矣，而矜者則病其放；潘之閑居隱矣，而真者則醜其僞。夫僞不可與樂逸，放不可與功事，貪不可與保身，險不可與匡主，言不竟不可與亮職，五弊興而詩之道衰矣。是故後世於詩焉，疑詩者亦人自疑。雕刻玩弄焉畢矣，於是情迷調失，思傷氣離，違心而言，聲異律乖而詩亡矣。」

陳子曰：「若是，則子胡起歎於林詩？」

李子曰：「夫林公者，道以正行，標古而趨，有其心矣；行以就政，執義靡撓，有其氣矣；政以表言，囂華是斥，有其思矣；言以摛志，弗侈弗浮，有其調矣；志以決往，遁世無悔，有其情矣。故其詩，玩其辭端，察其氣健，研其思沖，探其調平，諦其情真。是故其進也，有亮職之忠，匡救之直，有功事之敏；而其退也，身全而心休也。斯林公之詩也。」

陳子聞之，瞿然而作曰：「嗟乎，予於是知林公詩，又以知詩之觀人也。」

林詩一十二卷，凡千八百篇，同邑山齋先生所編。

【校】

①廋，原作「庾」，據四庫本改。　②躬，據上下文句式，此當爲人名，疑爲「雄」之誤，指揚雄。

【箋】

〔一〕林公，指林俊，見暮春逢林子邂逅殊邦念舊寫懷輒盡本韻（卷十五）箋。山齋先生，即鄭岳，字汝華，號山齋，福建莆田人。弘治六年（一四九三）進士，授户部主事，改刑部主事，轉湖廣按察僉事。正德初，擢江西按察使、左布政使等。正德六年致仕。嘉靖初復官，任工部尚書、刑部尚書，加太子大保。嘉靖六年卒於莆田。明史卷二百零三有傳。四庫全書總目卷一百七十一著録林俊見素文集二十八卷、奏疏七卷、續集十二卷，提要曰：「又案王鳳靈續集序，稱俊原有詩集十四卷，此本無之，别有西征集，凡詩歌二百二篇、跋二篇、賦一篇、書二十二篇、祭文二十四篇、序四篇、記五篇，亦不以詩爲一集。」並未言及此鄭岳編、夢陽序林公詩十二卷。黄虞稷千頃堂書目卷二十著録林俊見素文集二十八卷，又續集十二卷，又詩集十四卷。疑鄭岳所編十二卷林俊詩集即此續集十二卷。

〔二〕石峰陳子，即陳琳，字玉疇（本朝分省人物考作「玉柔」），莆田（今屬福建）人。弘治三年進士。正德初因劉瑾謫揭陽丞。瑾敗，遷嘉興同知，嘉靖時，終南京兵部右侍郎。傳見本朝分省人物考卷七十四、明史卷一百八十八趙佑傳附。陳琳弘治間與夢陽有過交遊，見石峰子歌（卷二十一）箋。按，明武宗實録卷一百二十四：「正德十年閏四月，「壬戌，升山東按察司副使陳琳爲河南布政司右參政」，是陳琳於正德十年始任河南布政司右參政。邊貢華泉集卷十二封承德郎工部主事槐亭王公墓誌銘曰：「正德丙子冬十一月十有九日，槐亭王封君卒於家。……當是時，聞石峰子陳琳、齊華泉子邊貢之二人者之與按察友也，同仕於梁，聞訃悲焉。」該文當作於正德十一年（一五一六）或稍後，此時夢陽在開封賦閒，林俊亦閒居家鄉莆田。

張生詩序〔一〕

夫詩發之情乎？聲氣其區乎？正變者時乎？夫詩言志，志有通塞，則悲歡以之，二者小大之共由也。至其爲聲也，則剛柔異而抑揚殊，何也？氣使之也。是故秦、魏不貫調，齊、衛各擅節，其區異也。

唐之詩最李、杜。李、杜者方以北人也，而張生者滇産也，其爲詩杜，何也？夫張生者，志非通也，其春園之「亂」曰〔二〕：「舊醅野客，新蕨盤飧。」茲其情又何歡也！夫雁，均也。聲嗅嗅而秋，雝雝而春，非時使之然邪？故聲時則易，情時則遷。常則正，遷則變，正則典，變則激，典則和，激則憤。故正之世，二南鏘於房中，雅、頌鏗於廟庭。而其變也，風刺憂懼之音作，而「來儀」「率舞」之奏亡矣。於是考槃載吟，伐檀有詠，「北風其涼」之篇興，而「十畝之間」之歌倡矣。斯所謂恬塞棄通、以歡祛悲者也。夫大人尚兼，君子恥獨，故卷阿之章曰：「梧桐生矣，于彼高岡；鳳凰鳴矣，于彼朝陽。」言士貴及時樹勛也。

夫沐、劉、杭三子者，臺鎮之妙英也。其和張生也，弗塞之憐而顧歡之偕。若是，則南園公和其子詩，宜倍三子十也。何也？南園者，老而傳者也。

【箋】

〔一〕此乃夢陽爲張含詩集所作序。張生，即張含。含，字愈光，又字用光，號禺山，永昌衛（原爲金齒衛，今雲南保山）人。父志淳，字進之，號南園，成化二十一年（一四八五）進士，官至南京户部右侍郎。著有南園漫録十卷。含係志淳長子，正德二年（一五〇七）舉人。少隨父至京師，因張、楊兩家通誼，乃與楊慎結爲終身契交，後爲李夢陽所知，乃師事夢陽，亦同何景明爲友。含七次會試不第，遂返雲南家居，生平肆力於詩，著有禺山文集一卷、詩集四卷及楊慎批選張愈光詩文選八卷。另助楊慎編選空同詩選一卷。四庫全書總目卷一百七十六評其詩曰：「襞積字句，而乏鎔鑄運化之功，明人別有雕鏤堆砌一派，含其先聲歟！」文中「沐、劉、杭三子者」一句，沐不詳，劉疑爲劉文莊，杭疑爲杭淮，後二人於嘉靖初年任河南左布政使，則此文似作於此時。

〔二〕春園，張含所作組詩，共計四十首，其父張志淳又作一百二十首，寫晚年心緒。今僅存二十七首，夢陽、陳沂分別爲之作序。

梅月先生詩序〔一〕

情者，動乎遇者也。幽巖寂濱，深野曠林，百卉既痱，乃有縞焉之英，媚枯綴疏，横斜嶔崎清淺之區，則何遇之不動矣。是故雪益之色，動色則雪；風闈之香，動香則風；日助之顔，動顔則日；雲增之韻，動韻則雲；月與之神，動神則月。故遇者物也，動者情也。情動則會，心會則契，神契則音，所謂隨寓而發者也。

梅月者，遇乎月者也。遇乎月，則見之目怡，聆之耳悦，嗅之鼻安。口之爲吟，手之爲詩。詩不言月，月爲之色；詩不言梅，梅爲之馨。何也？契者，會乎心者也。會由乎動，動由乎遇，然未有不情者也，故曰「情者，動乎遇者也」。

昔者逋之於梅也，黄昏之月嘗契之矣，彼之遇猶兹之遇也，何也？身修而弗庸，獨立而端行，於是有梅之嗜；耀而當夜，清而嚴冬，於是有月之吟。故天下無不根之萌，君子無不根之情。憂樂潛之中而後感觸應之外，故遇者因乎情，詩者形乎遇。於乎，孰謂逋之後有先生哉！

【箋】

〔一〕梅月先生，不詳，據乾隆江南通志卷一百二十二選舉志，疑即沈環，蘇松（今上海松江區）人，成化八年（一四七二）進士。其孫沈恩，弘治九年進士，任刑部主事，劉瑾伏誅後起任雲南按察使，遷四川布政使，與李夢陽有交遊，夢陽曾作有沈大夫行（卷十八）一詩。疑此文乃夢陽爲沈恩之祖父沈環所作。文中逋，指宋人林逋。

遵道録序〔一〕

録何由而作也？憂遵非其道者作也。夫道，自道者也，有所爲，皆非也。故附往以標身者，務名者也；立名以致來者，媒利者也；毁同以争衡者，好異者也。是故君子之於道也，修之身已矣，不敢名焉。人或名之，則辭曰：「愚罔攸知也。」不敢利焉。人或利之，則辭曰：「菲罔攸受也。」不敢異焉。人或異之，則辭曰：「與人同。」凡此遵道也，何也？道者，吾之自事也，本與人同，吾奚異？本無所利，吾奚利？本非爲名，吾又奚名？故曰：「君子貴真。」真者，無所爲而爲者也。無所爲而爲，故即其至，爲淺深均不失道。所謂知者見之而爲知，仁者見之而爲仁者也。是故名也，愧之；利也，避之；異也，懼之。凡此者，恐伐真以賊道也。賊道，賊吾也，而今也不然。殊譎以標户，惟恐不異，異則名矣；簡便以鼓衆，惟恐不來，來則利矣；堅持以毁成，惟恐不獨，獨則異矣。或病其異，則曰：「吾病世之和同也。」病其鼓衆，曰：「吾覺世之昧。」病其自標，曰：「弗斯弗行。」病其源，曰：「某開之先。」斯皆非真也，有爲而爲者也。而世之人顧率棄吾真而就之，於是君子重有憂焉，於是作遵道之録。録其正以救偏，録純以救駁，録要以救歧，録是以救非，録本以救末，凡以反真焉已耳。而世之人，顧猶疑之而不遵。

嗚呼！甚哉人之好異也！甚哉名利之入人深也！葉子有言：誠非由於中，雖日用三牲，非孝也。斯善識真者也。吾所謂即其至，爲淺深均不失道者，謂是也，亦録遵道者意也。嗚呼！知我罪我，其惟春秋乎！

【箋】

〔一〕遵道録，明湛若水撰，「皆明道程子之説」（四庫全書總目卷九十六遵道録提要）。若水字元明，增城（今屬廣州）人，弘治十八年（一五〇五）進士，歷官南京吏、禮、兵三部尚書。著有二禮經傳測六十八卷、古樂經傳三卷、格物通一百卷、心性書、楊子折衷六卷、遵道録八卷、甘泉新論一卷、甘泉集三十二卷等，事見明史卷二百八十三儒林傳。此文寫作時間不詳。

刻誨愚録序〔一〕

誨愚録者，殷子録其友所贈之辭也。「誨愚」者何？殷子不忘人之誨而以愚自居也。李子曰：往在京師，見殷子，予善焉。其病歸也，予贈之七言八句一章。在大梁，殷書來約太山之遊，予贈之五言長詩一章。後殷子拜南科給事中，以書别我，予贈之七言長詩一章。嘉靖三年，殷門人陳氏號愚泉者〔二〕，以行人奉使於大梁，而見李子，乃出其師誨愚録者。是時殷子修文地下者數年矣。

李子曰：篤古者，驗乎志；尚友者，存乎識；奇發者，本諸身；謙虚者，卜其受。非愚而居愚者，謙而虚也。文以發之，嶄巖浩汗，才之奇也。非古不法，志之篤也。獲言稱誨，尚友之存也。是則殷子之行也已。

【箋】

〔一〕文中曰：「嘉靖三年，殷門人陳氏號愚泉者，以行人奉使於大梁，而見李子，乃出其師誨愚録者。是時殷子修文地下者數年矣。」是該文當作於嘉靖三年或稍後。殷子，指殷雲霄，字近夫，壽張（今屬山東）人，弘治十八年（一五〇五）進士，正德中官南京給事中。正德十一年（一五一六）病卒，享年三十歲。明史卷二百八十六有傳。

〔二〕「陳氏號愚泉者」，不詳。左國璣有空同席上餞别陳大行愚泉，見本集附録四，或即其人。

方山子集序〔一〕

方山子集者，集歙鄭生之詩也。鄭生，名作，字宜述，號方山子。嘗讀書方山中，已棄去爲商，挾束書，弄扁舟，孤琴短劍，往來宋、梁間。壯歲英氣愈劼，駿馬强弓，時出射獵大梁藪中，獲雉兔，則敲石火，温錫榼，炙腥肥，自觴自歌，半醉，垂鞭，迤邐而歸。識者謂鄭生雖商也，而實非商也。鄭生既豪粗負氣，於是玩世輕物，見王公大人，不問新故，便長揖抗禮，以是人多病其不遜，然奇特之流顧樂與之遊，未始不假容優遇之者。其爲詩，才敏興速，援筆輒成。人難之，曰：「汝詩能十乎？」鄭生輒十，「汝能二十乎？」鄭生輒又十，然率易弗精也。空同子每抑之曰：「不精不取。」鄭生乃即兀坐沉思，錬句證體，亦往往入格，然對它人，則又率易如初。故其詩數千百篇，擇而集者，二百餘耳。

嘉靖五年，鄭生年四十七歲，病痰核，不怵於遊，將返舟歸方山，繹舊業，讀書巖穴松桂間。空同子送之郊，三疊歌贈焉。鄭生於是乃再拜謝曰：「自作之遊也，往來獲公贈章多，然未古歌也，今得此備矣！」空同子曰：「君固有大恙，茲去，詩能精乎？」鄭生欲答不答。空同子退而語人曰：「鄭生茲去，必大進。」或問：「何也？」空同子亦不答。

【箋】

〔一〕該文乃夢陽爲好友鄭作文集所作序，文中曰：「嘉靖五年，鄭生年四十七歲，病痰核，不怵於遊，將返舟歸方山，繹舊業，讀書巖穴松桂間。空同子送之郊，三疊歌贈焉。」是該文當作於嘉靖五年（一五二六）或稍後。千頃堂書目著録有鄭作方山子集二卷。

【評】

湯賓尹新鍥會元湯先生批評空同文選卷之一：叙事亦自妙品。

又，「欲答不答」與「空同子亦不答」，結語何等含英藏彩！

鳴春集序〔一〕

鳴春集者，集霜崖子之作也。「鳴春」者何？鳥，春則鳴也，不春不鳴乎？鳴殊乎春也。天下有竅則聲，有情則吟，竅而情，人與物同也。然必春焉者，時使之也。韓子曰：「以鳥鳴春，以之言使也。」夫竅吾竅，情吾情耳，使之者誰耶？鳴者鳥耶？鳴之者鳥耶？陰凝氣慘，草木隕零，情者不斂，而竅者不聲乎！及柔風敷焉，陽和四布，夫然後在陰者和，遷喬者嚶，灌木有喈喈之聞，叢棘有交交之音。若是者，春使之邪？使之春者耶？非春非鳥，以之者誰邪？夫天地不能逆寒暑以成歲，萬物不能逃消息以就情，故聖以時動，物以情徵，竅遇則聲，情遇則吟，吟以和宣，宣以亂暢，暢而永之，而詩生焉。故詩者，吟之章而情之自鳴者也，有使之而無使之者也。遇之則發之耳，猶鳥之春也。故曰「以鳥鳴春」。

夫霜崖子一命而跲，廿年困窮，固凝慘殞零之候也。然吟而宣，宣而暢，暢而永之，何也？所謂不春之春，天籟自鳴者邪！抑情以類應，時發之邪！

【箋】

〔一〕鳴春集，據千頃堂書目，爲孫治詩集。注曰：「清江人。」明一統志卷五十五臨江府載：「孫治，清江人，成化辛丑進士。知臨淮縣，守己愛民，興學作士，時權閹汪直、陳廣以選妃責貢，繼至所在，需索動以千計，治持正不阿，竟爲二宦所中，改安東，遂棄官歸，士類尚之，所著有鳴春集、省志。」清江，明屬臨江府，即今江西樟樹。又，隆慶臨江府志卷十二：「孫治字五美，清江人，成化辛丑進士。……號霜崖。所著有鳴春集。」按，隆慶臨江府志卷十四載歐陽鐸褒忠祠記曰：「正德壬申，李君夢陽視學至郡，因諸生請，……」該文疑作於正德七年夢陽任官江西時。

【評】

湯賓尹新鍥會元湯先生批評空同文選卷之一：仗情布景，口如川，筆如椽矣。又，歸著霜崖子，□不滿五十字，此等體裁大自奇特。

觀風河洛序〔一〕

觀風河洛者，爲巡按譚子而作也。觀風者何，其職也；河洛者，方也。譚子之莅我邦也，度而能貞，肅而有明，潛洞臧否，旁燭冤幽，見之苟真，飆激山屹，利害罔移也。於是君子佩愛，小人服威，吏憚而縮，民恃而舒，然聲跡泯焉，坐竟日默如也。斯何也？天下有大通焉，觀是也；有大幾焉，風是也。風以幾動，幾以觀通，是故無遁情焉。情者，風之所由生也；巡按者，以觀爲職者也。即情以察幾，緣幾以廣通，因通以求職，鮮不獲也。故君子謂譚子善爲政，雖於天下可也，河洛先之矣。

是年也，譚子實監河南試，大梁士試而中者，十有四人也。十四人者相語曰：「我監公何以大通於幾？」空同子曰：士讀易乎？觀之爲道，人己之道也。然君子觀則先己。故曰「知風之自」，自我始之也。其有職也，則戒之曰：「爾惟風。」儆之曰：「巫風、淫風、亂風。」言其觀貴己也。夫譚子者，懋於德者也。德而風，故其動幾，動而通，故其觀無遁情。是故以執則貞，以用則明，潛之則洞，旁之則燭，愛孚威行，吏縮而民舒也。斯何也？德者，所以爲風者也；情者，所以流德者也。幾動於微，通成於廣，職斯獲之矣。故君子謂譚子善爲政。然河洛也，厥方狹矣。諸士曰：「古者陳詩以觀，而後風之美惡見也。我監公聲跡泯而其德大通於幾，不謂天下之材乎？」於是賦觀風河洛云：河洛者，狹之也，冀太師采之，獻諸天子。

空同子曰：民詩采以察俗，士詩采以察政，二者塗殊而歸同矣。故有政斯有俗，有俗斯有風。

【箋】

〔一〕文中譚子，即譚纘，夢陽有觀風亭記（卷四十九）一文，云：「嘉靖七年夏，監察御史譚子巡而歷汝，而遊於亭。」又曰：「譚子名纘，蓬溪人。」即其人。雍正河南通志卷三十一職官二：「譚纘，四川蓬溪人，進士。」又文中曰「是年也，譚子實監河南試」，是該文當作於嘉靖七年（一五二八）作者閒居開封時。

李夢陽集校箋卷五十二　序三

熊士選詩序〔一〕

熊士選者，豐城人也。名卓，字士選，弘治丙辰進士，爲平湖知縣，擢監察御史。以劉瑾黜之歸，黜者四十有八人，而余亦與焉。瑾以其名詔天下，號曰「黨人」。瑾誅，起余官江西。過豐城，訪其人於曲江之濱，亡矣。余既往哭其墓，復收輯其遺詩，得六十篇，然皆精細言華，録之，俾藏於家。

李子曰：夫予於士選之亡，而疑於禍福之幾也。蓋苦失要，實不甚解，又無所測夫往來昭昭者云。曩余在曹署，竊幸侍敬皇帝。是時，國家承平百三十年餘矣，治體寬裕，生養繁殖，斧斤窮於深谷，馬牛遍滿阡陌，即閭閻而賤視綺羅，梁肉糜爛之，可謂極治。然是時，海内無盜賊干戈之警，百官委蛇於公朝，入則振珮，出則鳴珂，進退理亂弗嬰於心。蓋暇則酒食會聚，討訂文史，朋講群詠，深鈎賾剖，乃咸得大肆力於弘學。於乎！亦極矣！

於是士選爲御史，日與四方士遊，聲光赫赫，頗有千仞覽輝之望。夫治極亂繼，名高毁入，丁卯後事，余難言之矣。今上既誅亂賊，反之正，民志烝烝不奸，又號一治，厥亦往來之道。乃今盜賊顧日益弗靖，學士大夫相與釋俎豆而議干戈，誠使天假士選年，於是時膺寄受托，必嶽立虎躍，表見流輩。乃顧死也，悲哉！古人有言曰：「勝觀數，定觀理。」蓋言禍福、治亂之必反也。士選前罹黨禍，慘矣。今顧又死，獨不值其定。何邪？夫測往來者，未有不據要實者也。要實明然後幾驗，幾驗然後治亂理而禍福彰。今既不值其定，則余又安所據而測夫往來也。故曰：「余於士選之亡，而疑於禍福之幾也。」然盜賊平且有日，乃其人則竟已矣。夫予安得而不悲，故既收輯其遺詩，而又重之以辭。

【箋】

〔一〕此乃夢陽爲熊士選詩集所作序。文中曰：「瑾誅，起余官江西。過豐城，訪其人於曲江之濵，亡矣。余既往哭其墓，復收輯其遺詩，得六十篇，然皆精細言華，録之，俾藏於家。」夢陽曲江祠亭碑（卷四十二）曰：「正德七年夏五月，予巡視豐城，登岡望江曲之勢，……」夢陽於正德六年五月啓程赴江西，次年仲夏視學豐城，祭好友熊士選。是該文當作於正德七年（一五一二）五月。夢陽熊御史卓墓感述（卷十二），即作於此時。夢陽於户部任官時與熊士選有交遊，正德初作遊西山歸呈熊御史卓、寄熊御史塞上、别熊御史出塞、熊監察至自河西喜而有贈等詩。

【評】湯賓尹新鍥會元湯先生批評空同文選卷之一：談熊君之詩而推及國理亂之幾，誠哉！有關理道之言，非區區紙上空談也。

又，只一「丁卯後事，余難言之矣」，多少含蓄。

又，末舉三要歸督學身上，才情既高，針綫亦密。

徐迪功集序〔一〕

徐迪功集六卷并談藝録，子容寄我豫章，予即豫章刊焉，印傳同好，意表迪功文云。

初，迪功亡京師也，予在梁，子容訃予曰：「昌穀遺言，子序其遺文。」於是手其文，歔欷久之，曰：「嗟乎，予忍序吾友文邪？麟鳳芝寶，世所希遘見，遘見之而遽夭滅亡也。天生之，故奪之邪？抑生不生，生而修或短，非天所諳哉？迪功以文賦起吴中，十數年間，騫翔而虎變，彬彬乎出人士前矣。然竟轗軻，夭滅亡也！凡此，天果弗諳之邪？乃予觀李唐人，李、杜轗軻，勃、賀則夭，未始不憐才流涕也，然猶異代，足寬解，孰謂親遘見之如迪功者云！」客曰：「氣積久斯漓，三代以後聖人罕生。孔子以周末，故不得位，觀其大，可占其細。」「若是，則魏徵將爲鬼魅之説，非邪？」客曰：「群體，迪功奚以之也？」予曰：「談藝録備矣。」

夫追古者未有不先其體者也，然守而未化，故蹊徑存焉。雖然，辭榮而躭寂，浮雲富貴，慷慨俯仰，迪功所造詣，予莫之竟究矣。今詳其文，温雅以發情，微婉以諷事，爽暢以達其氣，比興以則其義，蒼古以蓄其詞，議擬以一其格，悲鳴以泄不平，參伍以錯其變。該物理人道之懿，闡幽剔奥，紀記名實，即有蹊徑，厥儷鮮已。修短細大，又曷論焉。不載迪功履歷，以别有志述。

【箋】

〔一〕徐迪功，即徐禎卿，見贈徐禎卿（卷十一）箋。文中曰：「徐迪功集六卷并談藝録，子容寄我豫章，予即豫章刊焉，印傳同好，意表迪功文云。」又云：「初，迪功亡京師也，予在梁，子容訃予曰：『昌穀遺言，子序其遺文。』於是手其文，歔欷久之。」又，據王守仁徐昌穀墓誌銘，徐禎卿卒於正德六年三月。時夢陽仍在開封，夢陽五月啓程，六月抵南昌。可知，該文當寫於正德六年（一五一一）或七年任江西提學副使時。

秦君餞送詩序〔一〕

夫學者稱餞送率於詩，尚矣。然烝民首列乎崧高，韓奕亦曰：「奕奕梁山。」此何哉？

蓋詩者，感物造端者也。是以古者登高能賦，則命爲大夫，而列國大夫之相遇也，以微言相感，則稱詩以諭志，故曰「言不直遂。比興以彰，假物諷諭，詩之上也。」昔者鄭六卿餞宣子於郊也，宣子請各賦以覘鄭志。故聞野有蔓草，則曰「吾有望矣」；聞賦羔裘，則曰「起不堪」；聞褰裳，則曰「敢勤它人」。夫蔓草，細物也；羔裘，微也；褰裳，末事也，曷與於鄭志？奚感於宣子而有斯哉？亦假物諷諭之道耳。故古之人之欲感人也，舉之以似，不直說也；托之以物，無遂辭也。然皆造始於詩，故曰「詩者，感物造端者也」。

無錫秦君爲河南提學副使，而餞者爲之賦嵩山，有賦大河、蘇門〔二〕、梁園〔三〕、銅雀臺、五老堂、德星亭者。夫嵩山者，言其高也；大河者，淵而長也；蘇門者，源泉有本也；梁園、銅雀、五老、德星者，俯仰之曠也，而大景行。故稱者物也，指者事也。高長源泉者，德業之經也。景行者，徵也。斯非所謂假物諷諭者哉！且夫德以立政，業以廣志，徵以推信，是學校之要也。秦君一舉餞而獲斯三要，然而造始於詩，詩非感物造端者邪！

【箋】

〔一〕此乃夢陽爲秦金餞送詩所作序文。秦子，指秦金，字國聲，正德三年任河南提學副使，事見七夕遇秦子詠贈（卷十五）箋。文中有「無錫秦君爲河南提學副使，而餞者爲之賦嵩山」之句，又，國朝列卿紀卷三十四秦金行實：「戊辰，禮部以會試同考官請，金以族人多入試，辭不赴。是歲，升河南按察司副使，提督學校。」是該文似寫於正德四年（一五〇九）。正德二年夢陽致仕由京師返家（因彈劾劉瑾案），時正在大梁家中。

〔二〕蘇門，即蘇門山，又名百門山，在今河南輝縣西北七里，見覽遊百泉乃遂登麓眺望二首（卷十三）箋。

〔三〕梁園，西漢梁孝王所建狩獵遊賞之地，主要在今河南商丘市睢陽區。見梁園歌（卷十八）。

【評】

湯賓尹新鍥會元湯先生批評空同文選卷之一：「感物造端」，一篇三致意焉，斯文之妙品處。

缶音序〔一〕

詩至唐，古調亡矣，然自有唐調可歌詠，高者猶足被管弦。宋人主理不主調，于是唐調亦亡。黄、陳師法杜甫，號大家，今其詞艱澀，不香色流動，如入神廟，坐土木骸，即冠服與人等，謂之人可乎？夫詩比興錯雜，假物以神變者也，難言不測之妙，感觸突發，流動情思，故其氣柔厚，其聲悠揚，其言切而不迫。故歌之心暢，而聞之者動也。宋人主理作理語，于是薄風雲月露，一切鏟去不爲，又作詩話教人，人不復知詩矣。詩何嘗無理，若專作理語，何不作文而詩爲邪？今人有作性氣詩，輒自賢于「穿花蛺蝶」、「點水蜻蜓」等句，此何異癡人前説夢也。即以理言，則所謂「深深」、「款款」者何物邪？詩云：「鳶飛戾天，魚躍于淵。」又何説也？孔子曰：「禮失而求之野。」予觀江海山澤之民，顧往往知詩，不作秀才語，如缶音是已。

缶音，歙處士佘存修作。處士商宋、梁間，故其詩多爲宋、梁人作。予遊大梁，不及見處士，見其子育。處士有文行，育嗜學，文雅，亦善詩，傳曰：「是父是子。」此之謂邪？育以疾不遊，反其鄉，今數年矣，以書抵予曰：「育恒懼先人之作泯没不見于世也，幸子表之。」予于是作缶音序。處士行詳見志表，予故不述，第述作詩本旨焉。

【箋】

〔一〕缶音，佘存修撰。千頃堂書目卷二十二著録佘存修缶音集，注曰：「一名長生，號鈍齋，歙縣人。李夢陽有序。」夢陽潛虬山人記（卷四十八）云：「夫山人名育，字養浩，號鄰菊居士。其父存修者，亦詩人也，有缶音刻行矣。」文中曰：「育以疾不遊，反其鄉，今數年矣，以書抵予曰：『育恒懼先人之作泯没不見于世也，幸子表之。』予于是作缶音序。」乃夢陽爲佘存修缶音所作序文。夢陽有對菊懷鄰菊子三首，鄰菊子，即佘育。自注「己巳年」，指正德四年（一五〇九），時夢陽居大梁家中。疑該文亦約同時作。

【評】

湯賓尹新鍥會元湯先生批評空同文選卷之一：其言直，其詞古，其調高。

又，以「禮失而求之野」句引入事實，何等雄快！

送楊希顔詩序〔一〕

希顔曰：「夫自吾離鄉土，侍兩皇帝，奉王藩也，倏忽四十年餘矣，然無異朝夕焉。夫吾顛毛今種種矣，而夢魂常遊於故鄉。」李子官免之明歲，君乃言於王曰：「臣鑄昧死請，臣有先人墓在太行之陽、汾河之傍，荆榛翳如，狐兔穴之，敢請。」王曰：「吁，汝歸其遄歸。」君於是秣駟於郊，載脂其輂，旆旗設軷，馬首載西，將展墓而遊於其鄉。周諸王、諸將軍暨群大夫士與執事者，壯君歸也。於是佩玉者、冕者、紳者、紱者、車者、馬者、俎而酯者，咸祖君至，至鮮不歌也。有鴻篇焉，有寥言焉，有鏗鏗而參差者焉，有嚴而鼎鼎者焉，有斂而逸放，而井井者焉。

左史景陽謂李子曰：「夫祖必有詩，何也？」李子曰：「祖必有詩者，自崧高、烝民始也。夫歌以永言，言以闡義，因義抒情，古之道也。然而靡專於祖。故詩於人，有頌、箴、諷，於己則思。是故古之人之遇也，必陳詩諭志焉。昔者鄭人賦緇衣也，晉侯曰：『敢不拜鄭君之不貳也。』此取諸頌者也。國子賦『轡之柔矣』者，則諸箴者也；叔孫相鼠，穆子茅鴟，本諸諷者也；莊舄越吟，激諸思者也。之數者，皆古之道也，而靡專於祖。然祖也，必歌焉事者，情於離難也。故鄭六卿餞宣子於郊也，使各賦占志焉。志以立行，則事有名矣；名以順義，則行有程矣；執義建程，則人不愛情矣。」

景陽曰：「乃予今始知祖之必歌也，且希顏之能得情，何也？」李子曰：「夫名莫大於展墓，義莫隆於追親，程莫要於思本，情莫先於頌義。是有其一，足以得情矣，況兼之乎？況兼之乎？」

【箋】

〔一〕楊希顏，據本文即楊鑄，弘治、正德間貢生，任訓導，事見萬曆福州府志。文中有「李子官免之明歲」一句，似指正德十年。先是，夢陽因與江西權貴發生矛盾，受朝廷「冠帶閒住」之處置，正德九年歸開封。邊貢華泉集卷四有送楊希顏省墓還聞喜兼柬秦長史，又陶諧陶莊敏公文集卷六有送楊希顏內史一詩，似亦作於此時。

【評】

湯賓尹新鍥會元湯先生批評空同文選卷之一：於祖詩上抒多少奇意，發多少雄詞。王元美曰：「獻吉如金雞擘天，神龍戲海。」知言哉！

又，文詞突出，如登七層塔，一層復一層矣。

又，以展墓、追親、思本、頌義結之，不惟得情，且得趣矣。

刻戴大理詩序〔一〕

浮梁有戴大理者〔二〕，好吟而早逝，德崇而宦卑。乃其吟簡，復火之亡矣。戴有子摭遺簡，獲其吟八十四篇，手之，泣曰：「嗟！吾父崇德若是，而官止是邪！夫吟者，萬物之共情也，奚損於天，乃亦火之亡邪？斯位與名共滅之邪？且弗刻兹遺後世，孰謂父吟者？」李子曰：「孝哉，戴子！孝子之於親，是而無非，愛而無憎，修而無短。斯非無非也，見其是不見其非；非無憎也，愛之而不知所憎；亦非無短，欲其修而無短。故親之身，非無期也。孝子曰：『吾親如金石，如柏松，如彭如聃，非不知人之身，非六者倫也。』乃其心恒若斯矣。故曰『孝子愛日』。愛生於見其是。見其是，斯又何憎矣？故親之名亞乎彼，孝子曰：『吾親德才罔亞彼，乃位亞彼。』故①親之善即小，罔聞也，則求使聞也。詩人談親過則仇之，非彼仇也。憎吾親者，吾仇也。故親之言，即小罔聞也，則求使聞也。詩也者，固言之章也，言之章，無小大，無多寡，無巧拙，必求使之聞也。斯孝子之心也，於戴子見之。故曰：孝哉，戴子！且物不能無聲也，於是乎吟出焉。聲生於竅，竅激而吟，視形爲巨纖。人之吟，則視所集爲多寡巧拙，然均之情也。情感於遭，故其言人人殊，因言以布章，因章以察用。故先王之政，不詩廢也。故小大者其受也，多寡者摛也，巧拙者思也。」李子曰：「予於詩昧，故罔克明於戴詩。然其子之心則固孝矣！則固孝矣！」戴子今爲開封府同知，刻父詩於大梁。

【校】

①「故」上，黄本有「親之位亞乎彼孝子曰吾親德才罔亞彼乃位亞彼」一句。

【箋】

〔一〕此乃夢陽爲戴大理詩集所作序。戴大理，生平不詳。文中曰：「戴子今爲開封府同知，刻父詩於大梁。」似作於正德九年秋作者自江西歸至嘉靖元年前閒居開封期間。

〔二〕浮梁，唐武德四年（六二一）自鄱陽東界析新平鄉置新平縣。天寶元年（七四二）更名浮梁，元和十一年（八一六）因水患，縣治遷往昌江之西，即今江西浮梁鎮。宋、元、明均於此置浮梁縣。

完名榮壽編序〔一〕

洪洞韓公以户部尚書致仕之十六年，是爲正德辛巳，會今皇帝即位，搜俊乂，掇遺佚，繹勞伐，起廢屈，元卿碩舊罔不祗禮。於是使使齎璽書往問前尚書文，歲增其夫，月加米焉。是年公年八十一矣。河内守曰：「嗟！吾父斯不謂完名乎？璽書及之矣。抑非榮乎？非壽何謂？」於是以公凡所受制書及凡所贈公言萃爲編，曰完名榮壽之編，君子覽之，曰：「編有六懿，四韙是成，何謂六懿？政信，德貞，天利，人同，君禮，臣忠。政信則孚，德貞則久，天利則壽，同善則贊，君禮則榮，臣忠則完。名之所生，必斯六者。故曰成韙。」

李子曰：完者，參諸敗者也；名者，驗乎害者也；榮者，彰乎厄者也；壽者，徵乎獨者也。

是故君子之敗也，非恬之也，敗而人完之也，道直而位黜者也；害也，非佽之也，害而人名之也，讒行而身斥者也；厄也，非求之也，厄而人榮之也。前黜之、後陟之，前斥之、後直之者也；獨也，非幸之也，均壽不夭也，人完之，天久之、名之、厚之，榮之、枯之也。何也？德貞則政孚，政孚則人贊，人贊則天利，夫然後名壽獲而寵錫繇矣，斯韙之義也。今夫玉無不知其貴也，然有擊而碎之者，玉何罪也？五穀無不知其美也，然有揠而稿之者，五穀何罪也？騏驥無不知其良也，然鹽車困矣，騏驥何罪也？何也？以在人也，乃人不知其在人也，於是懼敗以求完，位完而名輕矣；又於是違道以干名，名僞而厄及之矣；又於是趨利以避厄，厄去而榮遺矣；又於是巧冒以要榮，榮獲而衆棄之矣；又於是委曲以來贊，贊行而天殃之矣。所謂非其身，必其子孫者也，即有非殃也，變也，非天之定也，斯不知違者之弊也。於乎！聞韓公者，亦足以廉矣，立矣。

或問韓公之德之政。李子曰：善而不之見，謂之心盲；嘉而不之聞，謂之心聾；見之而不審，聞之而不悟，謂之心惑。欲知韓公者，觀斯編也，可矣。

【箋】

〔一〕文中曰：「洪洞韓公以户部尚書致仕之十六年，是爲正德辛巳。」洪洞韓公，指韓文，因率文臣彈劾劉瑾，於正德元年遭免官。據此，該文當作於正德十六年（一五二一）。明何瑭柏齋集卷五録完名榮壽録序曰：「大司徒洪洞韓老先生以清忠直亮歷事三朝，天下之士固已敬慕而景仰之矣。毅皇帝踐祚之初，群小用事，先生首倡府部廷論之，遂被誣構，致仕。……乃集累朝誥敕及士夫祝壽詩文，共爲一帙，題曰完名榮壽録。」

何公四圖詩序 并詩〔一〕

何公曰：「予爲職方也，使秦、隴焉，於是有出使圖。於河南參政焉，有旬宣圖。太僕卿焉，有考牧圖。今都御史巡撫雲南焉，有出鎮圖。」

李子曰：予觀何公四圖，而區域情理之概昭矣。詩曰：「膂力方剛，經營四方。」川嶽盤鬱，河海爰會，江湖之巨，滇、蜀之嶮，嵬目匯心，發之以才。是故事優政敷，蕃物阜財，和氓綏夷，邇悦遐來。故旗牙輿馬，鼓笳鞣矛之擁衛，圖之不謂之侈；餞紳祖綬，雲滃霧漈，摛馨布①英，驪駒是賡，玉振金戛，絲鳴竹咽，圖之不謂之靡；藻峻繪深，千隍百城，林谷蔽虧，徑路迴縈，星軺霜幰，出有恤，入有問，圖之不謂之矜。何也？繪者，象乎形者也；詠者，踊乎情者也；庸者，章乎功者也；實者，流乎聲者也。政者，實也；庸者，秩也。故其圖，尚象取諸易，典叙則之書，祖餞體乎禮，吟歌效諸詩，褒譽法諸頌，協音比乎樂。稱詩諭志，則春秋之例，回、路相贈，則孔門之義。於乎！四圖韙哉遂矣。

出使圖詩

環環大抵，職方是司。省疆植民，匪爾疇咨。闢零逐轓，隴氛曳旗。援還聚米，虞笏畫之。堂堂邊略，西土用資。

旬宣圖詩

湯湯河洛，襟瀠②帶嵩。隰淤原沙，易霾恒風。振槁布潤，汝勤汝公。厥穀離離，黍苗芃芃。有棠是紹，簡在帝衷。

考牧圖詩

駉牡魯吟，騋牝衛歌。思既無邪，心乎豈它。物以人茁，召祥者和。攻駒載殷，錦雲駊騀。牧人乃夢，維魚罔頗。

出鎮圖詩

秦收黔中，漢通西南。百蠻編户，華夷是參。我公莅之，干化愈覃。獻琛錫貝，駰寡停驂。翡翠象齒，猫睛金蠶。

【校】

①布，黄本作「播」。　②滎，四庫本作「滎」，似是。

【箋】

〔一〕何公，指何孟春，見訪何職方孟春新居二首（卷三十）箋。按，文中有「今都御史巡撫雲南焉」之句，據明武宗實録卷一百六十六載：正德十三年九月，「升太僕寺卿何孟春爲都察院右副都御史巡撫雲南」，該文當寫於正德十三年（一五一八）或稍後。何景明作有四圖詩贈何燕泉四首（何大復先生集卷三十），另有四圖詩序，曰：「燕泉先生由太僕卿陟副都御史，巡撫雲南，朝士寵其行，即以其履歷大者，爲四圖以贈，表之頌歌。四圖：一職方，奉使；二藩省，旬宣；三太僕，考牧；四都憲，巡撫。」（何大復先生集卷三十四）

【評】湯賓尹新鍥會元湯先生批評空同文選卷之三：文經百練，句出千錘。又，以四圖而歸諸六經，大有見解，大有理致。

萍會圖序〔一〕

萍會圖，圖王官十有五人，紀善一，教授十二，典膳二，十五人者，所謂東、西、南、北之人也。生不同，同王官；官不同，同地也，於是十五人者約曰：「始，吾儕生東、西、南、北也，固不謂同王官，即知有王官，知同地乎？夫勢無常形，止無定踪，吾儕知自是不復散而東、西、南、北乎？夫萍之末水也，知水乎？水知萍乎？及飄風過焉，縈花絮於漣漪之曲，於是萍者布清而根深，泛精以化神，綽約娉婷，嬉波上下，始與水一矣。故有寤寐其求，而終身無邂逅之遇，而傾蓋於塗路者，非素相聞也，斯所謂偶然之合也。夫合未有不散者，故君子同也，必聚而酒食相樂，於是乎有會，會者所以繫情防散者也。有類乎萍，故稱『萍會』焉，散而思，必及其貌。又子孫所世講焉，世講必曰『吾祖、吾父，昔與某同王官、同地，蓋同會云』。於是會不可不圖，圖者，所以示永而存義之道也。」

李子先人亦嘗爲王官玆地，覽其圖而歎曰：「嘉哉，會也！」然亦時使之焉。夫叔世寡安枕，危邦鮮甘食，設境内有緑林、銅馬之警，國無河間、東平之譽，輔之以端而拒之不信，導之以良而專恣者自遂也。諸君方背刺以憂責，荷擔以謀遷，非穆生逃則張衡去，即有繫情防散，示永存義之心，弗暇爲心矣，而奚會之有圖？故曰：「寧淵無焦鱗，時使之耳。」此之謂也。

【評】湯賓尹新鍥會元湯先生批評空同文選卷之一：上截就圖中抒思，其詞備；下截就圖外布格，其意高。

又，議論風裁，高出塵表。

代同榜序齒録序〔一〕

嘉靖五年秋八月，河南鄉試成，業以其名並文録之獻矣，於是榜中士谷宇齡等，乃相謀爲私録而齒序焉。注其字、年、籍、經，並榜之名第，題曰同榜序齒録，乃於是請之監察陳公觀焉，陳公曰：「嗟！諸生公録之矣，汝復私録之乎？」宇齡等乃再拜而言曰：「夫私者，有必不能無者也，以其類私而實公也。是以君子安焉。蓋天下有必義焉，亦有必情焉。義者，公之天下者也，如孔子正名是也；情者，出於不可必無者，雖私猶公也，如周公之於伯禽之疾是也。夫鄉黨莫如齒，今一旦得意於鄉，而直以文之高下名之，又恬然而安之，愚懼人之挾賢也。夫人之倫五，序居其一，故長幼者，必不能無者也。今一旦以名之高下而安之，昔也兄之，今也弟之，昔也後之，今也先之，以是而行於鄉，愚懼人之無長也。故榜之名，公也，天下之義也。齒之序，私也，人之必情也。似私而實公者也。」

陳公曰：「嗟！諸生韙哉！可與仕矣。夫國家之取士，文也，而用之則行也；名也，而責之則實也。誠使挾賢以驕之鄉，則其居官必矜己而凌儕；又使挾長以先人，則有官必自高而忿争。是故先王之制禮也，鄉黨必齒，以教讓也，長幼必倫，以敦遜也。遜讓立，而實必循，實循則行成，行成則名茂，名茂則同榜有光。嗟！諸生可與仕矣。」

是年冬十二月，某濫以左史至河南之藩，幸謁陳公，又幸見兹録，已又獲聞公與諸生問答之言，乃竊歎曰：「嗟！事有小而關之大者，以其本正也；有近而通之遠者，以其始慎也。故正莫先於禮讓，慎莫大於厚倫。諸生發軔者也，而不文驕也，不名之競而於序焉齒焉圖之，它日階品功業尚可量哉！」

夫監察公因其請而遂成之，不獲本始乎？詩曰：「淑人君子，正是國人。」陳公有焉。

又曰：「敬慎威儀，維民之則。」諸士子之謂也。

【箋】

〔一〕文中谷宇齡字道延，祥符（今河南開封）人，嘉靖十四年進士。文中曰：「嘉靖五年秋八月，河南鄉試成，業以其名並文録之獻矣。」又曰：「是年冬十二月，某濫以左史至河南之藩，幸謁陳公，又幸見兹録。」是該文當作於嘉靖五年（一五二六）十二月或稍後。據雍正河南通志卷三十一，此文係代巡按河南監察御史陳蕙而作。陳蕙字邦馨，福建晉江人，弘治十五年進士。按，皇明貢舉考卷五誤作「陳寧」。

李夢陽集校箋卷五十三　序四

送都御史王公移鎮陝以西序〔一〕

都御史王公巡撫河南之明年，是爲嘉靖甲申，詔乃移公於陝西。於是河藩、臬、長貳、百司、庶尹暨郡邑之吏，罔不愕然，相顧失色曰：「撫公之莅兹邦也，民紓盜息，四境告寧，吏嚴於條，官守其程，乃今一旦移而之西，如吾民何？」

李子曰：「出入無常者，王臣之體也；守之以恒者，侯邦之義也。是故封疆有吏，軍刑各職，或其舛也。則王臣者，出而臨焉，無常員也。事定則返，無限年也。有他委則移之，無專方也。今之撫臣，固出而臨者也，故其體不能不異，且以民言之，河與陝奚殊矣？昔者周之定天下也，陝以西，旦主焉；陝以東，奭主焉；河之南，固陝之東也，安知今天子不以旦、奭待我公哉？抑聞之，時有利阻，勢有夷險，事有難易，才有偏兼。故用才以兼，則改難爲易，化險爲夷，變阻爲利，此因時、順勢、謀事之大端也。陝以西，險塞之國也，羌胡是界，甲兵所急，故其事難；賦役煩瑣，調度頻複，故其時阻。不有兼材，鮮克濟之矣。予故謂王公移鎮於西者，用其兼也，亦以旦、奭之業望之也。」

或曰：「地遠者疏，位崇者危，名高者妒。昔馮異之鎮關中也，謗書盈篋，使非光武之明，雖欲以兼制難，乘利固險，樹勛流聲，吾恐寇恂無河内之借，而樂毅有辭燕之書也。」

李子曰：「蹇蹇匪躬者，王臣之義也；夷險弗避者，君子之節也；進止以時者，賢聖之行也。故成王能君，召公思歸，而旦有君奭之篇。今以王公之兼才，必入而委之保傅夾輔之任，陝以西豈久居公哉？」

於是，冬十月初吉，諸邦侯餞公大梁之郊，觴三行，各稱詩諭志焉。藩使杭公歌曰：「有客宿宿，有客信信。」言公之莫留也。臬使張公歌曰：「周邦咸喜，戎有良翰。」言西之人歡也。諸寮佐則賡之曰：「文武吉甫，萬邦爲憲。」言河與陝均也。

【箋】

〔一〕據雍正河南通志卷三十一職官二載：王公，即王藎，字惟忠，山東濰縣人，進士。檢有關文獻，王藎爲弘治十八年進士。本朝分省人物考卷九十八有傳。談遷國榷卷五十三載：嘉靖三年八月壬寅，「巡撫河南右副都御史王藎改陝西」。此文中曰：「都御史王公巡撫河南之明年，是爲嘉靖甲申，詔乃移公於陝西。」又曰：「於是，冬十月初吉，諸邦侯餞公大梁之郊，觴三行，各稱詩論志焉。」是該文當作於嘉靖三年（一五二四）十月。

送都御史夏公序[一]

巨小視其器，難易因乎才，静躁驗諸德，遲速係乎時，成否由之天，故有容知大，盤錯別利，持久占之矣。久以利用，利以大成，大以時獲，時以天定，鮮有違焉。何也？高墉之隼，射之者人也。鳴陰之鶴，靡有不和者也。夏公之舉進士也，癸丑迄今丁亥，三十有五年矣，乃始脱行省，陟内臺，官都御史，雖解鶴服豸，輟藩屏而職激揚，然外鎮也，其地又難，不謂之遲邪？予嘗與公指屈榜中人，見仕者十餘人耳，在世者不盈百矣。松柏之生也，森森戢戢巖壑間，然歷非千百年不材也。夫其遲之也，安知天不成之哉？

初，公立農部，振藩省，決議贊政，允出明納，積有歲年。人業遲之矣，公不之遲也，曰：「吾俟其至者焉耳！」是故不干譽而譽隨，不冀效而效獲，不嚴吏而吏嚴，不悦民而民悦。是所謂静以制之，德之傑者也。故今之陟論者，猶謂不充其器，而地之難，猶不足盡公之才，豈非今之人躁者多而静者寡邪？

甲戌之歲，予泝江、漢，滯漾、沔，登峴首，躡楚山，望荆、郢，攬襄、鄧，降觀於土，察俗問風。以今考之，固夏公節鉞之地也。控三省之交，故其勢分；阻峻嶮，故其俗獷；藪亡匿，故其風雜；鮮沃腴，故其賦下；頑而貧，故其徵鮮。如約。而鎮其地者，緩之則玩，激之則變，於是乎有撫治之名。撫治者，恩威之兼也。今誠欲合分馴獷，一雜申約，非才不濟，非器不充，夏公有焉。是地也，不公畀而奚畀邪？故曰「有容知大，盤錯別利，持久占之」。凡以是焉耳。然必天定而後驗，時至而後獲。何也？天下未有躁而成者也。故冀望者，不知天者也；欲速者，不知時者也；見難而疑者，不知才者也；當巨而畏者，不知器者也。由是言之，天之成夏公者，名位若斯而已哉！代夏爲左使者，董公也，亦吾榜中人也〔二〕。來求送夏公文，予告之曰：「吾榜見仕而官外者，公一人耳。」行有鳴鶴之應矣，亦時至而天定矣。

【箋】

〔一〕據雍正河南通志卷三十一職官二載：夏公，即夏從壽，江南江陰人，進士，嘉靖間巡撫河南。據本朝分省人物考卷二十八夏從壽傳，從壽中弘治六年進士，授工部主事，後改户部，當與夢陽爲同榜進士兼同僚。又據明世宗實録卷五十六：嘉靖四年十月，「癸巳，升貴州布政司左參議福建布政司左布政使夏從壽補河南左布政使」。又，明世宗實録卷七十二載，嘉靖六年正月，河南左布政使夏從壽爲都察院右副都御史，巡撫河南。又，文中曰：「夏公之舉進士也，癸丑迄今丁亥，三十有五年矣。」丁亥爲嘉靖六年（一五二七），是該文當作於此時，時夢陽閒居開封。

〔二〕文中曰：「董公也，亦吾榜中人也。」此董公當即董鋭，見贈董公序（卷五十三）。

贈鮑侯序〔一〕

有馬於此，咸良之矣。或曰是未歷險，斯不知馬者也。汗以血，曰齒未長也。夫伯樂觀於冀野，而馬群爲空，固非險試之也。且當是時，能一一齒之哉？固有所弗暇矣。蓋才有常殊，天之畀也；器有小巨，人之具也。故見根撥而知品者，知花者也；見形而知千里者，知馬者也；即夷以知險，即少壯以知老長者，知人者也；即平居以知臨變者，知用人者也。鮑侯弱襲父官，壯而立焉，一擢而僉都指揮事，與書押，再擢而鎮淮、汝，三擢而掌司印，年未三十也。

先是，命將下，人有謂鮑侯者。河南即天地中，然巨鎮也，地方千餘里，轄衛十，守御之所三，而侯之齒未長也。夫兵者，所以耀威固疆，戢暴輯民者也。河南西以南，秦、楚之隘鄙也，故其地藪盜而哨凶；北東南曠，故其俗輕剽而易扇。而司兵者，前憂而預防之，潛奪密消，不耀而固，不戡而輯，誠非長而才不能。又都司者，藩臬頏頡者也，有參謀焉，有接禮焉，有同事焉。謀博①則取輕，禮失則招侮，事謬則來損。而鮑侯之掌司印也，明而詳，是故無損；謙而實，是故無侮；敏而聰察，是故無輕；恕而廉，是故威。威生固，固生輯，如是則何剽不奪，何凶不消！所謂蹶然歷塊者。而人又謂鮑侯，使提三尺，行龍沙、雁塞中，比古之良或亞夫見銜轡而奮躍蹄鳴者，非致遠者也。一飽一石，斂神徐步，健氣勃如，日中微汗，腹鱗爛如，未暮而千里矣。斯之謂良，斯之謂負器之才，如是則何險不可歷，何變不可臨！而齒之少長足計哉！

予非伯樂倫也，交鮑侯，自其父矣。嘗觀侯射於南郊，又見侯饑而虎餐，今又觀其無輕之也，無侮之也，無能損之也，於是知其必良也，然不敢謂其群空也。何也？其寮皆千里才也，又皆長而歷險經變者也。雖然，汗血之駒，非渥洼不產。觀鮑侯者，於其父祖可也。故松柏之根，不產花卉；桃李之根，不産桂菊者，以各有種也。

【校】

①博，黄本作「駁」。

【箋】

〔一〕鮑侯，即鮑國。雍正河南通志卷三十一職官二載：鮑國，江南壽州人，嘉靖初任河南都指揮使。又明世宗實録卷四十二：嘉靖三年八月，「命署都指揮僉事鮑國掌河南都司事」。鮑侯，即鮑國。該文當作於嘉靖三年八月或稍後。

【評】

湯賓尹新鍥會元湯先生批評空同文選卷之二：良馬比名將，已是大議論，且奇意滚滚，於萬斛之爾，隨地而出。

又，純是一篇良馬記。

又，又以汗血之駒必産渥洼，以推其祖父，是弄龍千仞，愈高愈疾者。

贈董公序〔一〕

玉沙董公之爲左使也〔二〕，一號令，飭規畫，嚴扃鑰，增範防。接屬以禮，馭吏以則，與民以信。出無稽程，入無滯案。平以濟允，執以佐公，廉以養威，默以惇德。行之旬月，河藩改觀焉。或謂董公簡質而退遜，是古之遺良也。舉進士，今三十有五年矣，九命而至今官，其爲政，有而不居，勞而不伐者也。是故知公者，謂簡焉已耳，而不知剸繁者具也；謂質焉已耳，而不知其内文而外素也；謂退遜焉已耳，而不知其果之弗顧也。是以有亹亹之修而寡赫赫之譽也久矣。乃今爲左使也，旬月而河藩改觀，何也？

李子曰：「天下有愈試而愈堅者，抱乎真者也；有愈遠而愈力者，任夫重者也；有必專而後利者，俟夫用者也。利莫如湛盧，使柄不在掌，即能陸剸犀兕，水斷蛟蟒①，顧安所施乎？故曰必專而後利。今夫千里之馬，猶夫馬也。設較材於越隙歷塊之頃，而汗血未珠，電影未掣，則駘駑騮騄，能別之乎？故曰任重者遠而愈力。又試才如試金，百鍊而靡易，斯良之矣。故曰抱真者試而愈堅。董公入官者，今三紀矣。九命而操愈堅，予以是知其有真也。然中書而户曹，而參藩議，而副臬使，而復參藩政，卿太僕，進右使而左，斯其遠但千里哉，然愈力也！予以是知其任者重也。故今綰銀章，握紋符，裒然爲方面首，前也亹亹，今也赫赫，予以是知其專而後利也。」

或曰：「董前爲卿不專乎？」

李子曰：「事有巨細，地有要散。董之專而利者，以長於要也。」

曰：「若是地不有要於左使者乎？」

李子曰：「患其不專，不患不利；患其不要，不患不專。董之謂哉！」

【校】

①蛟蟒，四庫本作「蛟龍」。

【箋】

〔一〕董公，即董鋭。雍正河南通志卷三十一職官二：董鋭，直隸昌邑人，進士。嘉靖間任河南左布政使。明世宗實録卷十二載：嘉靖元年三月，「升河南按察司副使董鋭爲本布政司右參政」。又卷二十三：嘉靖二年二月，改任董鋭甘肅行太僕寺卿。是該文當作於嘉靖元年三月至二年二月。檢明清進士題名碑録索引，董鋭與夢陽同爲弘治六年進士，是二人此前即已相識。

〔二〕玉沙，古縣名，宋代始置，治所在今湖北仙桃市境内。明洪武元年（一三六八），沔陽府改屬湖廣行省。九年（一三七六），降沔陽府爲州，州治沔陽城。併玉沙縣地入州，直屬湖廣布政司，領竟陵縣。夢陽明故申宜人墓志銘（卷四十四）云：「董名鋭，字抑之，玉田人也。」萬曆順天府志卷五亦作「玉田人」，與此「玉沙董公」異。按，玉沙屬湖北，玉田在今河北唐山。玉沙或誤。

贈劉大夫序〔一〕

劉大夫來參河省之政，李子傾蓋與語，相顧①而笑，莫之逆也。居無何，大夫貳於浙而去，李子喜又若思者。或問焉，李子曰：「予高大夫。」曰：「高之者何？」曰：「高其績也，然有獲焉。予少也蒙，誦孔子六蔽之章，惑焉。詩曰：『民之秉彝，好是懿德。』夫六言無非德者，患其不好耳，而患不學哉！長而悟乃學，然暮矣，無獲也。見劉大夫，惕焉；睹其績，慚焉；已企焉，巍乎莫之及也，是故喜焉，高之也；其離也思焉，情也。」

曰：「敢問大夫何學也？」

李子曰：「非古弗則，非聖弗遵，非經弗由，少爲之力，長而益修。譬之飢渴飲食焉，或歉則中熱面赤，見善則羡而服焉，恒懼不與之齊也。是故發爲藻華，義經道緯，探賾鈎奥，嘖芳擿英，如飫醇而抉其粕，鮮不精焉。故其爲仁則難罔，用智則不逾，守信則靡害，秉直則有容，勇之則助義，剛之則破私。故其出而仕，御士則悦，導民則從，遘繁則剸，計大則決，析細則理。猾畏其嚴，宄避其照，狡伏其威，斯皆歷試之績，所謂學於古訓有獲者也。大夫自視欿如，人望之固巍如矣。予淺人也，見其人惕，睹其績慚，企其獲巍，雖不高之，不可得矣。夫緇衣改於既敝，杕杜傷於斯饑，非惟起懷於好德，亦冀蓬麻之易扶也。獲如大夫，績如大夫，巍如大夫，使侍孔子而遊其門，則憂蔽之歎，不發於由，而好古之竊不於彭比矣。乃今莫逆於傾蓋之頃，而遽適乎江海之遐。來，予胡得不喜；去，予胡得不思。故情莫切於思離，義莫先於喜德，獲莫大於攻蔽，績莫難於歷試。所謂高而兼者，人之上也。」

於是效風人之義，爲三疊之歌：

其一

瞻彼北山，有雲洋洋。日出曜之，群龍載翔。沛之爲霖，澤我萬方。

其二

悠悠南邦，之子于邁。蒸徒楫之，旟旐旆旆。疆域是清，波靡揚海。

其三

維南有山，桂也冬榮。青青沚蘭，凌秋擢英。馨香永懷，回雁春征。

【校】

①顧，四庫本作「視」。

【箋】

〔一〕劉大夫，據雍正河南通志卷三十一職官二：劉節，江西大庾人，進士，見七夕雪臺子過東莊（卷二十七）箋。正德十二年起任河南右參政，嘉靖初轉左參政（明實録卷八十載爲右參政，恐誤）。又據雍正浙江通志卷一百一十八職官八，嘉靖初，劉節先任浙江右布政使，後又任左布政使。注曰：「字介夫，大庾人。」此文中曰：「劉大夫來參河省之政，李子傾蓋與語，相顧而笑，莫之逆也。居無何，大夫貳於浙而去，李子喜又若思者。」是劉節先任河南右參政，轉左參政，後升任浙江右、左布政使。雍正浙江通志卷一百四十八名宦三亦載：「劉節，字介夫，大庾人。弘治間進士，嘉靖初浙江右布政使，轉左。戊子，賓興疏增解額，浙藩出納最冗，親閲文籍，盡革吏弊，晉山東巡撫，官至刑部右侍郎。」戊子，爲嘉靖七年。明世宗實録卷八十：「（嘉靖六年九月，）升河南布政使司右參政劉節爲浙江右布政使。（按，當爲左參政。）」是該文當作於嘉靖六年（一五二七）九月。

【評】

湯賓尹新鍥會元湯先生批評空同文選卷之一：瑰梧雄駿，氣邁萬夫。

又，句法字法典左、國，方軌而馳。

又，字高千古，氣雄萬夫。

又，商彝周鼎並陳，黄鐘大吕迭奏。

送石庵先生歸序〔一〕

右副都御史石庵蔣公巡撫河南之三年，上念之，詔之歸，若曰：「將别庸汝。」河南三司大夫聞之，驚且疑，詣李子問曰：「巡撫公之政，它即未之知，河之南不之知乎？其德，民或未之知，士大夫不之知乎？其心，衆或未之知，君子不之知乎？銓文曰清白可稱。夫官患者汙耳、墨耳，清白者歸乎？」

李子曰：「僕野人耳，未達於務，雖然，竊有聞焉。人君不欲竭臣之力，非棄之也，將以擴仁也，又示勸也。人臣不欲盡君之禄，非忘之也，蓋懼盈也，又恥競也。故國有勞臣，君則優之，其去則聽之，或察其心罷之。若曰是欲佚而未敢陳者，是擴仁也。於是欲佚者，知上之能察其心，不俟其罷而去，則進退之跡泯，是勸之也。夫四時之序，成功者退，禍盈福謙，天之道也。故爾公爾侯，情非不至，而空谷之駒莫留；好爵爾縻，義非不隆，而在陰之鶴寡和，臣之心豈固忘國哉，亦懼盈恥競然耳！而黄金錫歸，杯酒釋柄，君亦豈謂臣汙且墨哉？優其清以勸弗清，優其白以勸弗白，優其勞以勸弗勞，斯聖王體物之心，而賢臣全智之秋也。夫都御史者，八座之要，風紀之首，而激揚之重官也。乃奉璽書乘繡巘，代天子出而巡岳省方，非清白吏不至此。於是審興革，籌利害，詢瘡痍，廉貪濁，蘇困苦，鉏强横，平征役，允計會，閲兵甲，視墉城，晝廨廩，百責萃之矣。而又舉遺逸，拔潁特，風動雷行，露濡霜肅，斯其勞，豈衮羔飾豹、委蛇在公者比哉？蔣公且三年矣，一旦稱而優之，令之歸，何不可哉！優之之謂仁，稱之之謂勸，斯所謂聖王之心也。」

諸大夫曰：「優之歸矣，又庸之乎？」

李子曰：「予野人耳，未達於務，雖然，竊又有聞焉。天地因材以篤物，聖人因才以官人。故綜覈之政行，則寬緩之流後；休平之治成，則奮勵之鋒斂。蔣公者，日計不足，歲計有餘者也。心也，君子知之；德也，士大夫知之；政也，河南民知之，清與白，吾君吾相知之。他日不庸之，不可得矣。」

【箋】

〔一〕石庵先生，即蔣瑶，字粹卿，時任右副都御史巡撫河南。據雍正河南通志卷三十一職官二載：蔣瑶，浙江歸安人，進士，嘉靖間巡撫河南。蔣瑶爲弘治十二年進士，本朝分省人物考卷四十六有傳。明世宗實録卷五十三載：嘉靖四年七月，「改山東巡撫蔣瑶於河南」。是該文當作於此時或稍後。

【評】

湯賓尹新鍥會元湯先生批評空同文選卷之二：「詔之歸」，推到「君之擴仁」，示勤道之「懼盈」、「恥兢」，誠識高千古，調空一世矣。

又，思入九淵，機參三昧。

又，始以「心言，君子知之；德也，士大夫知之；政也，計民知之」，末結以「清與白，吾君吾相知之」，以卜他日之必庸，是百尺竿頭，進一步矣。

又，結句更妙。

贈閆子序〔一〕

閆子既拜南部司務之命，瀕行，李子戀焉。或問徐昌穀曰：「閆之行，李子戀焉，何也？嘗聞昵不言離，昵莫如骨肉之親，次莫如友，次莫如鄉。閆、李者，同豳人也，而又友也。異姓而肉骨者戀焉，以兹乎？」徐生曰：「賢者弗昵，昵者弗永，故骨肉非義，久必殘；友非義，久必疏；鄉非義，久必暌。何也？同氣則求，同求則義，同義則久，久則戀，戀則難離。易曰：『鳴鶴在陰，其子和之。』同乎求者也；『同心之言，其臭如蘭』，求而易者也。詩曰：『我心匪石，不可轉也。』義而久者也；『人涉卬否，卬須我友』，久而戀者也；『惠而好我，攜手同行』，離而難者也。故閆、李者戀也，義也，非昵也。」李子之友聞之，曰：「友之友，吾友也。吾聞古之離也，聲諸詩，凡以持久昭戀宣義而闡求者也。」於是太原喬子賦閥閲，閆子之父憲卿也。海陵儲子賦秦關，重去鄉也。浙王子賦亮闇，國時有喪也。郴李子賦關河，濟南邊子賦郊月，淞陸子賦金陵，吴徐子賦虎踞，昌穀子亦賦驅車之章。〔二〕

李子曰：「喬之詩緻，儲之詩雅，王之詩宏，李之詩舒，邊之詩沖，陸之詩概，徐之詩灑，昌穀之詩蒼。八子者，可謂善言離矣。夫因其友而友之，不謂義乎？因其聲而聲之，不謂同乎？同聲而因義，八子者，可謂善言離矣。」

【箋】

〔一〕文中曰：「閆、李者，同豳人也，而又友也。」此閆子疑爲閻侃，父閻仲實曾任兵部尚書。侃字允中，中弘治八年舉人，曾任滁州知州，其兄閻价官至四川布政司參議。按，夢陽有憶昔行别閻侃詩（卷十一）曰：「憶昔少年時，遨遊咸陽都。」邊貢有贈閻允中，首句曰：「郊月隱寒樹。」與此文相合。雍正陝西通志卷三十一選舉二載：「閻侃，隴州人，滁州知州。」

〔三〕太原喬子即喬宇，海陵儲子即儲巏，浙王子即王守仁，郴李子即李貽教，濟南邊子即邊貢，淞陸子即陸深，吴徐子即徐縉，昌穀子即徐禎卿。據此段文字，此文或作於弘治末年夢陽任職户部時。時閻侃赴任，衆人爲其送行。

周氏族譜序〔一〕

周生衝修其族之譜成，空同子觀焉，曰：「周生知譜哉！一譜而五善具矣。」夫述前者據，信後者實，謀始者慎，導從者簡，布言者忠。夫譜者，所以合散而一殊者也。非據不妄指乎？非實不溢美乎？自我述之，自我始之，而或妄也，溢也，謂慎乎？斯固言以布之也，不慎謂忠乎？夫五者，失一不足以訓人，矧族乎？何也？族之於吾本一也，合也，世異則殊，殊則散，非此難導之從也，言諄而不入，述詳而不信。若曰：渠固妄而溢也，何以諄與詳爲也？斯不忠、不簡、不慎之過也。何也？無實而非據也。周生之爲譜也，遡其所可知，非據乎？書事必覈，非實乎？疑之必缺，非慎乎？導之以可行，非簡乎？其言惻怛，尊親是惇，非忠乎？夫自人之不知有尊也，於是乎悖，悖則不合。自其不知有親也，於是乎疏，疏則不一。不一不合，則愈遠而愈殊，愈殊而愈散，斯非但族之罪也，亦導之者非也。周氏之子孫，自是其無悖乎？無悖則有尊矣；其無疏乎？無疏則有親矣。尊親得，而家之道不成乎？斯譜之者之功也。故曰：「周生知譜哉！一譜而五善具矣。」

【箋】

〔一〕文中云：「周生衡修其族之譜成，空同子觀焉。」又，明史卷二百八十三湛若水傳：「時宜興周衡，字道通，亦遊王、湛之門。」即此人。黄宗羲明儒學案卷二十五載：「周衡字道通，號静庵，常之宜興人。正德庚午鄉舉。授萬安訓導，知應城縣，以耳疾改邵武教授，升唐府紀善，進長史而卒，年四十七。」

董氏族譜序〔一〕

嘉靖五年，董大夫來參河藩之議〔二〕，李子獲觀於其譜，而語人曰：「董氏知家政乎！

吾於其譜觀也。」居無幾，大夫罷歸，即其邑之東，構東樓，闢書院，群族子弟誨焉。凡言之譜者，罔不行之家也。李子聞之，又語人曰：「甚哉！董大夫似君陳也，吾於其家之政知之也。」夫自大學教衰也，士不由齊而求之治。是故仕也，有不官政者矣，矧家之能政也；其罷也，有不身謀者矣，矧家之政行也？是以夫子憂焉，曰：「是亦爲政，奚其爲爲政？」夫是言也，誰不之知也？然未之有行，何也？其所厚者薄，未有不薄者也。又其身官焉已耳，罷則無所於歸也。

夫董大夫者，藩省之佐耳，固非崇爵豐禄人也，其仕也，念念其族；而其罷也，群而誨焉。政不究於官而行於家，斯豈忘本務末者倫邪？持之而靡懈，久之而有成，非仲尼之徒而獲大學之旨，能若是邪？予故曰：「甚哉！董之政似君陳也。」以其知本也，於其譜而知之也。

【箋】

〔一〕此乃夢陽爲董鋭族譜所作序。文中曰：「嘉靖五年，董大夫來參河藩之議。」是該文當作於嘉靖五年（一五二六）或稍後。

〔二〕董大夫，即董鋭，見贈董公序（卷五十三）箋。

琴峽居士序[一]

夫美以類彰，情以物寓。故緣類以彰德，則力爲有循；託物以寓警，則怠心靡乘。執循祛怠，非志罔成，故曰士尚志。故志者，完美而定情者也。夫琴之言禁也，所以遏邪而宣和者也。昔者，伯牙鼓琴也，志在高山，鍾子曰：「峨峨乎高山！」志在流水，鍾子曰：「洋洋乎流水！」斯擬諸音者耳。志以向之，猶足警寓以彰類。

夫峽者，山之隘而水之激也，實擊虛應，不琴而琴，入之耳而會之心，邪有不遏者乎？邪遏則端念生，和宣則躁心平；躁平則情一，端生則美積，二者由於琴而本於志。故志者，完美而定情者也。夫富貴導淫，介胄起忿，忿以躁基，淫由邪作。劉子，介胄人也，爲錦衣，貴矣；兄弟世禄，富矣，謂人曰：「呼我琴峽居士。」斯人者，亦警寓彰類者耶！劉子曰：「吾燕人也，嘗登琴峽之上，目之岑巉，聆之泠然，邪消躁繩，淫忿弗萌，爰契吾志，是故琴峽稱焉，號曰居士。夫德成於警，隳於怠。是故是稱也，吾亦效夫警寓而彰類者也。」

李子曰：「事異而同行者，嘉乎跡者也；行異而同情者，修乎中者也。夫介胄之於俎豆，富貴之於山林，判矣。乃劉子則曰『吾如此，吾如此』者，志爲之本也，亦美之由彰乎？故曰：完美而定情者，存乎志；警寓以彰類者，緣乎物。」

【箋】

〔一〕琴峽居士，燕人，姓劉，生平不詳。

【評】

湯賓尹新鍥會元湯先生批評空同文選卷之二：高調入雲，深思徹骨。又，句煉字剔。

李夢陽集校箋卷五十四　序五

贈李九江序〔一〕

李君爲九江府三年，而郡大治。居無何，懇乞致其仕歸，乃進君江西右參政，歸。自君治九江，稔猾者逡逡無敢萌也。曰：「官無如今。」守廉又明，非公者縮，無敢君干也。豪强①仆於其嚴，良者恃以安也。上令設非其令，違民好，君執而不行。讓言至，君往面争，然理勝争，卒無撓者。令者或强之也，君則毅然曰：『官可去，厥②不可阿。』竟不行。於是九江愬者不上之也，他非令不至於民，民亦不知有他令非，於是士專其業，工賈坐肆，盜背其境，農嬉南畝，此楨民之效也。楨則不擾，不擾則民附，民附君。乃君懇歸也，又放君歸。於是民始疑，民泣涕，咎君曰：『夫自走省人事迄今頒白，蓋目睹十易守矣，號稱治者，非必君廉也。廉擢則公銷，公銷則明夷，明夷則威弗立，威弗立則豪强不仆，豪强不仆則良者摇，六者殊途而相須。誠如是，有能争非其令者乎？即争能竟弗之行歟？非令至則民擾，擾則四等各失其業。民即失其業不治，走目睹守，未有不稱治吏遷也，君胡不少奈而歸？』」

士解之曰：「嗟！蠢哉！民。獨立者危，方上者災，故非令不至於下，而傲譽必騰於上。楚諺有之曰『剪稊長穀』，言恩怨異情也。故良者，暴之讎也；威者，猾之讐也。太明則闇忌，秉公則私惡，抱廉則污讒，何則？物以反仇也。君烏得不歸也？」

或曰：「夫堯、舜在上，巢父洗耳，張摯二疏之倫，談者尚焉，故聖王必有不可致之賢，而君子必有不可縻之節，而後淳風可行也。聞之羅公曰：『世號稱名流，善文章，説道術，深藏闇穆，乃其心特養望市高，以取崇位、博鉅資、媒富貴耳！於中非實有也。一遇事變，小則奉首鼠竄，大則有不可言者矣。』兹其言雖激，然要亦有徵焉。今李君歸，陟之以華階，褒之以渥辭，安知上之意，不爲礪頑風儒，舉而使履道知幾者勸哉！

【校】

①强，原作「傑」，據本文及曹本、李本、四庫本改。　②厥，四庫本作「決」。

【箋】

〔一〕文中曰：「李君爲九江府三年，而郡大治。居無何，懇乞致其仕歸，乃進君江西右參政，歸。」檢雍正江西通志卷四十七秩官一，正德至嘉靖間任江西右參政又姓李者，惟嘉靖初李緋，或即其人。李緋字廷章，河南固始人，弘治十八年中進士，曾任山東左布政使。明世宗實録卷八十二載：嘉靖六年十一月，升「江西按察司副使李緋爲本省右參政」。是該文似作於嘉靖六年（一五二七）。

贈何君遷太僕少卿序〔一〕

何君以河南左參政而遷太僕寺少卿，人曰：「高其地，厥階縮，重入乎？」或曰：「脱繁哉！」予曰：「拔才也。」以嘗歷試，然亦漸耳，既入必重庸君。往予謁天官公，會公自西來，謂予曰：「頃觀子元，清理西北馬，有巨才云。」夫子元才誠巨，使握大藩柄，敷化而弘載，民汔康乎！夫馬之政，一焉耳，拘而簡，以君遷，不優馬後民哉？斯非諳夫馬者也。馬之登耗，國之舒蹙係之矣，是故丘甸歲取，圉事嚴矣；數馬以對，寠富占矣。駷牝强衛，斯臧興魯，阡陌成群，漢以張矣。是以兵戎之事，顒碩佶閑，詠者侈焉，比足同色，國者弗之捐也。然古之人思寓馬，必民也，至有復其三卒免二丁者，備矣，而猶責之官，何也？政非人不行也，故有張萬歲爲太僕，而後天下以一縑易一馬。今監苑無陳堯叟勒石之功，茶馬非李杞蜀市之嚴，而編户馬有文彦博難耕靡息之憂。卒有急，則太僕每發帑金市之民，今之民，非嘗復而免者也，遇市則昂其直，直昂，州縣官必區畫副之矣，副之而有不朘民者乎？於是馬蔽而民亦大擾，故謂馬之政一拘而簡，謂君之遷，優馬而後民者，非諂馬者也。

辯者曰：「何君前清理西北馬，嘗糾勢官私田湖益馬，歲入約數千金，行期年矣，然卒弗行也。於時君復有馬政之章，略曰：私茶不絶，勢鹽不革，馬卒不登，亦未聞措之行，今即遷兹官，能使馬遽足，而民靡擾乎？」夫道以志行，官以誠守，時非逆度，知之而弗白非仁，當行而畏縮非勇，相幾審①力，智斯立矣。以君才，誠重庸君，夫奚往不可矣，而但馬政哉！君寮方岳諸公，以君行也，思有贈於君，而屬予爲之言，予非度時誠守行志者也，而從之言，以鮑子知我也。

【校】

①審，原誤作「番」，據黄本、曹本、李本、四庫本改。

【箋】

〔一〕何君，指何孟春，見訪何職方孟春新居二首（卷三十）箋。據明武宗實録卷一百二十載：正德十年正月，己卯，「升河南布政司左參政何孟春爲太僕寺少卿」。該文似當作於此時，時夢陽閒居大梁家中。

【評】湯賓尹新鍥會元湯先生批評空同文選卷之二：百練成句，千練成文。

送按察使房公序〔一〕

今孰不曰「軒冕，倘來物」耳，夫凌風排雲，鼓翼於九天之衢，以赴功名之會，斯豈非吾所深願至欲哉！然而時有遇不遇，故富貴者，趙孟我者也。得之非我加，失之非我損，何也？以在外也。及既失之也，則又率面目無彩澤，戀惜懊悔，中悁悁弗休，斯非所謂言是而心違者歟？大抵脱屣名利有三難：奮激不顧，一；牽於妻子，二；以官爲家，三。今欲一旦超乎三者，視其官如塞翁之馬、孟敏之甑，先幾勇止，内無絓罥，色不黯如，窮約靡悔，斯其人亦罕矣。故曰：笑碎美璧，動情破缶，而況功名富貴之際哉！故官爲家也，官失而無家，必曰：「悔不守井泉之俸。」牽於妻子，妻子必聒之，曰：「榮途百足。」奮激不顧者失其官，鄉里人或侮之，或其邦大夫過之不式，時節不問遺，必曰：「吾謀再起，以泄不平。」若是者，其去也，豈誠由諸心者哉！

任丘房公爲河南按察使，守一比法，久而安矣。無何，上書乞致其事歸，天子乃許，進公太僕寺卿歸。公爲此，内而弗謀妻子，外而弗詢友僚，書上而京師朋舊咸罔聞也。命下也，人疑而驚，詰公曰：「歸有家乎？」公曰：「薄田足以耕，敝廬足以棲。」「家人安乎？」公曰：「安。」曰：「他日鄉里人侮公，邦大夫過公不式，不時節問遺。」公曰：「侮予何殆？慢予何辱？不去，二者難必矣。」公拜命曁還，儀度徐暢，若有所負，而釋焉，豁焉，若有需而獲也。聞惜其去，公欲弗自勝，譽其高，然若靡能焉。若公者，不謂超乎三者之等，而其去真由諸心哉！夫人性雖同，而品則殊，著易識而微難察，自是有向欲去而怵於侮且慢，止也，必曰：「兹非若不去而殆且辱也。」有向欲去而牽於妻子也，必曰：「吾效房公，不謀諸妻子。」有向欲去而慮夫無家也，必曰：「薄田敝廬易辦也。」若是者，非公啓之而誰也？故君子謂公之歸，有厲頑劘貪之功，不誣矣。

公以進士，歷郎中、知府、副使、參政諸官，至今職。唐相國琯其先也，而居任丘，實自關内徙，因是於予有鄉國之雅，而省司諸公，乃復屬予曰：「房公之去，人士惜之，然亦高之焉，子盍贈之以文。」於是乎文。

【箋】

〔一〕文中曰「任丘房公爲河南按察使」，據雍正河南通志卷三十一職官二，房公，即房瑄，任丘人，弘治三年進士，正德中任河南按察使，本朝分省人物考卷六有傳。明武宗實録卷一百零八：正德九年正月，「升山東右參政房瑄、四川右參政何珊，……俱爲按察使。瑄，河南；珊，四川」。又卷一百二十二：「（正德十年三月）河南按察使房瑄以病乞休，吏部請如例進階，乃以太僕寺卿致仕。」是該文似當作於正德十年三月。

【評】

湯賓尹新鍥會元湯先生批評空同文選卷之二：才酣八斗，氣陵三峽。

又，談盡世情，令人汗浹至踵。

又，議論滚滚如萬斛之泉，隨地而出。

又，東處尤佳。

送陳公赴貴州序〔一〕

陳公之貴州左布政使也，爰自河南右使往焉。往之日，河南左使臧公偕左右參僚餞之郊。有舉觴勞陳公者，再拜而言曰：「嗟，遐哉！夫貴州者，古鬼國之域而西南之荒裔也，不謂萬里哉？」陳公觴而酢之，而再拜對曰：「竊聞之，王事無近。」有知道路之事者，曰：「遐何難焉！夫洞庭五溪，天下之險也，林箐岭岏，劍峰指攢，下視無地，仰之無天，苦霧蒸焉。水則波濤靡際，微風濞涌，是險之至者也。又草露蟲蛇之虞，不可不戒。」陳公曰：「王生遇九折之坂，叱御徑度；狄相登羊腸之谷，望雲徒悲。故君子不以夷險異懷，人臣不以非美殊志。某也前嘗歷匡廬，泛彭蠡，北涉并、代，揚鑣雁門之衢，飛蓋白登之墟者，屢矣。然嘗浮洞庭，踐五溪，遍沅、辰之巉，極偏鎮之區，蒙蒙嶔嶔，犬牙相入者，固貴之北隅也。乃後復逾大庾，登五羊，返於江、於淮、於河，以至於河南。某者未始困於險也，而險亦莫吾困。」問者瞿然而變色，曰：「嗟，壯哉！且子何以治夷？」陳公曰：「竊聞之，雨露不擇地，君子不擇人。故鳥獸悦惠，豚魚及孚，忠信篤敬，蠻貊焉行。夫自貴之開邦也，列帝敷膏於上，諸吏宣承於下，官御惟備，巨小相屬，立酋世長因其勢，輕徭薄賦養其力，左輸右轉贍乎用，甲胄以威，庠序以教，録俊登傑，細縶大縻，是夷而華者也。某何敢以夷治也。」臧公曰：「吾與子異域而均責。夫封疆之官，其責有五：訓養先焉，一以持之，守之以寬，詳出允納，宣明剔幽。其庶幾乎？」陳公再拜而受曰：「旨哉！敢不敬承佩君子之訓！」

於是李子聞之，曰：「諸君可謂善祖行矣，一餞而三物備。」或問：「何也？」曰：「送而恤遐，而險焉虞，仁也；仕不避難，重險不懼，忠也；别靡忘規，陳責必五，義也。仁以樹忠，義以行之，益之以貞，何事不濟？是一餞而三物備者也。諸君可謂善祖行矣。」

【箋】

〔一〕文中曰：「陳公之貴州左布政使也，爰自河南右使往焉。」據雍正河南通志卷三十一職官二及乾隆貴州通志卷十七秩官載：陳公，即陳雍，浙江餘姚人，成化二十年進士。明俞汝楫禮部志稿卷九十九載停罷守臣貢獻曰：「正德十年，禮部尚書劉春以廣東左布政使羅榮、按察使陳雍，……」王世貞弇山堂別集卷五十九載，陳雍於正德十六年任工部右侍郎。卷五十一又載陳雍於嘉靖四年任南京工部尚書。又，明武宗實録卷一百二十五載：正德十年五月，「升河南布政司右布政使陳雍爲貴州左布政使」。是該文當作於正德十年五月或稍後，時夢陽閒居大梁。本朝分省人物考卷五十有陳雍傳。

【評】

湯賓尹新鍥會元湯先生批評空同文選卷之二：以遐方險途狀貴陽之難，而又以君子不以夷險異懷狀貴陽之易，情境兩到矣。

又，語既中窾，思且刺骨。

又，代臧公獻規，大得贈言者之意。

又，以三善結句，駸駸乎入無上法門。

送右副都御史孫公序〔一〕

孫公爲都御史赴江西也，以李子嘗官其地，問厥宜，李子曰：「僕鄙人也，宜何知焉？

夫不自政而謀人政者，妄也，不自陳而言勇，則其言無稽，敢辭。」翌日，李子與客論天下之政而及江之西，客曰：「孫公撫斯邦也，境内獄省乎？蓋其人嘗爲刑吏矣，以平名，又録囚斯也。然斯邦也，賦其允乎？豪必自今摧矣。自孫之爲參政，爲按察，爲右使，所政知之也。」

李子曰：「竊聞之，天下一政，因地異施，故政以位殊，位由體立，立體顯用，藏諸其能。是以米價之問，智者瞋目，牛喘下詢，君子與焉。故比條原情，執而罔徇，積孚而宛成者，刑吏之事也；懷矜剖疑，義以斷例，破堅伐幽，録囚者之志也；公符宣委，亟恤緩徵，參政之義也；持明懸平，靡屈靡撓，重輕付之，吏嚴民畏，按察之經也；協寅敷誠，可否惟貞，右使之程也；糾邪揚端，屹然岳安，百度貞焉，都御史之賢也；巍威履仁，鎮危立利，任怨而輕去，挈綱而疏目，踣猾而矜拙，巡撫者職也。昔予官江之西，見右使者弗程也，按察之弗經也，參者非其義行也，私計曰：撫臣必糾之，然弗之糾也，乃程也，經也，其義行也。私計曰：兹必揚之矣，然卒揚之，揚事巨。」曰：「三司如何咎也？」曰：「咎在攸司，威武臨也，若罔知聞也，斯非鎮危立利、任怨而輕去之道也。及覘其日爲，則簿焉、書焉、瑣焉、屑焉矣耳。故刑貴親，太親則煩；賦貴親，太親則勞；兵貴親，太親則劇。心煩身勞，益之以劇，則威不巍，自用遺人，則仁不廣。仁不廣則拙不容，威不巍則猾不伏，此所謂下行。諸司，務目而拋綱者也，古之大臣不由也。」

客曰：「某聞之，君子異位而同功，殊體而均效，言有本也。詩云：『維其有之，是以似之。』故曰：『我戰則克，祭則受福。』言無往不可也。孫公之撫江西也，予謂其獄省而賦允也，非欲其太親之也。自程而後程人之程，自經而後經人之經也。經以立程，程以擴義，義以定志，志以幹事，則何豪不之摧矣？豪不奪，則民志一，民志一，則重犯法，重犯法則獄省，獄省則賦可允，賦允則盜賊不作，盜賊不作則兵戢而無用，此大臣之業，而巡撫之良也。故曰同功而均效者，此也。」

越二日，左使臧公偕諸寮來，謂李子曰：「孫於君同年進者也，同郎屬而嘗又共巷居，其行也，能無言哉！」於是李子以客問答語告臧子，而臧子乃遂以李子之言告孫子，孫子曰：「夫敷其義而弗指其事，而顧宏厥辭，李殆以言諱乎！雖然，非妄言者也，厥言有稽矣。」

【箋】

〔一〕據雍正河南通志卷三十一職官二：孫公，即孫燧，浙江餘姚人，弘治中進士。正德年間任河南右布政使。雍正河南通志卷五十四名宦上載：「孫燧，字德成，浙江餘姚人，進士。正德中爲河南右布政使，平賦役，清冤獄。以薦拜副都御史，巡撫江西，會宸濠叛，燧不屈遇害，贈禮部尚書，謚忠烈。」又據雍正江西通志卷五十八名宦：正德十年十月以副都御史巡撫江西。明史卷二百八十九本傳亦稱：「（正德）十年十月擢右副都御史，巡撫江西。」可知該文當作於正德十年（一五一五）十月孫燧赴江西之前，時作者閒居開封。檢明清進士題名碑録索引，孫燧與夢陽同登弘治六年進士，又，據文中「孫於君同年進者也，同郎屬而嘗又共巷居」，是此前二人即已相識。

【評】

湯賓尹新鍥會元湯先生批評空同文選卷之二：通篇以獄省賦平，與夫盜賊屏跡爲言，豈其暗指寧庶人乎？

又，叙事妙品。

又，理詞俱到。

又，叙事整而詳。

送右副都御史臧公序[一]

大臣之出而鎮也，必在畿甸之外，記曰：「天子使其大夫爲三監，監於方伯之國。」是也。方伯之國去天子遠，故不可不有出而鎮之之臣。出而鎮之，不可不假激揚繩糾之權，故又不可不名之監。故監者，主控遐固外，顯寧而奠危者也。今真、保諸府，猶古三輔之地，所謂王之畿也，乃奚取諸監而使之鎮也。此救時而順勢之道也。政要曰：靡一，一之。又曰：持衡之勢，重則昂。夫建本者，未有不崇乎培者也。今使之鎮，而取諸監者，非欲畿内地昂且崇哉！直隸之府不相一，非方伯國埒也。勢不得更無監，故置監者，又以一之耳。此所謂順之也。順勢以置監，而監非方伯國埒之地，則其體孤懸，畿内近天子，則美醜易達，一分以崇本，重邇以昂化，非假之歲月不效，故監直隸府，視他方難也。是以天子不易視監，而監亦不敢視己易，此臧公監他方，請屢抑，而獨監兹獲歟！昔高皇帝置監也，專任御史巡，未始煩大夫也。至今議者每私謂巡撫之官非祖制，斯見弊而不見時者也。彼徒以彼非便宜材也，利己靡任怨，日倀倀冀轉擢，遂以爲不必煩，而不知按者守恒者也，撫者濟通者也。恒者一於法，通者兼乎化。且今之撫者，誠如召之陜以東，異之關以西也，亦何寧不之顯、危不之奠，而矧遐與外之足憂也。夫真、保諸府，古河朔之域，而武悍之國也，西臨厄塞，三關據焉。己巳之變，賊嘗抗刃飛狐而飲酪倒馬矣。日者，流賊之起也，夷恒山之堞而焚易水之臺者幾矣，是其地内而外、邇而遐者也。與古之畿例異而事兼，夫以昂化重邇，崇本一分爲己任，而益之以内外、邇遐之兼，此臧公監他方，請屢抑，而獨監兹獲歟！

古人有言曰：「圖治於難。」言不可不慎也。今以臧公才望，此官此地，然常自曰：「天子不易視此官此地，某亦何敢此官此地易行也。可以側耳風政矣。」先是，孫公以右使爲此官江西，臧實偕群寮屬予文，乃予今不得不文於臧者，其義猶孫也。

【箋】

〔一〕臧公，即臧鳳，弘治三年進士。據雍正江西通志卷四十七秩官載：「臧鳳，字瑞周，曲阜人，進士。正德元年任（巡按監察御史）。」又據雍正河南通志卷三十一職官二：臧鳳在正德中期先後在河南任按察司按察使、布政司右參政、左布政使之職。上文送右副都御史孫公序曰：「越二日，左使臧公偕諸寮來。」即此人。又雍正河南通志卷五十五名宦中載：「臧鳳，字瑞周，山東曲阜人。正德初知懷慶府，專務德化，不事鞭扑，秩滿去，民爲立祠繪像祀之，累遷工部尚書。」另據雍正畿輔通志：正德中臧鳳先後任保定、順天巡撫都御史。據本文，應在河南任官之後。又文末曰：「先是，孫公以右使爲此官江西，臧實偕群寮屬予文，乃予今不得不文於臧者，其義猶孫也。」又據清傅澤洪行水金鑑卷一百十二，臧鳳在正德十四至十六年任漕運都御史，可推測該文當作於正德十二年左右，時作者閒居開封。本朝分省人物考卷九十五有臧鳳傳。

【評】

湯賓尹新鍥會元湯先生批評空同文選卷之二：談巡撫之難，巡撫畿內尤難。所謂横襟而談，無不中窾也。

又，雄詞雅調，不出南華下矣。

又，末引古人之言，更見奇偉。

送童公赴京尹序〔一〕

童公之爲順天府尹也，以河南左布政使府於省體亞尹，視使品殿，然非名使，罔尹擢，非大名使，即尹，罔北也。斯非内重外輕義邪？童公之爲左使也，幾三易年矣，擬擢公都御史暨卿者屢矣，乃竟擢公尹，又北也。非以公名使又大者邪？天下之勢，地近則難制，荷重則難力，體雜則職易撓。順天者，古京兆之地，而尹猶古之尹也。輦轂之下，棼糾盤錯，動干貴豪，暮謀於幕，朝諠於朝，所謂河南帝城當①近臣，斯謂近而難制。民之受病，譬如木蠹朽自内始，勞者欲息，瘵者欲瘳，禁邪祛害，一趨同俗；邦畿既熙，四方是承，厥機惟尹，尹之輕重，畿甸以之，斯謂難力。夫尹，卿相之次也，簿書期會，猶云有司，故其體差異。史云：「前有趙、張，後有三王。」專而治者也。今之尹若是乎？斯謂難職。處三難之地，誠非大名使不可，而以任公，則公之素，不推可知矣。予嘗竊論天下之政，惠流威立，信執義斷，非通弗濟，有容乃大。故體心悉情，布慈敷温，敲朴靡施，此可言惠而不可謂之威；端嚴廉厲，望之肅如，邇慄遐懼，此可言威而不可謂之信；令行禁止，畫一靡移，此可言信而不可謂之義；破幽剖疑，不吐不茹，苟有弗合，死生以之，此可言義而不可謂之通；曲成委就，從之弗失已，違之弗敢怒，此可言通而不可謂之容。法坤之藏，準師之畜，含垢掩疾，不動聲色，綱舉目清，有斯六善，而後三難可行也。何也？尹也者，卿相之次也，故其器常患不洪，然猶有司也，故其才常患不通，而又益之以義信，兼之以威惠，此天下之良也。童公有焉，尹不足爲矣。

公犍爲人也，以進士歷都給事中、參政、左右布政使，擢今官云。公之擢今官也，三司諸大夫飲餞於公，分燕於私，備矣，已而相謂曰：「伯、叔倡和載之詩，回、路相贈述之禮，言昆弟、友朋，非言莫申也。夫寮也者，義猶昆弟，分則友朋者也。」於是相率徵言於李子，李子曰：「夫童公者，予知之素矣，是卿相之器也，有六善焉，尹無難爲者矣。」

【校】

①當，疑爲「多」字，典出後漢書劉隆傳。

【箋】

〔一〕童公，即童瑞。據雍正河南通志卷三十一職官二及本朝分省人物考卷一百零九童瑞傳載：童瑞，四川犍爲人，弘治三年進士，正德間由河南左布政使轉順天府尹。又，明武宗實録卷一百六十八載：正德十三年十一月，「升河南左布政使童瑞爲順天府府尹」。是該文當作於正德十三年十一月或稍後。

【評】

湯賓尹新鍥會元湯先生批評空同文選卷之二：由「非名使，罔尹擢，非大名使，尹，罔北」，直推尹之三難，又推到「必六善，而後三難可行」，如登九層之塔，一層高一層矣。又，至此方歸童公身上，結語只數句，包涵得全篇説話，此文章之以知。

送陳公序〔一〕

陳公以河南按察使，而升山東右布政使，捐訊鞫，典敷布，遠刑獄，就錢穀，去糾擿，司科催，前以法，今以教，法主義，教主仁。是升也，階崇而職異矣。於是有問李子者，曰：「君子有遺慮，智者無兼能，陳公固才臬，將復才藩乎？」李子曰：「考來於往，察隱於彰。故往者，來之證也；跡者，心之應也。陳公嘗爲令矣，才令也；爲御史矣，才御史；嘗按察副矣，才按察副；而又使矣，而又才使；則今不才藩乎？竊聞之：君子異位而同體，異體而同功，異功而同心。故藩、臬、臺、邑者，位也；卑崇相承、寬嚴以之者，體也；仁宣義決、視履熙載者，功也。然發之才而由之心，故跡者，心之應也。夫牛羊之於人，末也。昔者奚飯牛、式牧羊也，移之官，奚以秦霸，式爲令才，斯何也？通也，通斯同，同斯功矣。是故邑可也，臺可也，臬可也，藩可也，如孔子，委吏可也，乘田可也，中都宰可也，魯司寇可也。斯所謂證諸往者也。不然，必自計曰：『吾奚藩，奚臬，奚臺，奚邑？』官至而後習，斯學養子而嫁者也。故同者，由之心者也；異者，即乎事者也；功者，證乎跡者也；體者，存乎位者也；通者，貫乎一者也。」

問者曰：「若是則陳公進而卿，不爲名卿乎？」李子曰：「名卿哉！」曰：「名相乎？」曰：「有本矣。」

【箋】

〔一〕陳公，即陳奎。文中曰：「陳公以河南按察使，而升山東右布政使。」據雍正河南通志卷三十一職官二載，陳奎，江西南昌人，弘治十二年中進士，正德末任河南按察使司按察使。又檢雍正山東通志卷二十五之一職官：陳奎，江西南昌人，弘治間右布政使。（按，弘治間，恐誤，當爲「正德間」。）明武宗實録卷一百七十六：正德十四年七月，「升河南按察司按察使陳奎爲山東布政司右布政使」。該文當寫於正德十四年七月或稍後。

【評】湯賓尹新鍥會元湯先生批評空同文選卷之二：煉字、煉句、煉格，文之最上乘者。又，終篇大叙陳公所履歷，還以贈之，更不轉移，方稱作者。

何公升南京工部右侍郎序（一）

何公以都御史巡撫我土，再歷年，乃有今命，蓋出臺而就曹、輟綱維而佐水土者也。以階，則六佐爲崇；以官，則司空古列之三公；以職，則今散而前要；以地，則北重而南輕矣。是時，何公年將耆，尚未子，會又喪其夫人，乃公懇疏乞歸。或問李子：「何公歸，允乎？」李子曰：「弗允。」曰：「奚知其弗允也？」曰：「以公之德之功知之。竊聞之，爲而靡撓之謂執，同而罔隨之謂介，小而容之之謂恕，存而念之之謂厚，諾而終之之謂忠，先而鑒之之謂遠，優而俟之之謂大。斯七者，古所謂德之經而政之所由行也。是故，是人也，治朝之所必庸，是以在下則升，在上則旌，在野求之，在位明之。夫何公者，德而位乎上者也，方將明之，歸何可得矣？在乾之九五，『飛龍在天，利見大人』。今皇帝繼統也，乃夙夜思德焉，庸而慮之曰：爲矣撓乎？同矣隨乎？小或罔容，容者厚乎？厚者忠乎？忠而遠乎？遠而大乎？既見之而庸之矣，八坐充矣，乃又慮南有位焉。若曰：不仍虚乎？若是，則何公者，即懇疏乞歸，無允之矣。」

或又問：「功者何也？」

李子曰：「竊聞之，政外無功。故執則法立，介則類分，恕則愛擴，厚則惇積，忠則衆附，遠則器洪，大則量富。量富則大事斷，器洪則承荷堅，衆附則易使，惇積則易親，愛擴則惠澤流，類分則善惡别，法立則紀綱修。以是臨民無往而非政，以是爲政無往而非功矣。故曰：政外無功。」

曰：「日者齊寇犯我東鄙也，飛箭滿眼，炎燄晝赤，淮、泗、河、洛之間，詾詾如焚。而公乃仗鉞即戎，指揮而平之，斯所謂折衝尊俎者也。及其明之也，乃水土焉，寄何也？」

李子曰：「君子之政，始諸身以加諸民，曷爲弗成？曷用弗功？詩云『右之右之，無不宜之』是也。何公嘗爲縣矣，而縣焉成；嘗監察矣，監察有聲；爲郡、爲臬、爲藩矣，以郡、以臬、以藩名，斯足以觀政矣。何也？德爲之也，故忠其衷也，厚其徵也，恕其行也，執其操也，介其節也，遠其期也，大其規也，斯古所謂德之經而公之政所由行者也。是故，重輕之者，時俗之論也；南北之者，急要之心也。」

明天子固且詔公入矣。公行之日，三司群公餞之郊，公曰：「幸問言於李子。」於是群公乃造問李子，而有斯序。

【箋】

〔一〕何公，指何天衢，道州（今湖南道縣）人，弘治九年（一四九六）進士，明史卷二百九十有傳。按，夢陽文中多次提及何天衢，如大梁書院田碑（卷四十一）云：「是田也，……後都御史道州何公，而監察則信州汪公、大名王公、桂林喻公成之。」又，河南省城修五門碑（卷四十一）云：「於是巡撫都御史何公、巡按御史王公、清軍御史喻公暨三司長，……」又，寄傲先生墓志銘（卷四十六）云：「是時道州何公以都御史巡撫河南，聞先生有數學，敦禮之，叩焉。」明世宗實録卷三十載：「（嘉靖二年八月，）升巡撫河南都察院右副都御史何天衢爲南京工部右侍郎。」可知何天衢於嘉靖初任河南巡撫都御史，嘉靖二年八月升南京工部右侍郎，期間與夢陽多有交遊。故該文似當作於嘉靖二年（一五二三）八月或稍後。

贈翟大夫序〔一〕

翟大夫者，河南按察司副使翟子也。翟子爲給事中也，劾章怒樞要，坐是，出補僉事。僉事雖大夫，然銀青而諫垣出，是官也，時眼恒卑之，於是人咸謂翟子危，或教之曲解，乃翟子則顧毅然曰：「得不得，命；知不知，人。非其道以求之，君子不爲也，況求之未必得哉？」居無何，樞要者去，於是，翟子進副使，階中順，易銀以金，换青爲緋，褐蓋驄馬，英英赫赫，奕如而巍如。於是人則又咸爲翟子賀，乃翟子顧又歆然弗之居也，曰：「夫君子之諍也，非以捷徑也。其進也，非恃幸也。是故居盡吾職焉已，毁譽何知？吾量吾力焉已，進止聽之。」故法者不任情以出入，君子不低昂以徇時，是故翟子莅我邦也，吏嚴而民降，罪之靡冤，訟者寡怨，行之三年，令問彰顯。夫是，則翟大夫之行焉已。

或問：「翟大夫何以賢也？」

李子曰：「人也，殆有真貴者也。夫有真貴者，必有至質，有至質者，必有浩氣。故氣者稟也，質者成也，貴者徵也。今夫松柏，固世之謂才也，然斧之則析，撓之則折，火之則灰，水土則朽。乃若金玉之爲物也，從革罔渝，瑟温而栗，煉之愈赤，寧碎靡蝕，斯何也？其質至也，是故天下之言貴者，未始不之歸也，故詩曰：『金玉其相。』傳曰：『金聲而玉振之。』夫文、孔者，古之大聖人也，而贊之者必曰：『金玉！金玉！』固知二物者，天下之貴也。夫翟子者，誦法孔子者也，又恒自曰：『文王我師。』以是觀之，殆有真貴矣。人也，其質至也，其氣浩矣。夫是，則翟大夫之行焉已。」

大夫某名，某字，號青石子，昌邑人也。其爲副使也，則嘉靖二年夏也。

【箋】

〔一〕翟大夫，指翟瓚，字廷獻，號青石子，昌邑（今屬山東）人。正德九年（一五一四）進士，曾官工科給事中，河南按察司僉事、副使，湖廣按察使、右僉都御史兼湖廣巡撫。本朝分省人物考卷九十八有傳。據陳田明詩紀事戊籤卷十二，翟瓚善詩，有蟲吟草行世。據文末所記時間，該文作於嘉靖二年（一五二三）夏或稍後，同一時期夢陽還作有贈青石子、大霧翟左二子來訪及繁臺冬餞翟子三首。

李夢陽集校箋卷五十五　序六

贈郭侯序〔一〕

郭侯爲開封府同知三年，人曰：「郭次公升矣。」已而果升，而爲汝寧知府。人曰：「郭公將轉而爲開封。」已而果又調，而爲開封。

李子曰：竊聞之，三王不沿禮，五伯不襲智。是故政也者，因民而爲者也。故順時者，致昌者也；信謀者，審方者也；俯志遲迴者，後時者也。今郭侯爲開封也，於斯三者，何由焉？且夫順逆者，勢也；大小者，形也。彼泰阿、鏌鋣，於人非不利也，設倒其柄，則玩而不畏。故曰：徑尺之魚，不游於蹄涔；横海之舟，不納於江河。今論者不察，乃輒立議曰：「郭君必以其爲同知者爲知府。」又曰：「必以其爲汝寧者爲開封。」是何異於膠柱而鼓瑟者哉！且知府之與同知，其得爲不得爲，至易知也。夫開封者，史所謂車馬之湊、四通八達之衢也。於今則有監守之臣，有臨轄之司，有諸王之國。其屬城則四十有三，其賦訟、徭役、勾幹、簿書之擾，蓋奚啻十倍於汝寧，而又日僕僕跨鞍馬，奔走逢逆如是，而其勢能盡如爲汝寧否哉？且夫寬猛者，人之所時有也。孔子曰：「平易近民，民必親之。」然而肉刑雖三王之世①不廢，此又何也？故居上不寬，孔子以爲不足觀，然攝政七日，而即誅其亂大夫卯，故曰：寬於良，嚴於猾；寬主恤，嚴主戒。今郭侯將爲寬者邪？抑嚴者邪？

諺有之曰：「近火先焦。」開封，近火者也，百姓煢煢嗷嗷難堪矣。蓋其地人衆雜，人衆雜，則其俗易偷而善造僞，吏隸、胥史之徒，又輒相鼓扇。蓋盜奸，即蹈死地，罔避懼，彼其乘肥馬、戴貂帽、著文綺衣者，蓋踵相接也。大者白手置田宅，與豪富埒矣。此其責在知府邪？同知邪？余故曰：「知府之與同知，其得爲不得爲，至易知也。」且今人誰不謂包拯、歐陽修相繼爲開封也，蓋拯以嚴峻起，及修代之，用寬亦起。夫二子者，固並所謂有道仁人也，乃其治同功而異義，乃又並顯盛傳世②。由是觀之，爲政各任其性，用情能附實，則民亦易化，故曰：「其所令，反其所好，而民不從。」今論者乃顧又謂郭侯必用其二，不然，且妨於政，豈不謬哉！

【校】

①世，原作「勢」，據四庫本改。　②傳世，四庫本作「於世」。

【箋】

〔一〕文中曰：「郭侯爲開封府同知三年，人曰：『郭次公升矣。』已而果升，而爲汝寧知府。人曰：『郭公將轉而爲開封。』已而果又調，而爲開封。」據雍正河南通志卷三十二職官三：郭侯，即郭經，盧龍人，弘治九年進士。正德三年，先任汝寧知府，同年，又任開封知府。又明武宗實録卷六十二載：正德五年四月，「黜河南開封府知府郭經爲民」。是該文約作於正德三年末或四年，時夢陽因參與劾劉瑾致仕，在開封家中賦閒。

【評】

湯賓尹新鍥會元湯先生批評空同文選卷之二：始陳開封之難治，繼以寬嚴之迭文，以百姓之敖敖，終引包、歐以爲證，此蓋救時之言，所謂有用文章也。

又，寬于良，嚴於猾，大是讜言正論。

又，陳貧民之困、豪右之富，則寬嚴備有所用矣。

送陳汝州序〔一〕

陳子以鈞州同知升而爲汝州知州〔二〕，李子聞之，色沾沾喜，幸曰：夫陳子前爲郎中矣，至彰也，然豈料其左而卑也。今之爲汝州，即非彰也，然關諸天下不細也。

夫天下事勢，譬之弩也，而其動則猶機也。坤之初六曰：「履霜，堅冰至。」夫霜之於堅冰相遠也，動乎此而應於彼，乃若是神，何也？此不謂至微至微者邪？故曰：「知幾，其神乎！」夫陰陽、善惡、君子小人，未嘗無類也。故陰陽者，形也；善惡者，行也；君子小人者，朋也。形不獨立，行不特成，朋無逆從，是以泰之初九曰：「拔茅茹，以其彙，征吉。」而於否之初亦云。故曰：「同明相照，同類相求。雲從龍，風從虎。聖人作而萬物睹。」故朱博雖賢，必俟其友乃結綬；貢禹即非不肖，然不能不因人而彈冠。由是而觀，方今無朱、貢之徒則已，誠有朱、貢之徒，聞陳子興，有不彈冠相慶者邪？孔子曰：「富與貴，是人之所欲也。」且今人孰不欲富貴，假令陳子巧詐善宦，卑卑與世浮沉，或富厚多金玉貨財，無論一知州，即令立致卿相大夫，余何所喜幸焉？陳子人品道德，誠足爲天下喜幸，即令隱約終身，予願爲之執鞭不辭，矧今爲知州，矧將彰而爲卿相大夫？記曰：「力田不如逢年，善仕不如遇合。」今陳子亦謂之遇合者哉！非邪？

鈞州知州李君〔三〕，將有禮於陳子，念獨余與陳子故同郎中也，爲友，而又故知陳子，於是乎來謁余以文曰：「邦彥不幸，不獲交於下執事，然知天下有先生久矣，敢爲吾汝州請。」然予聞李君亦令名，豪傑人也，因併告曰：「陳子行，君亦可以彈冠俟矣。」

【箋】

〔一〕據雍正河南通志卷三十二職官三：陳汝州，即陳仁，福建莆田人，成化二十三年（一四八七）進士，正德初任汝州知州，明史卷二百四十七有傳。雍正福建通志卷四十四人物二陳仁傳載：「字子居，莆田人，成化癸卯鄉試第一，丁未進士。歷户部郎中，大司農韓文尤倚任之。正德初，劉瑾擅政，忌文摘其官屬細過，謫仁禹州同知，轉知汝州，遷南兵部員外。瑾誅，擢浙江提學副使，轉本省參政，進右布政，致仕。」是該文似作於正德三年初，時作者因劾劉瑾案正潛跡開封。

〔二〕鈞州，今河南禹州。雍正河南通志卷四沿革下禹州：「禹貢豫州之域，禹所封國，……金置潁順州，大定二十四年改爲鈞州。」金治所在陽翟縣（今河南禹州），轄境相當今河南禹州、新鄭二市地。萬曆三年（一五七五）以避神宗朱翊鈞諱改爲禹州。

〔三〕鈞州知州李君，即李邦彦。按，民國禹縣志卷十八：「鈞州知州李邦彦，直隸薊州人，正德三年，由例貢陞任。」

【評】

湯賓尹新鍥會元湯先生批評空同文選卷之二：詞意蒼古，援引確當。

又，詞意精當。

又，以「彈冠」句作結語，詞何等貫串，意何等周匝。

李君升按察司僉事兵屯潁上序〔一〕

兵刑，天下之忌器也。然聖王能使人不犯刑，而不能使天下無兵；能使兵設而不用，而不能使兵一日而無食；能使兵足於食，而不能不分之以官。何則？專其事則有緒而易理，責衆則勞倍而鮮功。昔周成康之世，刑措四十餘年不用，可謂極治，然猶羽旄章於禮器，干戚存乎樂舞，兵車藏於比閭，故曰：「聖王能使人不犯刑，而不能使天下無兵。」當是之時，四夷賓服，干戈朽於武庫，然猶歲終計盈縮，九年論耕畜，故曰：「能使兵設而不用，而不能使一日而無食。」及其立官，則司寇、司刑、司馬、司兵、司徒、司食，故曰：「能使兵足於食，而不能不分之以官。」

今按察，提刑官也，益之以軍馬城池，則司馬事也，又埤之以屯田，則司徒事也。是故，其境內，刑有弗允，以問司寇，司寇乃下而問按察；兵有弗修，以問司馬，司馬乃亦下而問按察；食有弗給，以問司徒，司徒乃亦下而問按察。按察所主之境，地誠狹也，兵少也，屯寡也，猶之可也。

今李君主潁上之境，其地跨江、淮，邊四省而犬牙，民健訟而善潛，非必巨獄以隔別，雖小亦頻年無了期，李君信善刑，然能使之咸允乎？蓋所轄衛兵率萬計，其官率各奴戮魚肉之，又素跛扈，稍繩則亢，大繩則訐，更大則計脱之。君即善兵，能必其無不修乎？又屯田，疲弱不盡墾，豪强占膏腴，租入或於私門，逋欠積而牽連。李君即善調食，然又能必其無不給乎？余故曰：「責衆則勞倍而鮮功。」雖然，得其本萬事理，李君固明恕剛慎人也，識高而變通。夫明恕剛慎者，政之本也；識高變通者，才之緒也。以此治事尚有不允、不修、不給者乎？且君故爲司寇屬，至著也，又出而知陳州矣，此所謂賢練之吏也。如此而尚有不允、不修、不給者，吾弗信之矣。今天子央央明斷，方袪故布新，他日或問江、淮間刑於司寇，司寇誠對曰允矣；問兵司馬，誠對曰修矣；問食司徒，誠對曰給矣。又咸曰：「此兼衆責而能功者也。」則君不謂之得其本者而誰邪？三卿者，佐今天子，用之天下者，誠皆有本者也。則刑不可使之犯，兵可設而不用，食可無不足也，此所謂聖王之治也。

【箋】

〔一〕李君，據雍正河南通志卷三十一職官二，即李天衢，山西樂平（今山西昔陽）人，弘治九年進士，正德間任河南按察司僉事。文中曰：「且君故爲司寇屬，至著也，又出而知陳州矣，此所謂賢練之吏也。」又據雍正河南通志卷三十一職官二：正德初，李天衢曾任陳州知州。明武宗實録卷四十載：正德三年七月甲辰，「調刑部員外郎李天衢爲陳州知州」。是該文當作於正德三年七月或稍後，時夢陽因劾劉瑾解職閒居開封。

【評】

湯賓尹新鍥會元湯先生批評空同文選卷之二：總兵刑食三事，翻出許多奇意。蒼詞如層峰疊嶂，盡是奇觀。

又，愈出愈奇。

又，談弊端，悉俱備。

又，結語奇特。

送梁處州序〔一〕

同年者擢，同年同部者序而送焉。義起也，蓋惟我癸丑之在吾部者爲然。癸丑之在吾部者，前後三十四人，十二年間，擢者二人，又皆治郡，亦寡矣。前劉岳州往〔二〕，王叔武首序之〔三〕，兹應樞往處州，僉謂予當序。夫序，叔武備矣，予何能復言。然竊見自内補郡者，恒怏怏不自滿，非謂郡劇且勞，而其勢有不獲盡專者邪？夫以金緋坐堂上，州縣吏承風走役，悦則利，怒則威，一郡之休戚，雨暘寒暑、山川鬼神之食，惟守主也。而按訊有推官，收逋有通判，兵戎有同知，亮工分職，各具成案而決於守。守可則喜，否則懼，如是而謂劇且勞，而不獲盡專焉者，何邪？ 守誠曰：「是侵吾掌，刑吾刑，賦吾賦，兵戎吾覈。」僕僕案牘間，日不暇給，疑推疑判同而不之信。而是三人者，皆將斂避退縮，雖有能，靡所自效，於是事有所不舉矣。監者入其境，則曰：「守誤之，守誤之。」挫辱抑厄，以衄其鋒，州縣之吏，觀望狎玩，不復有所警飭，亦宜矣。如是而欲專，欲不劇且勞，可得邪？ 夫三者，達之天下者也。

應樞是行，將自刑、自賦而自覈之歟？ 抑付之前所謂三人者，而可否之也。應樞入吾部，歷試八載，聲稱滿人口，性坦達無較，是故天下之器，於一處州何有？ 處州在萬山中，民質直簡訟，蠶歲三四熟，其租易辦，卒伍勾擾，亦亞於他郡。前三人者，且各易爲力，而賢如應樞，與之決可否而行之，其郡不大治？ 雨暘寒暑不時，山川鬼神不享、不佑，有是理邪？ 然此特予所竊見者爾，不敢不爲應樞告，他則叔武備矣。

【箋】

〔一〕梁處州，即梁辰，字應樞。按，雍正浙江通志卷一百一十九職官九載：弘治末年，梁辰任處州知州。注曰：「南海人。」又雍正江西通志卷四十七秩官：正德間梁辰任江西左布政使。注曰：「字應樞，廣東南海人，進士。」檢明清進士題名碑録索引，梁辰與夢陽爲同科進士，弘治末又同在户部任職，故文中有「同年者擢，同年同部者序而送焉」之句。科舉時代，同榜録取之人互稱「同年」。故該文似作於弘治末年，時夢陽正任户部員外郎。

〔二〕劉岳州，即劉堯章。閩中理學淵源考卷五十六劉陶九先生堯章：「劉堯章字陶九，讀書百原山中，因以爲號，少便超超異行輩，爲文沉思入微，幾廢寢食。未幾，閩亂，遂挈家入寒山僦居何巖之麓，專意聖學，静坐三年。已而，入百原，刻意堅苦，理數象緯靡不推究，而返之躬行。」康海有送劉岳州序，云：「守岳者，户部員外郎劉堯章，學富而才裕，行高而守恒。劉尚書東山語吏部曰：『守岳曷求之劉君，吾岳得劉君，民將無弊。』」（對山集卷二十九）魯鐸有送劉堯章守岳州詩（魯文恪公文集卷二）。

〔三〕王叔武，即王崇文，字叔武，曹縣（今屬山東）人，見煌煌京洛行爲曹縣王子賦（卷七）箋。夢陽與王崇文在户部任職時爲同僚。

【評】湯賓尹新鍥會元湯先生批評空同文選卷之二：蒼古之詞，侃直之語。又，談守之弊以贈，誠得友朋相規之義矣。獻吉非徒以文雄以當世者。

送李德安序〔一〕

李子同年進士曰李宗乾者，以户部郎中擢德安知府。故事，同部擢，同部同進士者爲言贈焉。於是李子謂宗乾曰：「德安非古名郡歟？是在雲夢之間矣。其地，高山廣藪，利耕織樵牧；水者，捕魚蝦，宅舟楫。然其俗輕悍而健訟，君子則多機術，把制人，是楚之遺也。子往，何以爲政？」宗乾曰：「其信乎！立於信，措於敏，昭於斷，與厥休息，如何？」李子曰：「善哉，備矣！」宗乾曰：「何以益我？」曰：「無已則寬乎？綜密以輔之乎？且兩漢循吏，子以爲孰優？」宗乾曰：「無逾黄霸。」曰：「霸無赫赫之譽，若趙廣漢輩所爲，而天子賜車蓋、黄金，下詔褒譽，人到於今，稱之弗替，非用是道歟？當是時，昭帝立幼，大將軍光秉政，遵武帝法度，以刑罰痛繩群下。由是俗吏尚嚴酷以爲能，而霸獨用寬和爲名，是豈無見者歟！夫守，近民者也，日理民爲事，顧率務體格，靡所司察。觀霸所爲，亦可以少省矣。霸治民，雞、豚、穀、馬、米、鹽，煩碎之務，罔不精力。某所大木，某亭猪子，尚應口道之，況其他者歟？今之守，能若是乎？」宗乾於是起謝曰：「吾性剛，不奈事事。微子之言，吾幾不政矣！」

李子曰：「夫剛，乾之質也，陽之用也。是故綜非剛則隳，寬非剛則弛，明非剛則苛，敏非剛則息，信非剛則變。夫剛，美德也，吾子何患焉？」宗乾喜誦曰：「生我者，父母，知我者，鮑子。」乃再拜登車而别。

【箋】

〔一〕李德安，即李宗乾。按，文中曰：「李子同年進士曰李宗乾者，以户部郎中擢德安知府。故事，同部擢，同部同進士者爲言贈焉。」檢明清進士題名碑録索引，弘治六年進士中無稱李宗乾者，有李金其人，與夢陽同榜進士。又，明武宗實録卷五十一：「(正德四年六月)丁卯，升湖廣德安府知府李金爲本省按察司副使。」則此李德安當爲李金，字宗乾。本朝分省人物考卷三：「李金，遷安人，弘治間進士，官户部員外郎。……知德安府，賑饑節冗，……以神明稱。」魯鐸送李宗乾守德安序：「弘治乙丑，李君宗乾將守德安，吾友劉用賓以其僚友贈言之意請於予，重其行也。宗乾，永年之遷安人，以癸丑進士，拜中書舍人，擢民部員外郎，尋擢正郎。君性警敏剛介，事至能早見，言必中倫方，其在中書，以詞翰稱妙。」(魯文恪公文集卷八)則該文作於弘治十八年，時夢陽任户部郎中。

送喬太常序〔一〕

元年春，天子肇祀天地，既合群神於南郊，乃復遣使祠天下名山大川暨古帝王、宗室王墓，告始也。書曰「望於山川，遍於群神」是也。自山以西，其鎮曰霍，瀆曰河，海曰西海，帝曰嬀，曰湯，宗室王曰晉，曰代，曰瀋。則吾友太常少卿喬君往侍祠建節，行蓋道井陘，泝太行，南並蒲坂，反於太原，北抵雁門、雲中，歷數月乃還，往反蓋數十千里。按祀典，王祀四望，天子始踐位祀之，巡守至其方，則又祀之，故公羊曰：「天子有方望之事。」至漢宣帝，令使者持節侍祠，於是近臣始攝天子祀事，而匭帛載御祝，與百神抗禮矣。祀之義有三：一曰尊神，二曰尚賢，三曰展親。夫晉、代、藩，所謂文之昭也，嬀、湯，古之神聖人也，河、海、霍望也。於是時將天子精意，能靡所弗享，非太常所有事邪！太常掌百神之祀，素行無醜於神明，又晉之山川所生也，夫三者備矣，非太常享而孰享邪！是故孔子曰：「我祭則受福。」言有本也。山西連年凶，赤野千里，黍稷不植，牲牢殨瘠，百神之典，將有所不給。今天子踐，始遣俊臣往修禋事，如是而復雨暘愆期，甘澤弗降，神曰失職，賢曰助慝，親曰悖德。夫山川鬼神，豈若是極乎？子行矣，予於是望之矣。

【箋】

〔一〕喬太常，指喬宇，生平見嬀皇墓送喬太常（卷十五）箋。文中云：「元年春，天子肇祀天地，既合群神於南郊，乃復遣使祠天下名山大川暨古帝王、宗室王墓，告始也。」指正德元年（一五〇六），「則吾友太常少卿喬君往侍祠建節」，則指喬宇。是該文當作於正德元年，夢陽時任户部郎中。

【評】

湯賓尹新鍥會元湯先生批評空同文選卷之二：始言三祀義，非太常弗祭，非太常弗享，而歸於山西凶赤，黍稷不植。憂國憂民，情詞交致。

又，言言驚心，語語刺骨。

送何職方序〔一〕

今之所謂賤丈夫者，非薪若瀛乎①？至其道山澤之事，雖善方輿家言，莫能詰其所從來，此無他，踐之實者，言之切，身親歷之，與得諸口耳者異也。夫言於人亦難矣。兵也者，難之尤者也。山川草木之利，疆異而界不同，車騎步、短兵、長戟、劍楯、矛鋋、弓弩之施，又相什②百不齊，故曰：「大小異形，强弱異勢，險易異備。」彼坐高幄，擁僚佐，談萬里外事，設非身踐其地，信才且知，而克一一中哉！趙充國，漢名將也，及討西羌，則曰：「百聞不如一見。願馳至金城，圖上方略。」然則兵果易言邪？

新天子即位，鋭意戎政，乃敕司馬卿屬，數馬於邊鎮，而榆、寧、肅三鎮則以彬陽何君往。君少年負駿才，至於兵戎之事又爲長，玆奉璽書，踐萬里之域，異疆殊界，將靡所弗陟，竊於君有賀矣。君前在職方，圖天下地形寢壁上，號曰「卧遊」。予間叩之，曰：「吾得其形焉。」逾年，又叩之，曰：「得其勢焉。」再逾年，曰：「得其備焉。」然終不以是自是，而予亦不以是是君者，以未踐也。天下之患，莫大於西北邊，西北邊莫大於榆、寧、肅三鎮者。君踐有日矣，歸坐高幄，擁僚佐，談萬里外事，尚有能詰之者否邪？予於君之離，是故以之賀而不以悲，君幸勿諉曰：「吾之行，數馬焉耳矣！」

【校】

①乎，原作「字」，據四庫本改。　②什，原作「釋」，據四庫本改。

【箋】

〔一〕何職方，指何孟春，生平見訪何職方孟春新居二首（卷三十）箋。楚紀卷二十六孚諫內紀後篇：「何孟春，字子元，郴州人。提學副使說之子也，幼神悟駿發。弘治癸丑進士，大學士李文正公首加甄録，將選爲庶吉士。以父憂歸，服闋，授兵部職方司主事，督宣、大諸邊鎮糧餉，繪圖上疏，悉中機宜，……入爲太僕卿，克修馬政，聲譽藉甚。空同李夢陽贈以四圖文。」另，文中有「新天子即位，鋭意戎政，乃敕司馬卿屬，數馬於邊鎮」之句，「新天子即位」當指武宗即位，是該文似作於正德元年或稍後。

【評】

湯賓尹新鍥會元湯先生批評空同文選卷之二：以實踐立格，以薪漁引喻，以充國作證，是大格局、大議論底文字。

又，以「卧遊」影出實踐字，歸著何君身上，大是真切。

送程南昌序〔一〕

正德元年秋九月，户部郎中程君拜南昌知府之命。是日，朝士夫①咸歎息爲君惜，謂君守南昌弗宜。其言曰：「南昌，省下郡，俗機狡健訟。君非法家者流，性簡静，鮮事事，又恒疾。」信若是，南昌不置守乎？

夫天下，性同也，南昌之人，獨不守同乎？守之於民，以分則帥也，義則師也，親之則父若母也。父母師帥，不可以機狡逆其子弟子卒徒，而爲之守者，以之逆其民，欲民之不機且狡，得乎？假令程君斥簡以徇擾，擯静以狃暴，治其民而民從之，且猶不可，而況未必能治，治之未必從乎！且天下之事，不能皆試而爲，今舉其大若要者，錢穀、甲兵、訟獄三者而已，必欲其皆試而爲，必從事於衡石、矛鋋、桎梏之細，而後稱司農、司馬、司寇之位。設終身不爲司農、司馬、司寇，而前三事者，將終身不之諳乎？程君固未始試司農者，及仕爲司農屬，即赫赫以能著稱，今往理郡訟，有不著稱者乎？父母之於衆子，有訟未嘗不斷，斷之必當者，其視均也；有不是未嘗不撻，撻之不怨者，其愛等也；非均且愛，必不能服其子之心，惟師與帥也亦然。君苟以施之子者，施之南昌之民，南昌之民必治。

治則不争，不争則化，化則其功易叙。當是時，峨冠坐堂上，百胥群姓，奔走承奉於下，豈必强力者而後能邪？故曰：「操簡以御衆，居静以制動。此天下之政也。」

予於君官同部，又同進士，不宜無言以别。會曹長胡君伯雍合群寮友②，以文見屬，遂發其所欲言者如此。

【校】

①士夫，四庫本作「士大夫」。　②寮友，四庫本作「僚友」。

【箋】

〔一〕程南昌，疑爲程杲。文中曰：「正德元年秋九月，户部郎中程君拜南昌知府之命。」是該文似作於正德元年九月。按，明武宗實録卷十六載：「（正德元年八月）遣户部郎中程杲勘處房山縣果園地。」萬曆重修南昌府志卷十二亦作「程杲」，但誤爲成化間任。又據乾隆江南通志卷一百二十二選舉：程杲，祁門（今屬安徽）人，弘治六年進士，曾任江西右參政。另據明清進士題名碑録索引，程杲確爲弘治六年進士，與夢陽同科，又本文末段云「予於君官同部，又同進士」，則弘治末年與夢陽同任職户部。

【評】

湯賓尹新鍥會元湯先生批評空同文選卷之二：先言南昌之難，又言程君簡静不宜，乃居静制動，卜程君之治南昌。王元美詩云「神龍戲海」者，於兹見矣。

又，「父母」一段，引喻真切，可爲司牧者之座右銘。

送馬布雲歸序〔一〕

馬君布雲，主事户部四年矣。一旦致其事而去，同僚既醵爲之餞，而又屬予之言。予幸接下寮，日以簿書期會爲事，其何言之能爲？雖然，竊有聞焉：君臣之義，道不合，去；言不聽，去；不得其官，去；年及，去；疾，去。以予觀布雲，年未及也，非疾者也。布雲前爲中書舍人，九載克厥職，乃擢主部事。布雲又克部事，鄉督太倉粟，吏不敢蹈奸。於是舉督天津粟，天津之人咸藉藉稱明。斯非不得其官者也，非所謂言迕而道違者也，而何以遽去？無可去而去，予於是知布雲之賢也。夫自士大夫以官爲家，進退之義，擯而不講，於是有老死於位而不悟者，穢行詭迹之士，遂宴然行列，蒙詬詈不顧。甚有病卧牀褥，猶日探除拜、問調遷者，使其弗事事則已，苟或事事，而能以不得、不聽、不合去否也。

嗟乎！予於是知布雲之賢也。使布雲不得其官，去；言不聽，去；道不合，去；老，去；疾，去，猶爲賢，矧無可去而遽去邪！夫宦，譬之海也，百險備焉。逆之則危，犯之則溺；不知而不去，謂之逆，知可去而不去，謂之犯。布雲兹去，譬若泝恬波而行，興意窮極，舍舟登陸，其有不樂者邪！布雲偉軀幹，美髭鬚，豪爽尚義，少失意於科第，老復弗究其官，必考壽樂其餘年，必生賢子孫，昌大其家，不然，何以與危者、溺者別也？

【箋】

〔一〕馬布雲，不詳。文中曰：「馬君布雲，主事户部四年矣。一旦致其事而去，同僚既醵爲之餞，而又屬予之言。予幸接下寮，日以簿書期會爲事，其何言之能爲？」弘治十一年（一四九八）夢陽始任户部主事，是該文當作於此時期。

【評】

湯賓尹新鍥會元湯先生批評空同文選卷之二：以五可去而不去，以形布雲當可去而去者爲賢，已是大格局矣，且雄宕横越，似獨當勁敵者。

又，變化離合，如風掣雲奔。

又，結句有萬鈞之力，且含蓄多少情致。

兵部尚書華容劉公歸序〔一〕

公自去歲上書乞骸骨，上察其忠誠，勉留之，至是三上書，不許。會公目疾，引請益力，上不得已，許焉，賜璽書文鏹，有衣一襲。行之日，冠蓋車騎，填塞路衢，道傍觀者咸歎息，争走覰公，聚而轉相語，豈不爲至榮幸事邪？議者謂公前以司農卿歸，先皇帝特詔起之，置之左右，委以腹心，數召對，訪延失得，故每語，屏從侍，必移刻乃罷，所謂帷幄舊臣者。今天子幼沖，煢煢在疚，四境未輯，忠鯁耆舊之臣，不可一日去左右。又大司馬者，佐王平邦國者也，公去，誰與理邪？公不聽。比去，議者以聞天子，廉公有決志，故卒不留公。夫士有必去之志而後有不可奪之節，故古之人有招之不可來，而臨事麾之，有不可去者，豈不爲俊偉烈丈夫邪？爲公者，誠曰：「吾可去。」去焉。卿又曰：「吾可去。」去焉。大夫又曰：「吾可去。」去焉。朝去一公，暮去一卿，又去一大夫，君人者，必謂榮貴利達不足以盡天下之才，天下之才亦必自以利其榮貴利達爲辱。若是，即使公決於去，何不可邪？知天下之才，以利其榮貴利達爲辱，將遂以是風天下，故卒不留公。若是，天下之願仕於朝者，且駪駪至也。先王之訓人也，語交際必曰義，進退具焉；先之以幾，顯微生焉；決之以時，消長形焉。故亡義者貪，昧幾者危，悖時者殘，三者有一焉，上之人必賤之，曰：是求榮貴利達者。夫惟賤之也，故天下之願仕者不至。故曰：「即使公決於去，何不可邪？」

公前爲司農卿，諸生以郎吏事公，洎爲大司馬，公以舊郎吏又數數見。愚無似，誠不能狀公，然竊知古之所謂大臣者，有是義也。易曰：「不俟終日。」殆公之謂矣。既相率祖公於都門，北地李某乃爲之序。

【箋】

〔一〕劉公，指劉大夏，字時雍，號東山，華容（今屬湖南）人。天順八年（一四六四）進士，授翰林院庶吉士。曾官兩廣總督、兵部尚書。敢於直言國事，明史卷一百八十二有傳。據明通鑑卷三十八載：弘治十一年，劉大夏致仕，「歸築東山草堂，讀書其中」。又同書卷三十九：弘治十四年，劉大夏又被起用爲兵部尚書，正德元年（一五〇六）五月，乞休，致仕。明武宗實録卷十三亦有載。故該文似作於正德元年五月，夢陽時任户部郎中。

李夢陽集校箋卷五十六　序七

贈豫齋子序〔一〕

豫齋子者，歙鮑氏輔之號也。鮑氏三歲而喪母，十六而商，中年出分，五十而行成家就。君子謂其行有合於豫，於是字之曰「以立」，言凡事豫則立也，又號之爲豫齋子，言其立本諸豫也。或問李子：「豫有説乎？以加鮑子。」

李子曰：「豫有四義：先事而備者，貴其幾；居順而防者，戒乎逸；既成而受者，羨乎享；隨寓而遷者，用乎時。在易之豫，『重門擊柝，以待暴客』，蓋言幾也，先事而備者也。然在初則鳴，於三則盱，於五則疾，於六則冥①，何也？斯所謂戒也。故不幾不知，不知不戒，不戒不享，享者，何也？二之『貞吉』，四之『盍簪』是也。然必由於戒，何也？時與位殊也。夫天下未有不生於憂患者也。鮑之爲人也，未形而識微，垂成而慮患，大諦而小詳，情深而意遠。乃其商也，察低昂，酌常變，齊盈縮，審棄取，故其利恒數倍，而鮑之分也二百金耳！十年乃有金二十百，然皆分内，無刻削損心之行，斯何也？先事而備者，事無不濟者也，斯豫之幾也。然它商利則率侈華盛，以明得意，鳴箏竽，挾妖艷，策肥茹甘。乃鮑子則顧益務實守約，不鳴，不盱，不疾，不冥，語人曰：『官怠於宦成，病加於小愈，家毁於縱，財耗於奢。』故其日費有經，歲計有紀，久於外，不近婦人，亦以表範於朋儕，斯所謂『居順而防，逸而能戒』者也。故其貨積身安，子孫成立，年近五十，言行重於鄉評，斯不亦亨矣乎！是故君子與焉，稱『豫齋子、豫齋子』云。乃鮑子則又仁藏而義顯，往往濟急而扶危，以爲自事。」

李子曰：「予觀鮑子之行，而知豫之道該也。何動非順，何動非時，順而復時，乃何行不成矣？」歙君子曰：「鮑之父殯也久矣，而輔也，匍匐山林，竟獲地葬焉，斯亦順動之一歟？」李子曰：「天之所助者順，人之所助者信，鮑子其得天者歟？然由諸豫也，是故稱豫齋子。」

【校】

①六，疑當作「上」。周易卷二豫：「初六鳴豫凶。……六三：盱豫，悔，遲有悔。……六五：貞疾，恒不死。上六：冥豫，成有渝。」「上」與上文「初」、「三」、「五」，皆指豫卦爻位，若作「六」，指爻之屬性則與上文不協，而所指亦不明。冥，原作「宴」，據李本、四庫本改。

【箋】

〔一〕豫齋子，即鮑輔，歙人。夢陽贈汪時嵩序（卷五十六）有云：「鮑輔氏告我曰：『歙有淳行人汪時嵩者，於輔外舅也，而今六十矣。』」又，梅山先生墓志銘（卷四十五）曰：「嘉靖元年九月十五日，梅山先生卒於汴邸。……梅山姓鮑氏，名弼，字以忠，歙縣人也。」此鮑輔當爲鮑弼之兄。夢陽二次解職歸開封後，與寓居開封之徽商多有交往，集中所載如鮑氏、汪氏、鄭氏等皆是。

【評】

湯賓尹新鍥會元湯先生批評空同文選卷之二：豫之時義最大，言之於士則易，言之於商則難，空同乃於鮑輔而盡闡其義。鮑商幸哉！

又，以鮑之葬親者結煞，則鮑之行亦足取者，李君亦非苟言者。

贈蔡濟之序〔一〕

蔡生鏊中武第歸，李子喜造焉，已而歎曰：「析薪有理，導民有以，蔡氏之謂哉！」予於是知國之有紀也。昔者，先王之導民也，不欲其獨文也，是故生而懸弧，長而佩劍，隙而蒐狩，敵而戈矛；然又不欲其獨武也，於是迪之詩書，習之俎豆，軍有軍禮，射有射爵；是故其禱君也，曰「允文允武」；臣也，曰：「文武吉甫。」言不貴獨也。後世典用既殊，猛儒各途。逢掖寡斷，介胄愚粗，位乏兼材。迄於有今，制定科興，策收射徵，遂使彎弓兜鍪之夫有揖讓折衝之能。是故據要擁纛，綏内和戎，匪官之曠，有紀之證也，然蔡氏膺之，厥子是繼。詩曰：「教誨爾子，式穀似之。」蔡之謂哉！左史王公曰：「鏊之鼻祖挺，自行伍連帥有聞，施及厥父，四世矣。鏊之祖往訓之家曰：『慎爾戎事，無忘厥文。』鏊之父又謂鏊曰：『小子勗哉！爾祖有訓。』是故鏊之父兄弟並興，文武各第，立幟揭幰，雙璧是輝，鏊今繼之，厥後足占矣。」

李子曰：「被風者偃，得源者永。國之導風，故其行速；家之導源，故其獲深。微王子，予詎知蔡之能家也？」封丘黄子曰〔二〕：「李子善言國紀，王子善言家訓，雖然，遺厥本矣。匪德弗承，匪德弗啓。西疇公儒雅弘裕，秉直而布誠，忠上而信下，具兹五德矣，是兼材也，有子如鏊，宜哉！」

【箋】

〔一〕據文中介紹，蔡濟之名鏊。生平不詳。據文意，當作於正德九年後作者閒居開封時。

〔二〕封丘黄子，即黄彬，見蒸熱三子過我東莊（卷十）箋。

贈王生序〔一〕

夫華池〔二〕，西鄙之呰山也。其俗牧樵，衣裘氊，不識文字。其地苦寒。其人民零散而艱難。然其地顧産王生，王生者，則詩書衣冠徒也。余之寓華池也，在弘治丙辰、丁巳年，其時王生始遇余而從之學。夫王生起家非衣冠故族也，無詩書之世業也，窮僻寡陋，鮮同聲之胄也。一旦棄牧棰豎褐，挾册書，從予學，是謂耀至寶於污穢之鄉，秀芝蘭於叢棘之中，卒奪巍科，致身顯名，豈不謂異常之士哉！後十餘年而當正德己巳，王生自京師還，而過大梁見余，然猶爲青袍生，塗路坎坷。於是告王生曰：「竊聞之，富貴在天，行藏有命，久速有時，古之人不有起自寄食牧豕而身爲將相者乎？豈其始才知弗人若哉！亦時有遇不遇耳！故曰：『雖有至寶，自售則輕。芝蘭逢春，香乃發生。』故不務修己而求富貴者，謂之違天；藏而求行者，謂之逆命；久而求速者，謂之悖時。斯三者，君子不由也。子之歸，亦修己以俟其自至者矣耳。」王生曰：「夫孤立鮮就，獨行無成，余處窮僻寡陋，懼不修也，乃今聞教矣。」

【箋】

〔一〕王生即王天祐。弘治八年（一四九五），夢陽歸家守制。九年至十年間，曾寓居華池，與王天祐相識，並授學。據乾隆甘肅通志卷三十五人物：「王天祐，字受之，慶陽人，舉弘治十四年鄉試。祐世農家，兒時樵牧，即能畫地成字。稍長，覓書潛讀山間，李夢陽見而奇之，因授之學，輒穎悟有得。弱冠中鄉舉，酷好魯公法帖，遒勁逼真。正德間纂修孝宗實録，預選中書，授介休令，有分巡凌逼州縣，祐曰：『是猶可以仕耶？』即解組歸。」夢陽有寄王生（卷二十五）詩。文中曰：「後十餘年而當正德己巳，王生自京師還，而過大梁見余，然猶爲青袍生，塗路坎坷。」是該文疑作於正德四年之後，夢陽時在大梁賦閒。夢陽作有華池雜記（卷四十八），云：「余如華池，在弘治乙卯年焉，居蓋三年云。從予遊者：尉氏左國璣、慶陽高尚志暨其弟尚德、華池王祐。」王祐，即王天祐。

〔三〕華池，隋仁壽二年（六〇二）置，屬慶州（今甘肅慶城），治所在今甘肅華池縣東南東華村東北二里。大業元年（六〇五）移治東華池，唐武德時，爲林州治，貞觀元年（六二七）屬慶州，北宋熙寧四年（一〇七一）省爲華池鎮，明代於此設華池巡司。

贈佘思睿序〔一〕

夫舉其身而豫能自知焉者，寡矣。故壽夭，吾不得豫知其壽夭；疾病，吾不得豫知其疾病；禍福，吾不得豫知其禍福；子孫，吾不得豫知其賢不肖。故欲吾壽，戒凡戕吾生者已矣；欲少疾病，不爲諸致疾病者已矣；欲寡禍，我不爲禍端已矣；欲子孫賢，教子不爲不賢已矣。我教之不爲不賢，乃仍爲不賢也，此下愚不移者也，古之人有焉，丹朱、商均是也。我不爲禍端而或禍我也，此无妄之災也，若孔子厄宋魋、曾子避越寇是也。不爲諸致疾病者而疾病也，此謂之命也，冉伯牛是也。不爲凡所戕生者，而弗壽也，此之謂天也，顔回是也。夫六人者，皆大聖而大賢，而其遭乃顧咸若是。夫佘思睿，歙之田野氓耳，未必有聖賢之行也，今其三子皆克家，是不爲不賢也；夫婦各八十餘歲，是壽者也；然又康强，是少疾病也；生無災厄，是鮮禍也。則何也？

李子曰：夫天道好生而福良，人道積善而有慶。故人不必皆回，能弗戕其生，雖有不壽焉者寡矣；不必皆伯牛，能弗爲諸致疾病者，雖有疾病者寡矣；不必皆孔、曾，能自不爲禍端，雖有禍焉者寡矣；不必皆堯、舜，能教其子孫不爲不賢，雖有不賢者，寡矣。故曰：大小之應，捷於影響。今思睿兄死無後，不利其財，事其母以孝聞，非自求福者乎？寡欲慎躬，非不戕生者乎？且又何疾病矣，躬行率其子孫，非教之不爲不賢者乎？故曰：人有必壽，必壽而不壽，乃始曰天；有必不疾病，必不疾病而疾病，乃始曰命；亦有必福，必福而不福，乃始曰无妄之災；教之①有必賢，必賢而不賢，乃始曰下愚不移。故曰：影響之道，大小以之，處常則雖微必應，遇變則聖賢不遭。嗚呼！善觀思睿者，其知天人之際乎？

【校】

①之，四庫本作「子」。

【箋】

〔一〕佘思睿，歙縣（今屬安徽）人。夢陽與歙人佘育有交遊，思睿即其族人。見佘園夏集贈鮑氏（卷十六）箋。

【評】

湯賓尹新鍥會元湯先生批評空同文選卷之二：把壽夭、疾病、禍福、子孫立意，如層波疊浪，滾滾不竭。

又，把思睿善行應前數段，有體裁，有情致。

贈汪時嵩序〔一〕

鮑輔氏告我曰：「歙有淳行人汪時嵩者，於輔外舅也，而今六十矣。輔聞之，六十始壽，夫壽未有不文以彰也。而彰也，必賴於名文，敢請。」予曰：「未同何言爲？夫不知其人而頌之者，佞也。敢辭。」鮑曰：「時嵩可以文者，五焉。」予曰：「五者，何也？」鮑曰：「汪，鉅閥也，係出越國公華①，而時嵩祖號碧山翁者，以文行稱，嘗樹桂堂前，桂至今存也，以是厥里名叢桂云。斯亦足以呼喬木家矣。夫汪閥鉅而繁人，而時嵩長於其行至百三十人餘焉，長而義，鮮不悦也。夫勤、儉、和、審四者，士之優也，而時嵩有焉。是故以商則順，以耕則獲，且今喜談而樂道者，非謂久而同居者，罕聞哉！而汪氏同門出入，内無間於人言，今十有一世矣。」予曰：「嗟！予聞諸君子：禮以義起，文由譬闡，行以類求。故人情莫不有親，親之莫不愛焉，愛之必祈之曰百壽，不已必曰千壽，又不已曰萬壽。壽之而假文焉行，兹非先王之程也，然厥義存焉。甥舅者，婚姻之經也，推内之愛，以愛其所生，而文以壽之禮也，故曰『禮以義起』。鮑君足當之矣。夫文者，託物以宣者也，故古之壽有曰日者，月者，山者，川者，岡者，陵者，松而柏者，凡以達愛焉已矣！適有叢桂，於是作叢桂之歌。歌曰：『有樹偃蹇兮堂户，君有瑟兮，胡不日歌以舞？金昆兮蘭孫，沓以進兮，朝歈篪兮暮擊鼓。』斯亦取譬闡文、達愛之義焉已，而聞之者乃曰：『李奚篤於時嵩？』夫子賤取斯於魯賢，尹公擇友於學射，王、謝門閥，朱、陳世姻，非其類者，固鮮有聚者也。鮑之父時明者，誠孝而著行，君子稱焉，而輔也靡較兄貨，孤立而潤屋，推計其姻門，時嵩壽譽，五者足徵已，故曰『行以類求』者，此也。」

鮑又曰「厥父永，實生二子，長則時嵩，時嵩配程氏，孝敬善握家，有三子、二女、孫三人」云。

【校】

①華，黄本作「某」。

【箋】

〔一〕汪時嵩，據文意，乃寓居開封之歙人鮑輔之岳父。鮑輔，見贈豫齋子序（卷五十六）及箋。該文當作於正德九年後歸居開封時期。

送史泰序〔一〕

驛有舟有馬，兼水陸者兼舟馬，其最著，自京師陸行，南皆大驛，大驛有南①馬，其丞與州縣長吏埒富。次則自京師水行，不然②逮陸驛甚。陸驛非閣大臣及權力所役使，不得除，即除，不購不得，以爲常，人亦不之怪也。

史泰以陜西承差至京師，不得爲閣大臣及權力者使，及除，貧又不得購，於是除平望驛丞。平望據水僻，較之自京師水行，不逮又甚，臨行，意忽忽不樂，予謂之曰：「子聞周官乎？周官雖卑末，如遽傳牧厩，各慎厥職，惟厥賢，故天下大治。昔者單襄公假道於陳，以聘於楚，爲其候不在疆，國無寄寓，縣無施舍，占其國有大咎，曹之候人，何戈與祋？能稱厥職，詩人歌之。今之驛，即古遽傳寄寓、施舍，丞即古之候也，且若等向非齊民邪？以承奉奔走之力，天子録之，俾列在末官，豈謂思與州縣長吏埒富邪？何爲忽忽至此？」史泰曰：「今號明經，居尊官，職宣助教化，乃日務富厚，蓄金帛，爲子孫計。夫驛至卑也，丞至末也，奔走承奉之職易稱，子何望之過哉！」予謂之曰：「人之美劣，不係官之崇庳，古之人歌之，咎之，獨非此等官邪！假令若等不慎且賢即已，誠慎且賢，孰謂無助於治哉！法，驛丞得捕邏境内，録其績。夫平望，盜藪也，輕舠利刃出没雲濤煙浪間，至横也。子，西北人也，壯膂力，精騎射，即其所事，豈直奔走承奉間邪！」史泰曰：「然，微子無所聞教！」史仲成者〔二〕，永樂間都御史也，有風裁，慶陽安化人〔三〕。泰，其孫也。泰於予有瓜葛，故於其行，爲之言。

【校】

①南，四庫本無。②不然，湯評本明賀復徵文章辨體彙選卷三百四十四作「然不」，近是。四庫本無「然」字。

【箋】

〔一〕史泰，不詳。據文中叙述，爲慶陽安化人史仲成之孫。

〔二〕史仲成，安化（今甘肅慶城）人，洪武間，以國子生爲監察御史，擢山東按察司僉事，改廣西桂林府同知。永樂初，升右僉都御史。事見嘉靖慶陽府志卷十四鄉賢。

〔三〕安化，唐神龍元年（七〇五）改弘化縣置，爲慶州治，治所即今甘肅慶城縣。蒙古至元七年（一二七〇）廢，明洪武中復置，屬慶陽府。

【評】

湯賓尹新鍥會元湯先生批評空同文選卷之二：指陳時弊，言甚侃切，且援引古典，詞亦簡核。

又，參兹可驗，官當崇卑，舉職爲賢矣。

又，稱人必本其祖者，示源流之遠也。

送嚴世臣序〔一〕

教人者，固教於人者也。其始教於人也，見彼嗜酒喜賓客，怠厥事，諸生以所業請，輒置諸案上不理，數日再請，曰「姑徐徐」。再請，乃不得已朗誦一過，指示之，曰：「某善某疵，某不愜吾意，更爲之。」更爲以請，亦復若是，因循歲月，計餽遺腆薄爲憎喜，有它故，輒取憎者而撻之，諸生信謹厚，有不退而心非者乎？夫吾既退而心非之矣，它日以所教於人者教人，可乎？蓋教官，卑而禄薄，俯仰不贍，鮮有弗蹈於是，矧鬱鬱衰邁之士，竊升斗以苟朝夕，彼始雖心非其人，而終不自持者，豈少哉！

嚴君世臣，少好學，負大志，累試有司，弗偶，年逾四十，始取賓貢，拜大名府教官以歸。君曩在諸生列，端方雅飭，見禮於其師，師有弗義，輒從而争之，人謂君它日必爲良師。兹行也，其不以教於人者教人，必矣；其終能自持也，較然矣。予既重君之爲人，又喜大名得良師，作送行序。

【箋】

〔一〕嚴世臣，不詳。

【評】

湯賓尹新鍥會元湯先生批評空同文選卷之二：空同文字多指陳指摘弊端，而復引歸其人之善，大都剛直處儘多，以故大落莫世途也。觀者當合此公奏疏覽之始得。

又，其詞簡勁，其詞周匝。

贈王弘化序〔一〕

弘化，湖西人〔二〕，侍其父地官大夫北學於京師，去歲則從其外舅康大夫館於汴館。禮既成，將復學於京師。暇日因谷生者來顧余，曰：「願以言請。」余席未暖，且北行，況未同而難言，辭謝，不敢受。弘化五顧余而意益堅，以書諷谷生者，至再至四。

夫弘化之好予言亦至矣。弘化少歲有俊才，出而壯觀，往來燕、趙、梁、宋間，車馬僕從，光耀氣焰，意者恐人不肯言，而乃①屬予言之歟！夫當是時，誰不願因言託交於弘化，因弘化託交於其父、其舅？弘化第未始有請耳，庸有請而不言者乎？顧獨懇懇於未同而難言者，予固謂弘化將求益於是行也。弘化，陶成父舅師友之賢，覽都會文物之盛，所以修於身、見於世者，宜無不備，而復求益焉，何歟？余不幸學古未成，反戾於今，質劣以阻合，疏散以招謗，方恐懼退畏，以求自新。雖有一得，弘化能相信不歟？予故因谷生致意曰：「願弘化行其所學，求合於古而不必拘拘於今。」是行也，請於其舅、其父，再請於其師，以予言爲何如也？

【校】

①「乃」字，黄本無。

【箋】

〔一〕王弘化，不詳。文中曰：「弘化，湖西人，侍其父地官大夫北學於京師，去歲則從其外舅康大夫館於汴館。」康大夫，不詳。據文意，此文似作於正德三年五月前，此後夢陽爲劉瑾械繫往京師下詔獄，八月放出。

〔二〕湖西，不詳，疑爲滸西。

送左載道序〔一〕

君子之仕也，非爲人也，人之望於君子，非欲己悦也。然舍是二者，則難乎免於今之世，令卑而近民者也，卑則易凌，近民則難稱，易生忽，難生畏。夫苟忽之矣，雖無心於己悦，而稍不如意則怒；苟畏之矣，雖無心於爲人，而稍不如人意則沮，斯二者，勢也。及其弊，入境觀逆，入邑觀趨，去則觀所將，苟無一失於是，稱之曰良令。良令，匪徒稱之，又從而薦之，爲之令者惴惴焉，亦惟恐失諸，是以爲之辱。故凡可以悦人者，無不爲矣，如是而謂令不古若，尚安咎哉？昔子路治蒲三年，孔子入其境曰：「善哉！恭敬以信矣。」入其邑曰：「忠信以寬矣。」至其庭曰：「明察以斷矣。」吾儕誦法孔子者，所望諸人與所自爲乃若此，無惑乎，今之不古若也。

左君載道舉進士，拜永年令，人亦不之悦，銓司聞之曰：「不爲人者，必能爲其民，盍再試焉。」於是改太康令。三年，邑果大治，上其績於銓司，銓司喜曰：「吾聞若令一而民聽，所謂敬以信者邪！又聞若務大體，靡所苛察，然自其治邑，境内無冤訟，所謂寬以斷者邪！設有未至，亦吾夫子之徒也。」大嘉異。考上上。嗚呼，世有特立之行，苟無深知而能免焉者，寡矣。君子而好古者，觀於載道，亦可以自慶也夫！

【箋】

〔一〕左載道，即左經，文中云：「左君載道舉進士，拜永年令，人亦不之悦，銓司聞之曰：『不爲人者，必能爲其民，盍再試焉。』於是改太康令。三年，邑果大治。」國朝獻徵録卷八十八載喬世寧撰湖廣按察司僉事左公經傳，云：「左經字載道，弘治己未進士，初知永年，調太康，以憂去，後補屯留，以忤劉瑾謫武進教諭。」左經中弘治十二年（一四九九）進士，則此文似作於弘治十五年（一五〇二）前後，時夢陽任户部主事。

章園餞會詩引〔一〕

章園之會，賓一人，升之；主三人：元瑞、庭實，其一，予也；園主一人，千户倫是也。亭設四几，上三下一。升之居中，予以齒居左，皆專几；元瑞、庭實則共几而坐，元瑞居庭實左；下坐而北向者，園主也。時升之報政將歸，贈留之言皆不可少，予誦杜甫「千章夏木清」之句，爲五鬮，令侍子拈送焉。予即得「千」字，右旋而成句，人人大賞異，蓋數之適然如此。升之既得鬮，義難輒避，乃以次書之云。

曩予會升之河西關[二]，有傾蓋之雅。是時，升之書學歐陽詢，詩吾不知其誰學，知其爲唐也。今其書若詩，吾不知其誰學，知其爲六朝也。説者謂文氣與世運相盛衰，六朝偏安，故其文藻以弱。又謂六書之法，至晉遂亡。而李、杜二子，往往推重鮑、謝，用其全句甚多。梁武帝謂：「逸少書，如龍躍虎卧，歷代寶之，永以爲訓。」此又何説也？今百年化成，人士咸於六朝之文是習、是尚，其在南都爲尤盛，予所知者，顧華玉、升之、元瑞皆是也。南都本六朝地，習而尚之，固宜。庭實，齊人也，亦不免，何也？大抵六朝之調悽宛，故其弊靡；其字俊逸，故其弊媚。

詩云：「樂彼之園，爰有樹檀，其下維蘀。」擇而取之，存諸人者也。夫泝流而上，不能不犯險者，勢使然也。兹欲遊藝於騷雅、籀頡之間，其不能越是以往，明矣。予好文而未能，竊以所嘗自規者，爲升之告，試質諸華玉，以爲何如？

【箋】

〔一〕文中升之，即朱應登。元瑞，即劉麟。庭實，即邊貢。從文意看似是夢陽任官户部時所作。按，夢陽於弘治十五年攜妻子赴河西務執行公務，該文當寫於弘治末年或正德初年。又，明朱安㴉李空同先生年表稱：「弘治十一年戊午，公二十七歲，……授公户部山東司主事。……一時郎署才彦有揚州儲静夫、趙叔鳴，……濟南邊廷實，後又有丹陽殷文濟，信陽何仲默，蘇州都玄敬、徐昌穀，南都顧華玉，皆能遊思竹素，高步藝林。」夢陽有章氏芳園餞朱應登（卷三十）詩，與此文同時作，弘德集作「章氏芳園餞朱户部應登」，朱應登任南京户部主事時爲弘治十二年，似該文當作於此後。徐朔方、孫秋克明代文學史第六章第三節以爲作於弘治十八年（第二〇六頁）。

〔三〕河西關，即河西務，今天津市武清縣西北河西務鎮，自元以來爲漕運要鎮。元史卷八十五百官志：「至元二十四年（一二八七），「自京畿運司分立都漕運司，于河西務置總司，分司臨清」。同書卷九十三食貨志：「至元二十五年（一二八八）於河西務置漕運司，「領接運海道糧事」。又明蔣一葵長安客話卷六：「河西務，漕渠之咽喉也，江南漕艘畢從此入。……兩涯旅店叢集，居積百貨，爲京東第一鎮。户部分司於此榷税。」

【評】

湯賓尹新鍥會元湯先生批評空同文選卷之一：贈不忘規，是文有焉。

又，談六朝之弊，如燭照數計。

李夢陽集校箋卷五十七　序八

壽兄序①〔一〕

正德庚辰之歲，李有長公者，年六十矣。十二月十日，其生辰也。傳曰：「六十始壽。」于是都指揮同知霖、僉事臣、左長史春、右長史昆、訓導澤、通判環、司務彬、儀賓正八人者，爲長公者壽，登厥堂致詞而稱觴焉。

蔡子曰：「德基業昌，而色而康，申錫無疆。」鞏子曰：「智圓義方，肯構肯堂，于祖有光。」王子曰：「夫鴻婦光，偕老孔臧，子孫行行。」郭子曰：「子如鷟翔，孫如玉蹌，儼雅柔良。」趙子曰：「巍榭曲房，純衣縠裳，無眚無殃。」李子曰：「甫田穰穰，有積有倉，有牛有羊。」黄子曰：「和親睦鄉，族衍宗强，緜瓞苞桑。」仝子曰：「禴祠蒸嘗，以孝以享，威儀矜莊。」于是長公者前遍觴客謝，而其弟曰夢陽者，亦前遍觴客謝，申詞焉，曰：「竊聞之，好謙惡盈者，天之道也；既滿知懼者，人之要也。故視履考祥者，終始之蹈也；生而全歸者，子輿之孝也。是故君子，聚之而必散，以廣仁也；負貸無必取，以拓義也；内交不狎，外交不淫，以存禮也；豫患而前危，憂深而慮遠，以踐智也。吾門一事之嘉也，兄必涕泣而曰：『斯匪和之能，實台祖與父之積。』即一弗之嘉，兄曰：『斯匪伊之咎，實和之弗德。』人或弗循也，兄必訓之，訓之而猶弗循也，曰：『和弗忍弗之訓也。』人有急，兄赴之，赴之而弗及，曰：『和弗忍弗之赴也。』故懦者懷其惠，强者畏其義，疏者慕其禮，淺者服其智。此所以既富而人不忮，布衣而有官位之尊，垂老而横逆靡加諸身也，斯長公之行也。」

【校】

①題目下，曹本、李本有小注「蔡霖、鞏臣、王春、郭昷、趙澤、李環、黄彬、仝正」諸姓名，當據補。

【箋】

〔一〕此文中之「兄」乃夢陽兄長李孟和。按，夢陽族譜家傳（卷三十八）載：「孟和，吏隱公子，字子育，爲散官。初名茂。天順五年十二月十日亥時生。娶孟氏。」此文中曰：「正德庚辰之歲，李有長公者，年六十矣。十二月十日，其生辰也。」是該文作于正德十五年（一五二〇）十二月，時作者閒居開封。

【評】

湯賓尹新鍥會元湯先生批評空同文選卷之二：設他人之詞以祝兄，則言大而非誇矣。又，談兄之善行處，語似平易，意實弘遠。

姜翁夫婦八十壽序〔一〕

人有言曰：「富壽康寧。」然論者必歸諸三王之世，非謂其太和風熙、無愁苦夭折之民耶？雖然，八十者於其時亦罕矣。故其制曰：「八十拜君命，一坐再至。」又曰：「八十曰耄。」此非謂其觔力智慮衰耶？是故有罪不刑，食則常珍，於朝則杖。夫使八十者誠易得也，古之人豈宜優禮若此哉？然此亦謂其耄者耳，非夫婦偕也。假如八十而夫婦偕，又弗耄也。若今長安姜翁者，古之人又若何而優禮焉？嗚呼，亦罕矣！

余讀載記，上下數千年間，夫婦齊德而隱者，吾獲三人焉，冀缺、梁鴻、龐公是已。然三人者，史皆不著其年，設其年與姜翁比，然未必皆弗耄也。即弗耄矣，未必與其婦偕也。嗚呼！若姜翁者不誠罕耶？不誠罕耶？且壽者氣昌而娛樂者之爲也。今天下民窮而斂急，輸不息肩，徵弗停催，亦甚矣，姜翁顧奚所娛於心而使其氣昌也？余竊嘗觀翁夫婦矣，並生於宣德初年，是太和風熙之際也，一宜壽。齊德而隱，二宜壽。所謂栽者培之也，其子判名郡，振勵不辱其身，養志率訓，珍綺備矣，三宜壽。夫三者，一係之天，二係之人，是氣之機而娛之要也。故曰「得機者昌，知要者康」。夫若是，乃其壽焉，得而不偕也，又安所得耄矣？

余往年道秦、晉之境，見山谷田野間，多龐眉皓髮之民，乃其年故不亞姜翁，然徵輸比急，愁歎貧病，相與轉而之溝壑者，殆半矣，幸而存矣，氣昌而娱樂者幾焉。於乎，亦罕矣！予於姜翁夫婦，有深慕焉，有深敬焉，又有深感焉，作斯序。

【箋】

〔一〕文中曰：「余竊嘗觀翁夫婦矣，並生於宣德初年，是太和風熙之際也，一宜壽。」姜翁夫婦是年八十歲，據此，則該文疑作於正德四年（一五〇九）前後在開封閒居時。

【評】

湯賓尹新鍥會元湯先生批評空同文選卷之二：談八十者爲王制所尊，直推到姜翁之偕老，又推其弗耄，如高屋建瓴，一駕千尺。

又，談姜翁之壽，首歸之君，次歸之身，三歸之子。此至是根極大議論。

又，末段有感時憂世之志，真如上林名花，簇簇呈奇。

封監察御史王公壽序〔一〕

燕人王公就子養於河臺〔二〕，夫婦齊年而耋。八月二日，公生之辰也。壽公者冠履闐門而入，客目之而歎曰：「昌哉！」入見公，癯而强也。見公配李，堅而貞，和而神清，出而曰：「康哉！」既又見其子憲君之歡其親也，則曰：「養哉！」以告李子，李子曰：「昌生之積，康根於娱，娱由養生，養由心作。四者，始天而終人者也。故仁人修身以成其天，孝子法天以永其親。夫金石負質，松柏耀材，麟鳳彰德，質之言氣也，材之言植也，彰之言時也。故小大形之者，氣之庸也；完體俟用者，植之功也；務實生名者，時之通也。故耀非其時，則有必養而無必昌；植非其成，則有必積而無必娱；結非其氣，則有必娱而無必永。故壽者，始天而終人者也。」客曰：「吁，俞哉！王公孝敬勤家，聚而能分，年彌罔渝。厥配相之，貞淑明惠。德流嗣人，非積者歟？憲君慎官約身，若志養體，居處順適，耳目以和，非由諸心者歟？非心奚娱？非積奚昌？昌以其時，娱以其植，氣之永也。斯其徵矣。竊聞之，引而無絶之謂永，湛而樂之之謂娱，安平緜吉之謂昌。王公自茲期頤爲籛鏗，爲大椿，有乎？」

李子曰：「有哉！孔子之言仁也，曰：『仁者樂山。』詩之言孝也，曰：『孝子不匱，永錫爾類。』夫山也，又永爾類矣，壽尚有既乎？雖然，降爾遐福者，天之命也；修身俟之者，人之正也。故仁人事天，孝子愛日，言盡乎己焉爾。」公前以子封監察御史，而厥配李封孺人，厥孫男子七人。吁，備矣！

【箋】

〔一〕封監察御史王公，不詳。文中有「既又見其子憲君」之句，按夢陽大梁書院田碑（卷四十一）云：「而監察則信州汪公、大名王公、桂林喻公成之。」則王公之子即「大名王公」，此文疑作於正德十一年前後。

〔二〕河臺，不詳。疑指開封。

南園翁九十壽序〔一〕

南園翁者，京兆人也，今年九十矣。耳聰目明，體履矯健，喜飲酒，然多而不亂。與人弈竟日，人以是疑翁，而私相謂曰：「夫酒，血虛則罔勝，中熱者必病。夫弈，心機也，即壯者弈，鮮竟日也。」於是私相論翁，一人曰翁之壽，自爲之也，一曰養之備，一曰主於積，一曰生有之爾。言自爲之者，曰：「夫膏，煎則涸；燭，風則淚。故氣耗則損，精摇則竭，形勞則憊，神役則折。」言養之備者，曰：「翁之子嘗巨邑矣，復有二孫，接步於巍科。夫外足者内娱，心歉者體顛，耳目既和，歡洽隨之矣。故志廣者適，氣舒者永，旨甘日陳諸前，紛擾弗嬰於中，即弗壽期，壽斯臻歟！」主於積者，則曰：「竊聞之，積水成澤，積善成福。翁教行於家，化及鄉閭，義形於斷，仁闡諸施，四者，昌之道也。烏乎不壽？」言生有之者，則曰：「均介龜壽，均羽鶴壽，化工非私於松竹，其於寒也獨榮，斯無他，定之秉者，人莫之增也。若歸諸爲，則顔回豈夭札之行；咎諸養，則榮啓期九十，帶索被裘行歌，斯亦窘矣；主於積，乃跖則以壽終。故金石負堅，籛鏗引年，所謂『死生有命，富貴在天』者也。」

二孫之過大梁也，以其言告李木〔二〕，李木曰：「言生者，拘諸氣者也；積者，修諸志者也；養者，兼乎外者也；爲者，專乎内者也。吾請諸叔父。」其叔父曰：「上古之民蚩蚩，故其民上壽，上壽百二十歲；中古之民皡皡，故其民中壽，中壽耄耋；季世之民勞，故其壽耆，而老者寡矣。蚩蚩之民，不知不識，順帝之則者也，於是擊壤而歌曰：『帝力何有於我？』帝之世也。皡皡之民，民之質矣，日用飲食者也，於是鼓腹而遊，出作而入休，王之世也。嗟！爾木，汝以是足以占翁矣，汝見翁乎？蚩蚩者乎？皡皡者乎？」

【箋】

〔一〕南園翁，不詳。

〔二〕李木，夢陽兄李孟和之子，夢陽有送姪木北上詩（卷十一）。

汪子年六十鮑鄭二生繪圖壽之序〔一〕

汪子者，歙人也，而商於汴。嘉靖元年，生年六十矣，九月九日其生辰也。於是其邑人同商者鮑氏、鄭氏繪圖壽焉。一鶴立巉崖之上，張兩翼，宛頸下鳴，警日也。日躍海而升，厥焰赫霞龍赤。上則青松芘焉，下則白濤沸焉。雲氣旁流，清飆淠焉，懸蘿翳焉。乃有紫草之英，瓊芊之蕤，媚礧砢而妍嶔崎。於是李子聞之曰：「壽哉汪子，圖獲之矣！夫鶴昂藏弗群者也，非芳潔不啄，非清泠不飲，志在霄漢，一舉千里，斯天下之禽也。然又千齡而丹，萬齡而玄，上仙之所親幸，神明之所賓友，造化者之所綏也。是故壽者取焉，非但長視，亦以高潔隱處之倫也。夫汪子者，隱之市而處乎商者也。出遊者四十年，無卑行焉；乃今六十，無汙名焉，固鶴之倫也。二生圖之，以爲之壽，不謂之獲哉！故曰：『壽哉，汪子！』昔者，詩人之禱君也，曰如日之升焉，如岡如陵焉，如松柏之茂焉。而斯圖也，三者具之，獲詩之義矣。夫君臣朋友，殊分而同情者也，故愛之咸欲其久，久莫如岡陵，次莫如松柏，其大者莫如始日。圖而禱之，愛不啻鶴矣，圖之情，猶詩之情也。故曰獲詩之義。義發於愛，仁之緒也。仁不徒加，義不苟受。孟子曰『愛人者，人恒愛之』是也。夫汪子者，其仁人也矣。」

汪名昂，字懋昂，號松崖子。鮑名弼，字以忠，號梅山子。鄭名作，字宜述，號方山子。

【箋】

〔一〕此乃夢陽爲寓居開封之歙人汪昂所作繪圖壽序。汪昂，生平不詳。文中曰：「嘉靖元年，生年六十矣，九月九日其生辰也。」是該文疑寫於嘉靖元年（一五二二）九月。

【評】

湯賓尹新鍥會元湯先生批評空同文選卷之二：狀圖中景愈新奇，意蒼詞勁，□宕兢秀，萬壑争流之態。

又，闡盡圖中之景，又得圖外之意。

陳公六十壽序〔一〕

陳公者，鄢人也，年六十矣，神意和朗，步健髮黟。李子聞之，曰：「異哉，陳子！斯謂自壽歟！」黄子曰：「何也？」李子曰：「古之壽以上，後之壽以己。」曰：「壽，天筭也。有人己乎？」李子曰：「吁，有哉！古者教民，胎有訓，生有將，幼有習，長有産。其衰也，則優之以禮，崇之以逸。於是有尊齒之經，國養之文，有杖鄉朝之制，有給肉帛之令，有就見之體、珍從之儀。是故民至老無疢癘夭札之災生，鮮窘憂而終之安然。上之人猶懼遺也，則又鼓南薰之音，吹陰崖之律，俾躋之一。是故民鮮弗壽也，故曰『古之壽以上』。後世耕鑿作息弗時，民始自力以求諸全。於是以勤集用，以儉省費，以退消事，以静抑欲，以適導性，以愛親物，以恕容衆，求全焉。以自其年而賢者藏也，則恬丘壑，甘農桑，于于煦煦，罔口世務。而或未忘也，則誨其子孫出，俾與時翱翔，曰：『猶吾出焉耳。』如此亦恒安而寡災，故曰『後之壽以己』。」黄子聞之，囅然而笑曰：「有哉！夫陳公者，七善具者也。賢而藏夫身。爲封君，彰矣，乃猶野服於林石，斯人者，真所謂力全者邪！」李子曰：「我明興也，準古而酌今，厥典備矣！是故國無不養之老，鄉無非齒之民，肉帛之詔屢下，而問恤之令恒申也。陳公者，亦謂三代之民，非邪？」黄子曰：「某聞之，夭壽不貳，修身以俟之，譬諸黄茂，種美而地肥，不有水旱之厄，風雨之災乎？故力全者人，長養者時，成之者天，故曰『壽，天筭也』。陳公兼之，真三代之民邪！」

公號其居曰坦窩，遂自稱坦窩道人。子某，以名進士官至山東參議。其壽之辰也，爲正德己卯八月一日，會參議君歸，稱觴於家。

【箋】

〔一〕此乃夢陽爲陳溥之父所作序。陳溥，河南鄢陵人，字一卿。據明清進士題名碑録索引，陳溥中進士在弘治十八年（一五〇五），正德中任山東右參議，傳見本朝分省人物考卷八十六。文中曰：「陳公「其壽之辰也，爲正德己卯八月一日，會參議君歸，稱觴於家」。是該文疑作於正德十四年（一五一九）八月，時作者正閒居開封。

黄太夫人八十壽序〔一〕

黄太夫人者，尚書黄公之夫人也。初，尚書娶於孫，生三子：楫、霦、彬，封宜人矣。無何，卒，而繼娶於魯，生二子：杞、桓，封淑人矣。無何，尚書卒。桓之官也，例進其父母，於是魯淑人進，太夫人封。是時，年八十矣。諸郎在者，彬與桓耳。彬工部司務，免居大梁；桓南京光禄寺署正也，奉太夫人於南邸。工部之居大梁也，立香几於庭，日夙興几拜，北向拜者四，祝萬歲者三；南向拜者四，祝萬壽者三。客問工部，南向拜祝者何？工部輒泣，已揮淚曰：「吾母就弟桓於南邸。」已而又曰：「彬四歲而亡母，幸魯夫人育之成，成彬猶成桓也。」又曰：「桓今尚無子，彬有，今郎也。魯夫人聞之，日寄音思見之，無異桓子也。」客問夫人耋而祺者何，工部曰：「母惠而静，儉而敬。」問四懿者何，工部曰：「得之性而規諸行者也。先尚書嘗謂母曰：『人附於惠，神凝於静，家裕於儉，德聚於敬。』是故母遵服之，老而無懈，節而有儀，守一弗撓，恕而罔私。故既耋而祺，天降之禧。」

李子曰：「予於太夫人之壽而知天人之道也。得諸詩三焉，三者，何也？尚書公力德而貞業，矩内而標外，行於其室，四懿是成，非『刑於寡妻』歟？二子勇修克念，異胞同心，厥胤晚挺，非『永錫爾類』歟？嘉號載臨，冠帔進榮，非『降爾遐福，維日不足』歟？」客曰：「『予得之易』『視履考祥，其旋元吉』。」工部曰：「『予得之書』『斂時五福，用敷錫厥庶民』。是故予夙興几拜，北向拜者四，南向拜者四。」

【箋】

〔一〕文中曰：「黄太夫人者，尚書黄公之夫人也。」黄公即黄紱，封丘（今屬河南）人，黄彬之父，曾任南京户部尚書。夢陽作有尚書黄公傳（卷五十八），又見蒸熱三子過我東莊（卷十）箋。按，文中曰：「無何，尚書卒。」據國朝獻徵録卷六十四載南京都察院左都御史黄紱傳，黄紱卒於弘治六年（一四九三），時年七十左右。則黄太夫人八十歲時，至遲在正德十年前後。該文疑作於此時。

鮑母八十壽序〔一〕

嘉靖六年十一月二十三日，鮑母劉，年八十。其子曰崇相者，汴商也，先期馳歸，謁李子請言焉。李子曰：「予有天下之珍四，畀汝歸而壽焉，可乎？」崇相默無以應也，心忖曰：「珍者言邪？古之器邪？今之寶邪？既曰四，非言矣。」徐請焉。李子曰：「予之四珍：崑崙之桃、扶桑之繭、丹山之雛、翰海之鯤也。是四者，足以壽乎？」崇相聞之，默無以應也，良久曰：「竊聞之，有其理而無其事，君子據理以訓來；有其事而無其言，君子即事以宣往。夫殊陬異域，有目所未睹，人迹未之及，如崑崙、扶桑、丹山、翰海之倫，固寓託之微，而荒唐之云也。夫鳳之雛有矣，如甕之繭、天池之鯤、王母之桃，果有之邪？今子謂之珍，又以之吾母壽邪？崇相惑焉，是以默無以應也。」李子曰：「鮑商知道哉！夫自世之狃於夸也，於是務文而擯實；自人之習於僞也，於是內略而外詳。是故事其父若母，名號冠帔以爲榮，而辱其身者，或弗之慚；拜跽奔走以爲敬，而憂其親者，則莫之恤；牡醴稷黍以爲養，而違其志者，不之顧也。故壽其父若母，繪西池之圖，撰南山之頌，誇東海之籌，侈北斗之杓，惟怪是述，而不復計事與理之有無。今汝不予言之珍，而訓來宣往者之惑，不謂之知道何哉？」崇相曰：「僕世商也，自我先公輩有修而弗耀，雖無所爲榮者，然身弗敢辱也；雖無所爲敬者，然弗敢貽親之憂也；雖無所爲養者，然志弗敢違也。是故，吾爲母壽，弗敢述怪，以速君子之譏，而先生之言請焉。」李子曰：「夫予非知道者，何言以塞汝哉？雖然，嘗聞君子之緒論矣。居而養者以志壽，離而養者以心壽。心壽者，使親之心常樂，離猶不離者也；志壽者，使親之志不違，居而安之者也。汝，商也，有離焉，以心壽可也。心壽則樂，樂則無憂，無憂則無辱，其敬親莫大於是。」崇相乃於是再拜，曰：「天下之珍四，不如天下之珍一。是故人有真珍焉，心之謂哉！有真樂焉，壽親之謂哉！」

【箋】

〔一〕此乃夢陽爲寓居開封之歙人鮑崇相之母所作壽序。文中曰：「嘉靖六年十一月二十三日，鮑母劉，年八十。其子曰崇相者，汴商也，先期馳歸，謁李子請言焉。」是該文當作於嘉靖六年（一五二七）十一月。

【評】

湯賓尹新鍥會元湯先生批評空同文選卷之二：變幻豪宕，南華之舌也。

又，辱身、憂親、違志之語，讀之妮汗淫淫，直至踵矣。

又，壽親而歸之心，誠哉，真珍！誠哉，真樂！空同此文，大有關於名教，雕蟲云乎哉！

柏溪君哀序〔一〕

柏溪君亡也，哀於戚及其疏，起之邇，動乎遠，蓋鮮不愴焉悲也，鮮不唧焉吟，咨咨而音，使人聞之，鼻鮮不洟者，鮮不泫然而淚也。斯哀之至也。李子曰：哀有誠僞，戚疏辨之，賢愚之等，邇遠見之，何則？哀者，戚之之要情也。舍是，惟賢則哀之，哀賢，雖疏遠可也。夫天下未有無從之涕也，恩離愛析，頓踴漣洏，如求如失，强寬弗解，泣至不期，此天下之必情也。何也？戚之也。小人之於哀也，或飾詐以成勢，則有抱嬰而泣者，莽是也；或謟往以希利，則有拜墓而哭者，韜是也；或破疑以濟謀，則有沾衣而別者，嶠是也。斯所謂無從之涕也，有爲而哀者也。故曰「哀有誠僞，戚疏辨之」是也。夫柏溪君，東川之布衣也，生無可借之勢，殁無可希之利，假之不足以濟謀。其亡也，戚者哀之，疏者哀之，邇者哀之，遠者哀之，斯何也？天下有必賢者也。賢之則慕，慕之則思，思之不見則悲，悲之則吟，吟之則音，音之則詩。故聞而冀見之者，景行者也；知而重違之者，存敬者也。過墟里而欷歔者，不必戚；經祠墓而淚流者，百世而同臆也。如林宗、孺子之儔是也，斯哀賢之至也。夫汞死於藥，而飛於爐者，以真之必反也。鍮，亂金者也，闇者金之，明者鍮之，以僞之難掩也。故非賢而哀，非戚而哀，皆飾之、諂之、謀之之類也。故曰：「得戚者情，得疏者義，得邇者狹，得遠者廣，疏戚邇遠之間，而人之賢否決矣。」

柏溪君有子曰講，舉進士，過大梁，言其父之所以哀，而蓬溪譚子復語予柏溪君行〔二〕。予文成，亦爲之欷歔久之。

【箋】

〔一〕文中曰：「柏溪君有子曰講，舉進士，過大梁，言其父之所以哀，而蓬溪譚子復語予柏溪君行。」按，「講」，或爲陳講，字子學，遂寧（今屬四川）人，正德十六年（一五二一）進士，曾任監察御史、河南布政使等。柏溪君，名不詳，即陳講之父。

〔二〕譚子，即譚纘，夢陽有觀風亭記一文，云：「嘉靖七年夏，監察御史譚子巡而歷汝，而遊於亭。」又曰：「譚子名纘，蓬溪人。」即其人。觀風河洛序一文又曰：「是年也，譚子實監河南試。」是該文疑作於嘉靖七年（一五二八）或稍後。蓬溪，唐天寶元年（七四二）改唐興置，屬遂寧郡，治所即今四川蓬溪縣。北宋屬遂寧府，元屬遂寧州。洪武十年（一三七七）廢入遂寧縣，十三年復置，屬潼川州。

【評】

湯賓尹新鍥會元湯先生批評空同文選卷之一：如泣如訴，如怨如慕。

又，援引甚確。

又，一結句似有餘哀，此文之妙品也。

余公挽歌詩序〔一〕

余公爲河南按察司副使三月，亡何遽卒。其友人李子哭之，見其挽者歌之，一歌之，百和之，乃喟然而嗟也，曰：「予觀詩、書六藝之文，至於論天道備矣。其最明著：伊尹曰：『作善降之百祥。』夫然後孤行特出之士，恒恃此而不懼。不平也，則呼曰『天乎！天乎！』故寧隱忍轗軻，終不肯降志辱己，苟與世推移，亦冀求伸於將來。乃今不然，善不必壽，惡不必夭，作忠者罹憂，造僞者顯遂，視彼蒼蒼，方夢夢黲黲耳，則所謂天者，安在哉！是以比干剖死，屈原見放，顏回短折，孔孟隱約，撫迹遺事，使人憤惋悲歌，長歎涕下不能自已。故曰『長歌之哀，甚於痛哭』。今觀余公，乃亦若此之倫矣。周公之言曰：『視履考祥。』又其詩曰：『求福不回。』夫余公自爲邑令，爲臺諫，暨今爲按察副，其履具載傳志，其回與否，至彰彰可考也。往予在朝，蓋親見余公行事，謇諤貞諒，是古賢之流也。乃今弗究也，又弗壽也，祥與福固如是乎？彼所謂天者安在歟？如是，雖欲使人不憤惋悲歌，長歎涕下，不可得矣。故歌者，導鬱者也；詩者，敷志者也；挽者，宣悼者也。今諸爲余公作者，誠不出於鬱悼則已，使誠出於鬱悼，則所以傷其志者，必有甚於痛哭者矣。」或曰：「顔夭蹠壽，以變言耳。彼信能與世推移，取富厚顯貴，多金玉貨財，安知其後之不喪也？余君即弗究弗壽，然天下皆知余公之賢也，又安知其非子孫之利也？詩曰：『既克有定，靡人弗勝。』亦謂是耳。」

李子曰：「誠若是，則諸爲余公哀者，亦可以少紓焉矣。」

【箋】

〔一〕余公，據雍正河南通志卷三十一職官二，即余本實，四川遂寧人，成化二十三年進士，正德初任河南按察司副使。是該文疑作於正德四年左右，夢陽時在大梁家中賦閒。

【評】

湯賓尹新鍥會元湯先生批評空同文選卷之一：始則學未定之天，爲公悼，末則異終定之天，爲公之孫子祝，誠哉！其哀而不傷矣！

又，轉出正意。

周處士挽詩序〔一〕

人之情有七，其感人莫如哀。哀亦有七，然莫如義而哀，與夫耳目聞見而哀。吾於彼苟交且親，聞其災則痛，閲其逝則感，違其從則怨，口吟之則歎，鼻觸之則酸者，固也。彼非吾交且親，吾徒以見、以聞、以義者，從而哀之，毁於中而發於面，作於聲氣，布爲歌詩，斯非易能亦明矣。龐公、徐孺子，一匹夫耳，百世之下，聞其履行，見其山川墓廬，欷歔瞻戀，若失友昆，非有大不得已，必祠弔而後去，是孰使之然邪？

宜興周景暉，孝弟耕稼，罔求聞於世，鄉人化焉。予不幸不獲與君識，竊知其爲學二子無疑也。君年七十而卒，卒之日，其交若親，既無所不用其哀矣。已而見之者哀焉，聞之者哀焉，義之者哀焉。君何以得此邪？哀不必同，發而爲歌詩則同，此無他，天下無二情也。君嗣某，以國子生謁選銓部，自狀父行，持哀歌詩一卷，因刑部杭君來請予序。予固未與君識，受而不辭者，義而哀之，與人同也。夫予既以前説應之矣，復語之曰：「子歸展墓，幸高其封樹，百世之下，安知不有祠弔而至者乎！」

【箋】

〔一〕此乃夢陽爲宜興周景暉挽詩所作序。文中云：「君嗣某，以國子生謁選銓部，自狀父行，持哀歌詩一卷，因刑部杭君來請予序。予固未與君識，受而不辭者，義而哀之，與人同也。」刑部杭君，即杭淮。據明武宗實録卷三十五：杭淮任刑部員外郎在正德三年二月以前。該文疑作於正德元年夢陽任職户部時。

【評】

湯賓尹新鍥會元湯先生批評空同文選卷之一：以義而哀爲主，以龐公、徐孺子爲證，結末回顧有情。

又，詞意俱高。